L'ÉTÉ DES ORANGES AMÈRES

Claire Fuller est née en 1967 à Oxfordshire en Angleterre. Son premier roman, *Les Jours infinis*, a remporté le Desmond Elliott Prize et a été traduit dans quinze langues. *Un mariage anglais*, son deuxième roman, a été salué par la critique.

Paru au Livre de Poche :

LES JOURS INFINIS

UN MARIAGE ANGLAIS

CLAIRE FULLER

L'Été des oranges amères

ROMAN TRADUIT DE L'ANGLAIS (ROYAUME-UNI)
PAR MATHILDE BACH

STOCK

Titre original :

BITTER ORANGE
Publié au Royaume-Uni en 2018
par Fig Tree, Penguin Books.

ISBN : 978-2-253-08006-0 – 1re publication LGF

À la mémoire de Joyce Grubb
(9 août 1910 – 4 juillet 2004)
et
Joyce Grubb
(8 avril 1907 – 26 juin 1982)

1

Ils doivent penser que je n'en ai plus pour longtemps puisque ce matin, ils ont laissé entrer le vicaire. Peut-être ont-ils raison, bien qu'aujourd'hui ne me semble pas très différent d'hier et que j'aie du mal à imaginer autre chose pour demain. Le vicaire – non, il n'est pas *vicaire*, il a un autre titre, j'ai oublié lequel – est plus âgé que moi, de plusieurs années, il a les cheveux gris, la peau squameuse et rouge, à vif telle une plaie. Ce n'est pas moi qui ai requis sa présence ; si j'ai eu la foi par le passé, elle a été largement éprouvée et mise en défaut à Lyntons, mais même avant cela, ma fréquentation de l'église était davantage une habitude, une routine autour de laquelle ma mère et moi organisions nos semaines. Je suis au point sur la routine et les habitudes ici. Nous en vivons et nous en mourons.

Le vicaire, ou pas, peu importe comment il se fait appeler, est assis près de mon lit avec un livre sur les genoux dont il tourne les pages trop vite pour pouvoir lire. Lorsqu'il s'aperçoit que je suis réveillée, il me prend la main, et je constate avec étonnement que cela me procure un certain réconfort : une main dans la mienne. Je ne me souviens pas de la dernière fois qu'on m'a touchée – en dehors de la couverture chaude qu'on remonte parfois sur moi, du peigne qu'on me passe dans les cheveux incidemment, ces gestes-là ne comptent pas. Non, vraiment touchée, tenue par quelqu'un. C'était Peter, sans doute. Oui, c'était Peter, sûrement. Il y a vingt ans, au mois d'août. Vingt ans. Que faire d'autre ici si ce n'est compter les jours et se souvenir ?

« Comment vous sentez-vous, mademoiselle Jellico ? » demande le vicaire. Je ne crois pas lui avoir dit mon nom. Je prends le temps d'assimiler le *mademoiselle* Jellico, je fais tourner le mot dans mon cerveau comme une bille en argent dans un jeu de bagatelle, je le fais rebondir d'une quille à l'autre jusqu'à ce qu'il atterrisse dans le trou central et fasse tinter la cloche. Je sais parfaitement qui il est, c'est son titre qui persiste à m'échapper.

« Où pensez-vous que je vais aller ? Après ? » Je lui lance la question sans préambule. Je suis une vieille chouette malcommode. Quoique, peut-être pas si vieille.

Il remue sur sa chaise comme si son pantalon le démangeait. Peut-être qu'il a la peau à vif sous ses vêtements aussi. Je préfère ne pas y penser.

« Eh bien, commence-t-il en se penchant sur son livre. Tout dépend… tout dépend de ce que vous…

— De ce que je… ?

— De ce que vous… »

Ma destination finale dépend de ce que je vais confesser, c'est cela qu'il veut dire. Paradis ou Enfer. Même si je doute qu'il y croie encore. De toute façon, nous n'attendons pas les mêmes choses de cette conversation. Je pourrais faire traîner, le taquiner un peu, mais je décide de ne pas jouer pour le moment.

« Ce que je veux dire, reprends-je, c'est où vais-je être enterrée ? Où nous mettent-ils quand nous quittons cet endroit pour de bon ? »

Il sombre dans la déception puis m'interroge : « Vous pensez à un endroit en particulier ? Vous pouvez compter sur moi pour transmettre vos volontés. Y a-t-il quelqu'un à qui vous voudriez que je parle, quelqu'un que vous voudriez inviter à la cérémonie ? »

Je reste silencieuse un moment, je fais semblant de réfléchir. « Pas besoin d'engager des figurants, dis-je. Vous, moi, et le fossoyeur, ce sera parfait. »

Il fait une grimace – de gêne ? de maladresse ? – parce qu'il voit bien que je sais qu'il n'est pas un vrai vicaire. Il n'en revêt l'attirail – le faux col – que pour qu'on le laisse entrer. Il avait déjà demandé à me voir auparavant et j'avais refusé. Mais voilà qu'avec cette conversation sur les tombes, je me mets à penser aux corps : ceux qui sont sous terre, ceux qui sont sur terre. Cara et moi, prenant le soleil au bout de la jetée sur le lac à Lyntons. Elle, en bikini – c'était la première fois que je voyais autant de peau dévoilée si près de moi – et moi, m'aventurant à relever ma jupe en laine au-dessus des genoux. Elle avait tendu le bras jusqu'à ce que ses doigts m'effleurent le visage et m'avait dit que j'étais belle. J'avais trente-neuf ans assise sur cette jetée, et personne auparavant ne m'avait jamais dit que j'étais belle. Plus tard, tandis que Cara repliait la nappe et rangeait ses cigarettes, je m'étais penchée au-dessus de l'eau verte pour découvrir avec déception que mon reflet n'avait pas changé, j'étais toujours la même, même si brièvement, cet été-là, il y a vingt ans, j'avais fini par la croire.

Les images se mettent à affluer, se superposent les unes aux autres. J'abandonne alors toute idée de chronologie et me laisse aller au ressac de la mémoire, à ses vagues montantes et descendantes. Mon dernier regard dans le judas : à genoux sur le plancher nu de ma salle de bains sous les combles de Lyntons, l'œil collé au cristallin émergeant du sol, la main sur l'autre œil pour le maintenir fermé. Dans la chambre sous la mienne, il y a un corps allongé dans l'eau rose du bain, les yeux grands ouverts fixant mon regard trop longuement. Des flaques miroitent sur le sol, des empreintes mouillées et luisantes ont commencé à s'effacer en direction de la porte. Je suis une voyeuse, je suis celle qui se tient derrière les rubans de la police et regarde une vie se défaire sous ses yeux ; je suis dans la voiture qui ralentit devant un accident mais ne s'arrête pas ; je suis la coupable revenant sur la scène de crime. Je suis la pleureuse solitaire.

Le judas. Je n'avais jamais croisé ce mot avant d'arriver ici, dans cet endroit.

Il y a combien de temps ?

« Combien de temps ? » J'ai dû poser la question à voix haute, car l'une des auxiliaires me répond. Non, pas *auxiliaire* ; quel est son titre à elle ? Aide-soignante ? Assistante de vie ? Ma maladie dégénérative a grignoté plus que de la chair : elle a pris tous mes souvenirs de la semaine passée, de même que les noms, les titres qu'on m'a dits il y a à peine une heure, mais elle a eu la gentillesse de ne pas s'attaquer aux souvenirs de l'été 1969.

« Il est onze heures quarante », répond la femme. C'est celle que j'aime bien ; sa peau a la couleur d'un marron que j'avais ramassé fin septembre et retrouvé dans la poche de ma veste début mai. Elle reprend, plus fort : « Plus que vingt minutes avant l'heure du déjeuner, madame Jellico. » Elle découpe soigneusement les syllabes, *Jel-li-co*, on dirait le nom d'une fabrique de gâteaux : Les tartes de Madame Wagner, Les cakes de Monsieur Kipling, les – quoi d'ailleurs – de Madame Jellico… En plus je n'ai même jamais été Mme Jellico ; je ne me suis jamais mariée, je n'ai pas d'enfants. Il n'y a qu'ici, dans cet endroit, qu'on m'appelle *madame*. Le vicaire m'a toujours appelée *mademoiselle Jellico*, depuis notre première rencontre. Le vicaire ! Je me rends compte tout à coup que ma main est vide, il est parti ; est-ce qu'il m'a dit au revoir ?

« Vingt ans », murmuré-je.

Le souvenir de la première fois que j'ai vu Cara m'étreint : un lutin pâle aux longues jambes. Je l'entends encore crier dehors, dans l'allée des calèches à Lyntons. J'avais cessé alors de découper la moquette de ma salle de bains et traversé le couloir étroit vers une des chambres vides en face de la mienne. Sous la fenêtre des combles, une gouttière en plomb bordée par un parapet en pierre débordait de feuilles mortes en décomposition, de petit bois et de restes de plumes d'anciens nids de pigeons. Tout en bas, Cara se tenait debout sur la fontaine asséchée au milieu de l'allée des calèches. La première chose que je remarquai fut sa masse de cheveux – elle paraissait presque solide, avec ses boucles foncées et serrées, sa raie au milieu, dissimulant en grande partie son visage dont on n'apercevait plus qu'un trait laiteux. Elle criait en italien. Je ne reconnaissais aucun mot ; le plus près que je me sois approchée de cette langue, c'est à travers les noms latins des plantes, dont la plupart se sont effacés aujourd'hui. Un essai : *Cedrus... Cedrus... Cedrus libani*, Cèdre du Liban.

Les pieds nus de Cara remuaient sur les cuisses de Cupidon, d'une main elle s'agrippait à la robe d'une femme en pierre comme si elle tentait de la lui arracher, et de l'autre elle tenait une paire de ballerines plates. Songeant aux dégâts supplémentaires qu'elle pourrait causer au marbre déjà blessé, écaillé, je grimaçai. Je conservais l'espoir que la fontaine fût l'œuvre de Canova ou de l'un de ses élèves, même si je n'avais pas encore eu l'occasion de l'examiner de près. Cara portait une longue robe en crochet, et, j'en étais certaine, même de si loin, pas de soutien-gorge. Le crépuscule s'installait de l'autre côté de la maison, son corps était plongé dans l'ombre, mais sa tête, basculée en arrière, les yeux vers le ciel, était diaphane. Je compris immédiatement qui elle était : fougueuse, piquante, envoûtante ; un cactus en fleur.

Je crus que ses cris s'adressaient à moi, là-haut dans les combles. Je n'ai jamais aimé le fracas, les insultes ; j'ai toujours préféré le calme des bibliothèques, à l'époque personne n'avait jamais élevé la voix sur moi, pas même Mère, c'était une chose inconnue, même si depuis, les choses ont bien changé. Mais avant que j'aie une chance de répondre, et Dieu seul sait ce que j'aurais pu trouver à dire, un châssis s'ouvrit dans une des majestueuses chambres de l'étage inférieur, d'où un homme sortit la tête et les épaules.

« Cara ! lança-t-il à la fille sur la fontaine, me renseignant sur son nom. Ne sois pas ridicule. Attends. » Il semblait épuisé.

Elle cria de plus belle, agitant les bras, lèvres mobiles et mains jointes, repoussant ses cheveux de ses épaules, inlassablement, puis elle sauta de la fontaine les pieds dans l'herbe haute. Elle a toujours été agile, Cara. Elle s'avança vers la maison, sortit de mon champ de vision. L'homme disparut à l'intérieur et je l'entendis cavaler à travers l'écho des pièces vides de Lyntons, j'imaginais la poussière s'envoler sur son passage et retomber dans les coins. De ma fenêtre, je le vis surgir par la grande porte, débouler dans l'allée des calèches juste au moment où Cara s'emparait d'une bicyclette et la poussait en trottinant derrière sur ce qui restait de graviers, tout en enfilant ses chaussures. En atteignant la route, elle rassembla les pans de sa robe et enfourcha la bicyclette telle une acrobate de cirque sautant sur un cheval en marche, chose dont j'aurais été incapable à l'époque, a fortiori aujourd'hui.

« Cara ! appela l'homme. Je t'en prie, reste. »

Nous la regardâmes, lui et moi, zigzaguer autour des nids-de-poule le long de la route bordée de tilleuls. Elle s'éloigna de nous en pédalant, lâcha la bicyclette d'une main et lança un doigt d'honneur en guise de réponse. Difficile de convoquer les émotions exactes déclenchées par ces premières images de Cara après tout ce qui s'est passé. J'étais sans doute choquée par son geste, mais je me plais à penser que j'étais excitée aussi à l'idée de me réinventer moi-même, à l'idée d'un nouveau champ des possibles, de l'été.

L'homme avança jusqu'au portail en fer rouillé haut de deux mètres cinquante et plaqua ses paumes contre les caractères coulés dans la ferronnerie, *Lyntons 1806*. Sa frustration m'intrigua : venais-je d'être témoin de la fin d'une histoire ou juste d'une querelle d'amoureux ?

L'homme devait avoir à peu près mon âge, dix ans de plus que Cara, des cheveux blonds dégringolant sur son front et une façon de se tenir comme si la gravité, ou le monde, l'avait vaincu. Séduisant, pensai-je, dans le genre déprimé. Il fourra les mains dans les poches de son jean et se retourna vers la maison, le regard posé droit sur ma fenêtre. Sans savoir pourquoi puisque j'avais toutes les raisons légitimes d'être là, je reculai dans la pièce et me recroquevillai sous le rebord de la fenêtre.

Lyntons. Rien que de penser à ce mot mes poils se hérissent, on dirait un chat qui aurait vu un fantôme. Mais l'assistante de l'aile… non, ce n'est pas ça… une nouvelle, une femme blanche, je ne la remets pas, elle porte un tablier blanc en plastique par-dessus son uniforme, me voyant bouche bée, en profite pour y fourrer une cuillerée de brocolis trop cuits. Je referme mes lèvres serrées l'une sur l'autre, tourne la tête, et laisse un autre souvenir, plus ancien, me gagner.

L'itinéraire rédigé à la main par M. Liebermann : un gribouillage de noms de lieux, flèches et petites routes. Un bourg anglais, une église, des enclos à bétail grillagés. Après m'être péniblement frayé un passage hors du bus, au dernier arrêt avant le village, j'étais repartie en sens inverse jusqu'à un chemin étroit truffé de touffes d'herbe au milieu. Sur le papier, M. Liebermann avait écrit *Arrêtez-vous ici pour regarder la vue* le long d'un sentier sans nom qui virait vers un gîte à l'abandon, et ce bien que, je l'appris plus tard, il n'eût jamais mis les pieds à Lyntons. J'imagine qu'il pensait que j'arriverais en voiture, mais je n'ai jamais eu le permis de conduire, pas même pris une seule leçon ou le volant de toute ma vie. Je posai mes deux valises au sol et songeai que je pourrais les laisser sous une haie pour revenir les chercher plus tard. Appuyée sur les garde-corps cabossés, je me reposai un moment pour reprendre mon souffle, bouillant de chaud dans mon ciré – plus facile à porter qu'à tenir à bout de bras.

À deux petits kilomètres de là, au-delà d'un parc boisé de rares spécimens en fleurs, la maison – Lyntons – semblait flotter sur une berge verte. Elle s'étirait dans l'ombre vers l'arrière, mais la vue qui s'offrait à moi était celle d'un large perron grimpant sous un magnifique portique et du soleil heurtant de plein fouet huit colonnes immenses qui s'élevaient sous un fronton triangulaire. J'aurais aussi bien pu me trouver face au cousin anglais du Parthénon. Sur la gauche, le soleil se reflétait dans les vitres de la serre dont parlaient les lettres de M. Liebermann, et derrière les bâtiments, la terre remontait, abrupte, hérissée de rameaux – c'était un trait géographique caractéristique de la région : d'anciennes forêts suspendues à flanc d'escarpements raides qui ondulaient en tours et détours sur des kilomètres. Tout près, un ruisseau coulait à travers des prairies d'eau ponctuées d'empreintes de sabots de vaches, avant de disparaître derrière des buissons en friches et des arbres ébouriffés. J'apercevais le miroitement d'un lac et, sans le voir pourtant, j'imaginais un pont enjambant l'eau. Je songeais dans un frisson d'excitation au genre de pont que ce devait être, vu l'âge et le style de la maison d'origine et ce que j'avais lu à ce sujet, mais je n'en avais parlé à personne. De toute façon, à l'époque, il n'y avait personne pour m'écouter.

Dans mon lit, ici, je pense aux ponts, aux traversées, au passeur de gué, et je me demande si j'aurai une prémonition de ma propre mort. D'après ce que je sais, tout le monde en reçoit – un oiseau dans la pièce, un renard enchaîné, une vache donnant naissance à des veaux jumeaux – mais seuls les infortunés y reconnaissent le signe de la mort.

Une autre « auxiliaire de soins », la gentille, avec l'acné – Sarah ? Rebecca ? –, me peigne les cheveux. Elle est plus jeune que les autres, à mon avis elle ne va pas tenir longtemps, mais elle est douce et ne verse pas dans l'habituel bavardage de circonstance. Une fois son ouvrage terminé – ce n'est plus l'affaire que de quelques coups de peigne maintenant –, elle me tend un miroir et de nouveau j'éprouve ce choc face à la femme qui me fixe : ses joues creuses, sa peau tachée comme du parchemin par des sachets de thé, son cou rabougri. La femme dans le miroir a la bouche ouverte, j'aperçois ses gencives pâles déchaussées sous ses dents de cheval jaunes, et tandis que je recule, écœurée, mes bras tremblent et repoussent le miroir. La fille le tenait mollement, ou bien s'attendait-elle à ce que je n'aie pas de forces, en tout cas, la surprise lui fait lâcher prise. Il heurte le bout du lit, sans toutefois se casser bien sûr, et atterrit au sol en pivotant à travers la pièce. La fille m'invite à ne pas bouger, à me calmer, à me recoucher, elle n'est plus aussi douce qu'avant. Un filet humide et chaud se répand sous moi, elle appuie sur la sonnette et j'entends résonner le couinement des semelles en caoutchouc sur le linoléum du couloir. Une vague de douleur me parcourt le bras et je me retrouve dans les combles de Lyntons.

Je suis dans les combles à Lyntons, et une fois certaine que l'homme est bien à l'intérieur, je termine de taillader la moquette de la salle de bains en son milieu avec mon couteau à échantillons botaniques. C'était un couteau magnifique, le galbe de la poignée épousant la forme de ma paume, la lame large et courte ; j'aimais qu'elle soit toujours bien aiguisée. Je ne sais pas où il est passé.

Dans un coin sous la fenêtre, je glissai les doigts sous la plinthe et tirai suffisamment fort pour que la moquette se détache par à-coups, me projetant, au milieu d'un nuage de poussière, de la position accroupie à la position assise. Une couche de peaux mortes abandonnées là par d'autres, les sédiments d'insectes desséchés et des particules de plâtre tombées du plafond se déposèrent sur mon visage et mes cheveux.

C'était une moquette à motifs, des carrés légèrement bruns et des cercles rougeâtres. Les contours étaient grisés de poussière et le pourtour des toilettes taché d'un jaune toxique. Je tirai, soufflai et réussis à enrouler les deux moitiés l'une sur l'autre au milieu de la pièce, dénudant les lattes de plancher en dessous. La pièce était spacieuse – trois pas entre la baignoire et le lavabo, idem entre la fenêtre et les toilettes –, sans doute la chambre des domestiques autrefois. Au centre du plafond bas, pendait un abat-jour poussiéreux accroché à un fil nu. Je me fichais que ce fût absolument affreux, cette salle de bains et cette chambre étaient les miennes, le temps d'un été au moins.

On frappa à la porte des combles au bout du couloir, je me figeai, toujours à quatre pattes, espérant que, si je restais immobile suffisamment longtemps, la personne finirait par s'en aller. Il m'était arrivé, par le passé, d'avoir envie de compagnie mais, à présent que quelqu'un frappait à ma porte, mes pensées s'éparpillaient, et une pulsation de panique battait dans ma gorge à l'idée de parler à un inconnu. De nouveaux coups. Et tandis que je me hissais sur le rebord de la baignoire, j'entendis la porte s'ouvrir, puis l'homme que j'avais vu courir après Cara apparut sur le seuil de la salle de bains, légèrement essoufflé d'avoir monté l'escalier en colimaçon.

Il me dévisagea et je me rendis compte que j'avais toujours mon couteau à échantillons botaniques à la main et l'écharpe en soie de Mère enroulée sur le bas du visage pour ne pas avaler de poussière.

« Bonjour ? » dit-il en reculant d'un pas. De plus près je songeai qu'il avait l'air plus triste, plus beau aussi, le visage moins ridé.

Je tirai sur le foulard, changeai le couteau de main, deux fois, incapable de décider quoi en faire.

« Désolée », dis-je, sachant bien que c'était le mot qu'il attendait que je prononce.

« Vous devez être Frances ? » Il tendit la main. Je dus lui paraître confuse, gauche, car il ajouta, comme si je pouvais avoir oublié : « Vous êtes ici pour étudier l'architecture des jardins pour Liebermann ? » Il fallut encore un moment pour que je saisisse sa main tendue, sèche et aussi grande que la mienne. Je la relâchai rapidement. « Peter, se présenta-t-il. Je suis navré, j'étais absent quand vous êtes arrivée, mais apparemment vous avez déjà pris vos marques ? » Il sourit, rit presque, en regardant le couteau dans ma main. Je croisai son regard, détournai le mien, me concentrant sur ses lèvres plutôt, charnues pour un homme. Son charme me rendait encore plus balourde.

Dans l'une de ses lettres, M. Liebermann m'avait expliqué avoir également demandé un rapport sur l'état de la maison et de ses installations à quelqu'un d'autre. Je m'étais donc attendue à trouver Peter, mais je ne m'étais pas attardée à l'imaginer, ou du moins me l'étais-je figurée plus âgé et seul. « Désolée », répétai-je, dissimulant le couteau derrière mon short – un short d'homme, large, acheté au surplus militaire. « Je découpais la moquette. » En plus de s'excuser, je m'étais rendu compte que le fait de constater les choses m'aidait quand je ne savais pas quoi dire.

« Je n'ai pas vu votre voiture. » Quand il parlait, les mains de Peter bougeaient, s'enroulaient l'une sur l'autre, pointaient, illustraient ses mots.

« J'ai pris le train, puis le bus, dis-je. Le 39, il avait vingt-huit minutes de retard. » Je devinai d'après son expression que je m'étais trop étendue, voire que j'avais été impolie. C'était tellement dur de tomber juste, de se couler dans le moule des conversations que les gens avaient entre eux sans effort. Ce n'était pas la première fois que je me demandais comment ils faisaient.

« Vous auriez dû envoyer un télégramme, dit Peter. Je serais volontiers venu vous chercher à la gare. » Il regarda derrière moi dans la salle de bains et poursuivit. « Désolé que vous ayez assisté à cette scène tout à l'heure. Impossible d'ignorer Cara quand elle est dans cet état-là. Mais ne vous inquiétez pas. » Je ne m'inquiétais pas ; je me demandai tout à coup si j'aurais dû. « Elle sera allée en ville. Elle revient toujours. » Il rit de nouveau. On aurait dit qu'il se rassurait lui-même. « Qu'est-ce que vous fabriquez là-dedans ? » Il pointa le menton en avant. « Les chambres sous les toits sont assez miteuses. À mon avis, un vieux domestique devait vivre là, une nurse ou un majordome. Rien n'a été entretenu. Vous devriez voir le chaos que l'armée a laissé derrière elle, des graffitis comme vous ne pouvez pas imaginer. » Il entra dans la salle de bains et regarda autour de lui, sans la moindre trace d'embarras.

« L'armée ? » relevai-je. Je connaissais tous les trucs pour relancer un interlocuteur.

« Lyntons a été réquisitionné. Par le 47e régiment d'infanterie. Des Américains. Apparemment, Churchill et Eisenhower auraient discuté des détails de l'invasion du D-Day dans le petit salon bleu.

Dieu seul sait les dégâts qu'ils ont pu causer dans les jardins. Les soldats, je veux dire, pas Churchill et Eisenhower, quoique, on ne sait jamais. Toujours est-il qu'il vaut mieux que vous soyez préparée. Liebermann a bien suggéré que vous puissiez disposer des pièces du rez-de-chaussée. Elles sont beaucoup plus importantes et j'espérais que Cara et moi trouverions où habiter en ville mais, c'est-à-dire que… les circonstances ont changé de mon côté… » Il sourit. J'appréciais qu'il parle et m'évite d'avoir à le faire. « Seules cette salle de bains et la nôtre en bas fonctionnent correctement. J'espère que vous ne voyez pas trop d'inconvénients à demeurer dans les combles. »

Je le vis fixer les deux moitiés de la moquette roulées l'une sur l'autre.

« Il y avait une odeur », dis-je.

Dans sa dernière lettre, M. Liebermann avait joint une clé de la porte de service et les indications pour l'atteindre, puis pour trouver mon chemin jusqu'aux combles. En ouvrant la porte en haut de l'escalier en colimaçon pour la première fois, j'avais été percutée de plein fouet par la puanteur, qui m'avait évoqué les derniers jours au chevet de Mère. Un mélange de légumes bouillis, d'urine et de peur. « Je me suis dit que M. Liebermann ne m'en voudrait pas d'arracher la moquette.

— Oh, il ne vous en voudra pas. » Peter balaya la question d'un geste de la main et alla à la fenêtre sans cesser de parler. « Liebermann n'a aucune idée de ce qui se trouve ou non dans la maison. Il m'a envoyé un inventaire dans lequel rien ne colle. Il était censé y avoir une cheminée néoclassique de Wyatt dans le petit salon bleu, à la place il n'y a qu'un trou béant. Le grand escalier était censé être en marqueterie de marbre, c'est indiscutablement de la scagliola, et maintenant que l'humidité et la moisissure s'y sont insinuées, ce n'est même plus la peine de chercher à le sauver, mais la bonne nouvelle c'est que la coupole est une vraie merveille et que j'ai découvert des dizaines de bouteilles de vin à la cave qui n'étaient pas recensées. » Il fit un clin d'œil, puis se pencha, les mains sur les genoux pour regarder par la fenêtre basse. « Elles sont probablement bouchonnées, me direz-vous. L'inventaire pourrait être celui d'une tout autre maison. J'avais supposé que Liebermann l'avait au moins visitée avant d'acheter Lyntons, mais maintenant je n'en suis même pas sûr. Avez-vous trouvé les draps que nous avions préparés pour vous ? » Il n'attendit pas la réponse. « Quelle vue. »

Mes deux pièces se trouvaient du côté ouest de la maison, juste en dessous du toit et des cheminées. L'étage comportait une douzaine de pièces desservies par un couloir qui traversait la maison du nord au sud. Toutes les fenêtres donnant à l'ouest jouissaient d'une vue imprenable sur les jardins en ruine de Lyntons, les chemins envahis par les buis et les ifs, les entrelacs d'une roseraie, des statues en décrépitude et des parterres de fleurs ravagés, le parc, le mausolée et, au-delà, l'orée d'une forêt sombre et des fils électriques au loin.

« Avez-vous eu le temps d'explorer les alentours ? demandai-je. Êtes-vous allé jusqu'au pont ? » J'avais envie qu'il réponde non, de telle sorte que tout ce que je pourrais trouver là-bas serait ma découverte et n'appartiendrait qu'à moi, mais en même temps j'avais envie qu'il me dise qu'il avait bel et bien vu le pont et que c'était un pont de style palladien, pour pouvoir cesser de me préparer mentalement à une déception.

Un pont palladien : un ouvrage d'architecture discret conçu pour relier deux rives. Le plus souvent surmonté d'un temple : des balustrades et des colonnes en pierre, des frontons et des colonnades sous un toit en plomb, avec des plafonds coffrés et des statues. Le pont que j'imaginais s'élevait au-dessus du lac et l'enjambait de cinq arches élégantes tandis qu'un spectaculaire temple ouvert sur le côté se dressait au-dessus des balustrades. L'ensemble serait merveilleusement symétrique, quoique orné de sculptures complexes et délicates sur les clés de voûte. Ce ne serait pas juste un pont, un moyen d'aller d'une rive à une autre, mais un lieu fait pour l'amour, pour les rendez-vous galants, pour la beauté.

Peter se raidit. « Il y a un pont, c'est vrai ? Je me dis tout le temps qu'il faut que j'aille nager au lac mais j'ai eu tellement à faire dans la maison, avec Cara et la cave à vin. »

Il donna un coup de pied dans la moquette enroulée et rit. « Vous vous débarrassez d'un cadavre, c'est ça ? »

2

Au réveil je suis seule. Mon estomac gargouille et je me dis que j'ai dû rater le petit déjeuner ou le déjeuner, ou les deux, mais c'est surtout d'un verre d'eau que j'ai besoin. Ils ont laissé un gobelet pour moi sur la table de chevet, mais tout ce que j'arrive à faire c'est poser mes yeux dessus. Mes membres n'obéissent plus aux ordres de mon cerveau. Les gens ici ont changé mes draps et ma chemise de nuit, je me sens humiliée à l'idée qu'ils aient touché mon corps malade, avec toutes ces taches roses et brunes et ces muscles atrophiés. J'ai une fois entendu quelqu'un dire qu'avec l'âge on est censé se sentir plus à l'aise dans son corps, devenir plus indulgent vis-à-vis de ses plis et replis, c'est faux. Autrefois j'étais grosse, « voluptueuse », a dit Peter un jour. Désormais la chair a fondu mais la peau demeure et je gis dans une flaque de moi-même. Je ferme les yeux et tourne la tête vers la fenêtre ; sous mes paupières, du rose garance. J'y retourne.

C'est un nouveau jour, la lumière est dorée et verte, je suis de retour dans ma salle de bains sous les combles. Dans mes souvenirs, le soleil brille toujours à Lyntons ; les rares gouttes de pluie et grondements de tonnerre que nous avons eus là-bas se sont effacés de mon esprit. C'est mon premier matin, je vais au lac. Avant toute chose, je frottai la baignoire, le lavabo et les toilettes, balayai les poils laissés là par la moquette arrachée que j'avais traînée dans les escaliers puis dehors, avant de la hisser sur un monceau d'ordures repéré derrière les écuries. Je mis les boucles d'oreilles Hattie Carnegie de Mère et vérifiai que son médaillon était bien accroché autour de mon cou. C'était sans doute étrange de se faire belle pour aller se promener, mais j'aimais les porter pour me souvenir d'elle, pouvoir rien qu'en posant la main sur mon oreille ou ma gorge entendre sa voix et revoir son regard qui me contemplait avec amour, avant le départ de mon père.

Pendant que je renouais un lacet, une des boucles de Mère se décrocha de mon oreille, comme si toutes les trois – moi, Mère et la boucle d'oreille – nous savions qu'elles ne m'allaient pas. Du verre de Pékin, émeraude, cerclé de faux diamants et pensé pour de bien plus petits lobes que les miens. La boucle d'oreille fila sur le sol de la salle de bains, je me précipitai derrière ; une minuscule souris scintillante disparaissant dans un creux entre deux lattes. Je tirai sur l'autre boucle, la déposai sur la tablette à côté de mon talc et fourrai les doigts dans le trou, enfonçant la main jusqu'à ce que mes jointures se heurtent au bois. Il n'y avait là que de l'air chaud. Mais une des lattes était décrochée, branlante à côté de ses voisines. Je glissai les mains dessous et fus surprise de la sentir se lever, dévoilant les solives sous le plancher. Dans les profonds écarts entre les lattes, une plage de limon était jonchée d'objets égarés. Les vestiges d'un minuscule naufrage échoués sur du sable sombre et terreux : des épingles à cheveux, une lame de rasoir rouillée, un bouton, deux barrettes, quelques perles sales échappées d'un collier cassé, et la boucle d'oreille. Elle avait terminé sa course contre un tube en métal, de la taille d'un gros cigare, qui dépassait de la poussière. J'essayai de retirer le tube du sable mais il était fermement attaché. Il s'incurvait et se dressait depuis le sol – comme un télescope miniature. Je me léchai le doigt pour nettoyer ce qui semblait être un petit disque de verre à l'extrémité, et penchai le visage au-dessus du tube pour regarder à l'intérieur.

Je vis alors, en plongée, une autre salle de bains, plus grande que la mienne, plus imposante – une baignoire à pattes de lion avec un rideau et une vasque en cuivre sculpté, tous deux tordus et repliés sur eux-mêmes par la lunette déformante. La porte était ouverte et une langue de soleil jaune venait lécher le sol depuis la pièce adjacente. Sur le rebord du lavabo, un pain de savon tout neuf était posé dans une coupelle en porcelaine, et à côté, sur une petite table, un fouillis de flacons, parfums et brosses à dents. La porte s'ouvrit davantage, laissant entrer un homme. Ce n'est qu'en le voyant s'immobiliser devant les toilettes que je reconnus Peter. Je fis un bond en arrière, la paume plaquée sur le tube, immobile et silencieuse, comme s'il pouvait à tout moment lever les yeux et me surprendre. Je me souvins de ce qu'il avait dit, que ces pièces en bas étaient censées me revenir, et j'étais soulagée de m'être vue attribuer plutôt ces anciens quartiers de domestiques et ce lit militaire agrémenté d'un fin matelas.

Je demeurai figée jusqu'au moment où la chasse d'eau retentit, alors je repliai le tube vers le bas et remis la latte de plancher en place.

M. Liebermann m'avait aussi envoyé un inventaire, en quelque sorte : une page, en plus de ses indications et de la clé. Une feuille arrachée au dossier de vente de Lyntons :

Demeure néoclassique comprenant hall d'entrée, salon de musique, petit salon, armurerie, salon, salle à manger, fumoir, salle de billard, bar, dix chambres et leurs dressings, cinq salles de bains, et logements domestiques. Sise dans un splendide parc boisé de plus de trois hectares avec lac d'ornement, fontaine, parterre, potager clos, pont classique, orangerie à l'architecture exceptionnelle, écuries, laiterie, glacière, grotte, mausolée et fabriques de jardin en tous genres, incluant un obélisque, etc., et une série de dépendances. Le tout dans un état de délabrement global.

M. Liebermann avait gribouillé par-dessus au crayon à papier, entourant « fontaine » et soulignant trois fois « pont classique ».

Sa première lettre m'était parvenue sous un timbre américain, un mois après l'enterrement de Mère. Une coïncidence, mais une heureuse coïncidence. À sa mort, la pension alimentaire que mon père lui versait cessa d'arriver, et bien que Mère m'eût légué tout ce qu'elle possédait, il resta étonnamment peu d'argent une fois les funérailles et quelques autres factures réglées. Nous étions locataires de l'appartement dans lequel nous vivions, une partie d'une maison londonienne.

Je croyais, pour la première fois en trente-neuf ans, qu'il serait excitant de ne pas savoir où j'allais atterrir ou ce que j'allais faire. Mère et moi suivions une routine, dont nous ne déviions jamais, et j'avais envisagé comme une libération la possibilité soudaine de manger quand je le voudrais, d'aller me coucher à l'heure où je voudrais, et de faire tout ce que je voudrais. Je croyais que j'en serais transformée. Je me préparais à la mort de Mère depuis dix ans – chaque fois que je rentrais des courses ou de la bibliothèque, en déverrouillant la porte d'entrée, j'ignorais ce que j'allais trouver. Après son départ, j'étais prête à m'en aller à mon tour. J'avais envie de me débarrasser du souvenir de ces années, qui avait tout imprégné : la chaise depuis laquelle elle scrutait la rue, guettant mon retour ; le bureau où elle s'asseyait pour écrire des lettres à mon père et lui demander plus d'argent ; le lit où je lui avais prodigué des soins, où elle était morte – qui, lorsque j'en ôtai les draps, exhala son odeur et m'arracha des larmes.

Je fus sans pitié. J'invitai l'antiquaire du coin et lui dis qu'il pouvait racheter tout ce qui l'intéressait. Il bourdonna, marmonna et secoua la tête tandis que je lui faisais faire le tour du propriétaire. Les meubles étaient trop sombres et trop lourds, dit-il, le marché avait pour ainsi dire disparu pour le genre de mobilier victorien démodé que nous possédions. Et cependant, il prit tout, y compris ses anciennes tenues haute couture de sa vie d'avant, les fourra dans des cartons, tout en disant qu'il avait peu d'espoir de leur trouver une nouvelle maison. L'argent qu'il me donna pour la totalité représentait moins que le prix d'une seule de ces robes. Je le savais, mais je voulais que tout disparaisse. Il laissa ses sous-vêtements, quelques bijoux de pacotille et une robe de soirée que je gardai pour moi. Je ne songeais pas à l'avenir, pas à ce moment-là. Je n'avais aucun doute sur le fait que quelque chose se présenterait, et j'avais raison.

Quelques mois auparavant, un article que j'avais écrit sur les ponts palladiens des parcs de Stowe et de Prior avait paru dans le *Journal de la Société des Antiquités de Jardin*. Au fil des années, ce journal avait publié plusieurs de mes articles, sans toutefois me payer, c'était une parution périodique obscure uniquement lue, pensais-je, par une poignée d'universitaires.

Mais elle avait manifestement élargi son public, car un jour je reçus une lettre d'un certain M. Liebermann, transmise par le journal, qui m'écrivait pour me dire qu'il avait acquis une maison de campagne anglaise et ses jardins.

Chère Madame Jellico,

En tant qu'experte de l'architecture des ponts et jardins en général, je me demandais si vous envisageriez de visiter une maison de campagne et son domaine que j'ai récemment acquis, afin de me livrer votre analyse professionnelle…

Ainsi commençait sa lettre. Je ne me serais pas présentée comme experte : tout ce que je savais, je l'avais appris par moi-même, en dehors de ce que j'avais retiré de mon année à Oxford. J'avais toujours passé mon temps libre dans la bibliothèque du British Museum, assise sur ma chaise habituelle, à lire, prendre des notes et rédiger de courts articles historiques pour le plaisir. Je n'avais visité aucun site historique hors de Londres, du moins depuis le départ de mon père.

Je répondis à M. Liebermann le jour même, acceptant son offre – une commande, une chance d'échapper à la ville, et, plus excitant encore, la possibilité d'étudier un pont classique en vrai. Je perdis le sommeil jusqu'au jour où il me répondit. Tombés d'accord sur une rémunération, nous convînmes que je séjournerais dans la maison, et je consentis à lui remettre un rapport d'ici la fin du mois d'août sur les éléments présentant un intérêt architectural dans le jardin.

Pour ma dernière semaine à Londres, je réservai une chambre dans une pension de King's Cross, mes vêtements dans une valise, mes livres et ce qui restait des affaires de Mère dans une autre. Je passai les nuits éveillée, à écouter les allées et venues des filles dans la rue, et les journées sur ma chaise à la bibliothèque du British Museum, à lire tout ce que je pouvais trouver sur Lyntons. Pevsner s'en tenait à une page et demie, mentionnant le pathos de son portique principal, usant de ce ton dédaigneux que j'avais appris à apprécier pour qualifier l'escalier d'« inintéressant ». Le livre notait au passage les fabriques disséminées dans le jardin et l'orangerie, mais ne parlait d'aucun pont. L'église du domaine était mentionnée elle aussi, mais l'intérieur était décrit comme « décevant » et les statues « sentimentales ». J'appris néanmoins que la demeure néoclassique avait été construite au début du XIXe siècle autour d'une maison antérieure en briques. Je commandai les numéros afférents de *Country Life* mais ne trouvai rien de surprenant, sinon de mornes photos de cheminées, du portique et du lac. Un article évoquait un livre de dessins, ce qui me conduisit au journal écrit par une femme qui avait séjourné à Lyntons durant l'été 1755. Elle décrivait longuement les faisans robustes qu'on y servait au dîner, le froid et l'humidité de sa chambre, et qu'elle avait attendu en vain qu'un des domestiques réponde à ses appels et vienne lui allumer un feu dans l'âtre. Elle racontait aussi le pont classique et ses « arches délicates » qui enjambaient l'eau.

J'allai au lac ce premier matin, quittai la maison par la porte de service, contournai la façade et passai sous les immenses colonnes du portique jusqu'au bas des larges marches. Le jardin formel autrefois composé de plantations et de haies ordonnées, avait gagné l'avant de la maison, avalé les premières marches, les ronces transperçaient la pierre et s'insinuaient dans ses moindres failles. Les épilobes de valériane et de laurier s'étaient ensemencés, les buissons de lilas, jamais taillés, s'étaient dégingandés, les fleurs avaient bruni, tandis qu'un chèvrefeuille rampant, ou *Lornicera*, avait escaladé le liseron, ou *Convolvulus*. Il fut un temps, songeai-je, où le lac et le pont devaient avoir été visibles depuis la maison, mais à présent j'avais dû me frayer un chemin à travers la végétation, m'efforçant de suivre le tracé d'un chemin bordé d'orties qui menait à une rangée de huttes Nissen, dont les toitures bombées suffoquaient sous le lierre. Je regardai à travers les fenêtres perforées, il était évident, à l'odeur et au chaos qui y régnait, que leur utilisation la plus récente avait été celle de poulaillers.

Tandis que je louvoyais entre de monstrueux rhododendrons bordant une volée de marches érodées, dont la pierre avait rosi sous les boutons de fleurs échoués et fanés, je ne pouvais m'empêcher de penser à ce que j'allais sans doute découvrir : un pont palladien plus élégant encore que ceux des parcs de Wilton ou de Prior, plus large que celui de Stowe, et, contrairement à celui de Stourhead, le mien aurait un temple en son sommet. Vous voyez ? C'était déjà le mien. Ce serait ma découverte – je ne songeai pas une seconde à M. Liebermann, pas à ce moment-là –, j'écrirais un article qui ne paraîtrait pas uniquement dans un journal spécialisé ; il serait publié dans le *Times*.

Je débouchai en aval de la rivière, où la terre avait été creusée pour former une large cuvette qui ralentissait le courant et devait avoir autrefois donné aux propriétaires et à leurs invités l'impression de se trouver face à un lac plutôt qu'à un bête ruisseau détourné de son lit. À ma droite, l'eau serpentait hors de portée, formant un coude, et lorsque je posai le pied sur la berge, une volée de canards émergea de l'eau verte, battant des ailes et caquetant. Je pris à gauche, à travers une étendue de jeunes arbres emmêlés ; malgré la colonisation déjà avancée des herbes et fougères, le sol se creusait d'ornières là où la piste devait avoir été tracée par les manœuvres des tanks. Le lac me renvoya son miroitement à travers les arbres.

Quelques mètres encore et, pour la première fois, je vis l'image sans entrave du pont, à l'avant du lac. Ce n'était pas ce que j'espérais. Il n'y avait pas de temple au sommet, juste davantage de broussailles et de pousses entrelacées l'envahissant des deux rives. Il y avait bien des arches, mais elles n'étaient pas délicates. J'envisageai de faire demi-tour, puis me ravisai, maintenant que j'étais là, autant aller jusqu'au bout et poser le pied dessus. Un étroit chemin de cerfs menait au bout du pont, je le suivis, donnant de grands coups de bâton dans les ronces et leurs mûres qui tentaient de s'accrocher à mes vêtements et ma peau. À l'est, l'eau du ruisseau stagnait, ralentie par les débris qui s'y accumulaient contre les pierres – des branches, des feuilles et une écume blanche tourbillonnaient à la surface. C'était un endroit triste et humide, pourtant, lorsque je m'en détournai et portai le regard sur le lac, l'eau était transparente, on voyait les herbes au fond et au centre, la surface immobile capturait le reflet du soleil et du ciel et me le renvoyait.

Je traversai le pont et poursuivis mon chemin sur la rive opposée, je me baissai pour passer sous les branches, les repoussai de mon bâton et marchai jusqu'à l'autre extrémité du lac, où il rétrécissait pour redevenir un ruisseau, et je franchis un barrage glissant au-dessus d'une petite cascade artificielle. Tandis que le soleil s'élevait dans le ciel, je demeurai assise là et m'efforçai de dessiner le pont et le lac dans mon carnet de croquis. J'étais habituée à être seule, et généralement ravie de l'être, même au milieu d'une foule londonienne, mais ici, assise au bord du lac de Lyntons, j'étais consciente de la présence de ce couple là-bas dans la maison et me surpris à me demander quel genre de personnes ils étaient.

Plus tard, j'arpentai le reste du terrain et pris connaissance des fabriques de jardin et de quelques-uns des bâtiments : l'obélisque, le mausolée, la grotte, le potager et la laiterie. Je jetai un œil dans des réserves à l'odeur de renfermé, la glacière et les écuries, où, averties par la lumière et mes pas lourds, des créatures invisibles déguerpissaient. Je passai la fin de la matinée assise sur mon petit lit dans ma chambre avec mes documents sur les genoux et mes livres éparpillés au sol – il n'y avait ni table ni chaise –, à reporter mes notes, reproduire mes croquis et créer une carte des extérieurs avec l'emplacement de chaque fabrique de jardin par rapport à la maison.

Je lavai mes sous-vêtements et collants dans le lavabo de la salle de bains avec le pain de savon laissé là, dont le parfum s'était évaporé et la surface craquelée, et mis les vêtements à sécher sur un fil suspendu au-dessus de la baignoire. Tard dans l'après-midi, je fis chauffer une demi-boîte de sardines à la tomate sur un poêle installé dans ma chambre avec un peu de vaisselle et d'argenterie. J'empilai mes valises l'une sur l'autre, déployai une taie d'oreiller inutilisée par-dessus et disposai un couteau, une fourchette et une assiette. Assise de guingois sur le sol, face à la table que je m'étais confectionnée, je pris mon déjeuner.

Après avoir fait la vaisselle dans le lavabo et tout rangé, je retournai à mon ouvrage. Quand je relevai les yeux de mon travail, la lumière avait viré à l'abricot dans le soleil couchant. Je me levai, arquai le dos, m'étirai, me déliai le cou, et observai le terrain, accroupie devant la fenêtre ouverte, m'efforçant d'imaginer à quoi le paysage ressemblait à l'origine

– les champs au loin, verts et vierges, les chênes et les cèdres aux branches intactes, aux racines dénuées d'orties. Une époque où chaque perspective depuis la maison avait été pensée pour incarner un idéal paysager de campagne anglaise composé de panoramas et d'espaces ouverts encadrés de rameaux sombres s'élevant à l'horizon.

Une odeur de cuisine me parvint d'en bas, de l'ail revenu dans du beurre, quelque chose de lourd, et mon estomac gargouilla – la moitié d'une boîte de sardines, ce n'était pas suffisant. Penchée à ma fenêtre, me rengorgeant de l'arôme qui montait, je vis un pied sur le rebord de la fenêtre en dessous, furtivement, de vilains doigts de pied vernis de vert devant lesquels je battis en retraite rapidement. En me demandant comment les gens faisaient pour se connaître entre voisins.

Pour le dîner, je terminai le croûton de la miche de pain que j'avais apportée et la boîte de sardines. Il faudrait que j'aille en ville le lendemain, si je voulais manger quelque chose.

Même avec la fenêtre ouverte, il régnait une atmosphère fongueuse dans les combles, allongée sous mon drap, en chemise de nuit, je songeai aux précédents occupants de cette chambre et de celle qui était devenue ma salle de bains depuis. L'œilleton avait-il été installé là par un domestique fouineur désireux d'espionner sa maîtresse, ou bien par un fils dégénéré, peut-être, qui s'était dit que ce serait drôle de reluquer les invités de la famille ? Alors que je m'imaginais en folle enfermée dans les combles, épiant le déroulement de la vie sous ses pieds, j'entendis un cri, une voix de femme – la voix de Cara. Je m'assis dans mon lit, une lumière s'alluma dans les chambres du dessous, dont la lueur était visible par ma fenêtre ; et en passant la tête dehors, je vis que la salle de bains de Peter et Cara était allumée aussi. Elle brailla quelque chose en italien, crachant ses mots. La réponse de Peter fut sonore mais ferme :

« Je t'en prie, Cara. Il est tard, on est vraiment obligés de se lancer là-dedans maintenant ? »

Elle cria de plus belle, ses mots étrangers flottaient dans la nuit au-dehors.

« En anglais, s'il te plaît », dit Peter.

Cara hurla, on aurait dit un animal pris dans un piège. Il y eut un grand fracas – du verre brisé ou de la vaisselle explosée – qui provoqua chez moi un bref mouvement de recul, comme si elle allait venir me chercher. Une porte claqua, faisant vibrer l'encadrement de ma fenêtre, tandis que quelque part en dessous Cara se mettait à sangloter, tout en continuant de crier entre deux hoquets, tentant de reprendre sa respiration, lâchant des paroles insensées. L'un des deux referma les fenêtres brutalement et je n'entendis plus rien, mais mes pensées étaient attirées vers le trou dans le sol de ma salle de bains.

Je savais évidemment distinguer le bien du mal. Mon père, Luther Jellico, avait eu le temps d'en ancrer les principes en moi avant de nous quitter, et Mère avait poursuivi son ouvrage à sa manière : toute mauvaise action se paye, ne mens pas, ne vole pas, ne parle pas aux inconnus, ne parle pas tant qu'on ne t'adresse pas la parole, baisse les yeux devant ta mère, ne bois pas, ne fume pas, n'attends rien de la vie. Je savais que j'étais censée me conformer à certaines règles, mais c'était plus conceptuel qu'autre chose, une liste à cocher devant chaque nouvelle action, plus intellectuel que fondamental, comme cela semblait l'être pour tout le monde. La liste ne disait rien sur le fait d'épier son prochain. J'allai dans la salle de bains et soulevai la latte sans le moindre scrupule. À genoux sur le sol, je regardai à travers le trou.

Cara était allongée sur le flanc dans un coin de la salle de bains, en chemise de nuit, le visage enfoui sous ses cheveux, ses boucles serrées déployées en tous sens. Elle avait la tête posée sur les jambes de Peter, les genoux ramenés sur sa poitrine, qui se soulevait de temps à autre pour laisser échapper un sanglot. Il était en pyjama, dos contre le mur, les jambes tendues devant lui. Il passait la main dans ses cheveux, la tête penchée sur elle, et je m'émerveillai de ce geste qui me semblait inspiré par l'amour et traduisait une manière de donner et de se donner que je n'avais jamais connue. Au bout de quelques minutes elle se redressa et couvrit de petits baisers son cou et son visage, il demeurait raide, droit, comme s'il redoutait qu'elle se métamorphose brusquement et se jette sur lui à coups de griffes. Elle l'embrassa sur la bouche, pressant ses lèvres contre les siennes, tandis que sa main, dont l'annulaire portait une alliance, remontait le long de sa cuisse et se glissait dans l'ouverture de son bas de pyjama. Je ne détournai pas les yeux ; j'étais curieuse. Avant que ses doigts fussent entrés dans l'ouverture, Peter lui prit délicatement le poignet et repoussa sa main. Cara laissa retomber sa tête, son corps tremblait sous les sanglots. Il l'aida à se relever, la souleva et la porta telle une enfant ou une handicapée, hors de la pièce.

3

Le lendemain matin, je travaillai sur mes notes sans avoir pris de petit déjeuner. Le temps que je me décide à quitter la maison, il faisait déjà chaud et mes paumes étaient collées aux poignées en plastique de mon filet à commissions. Incapable de remettre la main sur mon chapeau, je me dis que j'avais dû l'oublier dans le bus. Je traversai l'allée des calèches, envahie de mauvaises herbes, et commençai ma longue marche sur la route. Le revêtement était piqueté, troué de nids-de-poule laissés par les véhicules militaires qui avaient dû y passer en vrombissant toutes les années précédentes. Le soleil cognait sur le haut de ma tête et j'étais déjà assoiffée. Tout au bout de la route, au loin, à près d'un kilomètre, quelqu'un approchait à bicyclette, un instant plus tard je compris qu'il s'agissait de Cara, tête penchée en avant, appuyant sur les pédales pour remonter le faux plat jusqu'à la maison. Qu'était-on censé faire dans ce genre de circonstances ? J'avais vu la couleur de sa chemise de nuit – rose bonbon –, je connaissais le gémissement aigu et ardent qu'elle faisait en pleurant, et cependant nous n'avions pas été présentées. Mère se serait arrêtée et aurait engagé la conversation poliment, en faisant semblant de n'avoir rien vu ni entendu. Il y avait toujours la météo. Je pourrais parler du bleu du ciel ou demander à Cara si elle pensait qu'il allait pleuvoir, mais je n'étais pas certaine d'arriver à soutenir le regard de quelqu'un que j'avais vu glisser la main dans le bas de pyjama de son mari. Peut-être pourrais-je en profiter pour lui demander si elle aurait quelque chose à boire pour moi. À présent Cara avait atteint le virage à gauche et j'apercevais le foulard vert qu'elle portait noué sous le menton et ses lunettes de soleil. Ses genoux montaient et descendaient sous la robe en crochet qu'elle arborait déjà la veille. J'imaginais la bouteille de limonade qu'elle transportait peut-être dans son panier, encore fraîche, tout juste sortie du compartiment réfrigéré d'un magasin de la ville.

Lorsqu'elle s'arrêta, j'essuyai une paume trempée sur ma jupe, prête à lui serrer la main, et marchai dans sa direction. Mes mots : *Enchantée, je m'appelle Frances, je suis là pour étudier les fabriques du jardin*, roulaient sous mes joues comme des gravillons, ternes et dérisoires, s'échappant de ma bouche pour dégringoler au sol. Je percevais le soupir de vieillard émis par la suspension de la bicyclette, et le bâillement du caoutchouc des pneus mous sur les cailloux de la route, et je remarquais ses joues rougies par l'effort.

Puis, quand elle fut presque à mon niveau, je quittai la route pour me retrouver dans l'herbe, debout derrière l'arbre le plus proche, le dos collé contre son tronc. Même ainsi je n'aurais pas pu faire semblant qu'elle ne m'avait pas vue.

Tandis qu'elle passait devant moi avec sa bicyclette, elle fit tinter sa sonnette et s'envoler au passage une nuée de corbeaux dans un froissement d'ailes. Je restai là le temps qu'il lui fallut pour arriver à Lyntons, descendre de sa bicyclette, frapper à la grande porte et disparaître à l'intérieur, le temps qu'il fallut pour que le rouge quitte mes joues.

Au bout de l'avenue, la piste principale virait complètement à droite vers la grand-route, celle par laquelle j'étais arrivée. Mais droit devant, en direction de la ville, un chemin traçait une ligne entre deux champs de friches broussailleuses, dans un nuage bourdonnant d'insectes. Le ciel était d'un bleu mat, le soleil brillait sans discontinuer, convoquant toute l'eau de mon corps à la surface où elle s'amoncelait sous mes aisselles et entre mes seins ; si Cara était passée devant moi à présent, je l'aurais fait tomber de sa bicyclette pour mettre la main sur la bouteille de limonade imaginaire dans son panier. Convaincue d'être plus près de la ville que de Lyntons, je pressai le pas, toutes mes pensées tendues vers le grand verre d'eau glacée que je commanderais dès que j'aurais atteint le salon de thé ; il y avait forcément un salon de thé.

Au bout des champs, le chemin s'élargissait mais s'obscurcissait en même temps, sous une rangée d'ifs inclinés vers l'intérieur au point que leurs branches s'entrelaçaient au-dessus de ma tête telle une arche nuptiale sous laquelle j'avançais, fiancée sans promis. De part et d'autre, les berges remontaient le long de la route, la terre marquée, usée, dénudant les os bruns des racines des arbres.

J'étais soulagée de trouver cet ombrage. Il me fallut encore attendre d'apercevoir au loin un demi-cercle de lumière, puis un portail en fer et un cimetière derrière, pour réaliser que des générations de Lynton avaient dû parcourir ce chemin bordé d'ifs à pied, à cheval, puis, une ultime fois, portés à bout de bras, gisant dans leurs plus beaux atours jusqu'à l'église du domaine mentionnée dans le Pevsner. Sur place, le portail était bloqué par l'herbe qui montait jusqu'aux genoux, au-delà on apercevait les pierres tombales penchées au milieu des zigzags de papillons entre un buddleia et des chardons en fleur. Je m'appuyai sur la porte, poussant et aplatissant le tapis d'herbe juste assez pour me glisser à l'intérieur. Ici, derrière l'église, les tombes étaient laissées à l'abandon, la mousse et la pluie avaient peu à peu rongé les dates et les noms jusqu'à ce que les gens en dessous ne soient plus que des lettres capitales gommées. Je suivis l'ordre chronologique des tombes et dénichai quatre Lynton reposant ensemble : deux Dorothea, un Charles mort à l'âge de vingt ans, et un Samuel qui n'avait vécu qu'un an.

J'empruntai le chemin qui contournait l'église, dépassai un nouvel if dont la circonférence égalait presque celle de la tour et un tas d'herbe coupée surmonté de fleurs fanées, le tout dégageant une odeur de végétation pourrie et chaude virant au visqueux. Côté nord de l'église, le vicaire, en soutane noire, se dressait parmi les pierres. Son visage était caché, plongé dans un livre. À ses côtés, un homme plus âgé se tenait appuyé sur une grande pelle, une casquette à la main. Les deux hommes surplombaient une tombe ouverte.

Longeant le bâtiment, je fis le tour jusqu'à la porte d'entrée, qui n'était pas verrouillée. Je n'avais plus remis les pieds dans une église depuis l'enterrement de Mère, mais l'odeur de cire d'abeille et l'atmosphère, aussi fraîche que l'eau d'un ruisseau, étaient familières et agréables. J'avais pleuré tout le long de la cérémonie et des chants. Incapable de m'arrêter, même pendant que le vicaire prononçait son oraison ou que les quelques vieux amis de Mère qui avaient fait le déplacement chantaient, je n'aurais su dire pourtant si cet excès de larmes venait de ce que je m'apitoyais sur mon sort ou de l'effroi que m'inspirait la réalité de la mort de Mère.

Cette église était d'une simplicité magnifique : des bancs, de solides murs blanchis à la chaux, un plafond en bois. Je n'éprouvai pas de déception. Je descendis l'allée centrale, me glissai derrière une porte, dans la sacristie, et j'étais en train d'ouvrir la porte d'un placard au-dessus de l'évier quand j'entendis une voix derrière moi :

« Je peux vous aider ? »

Je me retournai : le vicaire se dressait sur le seuil, le *Livre de la prière commune* à la main. Ses yeux étaient cernés comme s'il n'avait pas dormi depuis plusieurs nuits, ses cheveux étrangement ramenés vers l'arrière, mais le plus troublant était sa barbe sombre. Je n'avais jamais croisé un vicaire qui ne fût pas rasé de près.

« Pardon, je cherchais un verre, dis-je. Pour l'eau.

— Je crains qu'il ne vous faille apporter vos propres vases pour les fleurs et il y a un robinet d'eau à l'extérieur pour l'usage courant.

— Je voulais dire, pour boire. »

Il passa devant moi et tira un torchon qui faisait office de rideau sous l'évier, prit un verre sur une étagère, le remplit au robinet et me le tendit. « M. Lockyer vous a vue entrer par la porte de derrière. » Il me dévisagea de bas en haut, je savais de quoi j'avais l'air : une femme d'un certain âge à la taille épaisse, le cheveu grisonnant, la gorge glougloutant sur l'eau qui y descendait. Mais je dus remporter l'épreuve mystérieuse à laquelle il m'avait soumise, car il tendit la main et dit : « Victor Wylde. »

J'hésitai, avançai dans sa direction la main qui tenait le verre, la reculai puis, en pouffant d'embarras, posai le verre sur l'égouttoir, avant de tendre une nouvelle fois la main, puis de la retirer à nouveau pour m'essuyer la paume sur la jupe et serrer la sienne.

« Victor ? dis-je. Victor le vicaire ? » Les mots m'avaient échappé, il leva les yeux au ciel, entendant la plaisanterie pour la énième fois. « Désolée, dis-je. Frances Jellico. Enchantée. »

Il devait avoir déjà remarqué mon absence d'alliance car il reprit : « Mademoiselle Jellico », avec un hochement de tête. « Faites-vous partie de la petite troupe qui a établi son campement à Lyntons ? » Il sortit un mouchoir de la poche de sa soutane, et j'eus soudain l'impression affreuse qu'il allait s'en servir pour s'essuyer la main après me l'avoir serrée, au lieu de quoi il se contenta de se tamponner le cou et remit le mouchoir dans sa poche.

« Je rédige un rapport sur les fabriques et autres constructions ornementales des jardins, dis-je.

— C'était justement un Lynton que nous étions en train d'enterrer. En fait, c'était le dernier des Lynton.

— J'ignorais totalement qu'il en demeurait un en vie.

— Eh bien, reprit-il. Ce n'est plus le cas. Ils sont tous six pieds sous terre à présent. » Il passa la main à l'arrière de son cou, défit un crochet ou un bouton, et avant que j'aie pu me détourner, tira son faux col de sous sa soutane, entraînant avec une sorte de plastron. Je ne m'étais jamais vraiment attardée sur les habits du clergé, mais le geste était si choquant qu'il aurait aussi bien pu soulever sa robe pour ôter son caleçon. Je regardai l'évier, butant sur ce que j'aurais pu ajouter.

« Il… il… n'avait donc pas de proches ?

— Elle », corrigea le vicaire dans mon dos. J'entendis le froissement des habits qu'il ôtait, sa voix étouffée tandis qu'il passait un vêtement au-dessus de sa tête. « Ni proches, ni amis, pas que je sache en tout cas. Rien que moi et M. Lockyer, le fossoyeur, et elle évidemment. La dernière Dorothea Lynton était un sacré personnage. Une râleuse invétérée, complètement amnésique. Une vieille chouette malcommode. » Les cintres tintaient les uns contre les autres.

« Dieu du ciel », m'écriai-je, les vicaires étaient-ils vraiment autorisés à cancaner ainsi sur leurs paroissiens de la sorte. « Certes, monsieur Wylde, mais elle est mieux là où elle est maintenant, non ? » C'était une expression que j'avais entendue dans la bouche de Mère. Je jetai un œil par-dessus mon épaule. Le vicaire avait enlevé sa soutane, en dessous il portait un jean et une chemise à manches longues comme celles de mon père autrefois, mais, contrairement à celles de mon père, la sienne avait un motif délavé sur le devant, dans un dégradé de roses et de jaunes – tie-dye, c'était ainsi que cela s'appelait, me semblait-il.

Il haussa les sourcils. « Si cela vous fait plaisir de le penser… Appelez-moi Victor, je vous en prie. » Il sourit, prit le verre de l'égouttoir où je l'avais posé, le remplit au robinet et, se penchant au-dessus de l'évier, aspergea la peau blanche de sa nuque. « Mon Dieu, ce qu'il fait chaud dehors, dit-il en se redressant. Dorothea avait essayé de se réinstaller à Lyntons il y a quelques années. Apparemment elle avait transformé une chambre des combles en salle de bains, afin que la vieille dame de compagnie qu'elle avait engagée pour vivre à ses côtés puisse vivre là, comme une domestique à l'ancienne. Elles n'ont pas tenu plus d'un mois, je crois. Je suis surpris que vous vous en accommodiez. Est-ce qu'au moins il y a l'électricité et l'eau courante ? » Il passa la main dans ses cheveux jusqu'à l'arrière de sa tête et, d'un geste habile, fit glisser un élastique de sa tignasse à son poignet, laissant retomber des vagues plates de cheveux de part et d'autre de son visage. J'étais médusée.

« Il y a une atmosphère très particulière. » J'éprouvais le besoin étrange de défendre les lieux.

« Dorothea Lynton était convaincue d'avoir été spoliée de ses biens par l'armée, le gouvernement ou qui sais-je », poursuivit-il. Des rigoles d'eau fonçaient les rayures roses de sa chemise, des perles d'eau s'accrochaient à ses cheveux et à sa barbe. « Elle disait à qui voulait l'entendre qu'on lui avait confisqué ses biens. » Il remplit à nouveau le verre et me le passa. Cette fois-ci, je bus plus lentement.

« Et c'était vrai ?

— Je dirais qu'elle possédait quelques marbres branlants, mais c'est vous qui vivez là-bas. J'ai entendu dire que tout avait été vidé, c'est vrai ? Ils n'ont rien laissé. Il me semble que l'armée a fait réparer le toit, mais c'est tout. J'imagine qu'il n'y a rien de drôle à séjourner dans une maison en ruine.

— Ce sera sans doute une demeure très agréable quand M. Liebermann l'aura rénovée. Et le terrain est…

— M. Liebermann ? L'Américain qui a racheté ? » Victor ferma la porte d'une penderie, sortit les pans de sa chemise de son jean et, surprenant mon regard ahuri, déclara : « Je ne suis pas de service cet après-midi. » Il rangea son livre de prières dans un espace libre sur l'étagère. « Mon oncle me racontait les Noëls que les Lynton donnaient pour les villageois autrefois, avant la Grande Guerre. À l'époque où l'argent n'était pas un problème. Un sapin touffu grimpait jusqu'au plafond du grand hall, il y avait de la musique, des danses, des tourtes à la viande à ne plus savoir qu'en faire. Et un grand cache-cache organisé pour les enfants du village. Apparemment, à la fin, ils devaient former une ligne bien nette, et chacun recevait un cadeau de Dorothea. Ils espéraient sans doute des poupées ou des toupies. Mon oncle racontait en riant aux éclats les expressions qui se dessinaient sur leurs petits visages tandis qu'on leur remettait un lambeau de tapisserie, une pierre polie ou bien une coccinelle séchée, épinglée, présentées comme des trésors de famille. » Victor secoua la tête. « Une vieille chouette malcommode. »

Il me raccompagna jusqu'au porche du cimetière et nous nous serrâmes la main une fois de plus. Tandis qu'il partait dans l'autre sens, il ajouta, incidemment :

« J'espère que je vous verrai à la messe ce dimanche, vous et votre amie. Dieu sait que je ne serais pas contre quelques nouvelles têtes dans cette église. » Et avant que j'eusse l'occasion de lui dire que je ne savais pas à qui il faisait allusion, que comme Dorothea Lynton je n'avais pas d'amis, il s'était de nouveau engouffré dans l'église par un trou dans le mur qui menait sans doute au jardin du sacristain.

La ville était plus petite que ce que j'avais imaginé : une boulangerie, une épicerie, une confiserie et une poissonnerie, ni cinéma, ni librairie. Les trottoirs étroits étaient bondés de femmes traînant paniers et enfants derrière elles, d'autres, en grappes, bavardaient tranquillement sur des sujets tels que – j'imagine – les écoles, les chaussures et le prix des salades. À quoi donc pouvait ressembler une vie pareille ? Une vie qui gravite autour d'un mari et d'enfants. Je ne comprenais pas comment cela leur était arrivé ; quel genre de secrets de maquillage, de coiffure ou de conversation avaient-elles échangé, de l'adolescence à vingt ans, qui m'avaient complètement échappé ? Non que j'eusse rêvé d'un mari ou regretté de ne pas avoir d'enfants, simplement ces vies me semblaient si étrangères, si différentes, que je n'arrivais même pas à imaginer comment elles advenaient.

Il n'y avait pas de salon de thé, mais j'avisai le Harrow Inn, un pub qui proposait sandwichs et café sur un écriteau dehors, et, me rendant compte que j'étais affamée, m'y arrêtai.

Deux femmes se tenaient devant l'entrée de la salle, bloquant l'accès. Elles me regardèrent vaguement approcher, puis détournèrent les yeux sans manifester davantage d'intérêt.

« Sandra m'a dit qu'elle avait posté la lettre la semaine dernière, fit une des femmes. Il faut juste que quelques autres en fassent autant. »

L'autre secoua la tête en dénouant le foulard qui lui ceignait le cou. « Il fait une chaleur à crever ici. » Elle passa le foulard par-dessus sa tête et rehaussa ses boucles aplaties de la paume de sa main. Un parfum chimique de lotion pour cheveux permanentés émanait de sa tête. « Christine a dit que je devais éviter le soleil les deux premiers jours. Mais je ne vois pas comment je vais pouvoir garder ce truc sur la tête dans une telle étuve.

— Je peux te donner les grandes lignes, si tu veux », dit la première, guettant une réponse de la part de sa comparse permanentée de frais. Sans réaction de sa part, elle insista : « C'est très important.

— J'ai entendu dire qu'il ne resterait plus très longtemps dans les parages de toute façon, dit la femme à la permanente. Il envisage de s'en aller.

— Bon débarras. »

Je toussai discrètement. La première me jeta un nouveau regard avant de se retourner vers son amie pour ajouter quelque chose que je ne pouvais pas entendre. Elle lui posa la main sur le bras et elles baissèrent la tête de conserve, dans un éclat de rire. L'amitié semblait une chose si simple et cependant si impossible.

« Pardonnez-moi ? »

Cette fois-ci, elles me dévisagèrent pour de bon, elles ne riaient plus.

« Vous attendez une table ? demandai-je.
— C'est plein, dit la femme permanentée.
— Oh, ciel, m'écriai-je. Je suis littéralement assoiffée, il fait une chaleur épouvantable, n'est-ce pas ? » Je tirai sur le tissu de mon chemisier en leur souriant.

Les femmes s'interrompirent un moment avant de se retourner. « J'écrirai à l'évêque demain si tu veux », dit la femme permanentée à son amie.

J'achetai des œufs, une livre de bacon, de beurre, des pommes de terre et deux bouteilles de limonade glacée chez l'épicier. Je m'arrêtai à la confiserie pour prendre un sachet de menthes Everton, et chez le poissonnier pour m'offrir un carrelet entier, qu'un garçon au tablier sanguinolent emballa pour moi dans du papier blanc et une page du *Times*. Chez le boulanger, je pris une miche et, sur un caprice, trois petits pains au fromage, tout en m'imaginant débouler au rez-de-chaussée et proposer à Cara et Peter de les partager avec moi. Quatre commerçants m'adressèrent une série de « Bonjour » et « Merci » tout en me tendant mes achats ou ma monnaie. J'aimais tenir le compte de ce genre de choses. Quand je dépassais sept, c'était une bonne journée.

Je fis le chemin inverse et repassai devant l'église sans croiser Victor. Je marquai une pause devant la tombe recouverte de terre fraîche, déjà allégée par le soleil qui la séchait. Il n'y avait pas encore de pierre tombale bien sûr – si tant est que ce fût prévu –, rien qui indiquât que la dernière des Lynton gisait sous ce sol. J'avais toujours soif et faim. Après m'être assurée que personne ne pouvait me voir, je bus la moitié d'une bouteille de limonade au goulot et avalai l'un des petits pains au fromage directement dans le papier, malgré Mère qui prétendait qu'il n'y avait pas plus grossier que de manger dans la rue. *Tout ce qui se mange mérite qu'on dresse une table.*

Je déambulai le long de la route sous les ifs et les tilleuls, de nouveau le soleil me brûlait le crâne. Derrière la maison, à l'autre extrémité du lac, le sommet de la tour du mausolée pointait au milieu des arbres. En explorant les lieux, je l'avais observé de l'extérieur, et bien qu'ayant remarqué que le verrou était cassé, je n'étais pas entrée. Lorsque j'eus atteint l'allée des calèches, je déposai mon filet à commissions dans le bassin asséché de la fontaine, à l'ombre de la femme en marbre, je tergiversai un instant au sujet des petits pains, pour finalement décider de prendre mon sac avec moi, je ne pouvais décemment pas offrir à Cara et Peter deux petits pains alors que nous étions trois dans la maison. J'en avalai un deuxième en chemin.

La porte du mausolée était entrebâillée, le bois fendu autour de la serrure. Je gravis l'escalier en spirale fixé aux murs détrempés et qui montait depuis un vestibule désert. En haut, sur un petit palier, il y avait une échelle murale et une trappe que j'ouvris en poussant avec mes épaules et par laquelle je grimpai. Le fanal du toit était ouvert aux quatre points cardinaux et jouissait d'une vue sur le lac miroitant au soleil, mon œil fut attiré tout au bout, vers le pont. Derrière moi se trouvaient les vestiges du potager, ses murs en briques envahis par la végétation, un quart de tour supplémentaire m'amena à la blancheur éclatante de la maison dans le soleil de l'après-midi, pareille à un bateau voguant sur une mer verte, et un peu en retrait, l'orangerie. Un rayon de soleil captura la porte qui s'ouvrait et une silhouette – Cara, pensai-je – apparut. Je ne distinguais ni détails ni traits, mais je la vis esquisser un étrange geste du bras, comme une invitation, la paume montant et descendant devant elle, et il fallut qu'elle le réitère trois fois pour que je comprenne qu'elle lançait quelque chose en l'air et le rattrapait ; lançait, rattrapait.

Dans la pièce principale, au pied de la tour, il y avait trois tombes : un des premiers lords Lynton, ainsi que ses première et seconde femmes, enterrées autour de lui, sous des gisants en pierre. À un moment ou un autre, il avait dû y avoir un incendie, un des murs et le plafond portaient encore les stigmates noirs des flammes. Le lord couché n'avait plus de nez, il lui manquait trois doigts – emportés comme des reliques, supposai-je, par quelque soldat, transformant l'homme en lépreux. Les femmes avaient été bien plus abîmées. Dans la lumière qui filtrait par la porte ouverte, je distinguai deux trous creusés dans la pierre à la place de leurs cœurs. Je scrutai les cavités obscures mais ne vis rien, et je ne fus pas assez courageuse pour y plonger la main. Je prononçai une prière pour eux trois et quittai les lieux.

En réapparaissant à l'avant de la maison, je fis sursauter un chat, décharné et loqueteux, qui détala devant moi avec quelque chose qui lui pendait de la gueule ; en arrivant à la fontaine où j'avais laissé mes courses, je compris que la bête galeuse avait fouillé mon sac. Il avait léché le beurre ramolli au soleil, tiré le poisson de son emballage, déchirant au passage la page de journal, et tout emporté sauf la tête coupée, dont les deux yeux globuleux m'interrogeaient à présent. Le gros titre du journal déchiré traînait dans l'herbe : « L'homme fait ses premiers pas sur la lune. » Je ramassai une poignée de gravillons et les jetai sur le chat.

Je passai le reste de cette semaine à explorer le jardin, à parfaire ma carte des monuments : le mausolée, l'obélisque dédié à un cheval mort, la grotte de silex et coquillages, la glacière et le pont. Je travaillai avec une précision méthodique, profitant de la météo favorable en sachant que j'avais encore la fin du mois de juillet et tout le mois d'août pour achever mon rapport. Il y avait de nombreux autres éléments de statuaire dissimulés sous les frondaisons : une urne sur son socle gravé au nom d'une concubine, la partie basse d'une statue que j'imaginais être Éros. Chaque jour, je retournais au pont dans l'espoir qu'il fût changé, qu'un sauveur fût venu dans la nuit arracher les plantes, dégager l'épave des eaux stagnantes et la transformer en œuvre palladienne. Je fis une autre incursion sans histoires en ville. Je fermais ma fenêtre quand Peter et Cara faisaient la cuisine, ou bien je sortais me promener parmi les chauves-souris. Le temps se maintenait, chaud et sec. Je ne les croisais jamais, mes voisins du dessous, n'entendais ni ne voyais plus de disputes, et je faisais de mon mieux pour oublier la latte mobile du plancher de ma salle de bains.

4

Le vicaire – Victor, car naturellement je sais que c'est lui, quoique son titre persiste à m'échapper – vient une fois encore s'asseoir à mon chevet et me prend la main, ou bien a-t-il toujours été là, à attendre pendant que je dormais. Bientôt, je m'endormirai ainsi et ne me réveillerai pas. Plus jamais je ne lèverai les yeux pour contempler les jeux de la lumière dans les feuillages entre les branches d'un arbre, plus jamais je n'appuierai le visage contre l'écorce jusqu'à ce que son motif s'imprime sur ma peau. Plus jamais je ne humerai l'odeur de la terre après la pluie, plus jamais je n'entendrai le clapotis de l'eau sur la pierre.

Victor me demande si j'ai des regrets et si ma conscience est en paix, puis il murmure : « Dites-moi ce qui s'est réellement passé.

— Et le secret du confessionnal alors ? » dis-je pour le prendre de court ; peut-être a-t-il oublié tout ce qu'on lui a appris.

« Mais les prêtres sont tenus au secret. » Il avance son derrière sur le rebord de son siège. J'aimerais bien qu'il me montre son autre main, pour voir s'il a les doigts croisés. Je sais qu'il n'est pas tout ce qu'il prétend être.

« Même après la mort ? » dis-je.

Il acquiesce, serre ma main plus fort. Je ressens son impatience mais je sais qu'il ne court pas après les ragots, ce qu'il veut c'est la vérité. C'est pour moi qu'il veut savoir.

« Même si c'est contraire aux lois de ce pays ? »

Je les ai une fois entendus parler de moi, j'étais là depuis un an et quelques. Staline, c'est ainsi qu'ils m'appelaient, et j'étais contente. Les femmes ici évoluent dans un sens ou l'autre : fâchées et provocatrices, ou accommodantes et dociles. Étonnamment, vu la personne que j'ai été durant les trente-neuf premières années de ma vie, je refuse d'être docile. Une vieille chouette malcommode. Oui.

« Inviolable », répond Victor, mais une infirmière assistante est entrée dans la chambre. Il faudra que j'essaie de me souvenir de lui poser mes questions quand nous serons seuls.

Je ferme les yeux. Est-ce que les dernières choses que je verrai de la vie seront mon peigne, mes demi-lunes, ma montre, un étui à cigarettes vide depuis longtemps ? Si peu de biens, et cette fois, bien sûr, je m'en irai sans rien du tout. Victor lâche ma main et je retourne sous mes combles, dans la salle de bains de Lyntons.

Je décidai de prendre un bain le dimanche matin, malgré la couleur brune de l'eau que crachote le robinet dans un fracas de bruits de plomberie et les écailles terreuses de rouille qui viennent se déposer sur le fond de la baignoire étroite. J'enfilai ensuite ma jupe et ma veste vertes, un chemisier, et me fabriquai un chapeau avec un bout de carton que je recouvris d'un morceau de tissu jaune. Il sentait l'humidité et le tissu présentait quelques taches de rouille ici et là, j'en étais contente néanmoins – un bord large et un sommet en pointe. Je marchai fièrement sous mon couvre-chef, entre les arbres de l'avenue.

Victor me salua depuis la porte de l'église. « Je suis tellement content que vous soyez venue. » Il regarda par-dessus mon épaule. « Vous n'avez pas amené votre amie ?

— Non, répondis-je. Pas aujourd'hui », toujours déroutée.

J'étais une des premières sur place. J'avais toujours bien aimé être un peu en avance – je pensais que c'était faire preuve de bonnes manières. J'inclinai la tête en direction de l'autel et pris place sur un banc vide à gauche. Une famille entra et s'installa quelques rangées derrière moi, avec un garçon d'environ sept ans qui ronchonnait et s'agitait tandis que sa mère le reprenait en sifflant : « Chut Christopher, chut Christopher. » Un couple âgé se glissa à l'intérieur et s'assit sur le banc en face du mien. Je souris à la femme qui lança un coup d'œil à mon chapeau. Quelques familles encore et d'autres personnes âgées vinrent occuper les places vacantes. Tandis que Victor s'avançait le long de l'allée dans son surplis blanc sous ses cheveux noués, j'entendis du grabuge à l'arrière : une bousculade et des murmures sonores. Je me retournai et vis Cara pousser une rangée de fidèles pour se faire une place au bout d'un banc. Ses cheveux étaient détachés, noirs sur sa longue robe jaune, pareille à un rayon de soleil sur les murs blancs de l'église. Je pivotai face au sanctuaire avant qu'elle me repère.

Il y eut les prières habituelles, un chant que je ne connaissais pas très bien s'éleva sur les notes d'un orgue désaccordé. Victor grimpa les marches jusqu'à la chaire. Il m'avait paru plutôt sévère la première fois que je l'avais rencontré dans la sacristie, ou du moins agacé par ses paroissiens, à présent il prenait son temps, laissait passer de longs silences entre ses mots. Je gardai la tête baissée tout en espérant qu'il accélère un peu, qu'il montre plus d'entrain. Il marmonnait des choses confuses à propos des ventres maternels, de la conception, de la corruption morale commencée dès l'instant où nous sommes formés, puis il digressa dans des considérations que je ne parvenais plus à entendre. Je tendis l'oreille ; les pécheurs m'intéressaient beaucoup. J'avais toujours estimé l'Église trop prompte à accorder l'absolution, ne s'inquiétant que de maintenir à niveau le quota de ceux qui accèdent au Paradis.

Il y eut encore une ou deux prières, puis nous enchaînâmes avec la Sainte Communion. Je n'y allai pas. Je voulais d'abord comprendre l'église, voir comment les choses s'y déroulaient. La file qui s'étirait à côté de moi était moins longue que celle à laquelle j'étais habituée à Londres, une demi-douzaine de gens tout au plus. Ils s'agenouillaient devant l'autel et Victor se déplaçait le long de la rangée de la gauche vers la droite. « Le corps du Christ, disait-il, avant de présenter l'hostie. Le sang du Christ », poursuivait-il, l'air las. Un petit garçon le suivait dans ses déambulations, chargé d'un calice.

« Le corps du Christ, répétait Victor. Le sang du Christ, entonna-t-il avant de s'interrompre. Cara, dans le drapé gracieux de sa robe jaune, se tenait devant lui. Victor baissa les yeux sur elle, puis les releva vers moi, et je vis alors qu'elle était l'amie dont il me parlait. Je ne pouvais pas voir son visage, mais j'apercevais le tremblement de ses épaules, sa tête et ses cheveux qui montaient et descendaient, et je crus d'abord qu'elle riait. J'étais choquée qu'elle se permît de rire face à l'autel.

« Le corps du Christ », dit Victor. Sa tête s'avança et, bien que je ne pusse la voir, je l'imaginai ouvrant la bouche, sortant sa langue pour accueillir l'hostie. Le vicaire se décala sur le côté pour laisser le petit porter le calice à ses lèvres. La femme agenouillée à côté de Cara, dans sa jupe en laine et sa veste semblable à la mienne mais rose et non verte, s'écarta légèrement, consciente que quelque chose couvait. Je crus entendre Cara gémir lorsque le petit inclina la coupe, et je compris alors qu'elle ne riait pas, elle pleurait. Je fermai la bouche, déglutis comme si ma bouche et la sienne ne faisaient qu'une. Un nouveau sanglot l'ébranla, une secousse similaire à celles auxquelles je l'avais vue en proie dans la salle de bains, ses épaules s'arrondirent tandis qu'elle toussait, bouche fermée, détournant la tête vers la femme au tailleur en laine pour éviter de se cogner dans le vicaire ou l'enfant de chœur. La bouche de Cara s'ouvrit et tout le vin et l'hostie éclaboussèrent sa voisine, des grumeaux écarlates tachetaient le tissu rose comme une veine ouverte, pulsant à nu. La femme poussa un cri, se débattit en reculant, bousculant l'homme à genoux de l'autre côté, qui renversa à son tour la personne qui lui succédait dans le rang. Ç'aurait presque pu être drôle si Cara n'avait pas gémi en s'agrippant à la jupe de la femme, avant de plonger la tête la première en tirant sur le tissu pour lécher et aspirer les gouttes qu'elle avait crachées.

« Non, non », dit Victor. Mais il fit un pas en arrière, une expression horrifiée sur le visage, comme si Cara avait planté ses dents dans la jambe de la femme pour lui sucer le sang.

La femme tirait sur sa jupe, la secoua jusqu'à ce que Cara fût obligée de lâcher prise. Elle trébucha, faillit se prendre les pieds dans sa longue robe jaune et se tourna vers l'assemblée : le couple avec des cannes qui attendait debout pour recevoir la communion et les quelques autres encore assis sur les bancs. Je vis le visage dévasté de Cara, barbouillé de rouge à lèvres et de mascara qui lui coulait sur les joues. Elle se fraya un chemin vers l'extérieur et, au moment où elle passa à mon niveau, je tendis la main. Je ne sais pas ce que j'aurais dit ou fait si elle s'était arrêtée, car mes doigts ne touchèrent pas sa peau ; elle ne me vit même pas.

« *Mi dispiace* », crus-je l'entendre dire en partant. « Je suis désolée. » Le couple âgé se sépara pour lui céder le passage, sous nos yeux médusés devant cette exotique et fantastique créature.

Je courus après elle, mais lorsque j'atteignis le vestibule, elle était déjà au porche du cimetière. En face du mur de la cour de l'église, une voiture bleue attendait. Le moteur était en marche, l'odeur des gaz d'échappement parvenait jusqu'à moi – comme si le conducteur avait su qu'il faudrait filer en vitesse. Cara s'engouffra côté passager, referma la portière et la voiture démarra.

Après la messe, les groupes se formaient et se reformaient devant l'église. Je m'attardai un moment mais les bribes de conversation que je pus glaner ici ou là contenaient les mots « catholique romaine », « Lyntons » et « dégoûtante ». J'enfonçai mon chapeau sur la tête et contournai l'église vers la porte de derrière quand j'entendis appeler mon nom. Victor, encore en habit, se tenait debout dans l'herbe, un verre d'eau à la main.

Nous allâmes nous asseoir sur le rebord d'un tombeau dans un coin envahi par la végétation, à l'abri des regards des derniers retardataires. « Désolé, ce n'est pas du thé, dit-il. On est censé servir du thé et des biscuits après la messe, n'est-ce pas ? Mais je crois que je ne peux pas assumer une telle charge, pas aujourd'hui. » Il me passa le verre et posa les coudes sur les genoux. « Tous ces bavardages sur les ventes de fleurs et les ventes de charité. De toute façon, ils ne restent là que pour échanger des "Je te l'avais dit" sous prétexte que j'ai laissé une catholique assister à une messe anglicane…

— J'espère que les taches vont partir, dis-je.

— … et cracher le sang du Christ. » Il soupira.

« Avec un peu de sel, on était tiré d'affaire. » Je bus une gorgée d'eau.

« Les catholiques, d'après ce que j'ai compris, pensent que le vin est réellement le sang du Christ. Pas juste une représentation.

— Mais il faut agir vite.

— D'où son empressement à lui sucer la jupe.

— J'ai aussi entendu dire qu'en versant du vin blanc dessus, on efface le rouge.

— Votre amie Cara...

— Mais j'ai du mal à imaginer que ça marche vraiment, en fait.

— Elle n'est pas complètement responsable de ses actes, n'est-ce pas ?

— Ce n'est pas mon amie, répondis-je. D'ailleurs, nous n'avons toujours pas été présentées.

— Eh bien, vous devriez peut-être vous en tenir à cela », dit-il, et la surprise devait s'afficher assez clairement sur mon visage car il ajouta : « Pardon, je ne peux pas dire non plus que je la connaisse, pas vraiment, mais il y a quelque chose... » Il laissa sa phrase s'évanouir. « Elle est venue me demander la confession.

— À un vicaire de l'Église anglicane ? m'écriai-je, choquée aussi qu'il m'en parlât. Quoique, elle est italienne.. catholique... »

Il me dévisagea avec curiosité. « Nous avons la possibilité de donner la confession, vous savez, la seule différence c'est que nous ne le faisons pas dans une petite cabine derrière un rideau et une grille. » Il prit le verre et but quelques gorgées d'eau. Je m'imaginai assise devant lui dans la sacristie, mettant mon âme à nu. La confession de nos péchés procurait-elle jamais le moindre apaisement ? Je me demandais quelle pénitence il avait bien pu accorder à Cara, et je fis glisser le pendentif de Mère que je portais toujours autour de mon cou, sur sa chaîne. Je n'avais pas ses boucles d'oreilles car j'avais oublié de récupérer celle que j'avais perdue sous la latte de plancher.

« La confession est ouverte à *toute* ma congrégation », dit Victor et je baissai les yeux. Il soupira de nouveau. « J'ai bien peur de ne pas avoir réussi à beaucoup aider votre amie, néanmoins. » Je ne pris pas la peine de le corriger cette fois-ci. « Cara gagnerait davantage à consulter un médecin qu'un prêtre.

— Est-ce que c'est ce que vous lui avez dit ? »

Il me regarda. « Non, bien sûr que non. » Au bout d'un moment, il reprit : « Aucun doute que l'évêque va entendre parler de cette mésaventure : le vin gâché, le prix d'un tailleur en laine, des catholiques qui gémissent pendant la messe. Les plaintes vont encore affluer. » Il tira sur ses cheveux qui retombèrent mollement autour de son visage.

« Encore ? demandai-je.

— Quelques membres de ma congrégation estiment que mes prestations pourraient être plus enflammées et se font un plaisir de partager leur opinion avec ma hiérarchie. » Ses doigts tripotaient l'élastique et la petite boule de cheveux noirs emmêlés autour.

« Votre sermon était plutôt… sobre, constatai-je.

— Sobre, oui », dit-il. Il but.

Nous restâmes silencieux un moment, contemplant l'église nichée dans la verdure et je m'efforçai de deviner ses pensées à la manière dont il se tenait : une sorte de résignation à l'idée que tout ceci finirait mal si ce n'était pas déjà le cas, une attitude apathique, et la conviction que les choses ne pouvaient qu'empirer. Avant, deux mois tout juste auparavant, j'aurais été d'accord avec lui, mais à présent que j'étais là, à observer les insectes minuscules posés sur les têtes plates des millefeuilles poussant entre les tombes, leurs fleurs blanches qui se mélangeaient au lichen éclos sur la pierre, j'avais l'impression que je pouvais devenir n'importe qui. Le seul bruit que l'on distinguait était le lointain ronronnement d'une tondeuse à gazon. « Quel endroit paradisiaque pour être enterrée, déclarai-je.

— Pour commencer le voyage vers un monde meilleur ? demanda-t-il, se remémorant notre première conversation dans la sacristie.

— Vous ne pensez pas ? »

Il appuya sa tête en arrière, contre la pierre tombale, et ferma les yeux. « Combien diriez-vous qu'ils étaient ?

— Pardon ?

— Combien de personnes dans l'assemblée aujourd'hui ? »

Je réfléchis un moment. « Trente, trente-cinq.

— Vingt-neuf, dit-il. J'ai compté pendant que j'étais en chaire. Chaque dimanche, ils sont un peu moins nombreux. Et il y a de moins en moins de mariages, de baptêmes. Les enterrements, en revanche, ont la cote. Je guette constamment le coup de téléphone de l'évêque pour me dire que la paroisse n'est plus rentable.

— Il doit y avoir du monde à Noël et à Pâques au moins.

— Peut-être. » Il versa le reste de son verre d'eau dans l'herbe et se releva. « Je ferais mieux d'y aller. Il y a forcément quelqu'un qui brûle de me donner une information indispensable sur les fleurs ou la prochaine vente de charité.

— Si jamais vous avez… » J'hésitai. « … envie de venir à Lyntons, je pourrais vous faire visiter, dis-je dans un souffle.

— Merci, dit-il. Peut-être. » Déjà il s'éloignait.

Je passai le reste de ce dimanche à lire dans ma chambre, fenêtre ouverte, jusqu'à ce que, alors que je me laissais aller à somnoler, vers trois heures de l'après-midi, j'entendis quelqu'un appeler : « Bonjour ! Bonjour ? Est-ce que vous êtes là ? » Il me fallut un moment pour réaliser que cette voix de femme – une voix anglaise, bourgeoise – venait de l'extérieur, et lorsque je passai la tête par la fenêtre, en bas, sous mes yeux, se tenait Cara. Elle souriait, son visage était différent de celui qu'elle arborait à l'église – plus de rouge à lèvres, les yeux bien nets – mais elle portait cette même robe jaune. Elle était dangereusement penchée par-dessus le rebord de sa fenêtre, le cou dévissé pour regarder vers le haut, et les cheveux formant un angle. « Bonjour », répéta-t-elle pour la troisième fois. Près de cinq mètres nous séparaient. « Frances, c'est ça ? Enchantée. Peter et moi… » Elle sourit de nouveau et jeta un œil dans la pièce derrière elle. « Lâche-moi, Peter », fit-elle en riant, ne se tenant plus que d'un bras au rebord de la fenêtre, le corps oscillant dans le vide, sans avoir l'air de s'en soucier. Mon estomac bondit dans ma poitrine et je faillis me lancer en avant à mon tour, comme si je pouvais la rattraper et l'empêcher de tomber de là où j'étais. « Voudriez-vous dîner avec nous ce soir ? Au fait, je m'appelle Cara. » Une fois de plus, elle se retourna vers la pièce derrière elle. « Chut, dit-elle au Peter invisible.

— Je croyais que vous étiez italienne, dis-je.

— Italienne ? Non. » Elle semblait surprise. « Vous venez alors ?

— C'est très gentil à vous, mais…

— Oh, je vous en prie, acceptez. Cela fait des semaines que je n'ai personne d'autre que ce bonnet de nuit de Peter à qui parler. Il y a des tagliatelle al limone, et j'ai fait suffisamment de pasta pour nourrir une armée entière. » Elle prononça les mots *tagliatelle al limone* et *pasta* comme une Italienne.

Je n'avais jamais mangé de pâtes, mais j'avais entendu dire qu'on en servait dans les restaurants obscurs de Soho, ceux devant lesquels j'étais déjà passée plein de fois, sans jamais oser entrer. Des bougies rouges dardant leurs flammes derrière des bouteilles de vin sur des tables dressées pour deux. Mère aurait dit que c'était de la vilaine nourriture étrangère, mais j'avais faim et j'en avais assez de devoir me contenter de boîtes de conserve.

Me voyant hésiter, Cara ajouta : « Et je veux tout savoir de vous, puisque vous êtes notre nouvelle voisine.

— Merci, dis-je, mon embarras vaincu par mon estomac. J'en serais ravie. »

Cara reporta le regard vers l'intérieur. « Tu vois ? lança-t-elle à Peter. Je t'avais dit qu'elle accepterait. » Et je me demandai alors ce qu'ils s'étaient raconté d'autre à mon sujet, pourquoi Peter avait supposé que je refuserais leur invitation, et de quoi je pourrais bien leur parler puisqu'ils voulaient tout savoir. Je n'avais rien à raconter.

« Bien, reprit-elle à mon intention. Sept heures et demie ? C'est un peu tard pour Peter, mais on ne peut quand même pas le laisser dîner à six heures comme un ouvrier, ou même à quatre heures tant qu'on y est, et on serait obligés de prendre le thé et des œufs à la coque avec des mouillettes. »

J'aperçus les mains de Peter qui lui chatouillaient la taille et elle poussa un cri ravi. Je ne lui dis pas que quatre heures était l'heure à laquelle j'apportais son plateau à Mère avec une assiette de biscuits Garibaldi et une théière.

Je fis ma toilette et enfilai la jupe et le chemisier que j'avais également mis pour aller à l'église. C'était ma tenue pour les occasions formelles : le baptême d'un cousin issu de germain, un rendez-vous avec le rédacteur en chef d'un journal. Il n'y avait pas de miroir dans ma chambre, et j'avais beau avoir perdu un peu de poids depuis la mort de Mère, je savais que j'étais lourde, large des hanches et des fesses, tout comme elle avant qu'elle ne tombe malade. Mère en revanche, à l'époque où nous vivions avec mon père dans la grande maison de Notting Hill, était une femme élancée aux jambes longues et au cou élégant, qui portait ses rondeurs avec grâce. J'ôtai la jupe et le chemisier et enfilai la robe de soirée de Mère à la place. Je me souvenais de mon père, accroupi derrière moi, les bras passés autour de ma taille pendant que nous la regardions descendre les marches de l'escalier spectaculaire, tenant le tissu de son jupon entre le pouce et l'index pour ne pas se prendre les pieds dedans, à pas si lents que j'avais l'impression qu'elle flottait. La robe avait une petite cape en velours, ainsi qu'une ceinture avec une boucle en velours qui lui pinçait la taille. Je me souvenais combien j'avais désiré cette robe, la posséder, la porter, et descendre les escaliers ainsi. Je quittais les bras de mon père pour courir vers elle, elle se baissait pour me soulever et je me retrouvais pressée entre eux deux, entre le velours et la trame du costume de mon père, entre son parfum à elle sous mon nez et sa moustache à lui contre ma joue tandis qu'il m'embrassait pour me dire au revoir, et je restais là longtemps après leur départ, laissée à la garde de la gouvernante.

À présent la robe formait des plis, des froissements autour de mon ventre, et j'avais beau tirer sur les pans pour qu'ils se rejoignent, ils demeuraient béants, comme étonnés que j'essaie de la porter. Je l'ôtai, en lissai les plis en l'étalant sur mon lit, et me forçai un passage dans les sous-vêtements de Mère, également emportés avec moi. Sa gaine s'enfonça dans le pudding de mon estomac, mes seins débordaient de son soutien-gorge. J'accrochai ses bas noirs à leurs jarretelles, tirant sur le nylon au point qu'il en était presque transparent au niveau des chevilles. Une fois le tout en place, je ne pouvais plus respirer à fond, mais la fermeture Éclair de la robe acceptait de se fermer et le crochet parvenait jusqu'au fermoir. Les sous-vêtements me sciaient la peau à chaque mouvement, comme si Mère me suivait partout où j'allais, et même debout une bouée de graisse se formait entre la gaine et le soutien-gorge, pareille à une bouée gonflable pour enfants, passée autour de ma taille. Il faudrait bien que ça aille.

Dans la salle de bains, je mis la boucle d'oreille Hattie Carnegie posée à côté de ma boîte de talc et songeai à celle qui se trouvait sous mes pieds ; le plus silencieusement possible, je soulevai la latte mobile et la déposai sur le sol à côté de la fissure. Incapable de résister, je jetai un œil dans la lunette.

Peter, en pyjama, était assis au bord de la baignoire, encore luisante d'avoir été juste vidée, tandis que Cara, en sous-vêtements, était penchée devant lui. Elle appuyait d'une main sur sa joue pour lui faire tourner la tête, et, de l'autre, passait un rasoir sur le côté de son visage. Après chaque passage, elle reculait la main pour secouer le rasoir dans le lavabo rempli d'eau savonneuse. Il était immobile, seuls ses yeux suivaient ses mouvements pendant qu'elle s'affairait sur lui. Chacun de ses mouvements, la pression de ses doigts sur sa peau, le tranchant de la lame qui le frôlait, tout était précis et intense. Je n'avais jamais imaginé que le fait de se raser pût être un acte aussi intime.

Je me reculai et repris le souffle que j'avais retenu sans m'en rendre compte. D'un geste efficace, affairé, comme si le fait d'épier mes voisins était une chose parfaitement banale et permise, je ramassai la boucle d'oreille, et remis en place la latte aussi silencieusement que je l'avais ôtée, avant de me redresser.

5

À sept heures vingt-huit, j'étais prête et descendis les marches de l'escalier de service – un escalier en colimaçon qui s'enroulait autour d'un ancien monte-plats rouillé – puis suivis une petite coursive jusqu'à une porte doublée de feutrine verte séparant le monde connu du monde inconnu. Au-delà se trouvait le palier du grand escalier de style impérial, avec ses deux majestueuses volées d'escaliers débouchant sur un palier intermédiaire où elles se rejoignaient pour repartir dans le sens opposé. Entre les deux espaces, le vide montait en flèche, redoublé par la hauteur, dépassant les murs des chambres et des combles jusqu'à une coupole de verre. Splendide, avait dit Peter. Chaque fois que je me tenais là, ce vide me happait, me transportait tout en accentuant mon insignifiance, avec une exaltation telle que j'eusse voulu l'atteindre dans une église. Les derniers rayons de soleil dardaient à travers les vitraux, éclairant la cage d'escalier et faisant virer les murs, brunis ici ou là de stries humides, au rose. Depuis une semaine que j'étais arrivée, j'avais à peine exploré la maison, je me précipitai dans l'escalier monumental, supposant qu'il déboucherait dans un grand hall d'entrée, et fus déroutée en découvrant, au bas de la dernière volée de marches, qu'il débouchait sur un couloir sombre traversant la demeure du nord au sud. Cette disposition inattendue me rendit nerveuse, comme si l'on m'avait détournée de mon axe sans que je m'en rendisse compte, et je remontai les escaliers vers la lumière.

Sur le palier intermédiaire, le grand couloir qui desservait le dernier étage avant les combles était surmonté d'un plafond arqué et coffré, orné de ce qui avait dû autrefois être des moulures en plâtre sur un fond bleu canard. Le bleu avait depuis longtemps fané, des blocs de plâtre manquaient, le sol jonché de débris craquait sous les pieds. Plusieurs trous aussi gros que des têtes dénudaient les lattes du plafond. À ma gauche se dressait un mur étrangement aveugle, à ma droite deux portes closes. Je les dépassai, laissai derrière moi une niche voûtée sans doute occupée par une statue autrefois, une muse peut-être, qu'on avait détachée de son piédestal et fracassée au sol, emportant sa tête comme prise de guerre. Des portes s'ouvraient ensuite sur des pièces hautes de plafond servant de débarras à des lits militaires et autres matelas, entassés en vrac. Le tout surmonté de fientes et plumes d'oiseaux. À travers les entrelacs de structures métalliques, j'aperçus l'allée devant la maison et la route d'un côté, le parc de l'autre côté.

J'essayai d'estimer la position de ma chambre dans les combles et, par là, de comprendre d'où Cara m'avait parlé depuis sa fenêtre, pour revenir sur mes pas, à la première porte fermée. Debout devant la porte, je rassemblai mon courage, lissai les pans du jupon de ma robe par-dessus la gaine, me redressai, passai la langue sur mes dents de devant. Je pris une grande inspiration et frappai. J'attendis, baissai les yeux sur ma poitrine et de nouveau réajustai la robe, puis regardai ma montre : sept heures trente-deux. Je frappai encore, plus fort cette fois. Deux autres minutes passèrent, durant lesquelles j'eus le temps de me demander si je n'avais pas mal compris l'horaire, si elle voulait bien dire ce soir, ou s'ils avaient oublié. Je tergiversai, envisageai de revenir à ma chambre et de prétendre que j'avais oublié moi aussi, tout en songeant qu'alors ils risqueraient de se vexer. Je frappai de nouveau. Au moins pourrais-je arguer avoir frappé trois fois.

J'entendis quelqu'un courir, quelque chose tomber, un juron immédiatement après, puis Peter ouvrit la porte à la volée. Il était encore en pyjama. « Oh, enfer et damnation, dit-il en me voyant, et il leva les mains au ciel. Il est déjà sept heures et demie ?

— Je suis venue trop tôt, m'excusai-je en rougissant. Ou bien un autre soir. » Les mots sortaient de ma bouche selon leur ordre, anarchique et insensé.

« Un autre soir ?

— Je peux revenir un autre soir.

— Mon Dieu, non, s'écria Peter. Il faut que ce soit maintenant. Regardez tout ça ! » Il ouvrit la porte et écarta le bras en grand. L'immense pièce devait avoir été le salon autrefois – l'espace où les Lynton recevaient leurs invités dans la demeure géorgienne d'origine. À présent, l'endroit était presque vide. Les seules décorations, si tant est qu'on pût les appeler ainsi, étaient les bandes de pasta étendues sur une demi-douzaine de cordes suspendues entre les trois hautes fenêtres et le mur opposé. L'effet produit était celui d'une lingerie, où auraient séché les bas ivoire d'une armée de femmes aux jambes longilignes. Mais la lumière magnifiait les lieux. Elle se déversait par les châssis béants, éclaboussait le sol de rectangles ambrés, lui donnait des reflets de miel.

Une porte s'ouvrit sur la gauche, leur chambre, supposai-je, et Cara passa une tête, dont je ne vis d'abord que la chevelure noire déchaînée. « Frances ! Deux minutes ! J'arrive dans deux minutes. »

Peter rabattit son pyjama contre lui. « Nous sommes à vous dans deux secondes. Faites comme chez vous. » Il disparut dans leur chambre et je les entendis parler à voix basse, trop basse pour que je comprenne ce qu'ils se disaient.

Debout au milieu de la pièce, je regardai autour de moi. Je détournai les yeux de la porte ouverte en face de leur chambre, dont je devinai qu'elle devait mener à la salle de bains. Un poêle électrique, semblable au mien, était posé contre le mur, à côté d'un vieux réfrigérateur. Une longue planche de bois avait été placée sur quatre cantines retournées et rehaussées par des piles de livres, créant ainsi une longue table, sous laquelle étaient disposés deux autres cantines et un tabouret en guise de sièges. La surface en était jonchée de journaux, cendriers, carnets et d'une machine à écrire, quant au côté « cuisine » de la table, il disparaissait sous un monceau de déchets et une miche de pain coupée à même le bois. Le plancher était nu, il n'y avait pas d'autres chaises, canapés, tapis, ou tableaux aux murs. Je m'efforçai de ne pas fixer les saletés sur la table mais ne pus m'empêcher de noter qu'en dehors des pâtes qui séchaient, il n'y avait pas le moindre indice qu'un dîner se préparait ici. Je m'approchai d'une des fenêtres et contemplai le parc et les rameaux au loin. Je fis une énième tentative de lissage de ma robe pour gommer la bouée entre le soutien-gorge et la gaine.

Dix minutes plus tard, Cara et Peter émergèrent de leur chambre, s'excusant pour leur retard, s'en accusant l'un l'autre en riant. Cara vint vers moi les bras ouverts, comme si nous étions de vieilles amies. Elle portait la même robe que lorsqu'elle m'avait invitée à dîner, la même qu'à l'église, à laquelle elle avait ajouté trois colliers de perles autour du cou. Ses cheveux détachés encadraient son visage, elle avait les pieds nus, vernis de vert. Peter portait une chemise trop grande, sortie de son jean ample et long. Je me consumais à l'idée d'avoir pu penser un seul instant que ma robe longue, avec sa cape et sa ceinture de velours, passée de mode depuis trente ans, eût pu convenir à ce dîner avec mes nouveaux voisins.

« Je suis désolée qu'il nous ait fallu aussi longtemps pour enfin nous rencontrer », dit Cara. Sur quoi elle me saisit par les épaules et se pencha vers moi comme si elle allait m'embrasser sur la bouche. Je me raidis, mais au dernier moment, elle se contenta de m'enlacer.

C'était nouveau et choquant, en 1969, cette manière de prendre les gens dans ses bras qu'avait Cara. Je sais qu'aujourd'hui les gens font ça tout le temps ; je les vois faire ici parfois, quand une fille vient prendre son service et que l'autre s'en va. Des femmes qui s'enlacent, des femmes qui enlacent des hommes, des hommes qui enlacent des femmes : je me demande comment ils arrivent à anticiper le geste. Quel mouvement imperceptible, quel élément de langage corporel que j'ai toujours manqué, le leur indique, les prévient qu'ils sont sur le point de se prendre dans les bras ? Est-ce que les hommes enlacent les hommes aussi ? Ici, je n'ai personne à enlacer, et personne ne vient m'enlacer.

Cara sentait l'agrume, une odeur à la fois puissante et sucrée. Ses cheveux s'imprimèrent sur ma peau, souples mais pas aussi doux que j'aurais cru. En me libérant, elle déclara : « Venez vous asseoir. Quelle merveilleuse soirée, vraiment. » Elle me prit par la main et me fit asseoir sur le siège de l'appui de fenêtre avant d'y prendre place à son tour. « Aviez-vous déjà vu des couchers de soleil comme ceux de Lyntons ? » Au loin, on distinguait les cèdres dans une lumière voilée, et les vaches rassemblées à leurs pieds. Je me penchai sur le rebord du siège, pleinement consciente de la gaine pressée sur mes hanches. Je croisai les bras sur l'anneau de chair molle qui dépassait de ma taille. De l'air chaud chargé d'une odeur d'herbe montait jusqu'à la fenêtre.

« Désolée pour la tasse en fer. Nous sommes à court de verres », dit Peter en nous servant à boire. Ses pieds dépassaient des larges pans de son pantalon, nus.

Cara s'étira sur l'appui de fenêtre, le dos contre l'encadrement d'un côté tandis que ses pieds étaient relevés, appuyés de l'autre côté du cadre. La matière légère de la robe jaune lui remontait sur les cuisses, dévoilant ses genoux, elle n'avait pas pris la peine de la remettre en place. « Il paraît qu'on va avoir un mois d'août très chaud, moi, ça me va très bien. » Cara fit tinter sa tasse contre la mienne.

« C'est très gentil de votre part de m'avoir invitée à dîner. » J'espérais que cela décide l'un d'entre eux à commencer à cuisiner mais Cara ne cilla pas et Peter, adossé au mur tout près de nous, continua de siroter son verre. Je m'efforçai de les imiter ; ce devait sans doute être du Martini, quelque chose de très fort. À la maison à Londres, nous avions toujours du sherry dans le placard, et à mesure que Mère devenait grabataire, j'en avalais une lampée de temps à autre pour me donner du courage dans les soins ou m'octroyer une sorte de récompense, de petit cadeau quand je passais de la chambre à la cuisine, le devoir accompli.

« Nous aurions dû vous faire descendre de là-haut depuis longtemps, dit Peter.

— J'adore le soleil, dit Cara. La sensation de la chaleur sur ma peau. » Elle étendit le cou et bascula la tête en arrière. Elle avait une voix de femme aisée, une voix d'école anglaise pour filles, mais avec une pointe de quelque chose d'autre. Elle semblait différente de la Cara que j'avais imaginée d'après ce que j'en avais aperçu. Celle que j'avais forgée était une catholique italienne, fougueuse et querelleuse. Celle qui se tenait devant moi était indolente, alanguie, indifférente à ce qu'on pouvait penser d'elle.

« Oui », dis-je en trempant les lèvres, luttant pour trouver des sujets de conversation. Cara recommença à parler juste au moment où je me lançai : « Je croyais que vous étiez italienne », en me souvenant immédiatement que je le lui avais déjà dit. Je replongeai la tête dans mon verre, ravie qu'ils soient suffisamment grands.

« J'ai grandi en Irlande, répondit Cara. De parents anglo-irlandais. Peter m'a fait prendre des cours d'italien. C'est une si belle langue, n'est-ce pas ? Je ne suis pas bilingue, cela dit, je suis juste douée pour l'accent.

— Et pour les jurons, ajouta Peter avec un clin d'œil, tout en sortant un paquet de cigarettes de sa poche de chemise. Mais…

— Mais je ne suis pas très douée pour la simple conversation », acheva-t-elle pour lui, dans un sourire.

Peter tira une cigarette de son paquet, directement avec les lèvres, qu'il alluma avec un briquet en argent.

« Je ne sais parler aucune langue, dis-je.

— Même pas l'anglais ? demanda Peter avec un sourire.

— Oh si, l'anglais. Bien sûr. » Je baissai les yeux.

Cara ôta la cigarette d'entre les lèvres de Peter. Il me tendit le paquet et je refusai d'un geste de la tête. « Non merci, dis-je. Je ne fume pas.

— C'est une habitude affreuse, dit Cara.

— Je ne parle aucune autre langue non plus », avoua Peter pour dissiper mon embarras. Il alluma une autre cigarette et ils fumèrent tous deux, sans un mot, sans avoir l'air gêné par le silence.

« Est-ce que vous êtes ici depuis longtemps – en Angleterre, je veux dire ? demandai-je.

— Nous venons d'arriver, répondit Cara. Nous avons passé quatre ans et demi en Écosse.

— En Écosse ? » dis-je en même temps que Peter embrayait : « Enfin, c'était après…

— Oui, en Écosse, coupa Cara.

— C'est charmant, dis-je. Pardon. Après ? » Si j'avais pu, je serais ressortie de la pièce, j'aurais frappé et tout recommencé au début.

« Oh, vous savez », dit-il.

Je ne savais pas ; j'avais perdu le fil de la conversation.

Peter, toujours adossé au mur à côté de nous, avec sa cigarette au coin de la bouche et les yeux qui louchaient dans la fumée, glissa les doigts entre les boucles de Cara, dans un geste qui descendait de son cuir chevelu à l'extrémité de ses boucles, déliant ses mèches tandis qu'elle regardait par la fenêtre. Ils avaient l'air tellement amoureux. Je m'efforçais de ne pas perdre de vue la scène à laquelle j'avais assisté à l'église ce matin-là, les cris que j'avais entendus dans ces mêmes pièces, la vision que j'avais eue à travers le judas de Cara sanglotant et les mises en garde de Victor, mais toutes ces impressions étaient balayées par la réalité des gens que j'avais en face de moi.

« Et nous voilà donc à Lyntons, dit Cara. Assis sur le rebord de cette fenêtre, rencontrant notre nouvelle voisine. » Elle leva une main derrière sa tête, dont Peter se saisit, il la serra puis la lâcha.

« Et vous aussi, dit Cara.

— Moi aussi ? demandai-je.

— Vous voilà donc, pour l'étude des jardins. » Elle pivota vers Peter qui s'était éloigné du mur pour traverser la pièce en direction de la cuisine. « C'est ce que tu as dit, non, Peter ?

— Pardon, oui, dis-je, inhibée par ma propre voix comme par un écho sur une ligne téléphonique. Je rédige un rapport sur les fabriques de jardin et autres éléments architecturaux extérieurs pour M. Liebermann.

— Un rapport ? » Peter écrasa sa cigarette à moitié consumée dans une assiette abandonnée sur la table, et sortit une casserole bosselée du frigo. « Enfer et damnation, j'avais dans l'idée de jeter quelques notes sur un bout de papier à propos de la maison. Vous n'avez pas intérêt à me ridiculiser. » Il pointa le doigt sur moi et remplit sa tasse dans la casserole.

« Mon Dieu, m'écriai-je. Loin de moi l'idée. Enfin je veux dire… » Je me décalai et ma gaine raidie craqua, dans un bruit sonore et malencontreux qu'aucun d'entre nous ne commenta.

« Frances, intervint Cara. Il vous taquine. » Elle rit, délia ses jambes, dont j'aperçus un pan de cuisse blanche. « Peter s'amuse de tout et n'importe quoi. Il faudra bien vous y habituer. » Le sens de ces mots ne m'échappait pas : elle avait d'ores et déjà décidé que nous devions nous voir davantage, ils avaient prévu de me réinviter dans leurs appartements. Peut-être deviendrions-nous amis. Peut-être était-ce ainsi que cela se passait.

Peter revint vers la fenêtre, la casserole dans une main et sa tasse dans l'autre.

« C'est pas vrai ? Que tu t'amuses de tout, tout le temps ? » lança-t-elle en lui souriant, le menton en avant. Il se plia en deux, les bras écartés de part et d'autre, tel un acteur saluant son public, la tasse et la casserole maintenues à l'horizontale, avant de l'embrasser à pleine bouche. J'étais médusée par ces deux personnages. Lorsqu'ils se séparèrent, les yeux de Cara demeurèrent fermés un moment comme si elle espérait que leur baiser durât plus encore, mais Peter se redressa et me regarda avant que je ne pose les yeux sur ma tasse, étonnée de la découvrir vide. Je trouvai qu'il me regardait comme un homme regarde une femme, et pas comme on pourrait regarder sa fille, ou une étudiante, ou un rat de bibliothèque, ou l'auteur d'obscures notices historiques, et j'aimais ça.

« Un autre Martini, Frances ? » Peter leva la casserole en l'air et versa un peu de liquide dans ma tasse. « Demain il ne sera plus bon – le Martini, ça tourne très vite.

— Vraiment ? »

Peter fit un clin d'œil et Cara leva les yeux au ciel.

Il versa du Martini dans sa tasse à elle aussi. « Plus sérieusement, je ne crois pas que Liebermann s'attende à grand-chose de plus qu'une espèce d'inventaire. Est-ce que vous avez réussi à aller voir le pont ?

— Oui, dis-je, sentant refluer la déception. Malheureusement, je ne crois pas qu'il y ait là quoi que ce soit de remarquable, bien qu'avec toute cette végétation ce soit difficile à affirmer.

— Qu'est-ce que vous espériez ? Certainement pas du palladien ou quelque chose de ce genre ? »

Je baissai de nouveau les yeux, et bus. « Non, non, dis-je. Rien de tout cela, j'espérais juste que ce soit joli.

— Et ce n'est même pas joli ? s'écria-t-il. Oh, mon Dieu.

— Eh bien… en un sens, c'est charmant, dans le genre bucolique.

— Il y a peut-être quelque chose à ce propos dans la bibliothèque, dit Peter. Je ne sais pas exactement ce qu'il y a là-dedans. Je n'ai pas examiné les livres dans le détail.

— Il y a une bibliothèque à Lyntons ? dis-je, enthousiasmée.

— Dans l'angle sud-ouest, au rez-de-chaussée. Il y a eu de gros dégâts des eaux, et tous les livres précieux ont dû être pillés, mais peut-être que vous pourrez trouver mention du pont dans un de ceux qui restent.

— Tu devrais emmener Frances visiter la maison, dit Cara.

— Si ça vous tente, Frances », lança Peter par-dessus son épaule en retraversant la pièce avec sa casserole à la main.

Soudain Cara s'anima. « Et il faut absolument que Frances nous montre le pont. Nous adorerions le voir. Je ne suis toujours pas allée jusqu'au lac. Peter pourrait mettre les pieds dans l'eau, moi je nous préparerais un pique-nique. On meurt de chaud ici à midi. Pourquoi ne pas y aller demain ? Qu'en dites-vous ? »

Son enthousiasme était intimidant ; j'avais envie d'y croire mais un vieux réflexe de protection contre toute forme de rejet s'accrochait à moi. « J'ai bien peur de ne pas avoir grand-chose à apporter pour contribuer au pique-nique, dis-je. J'avais l'intention d'aller en ville demain faire quelques courses.

— Je suis sûr qu'on a tout ce qu'il faut, intervint Peter. Cara passe son temps à aller chercher des choses en ville. Ça me coûte une petite fortune. » Il ouvrit la porte du réfrigérateur, dont il dévoila les étagères surchargées de provisions. Cette vision me renvoya à l'alcool ballottant dans le vide de mon estomac et à l'absence de perspective de dîner.

« C'est décidé dans ce cas, dit-elle. Oh, regardez. » Elle désigna la terrasse sous leur fenêtre. Le chat roux décharné s'était allongé sur les dalles en pierre. « C'est Serafina.

— C'est le chat qui a mangé mon poisson, dis-je. Il s'est fait la malle avec un carrelet entier.

— J'ai du mal à imaginer Serafina faire une chose pareille. Elle est très douce. »

Même de loin, je pouvais deviner l'arrière de la tête du chat.

« Ce doit être agréable d'être un chat, vous ne croyez pas ? dit Cara. Ne jamais avoir à penser au repas, au bonheur, au lendemain. Aller et venir comme bon vous semble. Sans jamais avoir à répondre de vos actes. »

Je n'étais pas persuadée que ce fût si simple – ce n'était pas si souvent qu'on tombait sur un carrelet à disposition au moment du repas –, mais j'émis un discret bruit d'assentiment.

« Nous avions un chat roux quand nous étions en Irlande, poursuivit Cara. C'était plus le chat de Peter, cela dit, que le mien. » Je regardai Peter, qui fouillait des sachets de nourriture dans un carton à côté du poêle. « Peter adorait qu'il dorme dans notre lit, il venait s'étendre entre nous, comme un enfant, avec une fourrure. »

Cela ne me paraissait pas très hygiénique.

« Cela m'irritait, ce chat dans notre lit. Malgré tout l'amour que je lui portais.

— À cause des puces ? interrogeai-je.

— Il n'avait pas de puces. C'était un bon chat bien propre. Je ne sais pas pourquoi j'étais irritée. Parce que j'avais envie d'être seule au lit avec Peter, parce que je ne pouvais pas l'aimer autant qu'il aurait eu besoin qu'on l'aime, ou bien parce qu'il était différent des autres chats. Je le chassais du lit, et après il avait cette expression sur son petit visage, je me sentais tellement coupable. C'est ce qu'ils veulent de toute façon – ce que nous voulons tous, au fond. "Regarde-moi, regarde-moi, aime-moi, aime-moi." » Elle laissa échapper un petit rire. « Serafina ! Serafina ! » appela-t-elle par la fenêtre. Mais le chat ne releva pas la tête.

« Qu'est-ce qui lui est arrivé ?

— À qui ?

— À votre chat. »

Elle s'interrompit un instant pour y repenser. « Il était là, et le lendemain il avait disparu. Je pense que c'était un vagabond.

— Un chat sauvage ? Il n'était pas à vous ?

— À nous ? Si, je suppose qu'il était à nous, mais pour autant il était libre de s'en aller quand il le voulait.

— Il a dû vous manquer », conclus-je.

Elle se retourna vers l'intérieur et, d'une voix plus forte, lança à la cantonade : « Bien, Frances. Dites-nous tout maintenant, je veux tout savoir.

— Tout ? » Ma tête pivota trop vite, la pièce tournait autour de moi. En prenant une autre gorgée de Martini – désormais délicieux – je me dis qu'il fallait que je ralentisse la cadence et me demandai une fois encore quand ils avaient prévu de commencer à dîner, avant de reprendre une autre gorgée, qui acheva de dissoudre mes scrupules.

« Sur vous, dit-elle. Ce que vous aimez faire, qui sont vos parents, où vous habitez, tout.

— Vous habitiez à Londres, n'est-ce pas ? » interrogea Peter depuis le coin cuisine.

Ils me dévisagèrent tous deux, guettant ma réponse.

« Oui, dis-je. Avec ma mère. Elle… elle est morte le mois dernier. » Je touchai le pendentif accroché à mon cou, le soutien-gorge de Mère s'enfonça dans ma peau.

« Je suis désolé », fit Peter. Ses mains se levèrent et retombèrent.

« Je m'occupais d'elle depuis un certain temps.

— Cela a dû être très difficile, ajouta Cara.

— Et votre père ? » demanda Peter.

Quelqu'un s'était-il jamais intéressé à moi à ce point ?

« Il l'a quittée… nous a quittées. Quand j'avais dix ans, pour une autre femme. Nous ne sommes plus en contact. En fait, je ne l'ai jamais revu. »

M'étais-je jamais confiée à ce point ?

« Oh, Frances, soupira Cara en posant la main sur mon bras. Cela a dû être affreux. Je sais ce que c'est d'avoir perdu ses deux parents. »

Était-ce l'alcool ou sa compassion qui me brouillait la vue ?

« Nous n'aurions pas dû vous poser toutes ces questions », dit-elle, même si c'était Peter qui m'avait interrogée. Elle m'étreignit le bras. « Je suis désolée. » Avec un haussement d'épaules, elle reprit : « Peter a encore ses deux parents, bien au chaud dans le Devon ou le Dorset. » Elle avait baissé la voix, me chuchotait des secrets. « Je crois qu'ils le mettent mal à l'aise, ils ont les joues trop rougeaudes, ils ressemblent à leurs chiens. »

Je la dévisageai, choquée, jusqu'à ce qu'elle éclate de rire et que je comprenne qu'elle plaisantait.

Peter revint vers nous et dit : « Je dois avouer que lorsque Liebermann m'a appelé pour me proposer cette mission et m'a prévenu que quelqu'un viendrait pour étudier les extérieurs, je m'attendais à ce que vous soyez un homme. » Il tendit une main dans laquelle il avait pris une poignée des cacahuètes. Jamais personne ne m'avait proposé de cacahuètes directement dans sa main, j'en pris une néanmoins. Il renouvela son geste et j'en pris quelques-unes encore.

« Frances et Francis, dis-je. Cela arrive souvent. Cela a créé une pagaille monstre quand je suis arrivée à Oxford, c'en était presque gênant. Heureusement j'ai atterri au bon endroit.

— Vous êtes allée à Oxford ? demanda Peter. Pas au collège de St Hilda quand même ? Est-ce que vous avez rencontré une certaine Mallory Swift ? »

Avant que j'aie eu le temps de me lancer dans une explication, Cara jeta sa cigarette par la fenêtre, fit onduler ses jambes autour de moi et se releva d'un geste fluide, telle Serafina s'étirant après une sieste. « Je ferais mieux de commencer à préparer le dîner, dit-elle. Vous devez être affamée, Frances. »

Je pris une gorgée de Martini. « Eh bien... » Je partis d'un grand rire, et lorsque ma tête retomba, je distinguai une olive verte rebondissant contre l'émail de ma tasse pareille à un œil échoué là, avec un piment pour pupille.

« Il avait dû saisir au vol le signal envoyé par Cara, car Peter ne me posa pas davantage de questions sur Oxford ou sur Mallory Swift, il s'installa à la place laissée vacante par Cara sur le rebord de la fenêtre et se pencha vers moi. Il sentait l'after-shave, une odeur propre, fraîche, je revis la manière dont il inclinait la tête pendant que Cara le rasait. « Vous avez manifestement traversé une période difficile. Vous devriez profiter de l'été ici, avec Cara et moi. » Il tendit le bras et ses doigts effleurèrent le dos de ma main. Ils ne me touchèrent qu'un instant à peine, mais c'était comme si le contact de sa peau avait guéri un os de ma main, un os dont j'ignorais qu'il était brisé.

« Je pars de sous les escaliers et je remonte au fur et à mesure », dit Peter en tournant sa fourchette dans ses pâtes pour en enrouler deux entières. Il parlait, et tout en parlant, il décrivait des cercles avec sa fourchette en l'air, sans faire tomber une seule tagliatelle. « C'est un vrai labyrinthe là-dessous : débarras, réserves, garde-manger, celliers, que sais-je encore. Tout cela en sous-sol, sans lumière naturelle donc. Les cuisines sont en bas aussi, et des centaines de mètres carrés de caves à vin. » Il leva sa tasse. Nous en avions fini avec le Martini. « Par chance, je crois que Liebermann se fiche bien de ce qu'il y a là-dessous.

— Manifestement l'histoire de Lyntons l'intéresse, dis-je. Je croyais que tous les Américains aimaient l'histoire anglaise. » Mes mains et mes pieds trépidaient sous l'effet de l'alcool et mes joues étaient brûlantes. C'était agréable.

« À condition qu'ils puissent en tirer de l'argent. » Peter se resservit en vin.

« Il ne compte pas revendre Lyntons, si ? Je pensais qu'il avait prévu d'émigrer, de venir s'installer ici, de rénover la maison et le jardin, dis-je.

— Liebermann ? Émigrer ? » Peter avait la bouche pleine.

« Ce n'est pas la raison pour laquelle il nous a recrutés ? Pour faire l'inventaire de ce qu'il y a et de ce qu'il faut faire comme travaux avant de venir s'installer ?

— Même pas en rêve. » Peter agita sa fourchette. Ses lèvres luisaient d'huile. « Il veut que nous étudiions Lyntons pour pouvoir se faire expédier les pièces intéressantes de l'autre côté de l'Atlantique. Et quand je dis intéressantes, je veux dire financièrement. » La fourchette valsait dans les airs au rythme de sa phrase. « La cheminée, l'escalier monumental, la fontaine, l'orangerie, des pièces entières, le tout découpé en morceaux et vendus à des collectionneurs américains. » Il enroula davantage de pâtes autour des piques de sa fourchette. « Je suppose que Liebermann espérait que le pont soit de style palladien. Cela aurait valu une fortune. » Il enfourna les tagliatelles dans sa bouche et porta la jointure d'un doigt éclaboussé de sauce au citron à ses lèvres. « Je suis désolé, dit-il en continuant de manger, je ne pensais pas que cela vous avait échappé. »

Cara tapotait son doigt mouillé sur un rond de sel renversé sur la table. « Oh, Peter, s'écria-t-elle. Tu es content, tu as complètement chamboulé notre invitée avec tous tes discours sur la maison. » Elle se tourna vers moi. « Est-ce que la pasta vous plaît, Frances ? » Elle plaça la main droite derrière son épaule gauche, comme si elle faisait des exercices d'étirement, mais saupoudra au passage le sol derrière elle de quelques grains de sel.

« C'est délicieux, dis-je en reprenant ma fourchette, sans réfléchir à ma réponse.

— Je me fais envoyer la farine d'une petite épicerie italienne à Londres. C'est impossible d'acheter des bonnes pâtes ici, au milieu de nulle part.

— N'est-elle pas merveilleuse ? lança Peter en tendant le bras vers elle pour lui serrer la main. Elle a appris la cuisine toute seule, dans les livres.

— Et avec Dermod, ajouta-t-elle. Il m'a appris les bases. J'ai demandé à l'épicier en ville s'ils avaient de la pasta : ils m'ont sorti une boîte de pâtes alphabet dans de la sauce tomate. À Glasgow, j'arrivais à me procurer tous les produits italiens. Oh, les glaces… Tu te souviens des glaces, Peter ? » Elle posa les coudes sur la table. « Je vais commander un colis avec des olives, du parmesan et de la farine, tous les mois », dit-elle. Elle me présenta la corbeille avec le dernier morceau de pain, je le pris bien que sans doute ce ne fût pas très poli.

« Vous avez vu ce qu'elle me coûte ! lança Peter dans un sourire.

— Tu es bien content quand tu te mets à table, non ?

— Est-ce que c'est là que vous viviez avant, à Glasgow ? dis-je en trempant mon pain dans le reste de sauce au citron au fond de mon assiette, comme j'avais vu mes hôtes faire.

— Durant un moment oui, puis dans un château au bord d'un loch, et avant cela dans une autre maison de campagne. Dieu du ciel, tu te souviens comme ce château était gelé, Peter, mais au moins là-bas il y avait des chaises, c'était autre chose que les lits de camp de l'armée, et il y avait des verres. » Elle leva sa tasse. « Nous étions censés louer un cottage en ville, mais…

— On en revient toujours à l'argent à la fin », conclut Peter.

Cara reposa sa fourchette, s'essuya la bouche avec un essuie-mains chiffonné qui avait été relégué au bout de la table, avec le reste des choses qui traînaient là pour nous ménager un espace où dîner. Elle se leva et empila nos assiettes.

« Toutes les maisons où nous avons vécu étaient plus ou moins en ruine, dit Peter. Même quand elles étaient parfaitement étanches et verticales, elles étaient quand même promises aux bulldozers. Quand je pense à tout ce que nous avons perdu en chemin, je pourrais me mettre à pleurer. »

Après encore quelques verres de vin et quelques gorgées de grappa, une découverte pour moi, encouragée par Peter, je me retrouvai dans leur salle de bains, le front appuyé contre le mur froid, respirant à pleins poumons. Le sol tanguait sous mes pieds. J'oscillai entre la porte et le lavabo, les mains posées bien à plat contre le mur, de peur, si je le lâchais, que le sol se soulevât à nouveau. Penchée au-dessus du lavabo, je tournai le robinet d'eau froide, qui crachota et éclaboussa avant de couler de manière régulière, mis les mains en coupe et plongeai la tête dans l'eau. J'eus l'impression de me sentir un peu mieux et m'affalai lentement au sol, la nuque reposant contre le mur, en me demandant si j'arriverais à traverser à nouveau le salon de Cara et Peter pour remonter les escaliers jusqu'à mon lit sans me ridiculiser. À l'idée de mes appartements, je levai la tête. Le plafond de la salle de bains était creusé en coupole, l'intérieur du dôme orné de nuages sombres, menaçants et superbes. Un ciel d'orage grondant dans une tasse de thé géante. Des salves d'aigrettes grises volaient en formations concentriques depuis le centre noir ; quelque chose avait explosé, et l'épicentre de la détonation était l'œil de verre qui épiait la pièce, qui m'épiait moi, prise dans les courbes de son périmètre et me renvoyait son regard.

Ce fut Cara qui me trouva la tête au-dessus de leurs toilettes, rendant des pâtes non digérées et un liquide rougeâtre infâme, trop mal en point même pour être embarrassée. Elle rassembla mes cheveux et les maintint en arrière pendant que je vomissais, me frotta le dos, me tendit un linge humide et frais et un verre d'eau, quand je fus capable de m'asseoir. Ce fut Cara qui m'aida à me lever et me guida à travers la pièce vide – Peter devait être allé se coucher – le long du couloir, et de l'autre côté de la porte recouverte de feutrine tandis que je me confondais en excuses et qu'elle me répondait de ne pas m'inquiéter, que la prochaine fois elle me ferait manger davantage, préparerait à dîner plus tôt. Elle m'assit sur mon lit, m'ôta mes chaussures et tenta de défaire ma robe mais je l'en décourageai d'un geste, et la remerciai en lui disant que je pouvais me débrouiller. Je n'étais pas assez ivre pour avoir oublié que je portais les sous-vêtements de Mère.

Le lendemain matin, j'avais la langue pâteuse et une douleur derrière les yeux chaque fois que je bougeais la tête. Plus tard, je fus réveillée par un bruit à ma porte, et quand je fus suffisamment rétablie pour me lever, je trouvai là une enveloppe sur laquelle était écrit *Frances* à l'encre, d'une écriture cursive élégante. Je gardai le mot qui se trouvait dedans, le pliai et le glissai dans la poche intérieure de l'une de mes valises. Si on m'avait demandé pourquoi, j'aurais sans doute répondu que c'était la première lettre que je recevais d'une amie, mais la réalité, c'est que c'était une lettre de ma première vraie amie.

Chère Frances,

Peter te présente ses excuses, il espère que tu ne lui tiendras pas rigueur de la soirée d'hier. Je t'en prie, pour l'amour du ciel, ne prends pas de décision hâtive. J'imagine comme tu dois te sentir mal – contente-toi de rester au lit un peu plus longtemps.

Bien à toi,

Cara

J'examinai l'enveloppe de nouveau. Il y avait au fond deux comprimés blancs sur lesquels on pouvait lire en caractères d'imprimerie *Aspirine*.

6

J'avalai les comprimés donnés par Cara avec un peu d'eau et, pour la première fois depuis l'angine rouge que j'avais eue enfant, je me recouchai.

Je dormis pour sûr, car une voix m'avait appelée en rêve, qui m'échappa pour refluer lorsque j'ouvris les yeux : Cara chantait mon nom. Je sortis de mon lit et, sous ma fenêtre, aperçus sa tête qui dépassait, et son visage qui souriait vers le ciel. De nouveau elle était assise de côté sur le rebord de la fenêtre, les pieds appuyés sur les montants en bois. L'angle formé par son corps et le vide en dessous me retourna les tripes.

« Est-ce que tu te sens mieux ? » dit-elle en inclinant la tête, les sourcils levés. Elle avait enveloppé ses cheveux dans un morceau de tissu d'un bleu profond, qu'elle portait haut et plat, en turban, et qui soulignait ses pommettes. Je me dis qu'elle était ravissante. Un moineau, une colombe, quand j'étais une pintade. « Qu'est-ce que tu dirais d'un déjeuner ? J'ai préparé un pique-nique. Nous espérions que tu pourrais nous montrer le pont. »

Ma tête lourde mit du temps à réagir. « Le pont ? dis-je, les yeux baissés vers elle. Quelle heure est-il ?

— Il doit être deux heures, peut-être trois. Cela dit, je dois bien avouer que tu n'as pas l'air très en forme, Frances. Nous ferions mieux d'y aller tout seuls.

— Donne-moi dix minutes. » Je reculai et me retrouvai dans ma chambre à me demander ce que je pourrais bien mettre, pensant aux sous-vêtements de Mère, capables de dessiner une taille, même à un gibier comme moi.

« J'espère que tu as faim », lança Cara d'en bas.

Je mis la tête et les épaules à la fenêtre. « Je suis affamée », répondis-je, mais elle avait déjà disparu.

Dans la salle de bains, je me brossai les dents et me lavai le visage. Lorsque je revins dans ma chambre, il y avait une souris, allongée de côté sur le rebord de la fenêtre ouverte. La petite perle noire de son œil visible brillait, son petit manteau de tweed était parfaitement vierge, rien ne trahissait la moindre blessure, aucune trace de sang, elle était morte pourtant. Deux ou trois minutes plus tôt, alors que je parlais avec Cara par la fenêtre, elle n'était pas là, elle ne pouvait pas avoir été là – ne m'étais-je pas penchée contre ce rebord pour regarder en bas ? Je me demandai soudain si Serafina avait pu entrer quand j'avais récupéré l'enveloppe, vérifiai sous mon lit, dans la salle de bains : elle n'était pas là non plus, et toutes les autres portes des combles étaient fermées. Je revins vers la souris et sentis tout à coup une piqûre horrible à l'arrière de ma tête qui n'avait rien à voir avec le pauvre petit cadavre mais découlait de l'intuition atroce que quelqu'un l'avait posée là pour que je la trouve. Ma main se porta d'instinct au pendentif de Mère suspendu à la chaîne autour de mon cou, puis je pris une chaussure et poussai la souris par-dessus le rebord de la fenêtre. En espérant que Serafina s'en occuperait.

Je marchai en tête, devant les huttes Nissen, à travers les rhododendrons, au bas des marches, jusqu'au lac. Le miroitement de l'eau entre les troncs d'arbres et les buissons nous attira à elle. Et lorsque nous y parvînmes, son étendue, ses dégradés de turquoise et le ciel qui se reflétait au milieu étaient splendides. J'avais envie que Peter et Cara s'attardent ici avec moi, dans la contemplation de cette beauté, mais Peter m'interrompit : « Alors, où est le pont ? » Je pris à gauche entre les arbres jusqu'à un interstice d'où nous pûmes l'apercevoir, drapé de vert, la végétation ne laissant émerger que deux de ses arches. « Oh, comme c'est charmant », dit-il, et j'eus l'impression de lui avoir dévoilé un dessin dont je n'étais pas très sûre mais qu'il m'aurait persuadée de lui montrer, pour finalement l'entendre me dire que ce n'était pas si mal. Soudain j'étais fière, et songeai qu'après tout c'était un joli petit pont. « Il faudrait arracher quelques broussailles pour vraiment le voir, mais on tient quelque chose sans doute.

— Vraiment ? interrogeai-je.

— La maison d'origine a été bâtie en 1740, je me trompe ?

— 1745, répondis-je.

— Il faudrait réaliser quelques mesures.

— Bien sûr, dis-je, en m'efforçant d'avoir l'air désinvolte.

— Est-ce que ça a de la valeur ? demanda Cara, en tirant sur les pans libres du turban qu'elle portait encore.

— Eh bien, répondit Peter. Ça, c'est à Frances de le définir.

— Je suppose que c'est un peu comme le pont palladien de Stourhead, dis-je. Mais s'il était vraiment de style palladien, ou quoi que ce soit de notable, il aurait été mentionné dans le Pevsner ou un autre registre, non ?

— Oh, dit Peter. Alors comme ça, tu as cherché Lyntons dans le Pevsner ?

— Pas toi ?

— Eh bien, non, avoua Peter avec un rire embarrassé. J'imagine que j'aurais dû mais le Pevsner est toujours tellement négatif. En matière d'architecture, je préfère garder une part de découverte.

— C'est sans doute judicieux, oui », répondis-je, ne sachant plus à présent s'il pensait réellement que le pont pouvait avoir de la valeur ou non, mais le temps d'en discuter, nous l'avions rejoint et nous avancions en file indienne le long du chemin que j'avais arpenté seule en fouettant les orties qui l'entravaient. Au centre, une petite portion de la balustrade qui nous arrivait à la taille était dégagée de végétation, nous ménageant un point de vue sur le lac. Le chatoiement du soleil à la surface m'éblouit, la migraine menaçait.

« Est-ce que cela vous arrive de penser aux gens qui ont vécu ici avant nous ? demanda Cara. Les domestiques, les jardiniers, les familles ? Les enfants qui sautaient dans le lac depuis ce pont par un jour comme aujourd'hui, aussi chaud, aussi calme, le pont tout juste construit ? Quel genre de personnes sont-ils devenus, je me demande ? Que leur est-il arrivé ?

— Tout le monde meurt, Cara », dit gentiment Peter, comme s'il lui révélait la chose. Je pensai à Dorothea Lynton enterrée dans le cimetière de l'église sans personne autour du cercueil, sinon notre vicaire insatisfait et le fossoyeur, pour témoigner de son décès. Et je pensai à Mère, bien entendu.

« Et après ? » dit-elle. On aurait cru alors qu'elle posait cette question pour la centième fois, espérant chaque fois une autre réponse.

« Rien », répondit-il, elle se détourna mais camoufla son mouvement d'humeur en faisant semblant de fixer l'horizon où le lac rétrécissait. « La mort, c'est la mort, poursuivit-il, d'une voix douce, les mains ouvertes. Ni Paradis, ni Enfer, ni fantômes. Avec un peu de chance, on se souviendra encore de nous durant une génération ou deux, et puis c'est tout, et c'est bien.

— Est-ce réellement ce que tu crois ? interrogea Cara, sans détourner les yeux du lointain.

— Tu le sais bien. Les plus malchanceux d'entre nous atterrissent dans un livre d'histoire, mais même là ce n'est plus eux, c'est une version revisitée, l'interprétation de quelqu'un d'autre. Ce n'est jamais toute l'histoire. Ce que nous sommes ne demeure nulle part ailleurs que dans nos esprits et dans les mémoires de ceux qui nous ont aimés. » Il semblait attendre une réaction. « Cara ? » l'interrogea-t-il.

Quelques mois avant mon dixième anniversaire, j'étais debout dans notre cuisine de Notting Hill quand Mère m'avait dit : « Ton père croit que, lorsque nous mourons, nous sommes mis en terre, où nous pourrissons et devenons de l'engrais pour l'herbe que les vaches viennent brouter. » Je sentais la présence muette de mon père derrière moi. Il flottait une tension dans la pièce entre mes parents, c'était une lutte que je ne comprenais pas. J'avais envie qu'il me dise qu'elle racontait des mensonges, qu'il ne croyait pas une chose pareille car c'était faux. « Alors que moi, continua Mère, je crois que si nous sommes bons, nous allons au Paradis. » La vision des vaches, de l'herbe et des cadavres était trop horrible pour moi. Je fondis en larmes. « Que devrais-je croire ? » Je ne me souviens plus de rien, ni si elle a répondu, ni, si oui, quoi.

« Je ne suis pas fâchée à l'idée qu'on m'ait oublié d'ici une ou deux générations, dis-je à Cara et Peter pour combler le vide. Et en ce qui me concerne, ce sera probablement beaucoup plus tôt. » J'éclatai de rire.

« Allez, dit Cara en se retournant et en se forçant à sourire. On ferait mieux de déjeuner.

— On ferait mieux de nager d'abord, dit Peter.

— Nager ? » Mes yeux allèrent de l'un à l'autre. « Je ne savais pas qu'on allait nager. Je n'ai pas de costume de bain. » La gaine de Mère me cisaillait.

« Frances et moi, on te regarde, dit Cara. Je n'ai jamais vraiment appris à nager correctement. »

Peter commença à se déshabiller au milieu du pont. Cara rit. « Il n'est pas timide, hein ? Tu n'es pas timide, hein ? »

Sous son pantalon, il portait un short de bain bleu. Il était sec, les hanches étroites, les épaules larges. Des touffes de poils clairs dépassaient sous ses aisselles, quelques autres recouvraient son torse. Il grimpa sur la balustrade en pierre et joignit les pieds et les jambes. Je songeai à le mettre en garde, peut-être y avait-il quelque chose sous la surface – poteaux immergés, pics contondants, morceaux de métal rouillé ; n'importe quel objet susceptible de transpercer cette peau et de la déchirer – mais avant que j'aie eu le temps de dire quoi que ce soit, il avait plongé entre les nénuphars et les herbes aquatiques. L'espace d'un instant, nous vîmes son corps flottant sous la surface, tel un animal sous la glace.

Cara et moi nous appuyâmes sur la pierre chaude pour mieux le voir émerger au milieu du lac. Les mains en visière au-dessus des yeux, nous le regardions continuer de nager, sa tête et ses épaules ourlant la surface miroitante du ciel et des nuages.

« Comment vous êtes-vous rencontrés tous les deux ? demandai-je.

— Oh, c'était en Irlande, en 63, dit Cara. J'avais vingt et un ans. Cela me semble déjà si lointain. Je n'arrive pas à croire que ça ne fait que six ans. Tout ce dont je rêvais, c'était de m'en aller en Italie. Les Irlandais ont toujours quitté l'Irlande, n'est-ce pas ? Pour une raison ou pour une autre. Une fois, j'ai même réussi à aller jusqu'à Dublin. » Un souvenir lui revint qui la fit rire.

« Est-ce que c'était loin de là où tu habitais ?

— Un peu plus de cent cinquante kilomètres. Mais ç'aurait aussi bien pu être une autre planète. J'ai pris l'autocar jusqu'à Thomastown, sous le nom de Cara Cal-ey-ce, changé de vêtements, mis du rouge à lèvres, et je suis devenue Cara Cal-e-chi. J'avais appris l'italien dans le dictionnaire de mon père, mais comme je le disais hier soir, je ne sais pas vraiment parler en fait. Dans le bus pour Dublin, je me rappelle, j'avais le front appuyé contre la fenêtre, j'observais les hommes maigres errant devant les pubs tristes, les femmes maigres, aux visages fatigués, qui suspendaient le linge. Pas question que je devienne l'une d'entre elles. » Elle pivota, tournant le dos au lac, je l'imitai. Je la voyais, silhouette tragique à bord de cet autocar, rêvant d'un meilleur avenir. Je la laissai parler, ses intonations s'adoucissaient, sonnaient de plus en plus irlandaises. Je savais que son histoire à elle serait de toute façon bien plus intéressante que la mienne.

« J'avais déjà postulé pour un travail quand je suis arrivée à Dublin. Du moins, j'avais un entretien pour un travail, au cinéma Adelphi. J'ai remonté ma jupe, remis du rouge à lèvres, et quand le patron m'a proposé de l'accompagner dans le réduit qu'il occupait à côté de la cabine du projectionniste, j'ai accepté la cigarette qu'il m'offrait. Il s'est penché pour me l'allumer, et tu sais ce qu'il m'a dit ? "T'es vachement pâle pour une Ritale." J'étais ravie : j'avais réussi. J'ai pris mon meilleur accent italien : "L'Irlande est très joli pays, mais pas de soleil pendant des mois. De la pluie, de la pluie, encore de la pluie." »

C'était étrange de l'entendre sonner si italienne tout à coup, si convaincante, à mes oreilles du moins.

« J'ai eu le boulot, derrière le comptoir du vestiaire, je prenais les manteaux des gens. Et j'ai loué une chambre dans une pension qui acceptait les jeunes filles. Elles pensaient toutes que j'étais italienne, et cela a été très amusant pendant un temps, je m'asseyais pour prendre le thé avec les autres, racontais le nouveau pape qui saluait d'un geste si élégant, le temps merveilleux qu'il faisait, et les oranges qu'on cueillait directement aux arbres au bord des routes. Tout ce qui les intéressait en réalité, c'était de savoir comment étaient les Italiens. Je me contentais de lever les yeux au ciel et leur imagination faisait le reste. Elles travaillaient chez Brown Thomas, le grand magasin, ces filles, chez le boucher du coin, à la comptabilité de l'usine de tabac Player Wills sur la Route circulaire Sud. J'ai oublié leurs noms à présent, mais je me souviens qu'elles venaient, une à une, me glissaient une paire de bas, deux côtelettes de porc, un paquet de cigarettes. Elles voulaient que je leur obtienne des billets pour voir les Beatles. »

« Les Beatles ? » dis-je. Même moi, qui n'avais aucune culture de la musique populaire, je savais qui étaient les Beatles.

« Ils jouaient à l'Adelphi, mais toutes les places avaient été achetées des semaines à l'avance, et je savais que je ne pourrais pas en avoir. Malgré tout, j'ai pris la viande, les collants et les cigarettes, j'ai dit que je verrais ce que je pourrais faire. Je me suis arrangée pour travailler ce soir-là, pensant que je me glisserais au fond de la salle avant le début du concert, mais les gars du patron m'en ont empêchée. Je ne peux même pas te dire à quel point j'étais furieuse, assise par terre dans le vestiaire, à fumer cigarette sur cigarette. Avec tous ces hurlements, je n'entendais même pas la musique.

« Il fallait que je rende leurs manteaux aux gens quand ils sont sortis de la salle, mais je voulais tellement aller en coulisses que je me suis mise à donner n'importe quel manteau à n'importe qui, et bien sûr les gens se sont plaints, alors j'ai passé les jambes au-dessus du comptoir et je les ai laissés se débrouiller.

« Je suis tombée sur George dans l'un des couloirs en coulisses. C'était un vrai dédale – des cages d'escalier, des angles morts ; rien de plus facile que de se perdre. Il errait là-dedans – cherchait ses acolytes, je suppose. J'avais tout intérêt à continuer de jouer les Italiennes, et nous avons eu le genre de conversation légère qu'on a avec les étrangers : faite de mimes, de mots inventés, sauf que l'étrangère, c'était moi. Il a mimé la guitare, j'ai sorti les talons des tickets de vestiaire et dit quelque chose comme "vestiareuse". Il m'a proposé d'aller prendre un verre à son hôtel, je l'ai suivi et nous avons passé un moment dehors, devant la porte des coulisses, à bavarder en attendant John, Paul et Ringo. Il faisait un froid terrible, c'était le 7 novembre 1963, je ne l'oublierai jamais. George portait un énorme manteau en fourrure mais je frissonnais tellement qu'il l'a ôté et l'a mis autour de mes épaules. Il traînait jusque par terre. Je ne me souviens pas de quoi nous avons parlé – de Liverpool et Rome, sans doute. Je crois que nous avons fumé une cigarette, et puis la camionnette d'un journal s'est arrêtée au coin. L'*Evening Herald* je crois, et les autres Beatles sont sortis en courant par la porte des coulisses, et tous les quatre, George inclus, ont sauté dans la camionnette tandis qu'une horde de filles déboulait en courant de l'autre côté du bâtiment. La camionnette a filé avec les quatre Beatles à son bord, me laissant sur la route, avec ces filles qui me fonçaient dessus en hurlant et en criant, tu n'imagines même pas. Elles m'ont littéralement piétinée. J'avais des trous aux genoux dans mes collants, les paumes éraflées – sous le choc, je pleurais. Un journaliste m'a aidée à me relever, m'a posé quelques questions, m'a demandé où je travaillais, et a pris une photo. Le lendemain j'étais dans le journal, le visage barbouillé de mascara, dans un état calamiteux.

— Oh, Cara, dis-je, imaginant l'excitation, le choc.

— C'est comme ça que ma mère a découvert où j'étais. Quelqu'un a dû lui dire que j'étais en photo dans le journal et que je travaillais à l'Adelphi, même si dans l'intervalle mon patron m'avait virée pour avoir abandonné mon vestiaire. Apparemment quelqu'un en avait profité pour se faire la malle avec tout un tas de manteaux. Ma mère a envoyé Dermod me chercher au volant de la Wolseley.

— Dermod ? demandai-je.

— Dermod nous aidait pour les petits travaux. C'était une sorte de domestique, disons. Il vivait avec nous depuis toujours, avant même ma naissance, il nourrissait les poules, tu sais, il faisait un peu de ménage, et l'essentiel de la cuisine. Un peu simple d'esprit, mais très gentil, il détestait conduire cette voiture. Il n'était d'ailleurs pas censé conduire du tout, mais ma mère aimait l'idée d'un chauffeur qui la promène, et à l'époque il n'y avait pas besoin de permis. J'étais étonnée qu'il ait réussi à arriver jusqu'à Dublin tout seul. Nous nous sommes disputés dans la rue, devant la pension, toutes les filles étaient à leurs fenêtres, au spectacle. J'ai dit que jamais je ne reviendrais à la maison, mais il a commencé à pleurer, à brailler, les yeux exorbités. C'est une bonne pâte. »

Elle interrompit son récit, les yeux perdus dans ses souvenirs.

« Quoi qu'il en soit, j'ai ramené la Wolseley à la maison, et sur la route je lui ai raconté toute l'histoire de George Harrison. Pour le faire rire, nous baissions les vitres et criions au-dehors : "Vestiareuse !!!" aux tracteurs que je dépassais et aux femmes maigres sous leurs vieilles pelures courant pour mettre leur linge à l'abri avant qu'il se mette à pleuvoir. Enfin, j'ai gardé le manteau que George m'a donné… »

Elle parlait encore lorsque nous parvinrent de l'autre côté du lac un long sifflement et la voix de Peter. Je l'avais complètement oublié. Nous nous retournâmes, de loin on aurait dit qu'il marchait sur l'eau, agitant les bras au-dessus de la tête.

« Je te le montrerai plus tard si tu veux, dit-elle. Mais c'est juste un manteau de fourrure pour homme. Allez. Je suis sûre qu'il a faim. » Elle souleva le panier de pique-nique qu'elle avait apporté et fit demi-tour. Je la suivis jusqu'au pied du pont, puis rebroussai chemin pour aller récupérer les vêtements de Peter, qu'il avait pliés en une pile bien nette – sa chemise, son pantalon, ses chaussures et ses chaussettes. Tandis que je longeais le lac ainsi chargée, songeant à l'histoire qu'elle m'avait racontée, je me rendis compte tout à coup qu'elle ne m'avait pas dit comment elle et Peter s'étaient rencontrés ; d'ailleurs, elle n'avait absolument pas parlé de Peter.

Aux trois quarts du chemin sur la rive du lac, près de l'endroit où la tour du mausolée transperçait la canopée, une jetée en béton saillait d'entre les eaux. Les vestiges de poteaux en bois demeuraient de part et d'autre de la jetée, derniers témoins d'un ponton plus pittoresque, que les soldats avaient transformé en un élément plus pratique et plus laid. Cara déballa le pique-nique au bout de cette jetée, déploya une nappe à carreaux, tandis que, plus loin sur la rive, Peter, les pieds dans la terre molle, scrutait l'horizon à travers les joncs.

« Regarde, dit-il en me voyant arriver. Une vieille chaloupe. Si on parvient à la ramener vers le bord, je suis sûr que je pourrais la réparer, quelques rustines de papier goudronné et on pourrait naviguer sur le lac. Qu'est-ce que tu en dis ? »

J'imaginai Peter ramant, pendant que Cara et moi nous prélasserions à la proue, nos doigts effleurant la surface de l'eau. J'eus une vision de la toile de Waterhouse, *The Lady of Shalott*.

« Ce serait merveilleux. »

Il regarda par-dessus son épaule. « Tu m'as rapporté mes vêtements. Frances, tu es une perle. » Il remonta sur la rive et je détournai les yeux de son maillot de bain et son torse nu, tâchant de me fixer sur son visage. Il fallut qu'il tende les mains afin de récupérer ses vêtements pour que je me rende compte que, tout ce temps, je les tenais serrés contre ma poitrine. « Je savais bien qu'il ne fallait pas compter sur Cara pour y penser », dit-il en bataillant pour enfiler ses jambes humides dans son pantalon et en passant sa chemise au-dessus de sa tête. Le coton lui collait à la peau. « Je croyais qu'il faudrait que je reparte à la nage vers le pont. »

Cara avait disposé le contenu de son panier sur la nappe : des tranches de pain beurré, du pâté de poisson fumé, une salade de haricots et d'oignons, une demi-douzaine d'œufs de caille, et un rouleau de papier rempli de sel.

Il n'y avait pas un souffle de vent cet après-midi-là, le lac luisait comme un sou neuf dans une pelouse touffue, quant aux oiseaux invisibles qu'on entendait pépier et gazouiller dans les buissons, ils ne dérangeaient pas une branche. Je me baissai vers le sol en béton de la jetée – ce n'est jamais commode de s'asseoir par terre pour une femme grosse, ça l'est encore moins quand elle porte une gaine. Elle se retrouve à plier les jambes sous elle comme ferait un cheval, jusqu'au moment où elle est obligée de tout lâcher, en espérant tomber correctement.

Le lac clapotait sur les flancs de la jetée, les mèches d'herbe qui poussaient là se soulevaient et retombaient. Peter sortit une bouteille de champagne de l'eau, où Cara l'avait plongée, attachée à l'un des poteaux, et les ondulations qu'il provoqua ourlèrent toute la surface du lac, découpant les reflets des arbres alentour.

La bouteille n'avait pas pu passer plus de quelques minutes dans le lac, mais Peter déclara qu'elle était assez froide, fit sauter le bouchon et le versa dans nos trois tasses en métal.

« À Fran, notre nouvelle amie, lança Peter en levant sa tasse.

— À Fran, notre nouvelle amie », répéta Cara en entrechoquant sa tasse contre celle de Peter. Ils attendirent, leurs tasses en l'air.

« À nous », dis-je. Ils m'avaient convaincue que c'était vrai. Nous bûmes.

7

Durant la soirée, alors que j'étais assise sur mon lit, en train de rédiger un commentaire sur un détail que j'avais observé depuis le pont, on frappa à la porte des combles.

« Je peux entrer ? » demanda Cara en entrant.

Je m'étais déjà changée, j'étais en chemise de nuit. Je la boutonnai jusqu'au cou et plaquai un oreiller sur mes jambes pour cacher mon ventre. « Je suis là », lançai-je.

Elle pénétra dans la chambre, elle portait encore son turban dans les cheveux. « J'espère que je ne te dérange pas. Je n'avais pas réalisé que tu travaillais. » Elle fixa les livres éparpillés à côté de moi sur le lit et empilés par terre tout autour. « Je n'avais pas bien vu ta chambre hier soir quand nous sommes montées. Moi qui croyais que nous vivions à la dure en bas, tu n'as même pas une malle pour t'asseoir.

— Oh, je me débrouille, dis-je en rassemblant mes documents.

— Quand Peter travaille, au moins, il peut s'installer à la table, tu n'as pas mal au dos à force de rester assise sur ton lit comme ça ? »

Elle baissa la tête au niveau de la fenêtre et regarda dehors. Elle déambula dans la pièce, étudia mes valises ouvertes, les vêtements pliés à l'intérieur, ma brosse à cheveux au-dessus de la pile, une serviette de toilette accrochée au portemanteau derrière la porte, ma charlotte en plastique par-dessus. Je faisais l'objet d'un examen minutieux, elle évaluait mes affaires, j'avais peur qu'elle les juge insuffisantes.

« Ta salle de bains est à côté ? » Elle sortit dans le couloir et je faillis lui courir après : si elle était montée, c'était forcément parce qu'elle avait des soupçons à propos du trou dans le plafond de sa salle de bains. « Tu n'as même pas de miroir ? lança-t-elle en jetant un œil à l'intérieur. Il y en a peut-être un dans une autre salle de bains. Peter pourrait t'en chercher un.

— Merci, dis-je. Mais vraiment je me débrouille. » J'essayais désespérément de la faire revenir dans la chambre. Je me levai et me rassis sur le lit, dans l'espoir qu'elle m'imite. Elle s'approcha, prit place à côté de moi et ramassa mon livre, *L'Architecture du jardin*. Elle passa les doigts sur les lettres dorées : *Un guide pictural des jardins, anciens ou neufs*. Si elle n'était pas là pour débusquer le judas, alors pourquoi était-elle montée ? me demandai-je. Pour m'avouer qu'elle et Peter avaient commis une erreur gênante ? Que je n'étais pas leur genre et que nous allions devoir cesser d'être amis ?

« Est-ce que tes parents te manquent maintenant qu'ils ne sont plus là ? » lâchai-je dans une vaine tentative de retarder son annonce.

Elle me dévisagea, étonnée un instant de ma question. « Pas vraiment. Mon père est mort quand je suis née.

— Oh non, dis-je. Je suis affreusement désolée.

— Ma mère était en train d'accoucher, il est arrivé en courant dans l'escalier. Il portait une bassine d'eau chaude ou une pile de serviettes, quelque chose dans ce goût-là, il a trébuché et s'est fracassé le crâne. Mort en couches. » Elle émit un son, moitié rire, moitié soupir, et je devinai qu'elle avait raconté cette histoire tellement de fois qu'à présent c'était presque devenu une plaisanterie quoiqu'elle perçût tout le tragique de l'affaire. « Quand j'étais enfant, j'essayais de comprendre, de circonscrire l'endroit où c'était arrivé, je cherchais des traces de son sang sur chaque marche. Bien entendu, il n'y avait plus rien.

— Et ta mère ?

— Bon sang, dit-elle, rattrapée par son accent irlandais. Maman, par où commencer ? » Un autre rire amer, puis elle reprit avec son accent anglais. « Isabel Catherine Calace. *Née Gentleman**. Des ancêtres hollandais, je crois. Elle a grandi à Killaspy – dans la maison où je suis née. A rencontré mon père, Augustus James Calace, à un bal de chasseurs. Est tombée amoureuse, bla-bla-bla. Toujours en vie, bon pied bon œil, et toujours là-bas, d'après ce que je sais.

— Mais il me semblait que tu avais dit que tu les avais perdus *tous les deux* ? » Mon esprit fourrageait, revenant sur ses pas, jusqu'à la conversation que nous avions eue la veille avant le dîner.

* La phrase est en français dans le texte original.

« J'ai dit ça ? Je voulais dire que nous nous étions perdues de vue. Je n'ai plus revu Isabel, ou même eu de ses nouvelles, depuis cinq ans. Isabel, c'est ce qu'elle est pour moi aujourd'hui. Enfin, je suis sûre que quelqu'un m'écrirait pour me le dire si elle mourait – le père Creagh ou Dermod.

— Tu avais commencé à me raconter comment tu as rencontré Peter quand nous étions sur le pont.

— Tu veux toute l'histoire ? C'est long, et tu étais sur le point d'aller te coucher, non ? » Elle tira sur la manche de ma chemise de nuit d'un air taquin.

« S'il te plaît », dis-je. J'écoutais les histoires de Mère depuis tant d'années. La vie merveilleuse qu'elle avait avant que mon père s'en aille, les fêtes somptueuses auxquelles elle était invitée avant de le rencontrer. J'adorais écouter et je savais reconnaître quelqu'un qui a l'envie, ou la nécessité, de raconter son histoire. Cara n'eut pas besoin de beaucoup d'encouragements.

« Eh bien, pour commencer, il faut que je te parle un peu de Killaspy.

— La maison où tu es née ?

— Oui. » Elle leva les mains, tâtonna pour trouver les bouts de son turban et le dénoua, libérant ses cheveux qui retombèrent en pointe. Elle se gratta la nuque. « La maison est située à la sortie d'une petite ville du comté de Kilkenny. Dans le sud-est de l'Irlande. Ce n'est pas aussi grand ou majestueux que Lyntons, mais dans le genre délabré c'est assez beau. Trois niveaux, symétrique, massif, quelques dépendances, une mare aux canards, un petit salon, un grand salon, une salle à manger, que nous n'utilisions jamais, six chambres si on compte les combles.

Sauf qu'autrefois c'était deux fois plus grand, avec des écuries. Mais en 1921, quand Isabel avait cinq ans, un groupe d'hommes a déboulé avec des bidons de pétrole et a mis le feu à l'arrière de la maison, le feu s'est propagé dans les écuries. Elle raconte cette partie-là mieux que moi ; elle s'en souvenait bien sûr, du moins elle se souvenait bien de l'histoire. Personne n'est mort – pas de victimes humaines en tout cas. »

« Isabel avait été envoyée au bout de l'allée dans sa robe de chambre, cramponnée à la vieille chemise de nuit qui lui servait de doudou. Quelques hommes étaient venus de la ville aider à éteindre le feu, malheureusement il était trop tard pour l'arrière de la maison et les écuries. On avait consolidé les murs encore debout, nettoyé les dégâts, mais cela avait coûté si cher que mes grands-parents avaient dû vendre une bonne partie des terres, ils n'avaient plus les moyens d'envoyer Isabel en pension en Angleterre, la gouvernante s'était chargée de son instruction jusqu'à ce que, comme je disais, elle rencontre Augustus. La maison a été laissée en l'état, elle n'a pas bougé, du moins il y a cinq ans, quand j'étais encore là-bas, elle était inchangée. »

Je reculai sur le lit pour m'adosser au mur, l'oreiller posé sur mon ventre. J'avais envie d'en savoir plus. Cara s'allongea sur le côté à l'autre bout du lit, posa la tête dans une main, et poursuivit.

« Parfois, quand personne ne pouvait me voir, je prenais les clés accrochées au clou dans la cuisine et je montais dans les combles. Au bout du couloir, il y avait une porte toujours fermée à double tour, au-delà c'était le vide, trois étages à pic. J'aimais me tenir là, sur le seuil. C'était merveilleusement terrifiant. De nombreux murs de la partie brûlée de la maison étaient encore debout, mais tous les sols avaient disparu, et en face de moi j'apercevais des cheminées qui dégorgeaient de la végétation derrière leurs grilles. Le toit avait disparu également, alors je restais là, avec la pluie qui me tombait dessus.

« C'est donc là que j'ai grandi. C'est important que tu le saches, car c'est à cause de Killaspy que j'ai rencontré Peter. Je savais qu'il se tramait quelque chose quand je suis revenue de Dublin avec Dermod. Les chambres sentaient la cire, il y avait des fleurs dans un vase dans le hall d'entrée, les paniers des chiens avaient été dégagés vers l'arrière-cuisine, même si ça ne les empêchait pas de s'affaler sur les canapés du petit salon. On avait allumé un feu – ce qui d'ordinaire impliquait qu'il fasse si froid qu'on aurait pu gratter une couche de glace à l'intérieur des fenêtres. Je savais que ce n'était pas pour célébrer mon retour.

« Isabel était dans sa chambre, en train de se maquiller, crachant dans son bloc de mascara pour le fluidifier à la salive et passant la brosse sur ses cils. Sur sa table de chevet, une abeille bourdonnait sous un gobelet, prise au piège. Je ne sais pas comment cette abeille avait atterri là en plein mois de novembre – tu savais que les abeilles se rassemblent en grappes dans leurs ruches en hiver ? –, peut-être avait-elle été tirée de son hibernation quand on avait allumé le feu. Isabel me demanda si j'avais fait bon voyage, comme si je revenais de chez des cousins, alors que cela faisait un mois que j'étais partie et qu'elle ne savait pas où j'étais. Je lui demandai ce qui se passait, et elle m'annonça que nous allions avoir de la visite, un certain M. Robertson. Qui n'était autre que Peter ! »

Cara me sourit, je lui rendis son sourire, aussi contente qu'elle d'avoir atteint ce stade de l'histoire, où Peter faisait enfin son apparition.

« Jamais personne ne venait nous rendre visite, poursuivit-elle. Ce n'était pas ce genre de maison, ou bien nous n'étions pas ce genre de famille. Nous étions une source d'embarras pour les autres, nous qui vivions dans cette maison, à Killaspy, où la pluie transperçait les murs, dont la moitié était brûlée. La façade était mangée par une magnifique algue jaune qui se reproduisait dans les eaux inondant nos gouttières. Je trouvais cela joli. Quoi qu'il en soit, je lui demandai si ce M. Robertson venait pour faire des réparations. J'étais assise au bout de son lit, l'abeille bourdonnait, elle me regarda dans le miroir et dit : "Non, il vient pour l'acheter." Je savais qu'elle voulait que je sois triste – c'était la seule maison que nous avions connue elle et moi – mais j'étais heureuse parce que je me disais que, si la maison était vendue, il y aurait assez d'argent pour que je quitte l'Irlande et que j'aille en Italie. Et je savais qu'elle le savait, alors nous nous sommes fixées, et puis elle a posé la main sur le gobelet retourné et l'abeille s'est tue ; elle a continué de marcher en silence, tournant en rond dans sa petite prison. "Qu'est-ce qu'elle en pense, l'abeille ?" lui demandai-je, parce qu'elle faisait ce genre de choses, interroger les animaux sur les choses de la vie. Elle ne cilla pas, comme si elle l'écoutait bel et bien, puis elle reprit : "Il ne faut pas croire ce que les abeilles racontent." Puis elle l'enferma dans le gobelet pour mieux la libérer par la fenêtre.

« Avant l'arrivée de Peter, je suis allée voir Paddy. C'était le fils du voisin, nous avions le même âge. J'imagine que nous avions une sorte d'entente. Je l'aimais bien, je l'avais toujours bien aimé. Quand nous avons quitté l'école, il s'est occupé du troupeau de frisonnes de sa mère. J'aimais ces vaches, et peut-être que j'aimais Paddy aussi. Isabel voulait que je me marie avec lui, bien que ce fût une période difficile pour les fermiers irlandais à l'époque, mais les Browne avaient une belle ferme et du bétail, et en épousant Paddy, je resterais près d'elle. En tout cas, j'ai mis les grandes bottes en caoutchouc de mon père et je suis allée le voir. Il faisait rentrer les vaches, donnant de petits coups de bâton aux traînardes en disant : "Allez, petite, allez." »

Tout en parlant, Cara releva le menton, et je pouvais me la représenter, dans cette cour de ferme, au coucher du soleil, les pieds dans le purin jusqu'aux chevilles, et Paddy qui la dévorait de ses yeux verts.

« Je n'avais pas vu Paddy depuis un mois, je ne lui avais pas dit où je comptais aller, mais la nouvelle de mon retour était arrivée jusqu'à lui. Il m'a interpellée : "Alors, cette heure de gloire à Rome, tu as bavardé avec le pape Paul VI ?" Paddy ne résistait pas à un bon mot, et il savait pertinemment que je n'avais pas eu le temps de dépasser Dublin au moment où Dermod était venu me chercher pour me ramener à la maison. Je lui ai demandé si je lui avais manqué, mais au lieu de me répondre, il a mis en marche la machine à traire. Elle faisait un tel bruit – impossible de s'entendre à moins de se hurler dessus. Nous avions mis en place une routine agréable à l'époque où je l'aidais à la laiterie. Il longeait la rangée de vaches, installait les sangles sur leurs dos, attachait les trayeuses, tandis que je le suivais équipée d'un seau d'eau chaude et de chiffons pour nettoyer les mamelles, avant qu'il fixe les machines aux pis. Nous formions une bonne équipe. Les vaches me manquent, elles étaient habituées à moi. Je me souviens d'avoir pensé que, si M. Robertson achetait Killaspy sur-le-champ, il ne me restait qu'un mois à passer là-bas, j'avais appuyé la joue contre le flanc d'une vache pendant que Paddy regardait ailleurs, pour respirer l'odeur de paille de son pelage. Je n'ai jamais pensé qu'elles sentaient mauvais comme le prétendent certaines personnes.

« J'ai embrassé Paddy pendant que la machine à traire pulsait. Je l'avais déjà embrassé, dans les bals où nous allions danser. Il avait toujours le goût du porto qu'on versait dans la salade de fruits, nous n'étions pas censés boire autre chose. Mais cette fois-ci, il avait un goût de lait, je l'ai laissé glisser ses mains sous mon manteau, relever mon pull et se faufiler sous mon soutien-gorge. Ses paumes calleuses m'éraflaient agréablement la peau. Mais c'est tout ce qu'il a fait, c'est tout ce que je l'ai laissé faire. »

Peut-être Cara pensa-t-elle que j'avais l'air choquée par sa franchise, car elle a ajouté : « C'est important que tu le saches. C'est tout ce que je l'ai laissé faire. J'ai dit qu'il fallait que je m'en aille, que nous avions de la visite, il a répondu qu'il avait entendu dire que ma mère voulait vendre Killaspy, alors j'ai eu l'impression d'être déjà en train de les quitter, lui, la laiterie et l'Irlande. Mais bien sûr les choses ne se passent jamais comme on s'y attendrait, n'est-ce pas ?

« Dès que j'ai passé la porte de la maison, Isabel m'a appelée pour que je vienne saluer M. Robertson, et même si j'avais très envie qu'elle vende la maison, même si je savais qu'il fallait que je joue la partition de la fille de la maison, je suis entrée dans le salon avec mes grosses bottes aux pieds, j'ai déposé un baiser sur la joue de ma mère et lancé un : "Salut maman !" Elle détestait être appelée Maman, mais j'étais furieuse qu'elle n'admette même pas que je lui avais manqué, furieuse qu'elle ait envoyé Dermod me chercher. Je n'avais que vingt et un ans. Elle était assise dans l'un des fauteuils de lecture à côté du feu, et M. Robertson, Peter, était installé en face d'elle, sur le canapé. Entre eux, il y avait une petite table en marqueterie chinoise, l'une de nos richesses. Une des hirondelles manquait, n'importe quel autre jour le trou formé par son absence aurait été rempli de poussière et de miettes en tous genres mais, ce jour-là, même ce recoin avait été nettoyé par Dermod. La table appartenait à un triptyque ; les deux autres avaient été vendues des années auparavant. Dermod avait préparé un tourteau, habituellement délicieux, mais qu'il avait recouvert ce jour-là d'un glaçage jaune, c'était la chose la plus clinquante de la pièce. Je remarquai également qu'il avait reçu l'ordre de sortir la belle vaisselle pour notre visiteur.

« Je m'étais attendue à un homme vieux – cinquante, soixante ans au minimum, pour envisager d'acheter Killaspy. Je n'avais aucune idée de la valeur de la maison, sans doute très peu d'argent, mais tout me semblait hors de prix à l'époque. Je l'ai trouvé très beau. Il est très beau, n'est-ce pas ? Isabel nous a présentés et il a esquissé un mouvement, se levant à moitié, pour me saluer, avant de se rendre compte qu'il tenait une assiette à la main et que de l'autre il faudrait qu'il chasse l'un des chiens pour y arriver. Suki avait la truffe fourrée dans son entrejambe et n'entendait pas bouger ; elle avait toujours été diabolique. Je n'avais pas envie de voler à son secours, alors je me suis contentée de tirer le tabouret du piano et j'ai pris une part de gâteau. Je lui ai demandé ce qu'il pensait de la maison et il a dit : “Charmant, charmant”, de cette manière qu'il a toujours, comme s'il avait réellement cinquante ou soixante ans, et j'ai ajouté : “C'est plutôt *bruciare*, cela dit, n'est-ce pas ?” J'ai mangé le gâteau et laissé le glaçage. J'en ai fait un rouleau dans mon assiette, on aurait dit une chenille empoisonnée rampant sur la faïence. Isabel a levé les yeux au ciel et expliqué que j'apprenais l'italien toute seule, mais Peter a ri et dit : “C'est vrai que c'est plutôt carbonisé.” Il ajouté : “*Mio padre è il direttore di un'azienda agricola.*” Et c'est là que je suis tombée amoureuse de lui, car j'ai cru qu'il savait parler italien, j'ai aussitôt commencé à nous imaginer dans l'avion pour l'Italie, descendant les marches de la rampe d'atterrissage sous le soleil, à penser aux oranges qu'on cueillerait directement aux arbres, et aux petites têtes blondes que nous aurions.

« Par la suite il a avoué que son père ne dirigeait pas réellement une société agricole et que c'était en fait la seule phrase qu'il connaissait en italien. Il faudra qu'on pense à lui demander de nous la dire à l'occasion. Puis Isabel a raconté toute l'histoire, mon père qui rêvait de nous emmener en Italie quand j'étais née pour nous montrer toutes les choses qu'il adorait, qu'il voulait m'apprendre l'italien – bien qu'Isabel prétendît que lui-même ne le parlait pas très bien – et qu'il était mort avant de pouvoir accomplir aucun de ces rêves. "Et maintenant je suis toute seule", dit-elle d'une petite voix, en cachant sous sa jambe sa main gauche où luisait son alliance, et battant des cils dans sa direction. Je me demandais ce qu'il en penserait si je lui disais que, pour obtenir des cils aussi épais et sombres, elle crachait dans son mascara, et tandis que je réfléchissais à cette question, j'ai compris que son plan de faire acheter Killaspy à Peter avait changé.

« C'était flagrant, mais Peter est incapable de voir l'effet qu'il produit sur les gens, sur les femmes. C'est un charmeur malgré lui. S'il posait des questions à Isabel, c'était juste pour être poli. Il n'avait même pas remarqué ses battements de cils, mais je n'en savais rien à ce moment-là. Je crois que, si elle avait pu, elle l'aurait retenu là tout l'après-midi, cependant il a fini par reposer son assiette en disant qu'il devait y aller. Je me suis dit qu'il prenait la fuite. Suki gémissait, Isabel essayait désespérément de retenir Peter en appelant Dermod pour qu'il refasse du thé. Pendant qu'Isabel braillait, Peter a tendu la main, et quand nos paumes se sont touchées, j'ai eu l'impression qu'il me transmettait quelque chose. Je ne sais pas quoi, son sang, ou bien une décharge électrique, un message à l'encre. Quand il me l'a rendue, j'étais convaincue que, si je regardais ma main, j'allais trouver quelque chose. Il s'est montré très amical avec Isabel, l'a remerciée pour la visite et lui a dit qu'il lui communiquerait sa décision une fois qu'il aurait réfléchi.

« Il pleuvait quand il est sorti – il avait une petite voiture de sport verte à l'époque –, Isabel et moi nous tenions sur le perron, et j'étais affreusement triste car je savais que jamais il n'achèterait Killaspy ou ne m'emmènerait en Italie. Isabel avait tout fichu par terre. Puis, pour ajouter de l'embarras à l'embarras, elle a enveloppé son manteau autour de sa tête et couru jusqu'à sa voiture, a tapé à la vitre et lui a demandé s'il voulait que Dermod lui prépare quelque chose pour le voyage, des sandwichs, un peu de thé. Bien sûr, il s'est contenté de secouer la tête et elle n'a plus eu qu'à revenir en courant sous l'avant-toit. Mais cette petite voiture de sport verte, bénie soit-elle, n'a pas voulu démarrer. Il a essayé encore et encore, sans succès.

« Je suis sortie avec un parapluie tandis qu'il regardait sous le capot et s'écorchait les doigts sur le moteur, entortillant des tuyaux là-dessous. Je me souviens qu'il m'a chuchoté : "Je n'y connais rien aux voitures, moi."

« Isabel n'a pas aimé qu'on se parle, elle a crié : "Elle est en panne, vous croyez ?" de manière à se joindre à la conversation sans avoir à sortir et se mouiller. Je lui ai dit que M. Byrne, le propriétaire du garage, était sans doute en train de prendre le thé mais que, si je lui téléphonais, j'étais sûre qu'il viendrait dès qu'il aurait fini, Peter a rabattu le capot et nous sommes rentrés. Dermod avait refait une théière même si nous en avions tous largement assez bu, alors Isabel a regardé sa montre et dit : "M. Byrne, le propriétaire du garage, est sans doute en train de prendre le thé, et je sais qu'il n'aime pas avoir à ressortir après." J'ai surpris le regard de Peter et dû détourner le regard sous peine d'éclater de rire, ce qu'elle cherchait était tellement évident. Il n'a pas ri en retour et j'ai alors compris qu'il n'avait pas du tout saisi la nature de ses projets. Puis elle a ajouté que Dermod était en train de plumer un poulet et qu'il était le bienvenu pour le dîner s'il le souhaitait, et que je pouvais lui préparer un lit dans une des chambres d'amis s'il voulait passer la nuit, pour que le lendemain matin M. Byrne vienne voir sa voiture. L'idée ne m'est pas venue immédiatement, mais une fois dans mon lit je me suis demandé si Isabel avait saboté sa voiture pour qu'elle ne démarre plus, parce que, aussi loin que remontaient mes souvenirs, nous n'avions jamais mangé de poulet en dehors de Pâques et Noël. Voilà, tu sais tout, c'est comme ça que nous nous sommes rencontrés.

— Mais que s'est-il passé ensuite ? demandai-je. Pour Killaspy ? Est-ce que Peter l'a acheté ? » J'étais fatiguée, fatiguée comme une enfant qui insiste, qui veut quand même qu'on lui raconte la fin de l'histoire.

Cara observa ma chambre de nouveau. « Tu n'as pas de frigo. » Elle s'assit. « Peter et moi avons discuté, commença-t-elle. Nous pensons que tu devrais prendre tous tes repas avec nous. C'est idiot que tu sois là-haut dans ta chambre, sans frigo et avec juste deux plaques électriques alors que ça ne change rien pour moi de faire les courses et la cuisine pour une personne de plus.

— Cela représente beaucoup trop de travail, protestai-je en sachant très bien que je me laisserais convaincre.

— Nous insistons, dit-elle en se levant. Demain, s'il fait aussi chaud qu'aujourd'hui, que dirais-tu que nous prenions le petit déjeuner sur la terrasse ? » Elle n'attendait pas de réponse.

Elle se pencha pour me prendre dans ses bras, ses colliers de perles cliquetèrent entre nous, ses cheveux pressés contre ma joue. « Je sais que nous allons devenir les meilleurs des amis. » Après son départ, son odeur d'agrume s'attarda dans l'air et sur ma peau.

Le matin très tôt, je fus réveillée par quelqu'un qui tirait la chasse d'eau dans la pièce à côté. Il y eut d'abord le fracas grave de la poignée qui pompait plusieurs fois jusqu'à ce que le réservoir libère le jet d'eau dans la cuvette, et pendant qu'elle se remplissait, le cliquetis et les grincements résonnèrent, comme une porte de garage à bascule qu'on ouvrait. Je m'attendais à tout instant à entendre Cara ou Peter m'annoncer que les toilettes d'en bas étaient cassées, même s'il y en avait d'autres plus proches de leurs appartements, puis je me souvins de Peter qui me disait que seules deux toilettes fonctionnaient dans la maison – les miennes et les leurs. Je guettai leurs pas, ou bien le bruit de la porte de la salle de bains, mais une fois le bruit de la chasse d'eau passé, plus rien. Un pépin de plomberie, pensai-je, tout en me levant quand même pour vérifier.

La porte de la chambre d'en face était ouverte sur le ciel au-delà de la route où se pressaient les cumulus rose pêche. La porte de la salle de bains était fermée. Est-ce que je l'avais refermée après m'être brossé les dents ? Impossible de me souvenir. J'hésitai, puis, me sentant ridicule, finis par frapper. Pas de réponse, ni toussotement, ni signe de mouvement m'indiquant que quelqu'un était en train de faire ses ablutions. Et soudain, il y eut quelque chose d'anormal, dans ce couloir, cet espace autour de moi, je sentais une présence derrière moi, si proche que, si je me retournais pour la voir, elle bougerait avec moi et m'échapperait toujours. Je m'agrippai au pendentif de Mère un moment, dont l'arrière était encore chaud de la nuit passée au contact de ma peau, puis je saisis la poignée et poussai la porte de la salle de bains un grand coup jusqu'à ce qu'elle cogne contre le mur. La pièce, bien sûr, était vide, l'abattant des toilettes baissé, ainsi que Mère m'avait appris à le faire.

Quelque part dans les tuyaux sous le sol, l'eau circulait, tournoyait, comme dans un estomac barbouillé. En me retournant, je vis l'oreiller dans la baignoire. C'était l'oreiller supplémentaire que j'utilisais parfois, celui que j'avais sur les jambes la veille pendant que Cara me racontait son histoire. Je n'avais pas remarqué qu'il n'était plus là. Il avait été placé à l'opposé des robinets et il y avait une légère empreinte dans les plumes comme si quelqu'un avait dormi là, dans la baignoire. Je fus horrifiée par cette apparition, cette incongruité, aussi saisie que face à un amas d'excréments humains au milieu d'un tapis de salon. Je ramassai l'oreiller par un coin. Un long cheveu grisâtre collait au coton, et j'ôtai la taie de manière à ne pas avoir à le toucher. Je fourrai la taie derrière les toilettes, et en ramenant l'oreiller dans ma chambre, je sentis l'ombre dans mon dos qui me suivait de près.

8

« Mademoiselle Jellico ? appelle Victor. Votre déjeuner est servi. Voulez-vous manger quelque chose ? »

Autrefois, je sentais l'odeur de la nourriture une heure avant qu'elle me soit servie ici, des saucisses encore roses, de la purée écrasée sans que les pommes de terre aient rendu toute leur eau, des haricots à la sauce tomate réduits à une consistance pâteuse à force d'être réchauffés. Je mangeais tout.

Mon intestin souffrait mais je m'efforçais de l'ignorer, de ne pas me plaindre, la maladie était tapie en moi, passait inaperçue, jusqu'à ce qu'il soit trop tard. Et maintenant c'est trop tard. Victor m'aide à me redresser. Ils doivent être contents de l'avoir ici, une aide gratuite, pour me caler dans mes oreillers, m'écouter. J'ai de la chance d'avoir ma propre chambre, et qu'il y ait eu des fonds pour bâtir cette aile pour ceux d'entre nous qui sont mourants. Je les ai entendus, ils appellent ça l'aile de « fin de vie », peu importe le nom qu'on lui donne, toujours est-il que, régulièrement, l'un d'entre nous s'évapore. Comme il n'est pas de la famille et que je ne l'ai pas non plus sollicité, Victor endosse son costume de vicaire en guise de laissez-passer mais je sais bien qu'il ne rend visite à personne d'autre en fin de vie ; ce sont mes péchés qu'il veut entendre, pas ceux des autres.

Il me met la cuillère en plastique dans la main, tente de refermer mes doigts autour, mais la douleur dans mes articulations est trop forte. Sans trahir l'épouvantable apitoiement que je lis sur tous les autres visages, il renonce et reprend la cuillère. Il doit penser que je suis profondément changée, transformée par rapport à la personne que j'étais autrefois ; timide et maladroite, grosse et ordinaire. Aujourd'hui je suis cette femme qui n'a que la peau sur les os, mes taches de pigmentation dessinent une carte, comme un archipel rocailleux ; je suis inflexible et indocile, à la dérive sur une mer de souvenirs entre des îlots de lucidité.

Contournant les tranches de viande reconstituée dans leur jus trop brun, Victor attaque avec le pudding spongieux, insipide et la crème aux couleurs trop criardes nageant dans une assiette creuse, il souffle dessus et porte la cuillère à ma bouche. Le pudding avant le plat : je commence à l'apprécier davantage qu'à l'époque où je l'ai connu. Prêtre, prédicateur, imam, ministre ? J'ai oublié le mot exact.

La nourriture a un goût sucré. J'avale. « Que choisiriez-vous pour un dernier repas ? demandé-je.

— Ce n'est pas votre dernier repas, mademoiselle Jellico. Je suis sûr que vous aurez encore plein d'autres repas. »

Des platitudes. Que je préfère ignorer. « Que choisiriez-vous ? »

Il souffle sur une autre cuillerée de pudding. « Oh je ne sais pas. Un bon rôti ? Du bœuf bien saignant et du pudding.

— Pas du bœuf végétarien, alors ? dis-je, plongée dans ma mémoire.

— Du bœuf végétarien ? Ça existe, une chose pareille ? »

Je pourrais lui dire que ça a existé autrefois, mais à la place : « Je suis étonnée que vous ne choisissiez pas du pain et du vin. » Il sourit, comme s'il savait que je suis complice de sa supercherie. Du pain et du vin, c'est le dernier repas que j'ai pris avec Peter et Cara. Non, pas le dernier repas, simplement c'est tout ce qui reste à manger dans la maison. Les bouteilles vides s'accumulent dans leurs appartements comme si nous venions de donner une grande fête. Sur la table, au milieu des verres entamés et des assiettes sales, il y a une corbeille avec la fin rassie d'un petit pain.

« Y a-t-il quoi que ce soit que vous voudriez me dire, mademoiselle Jellico ? » demande Victor. J'entends l'amour dans sa voix, un amour que j'ai ignoré autrefois et qui m'arrache à Lyntons. « Jésus pardonne tous les péchés. » Il prononce cette phrase d'une voix forte comme s'il voulait que quelqu'un d'autre l'entende, et je me rends compte alors qu'il y a une auxiliaire de soins dans la chambre, elle vient voir si j'ai fini mon repas. Avant je mangeais très vite.

« Et cependant je paie encore pour les miens », dis-je, et il se penche vers moi, je sais bien ce qu'il espère, du nouveau, un morceau de tissu lumineux, même minuscule, avec lequel il puisse combler la faille de sa compréhension de l'histoire, cette pièce qui lui manque, et que je n'ai jamais donnée à quiconque depuis vingt ans. Est-ce que je devrais en parler maintenant ? Il a oublié qu'il avait la cuillère à la main et fait tomber un peu de crème et de pudding sur son genou, le tout dégouline sur sa soutane, il se redresse d'un bond.

« Bougre d'imbécile », lance-t-il en se saisissant de la serviette en papier déposée avec la nourriture pour éponger le tissu. « Merde », lâche-t-il et je me dis qu'en fin de compte il n'est pas très doué pour jouer les hommes d'Église. Je suis repue, de pudding, de crème, de vie et de mort. Je ferme les yeux, je remonte trois semaines avant le quignon de pain et les bouteilles vides dans le salon de Peter et Cara, je suis à Lyntons, sur la terrasse latérale.

Sur la terrasse latérale, Peter avait installé un tabouret rouillé et trois cantines retournées, dont une destinée à servir de table. Il monta dans les combles, toqua à la porte en haut des escaliers, puis frappant de nouveau à celle de ma chambre pour s'assurer que j'étais visible, demanda si cela m'irait de me lever maintenant pour prendre le petit déjeuner avec Cara parce qu'il devait partir à un rendez-vous. Il ne précisa pas pourquoi il ne voulait pas laisser Cara seule. Le petit déjeuner consistait en une tasse de café et des figues cueillies dans un arbre du potager, de la crème épaisse, de la confiture de groseille, et de minuscules parts de cake fourré aux raisins de Corinthe que je n'avais pas vues chez le boulanger. J'avais faim.

Cara portait une blouse blanche brodée au col crasseux, sur une jupe longue, elle était assise sur les pierres polies, à l'ombre, le dos appuyé contre la façade de la maison. Elle avait un livre ouvert sur les genoux et fumait une cigarette. J'eus la vision d'elle sous les traits de cette fille souriant tandis qu'un garçon de ferme aux manières frustes la pelotait dans une grange quelque part en Irlande, mais je balayai cette pensée.

« Peter est parti en ville, dit-elle en levant les yeux vers moi. Il fallait qu'il passe des coups de fil et poste quelques lettres. Il a dit qu'il te ferait visiter la maison à son retour. » Je ne lui dis pas qu'il m'avait réveillée pour me demander de descendre manger avec elle. Il ne m'avait pas enjoint de le lui cacher, mais j'aimais l'idée que nous partagions même le plus petit des secrets.

Elle referma le livre d'un claquement devant son visage. « Tu crois qu'il va pleuvoir aujourd'hui ? Le temps est horriblement lourd. Est-ce qu'on n'irait pas au lac ? Il y aura peut-être un peu d'air au bord de l'eau. »

Je dévorais la nourriture des yeux en me demandant si ce serait impoli d'enfourner deux petits gâteaux d'un coup dans ma bouche. « Il faut que je visite le potager, dis-je. Je dois ajouter les dimensions à mon plan du domaine.

— Ça, c'est du travail, protesta-t-elle. Il fait trop chaud pour travailler. » Elle me vit hésiter, lorgner la nourriture. « On n'a qu'à emporter le petit déjeuner. Comme ça, tu pourras te mettre les pieds dans l'eau pendant qu'on mange. » Elle éteignit sa cigarette sur les pierres de la terrasse et se leva. « Le rapport de Liebermann peut bien attendre un jour de plus. »

Cara fourra le pot de confiture et le bol de crème dans les grandes poches de sa jupe, et noua les pans de son tablier pour y envelopper les petits pains et les figues. Elle nous versa un café à chacune – je ne réclamai pas de lait puisque ça ne semblait pas être prévu – et me tendit une tasse à emporter. Je bus mon café tiède en traversant le jardin. Quand les mots *Tout ce qui se mange mérite qu'on dresse une table* jaillirent dans ma tête, je les écartai en souriant pour moi-même.

« Où irez-vous en septembre quand vous quitterez Lyntons ? » demandai-je. Nous traversions les rhododendrons. Je me laissais aller à la rêverie, imaginant qu'ils me demanderaient de les accompagner en Italie ; j'avais cette image de nous trois debout sur un pont vénitien, les gondoles accrochées le long des maisons, le soleil se réfractant sur l'eau.

« Là où le travail de Peter nous portera, je suppose.

— Peut-être que vous irez en Italie.

— Non, dit-elle. Je ne pense pas. »

Aussitôt l'image dans ma tête s'envola.

« Mais ce n'est pas là que tu as toujours voulu aller ?

— Et toi ? demanda-t-elle. Tu vas rentrer à Londres ?

— Oh, je ne sais pas. J'irai là où le travail me portera, je suppose. » Nous rîmes.

Je rabattis une branche pour elle et la laissai passer devant. « Depuis quand êtes-vous mariés ? » J'espérais qu'elle reprenne son histoire là où elle l'avait laissée. Déjà j'étais une spectatrice captive.

Elle s'immobilisa et se retourna. « Peter et moi ne sommes pas mariés, dit-elle en tapotant son alliance contre sa tasse. C'est juste pour la galerie. » Et je fus surprise de sentir un plaisir secret s'insinuer en moi, me saisir au moment même où je l'identifiai. Elle continua de parler tout en reprenant sa marche. « C'est comme le reste, il dit que ça finira par arriver, mais il refuse d'en parler, Fran. Il n'aime pas parler, de toute façon, *a fortiori* quand c'est important, il balaie tout d'un revers de la main. Il prétend vouloir veiller sur moi, me tenir à l'abri, et je sais qu'il dit la vérité, je sais qu'il m'aime comme personne ne m'aimerait à sa place.

— Je suis sûre que c'est faux... » Les mots m'avaient échappé, je me tus, fuyante, embarrassée par ma formulation qui pouvait aussi bien signifier que je pensais qu'il ne l'aimait pas ou que personne ne l'aimerait à sa place. Nous arrivions au lac, et allâmes nous installer au bout de la jetée. Cara laissa tomber la nourriture emballée dans la nappe et posa sa tasse de café, et avant que je saisisse la portée de son geste, elle avait ôté l'alliance de son doigt.

« Je la garde parce que c'est ce qu'Isabel attendrait de moi, pour tous ces gens étroits d'esprit en ville, et pour que le vicaire me laisse entrer dans son église stupide. Tu as remarqué ? Cette cascade de cheveux noirs et cette barbe – on dirait un Jésus efféminé. »

Et tandis que je songeais qu'elle avait sans doute raison, elle lança l'alliance loin dans le lac comme si elle jetait un vulgaire caillou.

« Quoi ? rit-elle en voyant la tête que je faisais. Tout le monde ne parle que d'amour libre en ce moment, non ? D'ailleurs, Peter est marié, tu sais. À sa première femme, Mallory. » En un instant, l'espoir absurde d'une chose que je n'arrivais pas à nommer fut jeté aux orties. Cara s'assit sur le béton et commença à dénouer le nœud qu'elle avait fait dans la nappe. J'étais restée debout, elle leva les yeux vers moi. « Je suppose que c'est à elle qu'il est allé téléphoner. Il lui verse une pension alimentaire, c'est là que part tout l'argent, pas dans la nourriture que j'achète. Et elle passe son temps à se plaindre que ce n'est pas assez. J'imagine qu'il se sent coupable de l'avoir quittée. Pauvre vieux Peter. Elle a désespérément essayé d'avoir des enfants, mais ça n'a jamais marché. Cela dit, il était convaincu qu'elle ferait une mère horrible, alors il est parti. Et puis il m'a trouvée. » Elle lâcha ses derniers mots d'un air faussement léger, abandonna le nœud de la nappe. Je m'assis à côté d'elle.

« Désolée, Fran. Je t'ai choquée. Je croyais que tu avais deviné. Vraiment. Nous étions en Irlande, dans sa voiture, quand il m'a annoncé qu'il devait rentrer en Angleterre et qu'il ne pouvait pas rester avec moi. J'ai tracé le mot "femme" sur la vitre embuée et il s'est mis dans une colère noire, il l'a effacé en disant qu'il essayait d'obtenir le divorce mais que c'était une situation difficile.

— Il est resté avec toi et ta mère quand sa voiture est tombée en panne ?

— Cette fois-là, il est resté trois nuits : le temps que M. Byrne analyse les causes de la panne, commande la pièce défectueuse, la reçoive et l'installe. Dermod faisait venir le père Creagh quand Isabel sortait. Est-ce que je t'ai dit que Dermod m'a appris le rosaire, emmenée à ma première communion, à confesse, et raconté toutes les histoires des catholiques tout en cuisinant pendant que j'étais assise à la table ? Isabel le savait pertinemment, elle faisait semblant de l'ignorer. Elle avait été élevée dans la religion protestante, mais j'eus le droit de choisir par moi-même. J'aimais le catholicisme, c'est toujours le cas ; je sais où j'en suis de ce côté-là. À l'école cependant, j'avais beau aller au catéchisme avec les autres, on persistait à m'appeler la Protestante. Même Paddy m'appelait comme ça.

« Je me suis retrouvée assignée sur une chaise en face du père Creagh, à l'écouter me reprocher mon ingratitude, et le souci que je causais à ma mère et à Dieu, et que les filles raisonnables ne s'enfuient pas à Dublin. Dermod avait suspendu la seule image que nous possédions de Jésus pour la visite du père Creagh, mais elle ne ressemblait en rien aux icônes que mes amis avaient chez eux – celles où l'on voit des flammes s'échapper de la poitrine du Christ qui a l'air si triste et pathétique, ou bien celles où il tient son cœur dans sa main. Celle que nous possédions était l'œuvre d'un peintre espagnol, j'ai oublié son nom. Ce n'était pas l'originale bien sûr, c'était une copie. Jésus était d'une beauté misérable sur sa croix, il avait l'air d'un homme bien réel avec du sang bien réel coulant de ses mains et de ses pieds, et tout ce qu'il portait était ce petit morceau de tissu noué autour de la taille. Je restai assise là, dans le salon, à opiner du chef devant le père Creagh qui me sermonnait en disant : “Oui, mon père. Désolée, mon père.” Et durant tout ce temps, je regardais cette toile derrière lui et j'imaginais la tête de Peter à la place de celle du Christ, et je me voyais l'aider à descendre de la croix, m'allonger à côté de lui, et le morceau de tissu, qui soudain ne semblait plus tenir à rien, lui glissait des hanches. »

Elle cherchait à me choquer, et c'était réussi, j'étais choquée. Je commençais à comprendre que c'était une habitude chez Cara. Mais ce que j'ignorais encore à ce moment-là, c'est que chaque déclaration ou action d'éclat était pensée pour surpasser en scandale la précédente. Elle rit à l'évocation de ce souvenir tandis que je m'emparais de la nappe et m'attaquais au nœud qui renfermait la nourriture pour dissimuler mon visage cramoisi.

« Après ça, j'ai évité de passer trop de temps dans la maison, continua-t-elle. Je ne supportais pas de voir Isabel faire de l'œil à Peter, et Peter la laisser gagner aux dames par obligation sociale. Je prenais mon dictionnaire italien-anglais et allais m'installer au bord de la rivière pour apprendre de nouveaux mots. C'est là que Peter est venu me retrouver, sous un parapluie, en train de m'exercer. Je crois que j'en étais à la lettre C : *corsetto, corsia*... J'oublie les mots déjà. Il s'est mis sous le parapluie avec moi et je lui ai appris le sens du mot *corteggiatore*, même si ce n'était pas exactement le mot suivant dans le dictionnaire. Cela signifie soupirant ou amant. Même ainsi, je n'étais pas sûre qu'il avait bien saisi l'allusion. C'est l'homme le plus naïf que j'aie jamais rencontré. Mais nous sommes restés assis sur ce rocher durant une heure au moins, à parler de mes projets de départ, à parler de l'Italie, où il n'était jamais allé ; de la France, où il était allé. Et puis il m'a annoncé que la voiture était prête et qu'il partait et je me suis alors demandé s'il était venu me trouver pour me dire au revoir. Nous avons marché sous la pluie jusqu'à la maison, et en arrivant à Killaspy, il a incliné le parapluie, M. Byrne était devant nous, il s'essuyait les mains dans un torchon graisseux, et nous avons réalisé qu'il ne pleuvait plus depuis des lustres.

« Je lui ai demandé s'il avait l'intention d'acheter la maison, il a dit : "Non, je ne pense pas", et j'ai pris cela pour un manque d'intérêt à mon égard, je croyais qu'il allait partir et ne jamais revenir. C'est très facile de prêter à Peter plus que les paroles qu'il prononce. Il est rentré pour faire ses valises et l'idée de me retrouver debout sur le perron avec Isabel une nouvelle fois m'était tellement insupportable que j'ai couru de l'autre côté du champ pour aller voir Paddy.

« Il était dans la grange, en train de balayer. Impossible de me souvenir de quoi nous avons parlé. Je ne pensais qu'à Peter saluant Dermod, Peter suivant Isabel jusqu'au perron où il lui serrait la main, déposait un baiser sur sa joue. Est-ce qu'il demanderait où j'étais pour me dire au revoir à moi aussi, ou bien n'aurait-il pas même une pensée pour moi ? Dans la grange, je laissais Paddy me plaquer contre les bottes de foin tout en imaginant Peter ranger la valise avec laquelle il était arrivé dans son coffre et prendre place au volant. Pendant que Paddy se frottait contre moi, je songeais à Isabel, cognant à sa fenêtre, une dernière fois, pour essayer de le retenir. Nous étions encore tout habillés. J'étais en colère contre Peter ; j'avais les yeux fermés, mais je n'avais aucun mal à me les représenter, lui dans sa petite voiture verte, Isabel debout dans l'allée, et Dermod observant la scène depuis la maison. Paddy grognait, sa bouche humide fourrageait dans mon cou, et soudain cela m'a paru dégoûtant, il m'a paru dégoûtant et je l'ai repoussé. Il a crié, m'a traitée d'allumeuse, bien farouche pour une protestante. Il a posé la main sur son pantalon et rajusté son entrejambe, puis il a ramassé le balai là où il l'avait laissé tomber en disant : "Quelle différence ça fait qu'on le fasse maintenant ou après le mariage, hein ?"

« Je me suis enfuie en courant de la grange, j'ai contourné la ferme et les plantations de légumes à l'arrière, et je me suis retrouvée dans Hatchery Lane, courant dans les grosses bottes de mon père, le pas lourd, vers Thomastown Road. La petite voiture de sport verte a déboulé au coin de la rue. Je ne pensais pas que je tomberais dessus – dans toutes les histoires, la fille arrive toujours trop tard, le garçon est déjà parti – mais elle était là pourtant, qui venait vers moi, Peter à l'intérieur. En me voyant, son visage s'est éclairé – je savais qu'il était content de me voir. Il m'a demandé si je voulais qu'il me ramène à Killaspy, et j'ai dit : "Non, j'ai envie de faire un tour", et malgré son air étonné, il m'a fait monter et nous sommes partis nous promener dans la campagne. Je lui ai raconté l'histoire de sainte Brigid qui avait été nourrie au lait d'une vache blanche et dont le crâne est conservé au Portugal, où les Portugais apportent de l'eau qu'ils versent à l'intérieur et qui ressort de son crâne changé en lait. Il a ri et dit qu'il n'avait jamais rencontré quelqu'un comme moi.

« Il a garé la voiture à l'orée d'un champ et j'ai pensé : *Allez, c'est maintenant, embrasse-moi*, mais il est resté assis, à fixer la pluie qui tombait et les fenêtres qui s'embuaient. J'ai pris sa main et l'ai posée sur mon genou, par-dessus mes collants en laine, et il a dit : "Oh, Cara." Et je tremblais tellement qu'il m'a demandé si j'avais froid. "Est-ce que j'irais vous chercher la couverture dans le coffre ?" a-t-il dit, et j'ai ri en lui disant qu'il avait passé trop de temps en Irlande. Alors il m'a regardée et m'a dit qu'il n'avait pas envie de s'en aller, mais immédiatement après il a eu l'air de regretter ce qu'il venait de dire, a ôté sa main de mon genou et déclaré qu'il avait un avion à prendre pour l'Angleterre, en me ramenant à la maison. »

Je finis par venir à bout du nœud dans la nappe. « Et c'est à ce moment-là que tu as écrit le mot "femme" sur la vitre embuée ? » Les petits gâteaux s'étaient brisés en plusieurs morceaux écrasés sous les figues.

« Non, ça, c'était plus tard. Quand il est revenu. » Cara sortit le pot de confiture de groseilles de sa poche et le posa sur la jetée. Elle regarda dans son autre poche, et nous avons constaté toutes les deux que le pot s'était renversé et que la crème, avec sa croûte jaune caillée sur le dessus, s'était renversée dans sa poche. « Je pense que nous nous marierons quand son divorce sera prononcé. Et nous vivrons heureux et aurons des tas d'enfants aux cheveux blonds. »

Elle me l'avait déjà dit, je m'abstins de le lui faire remarquer, et déclarai : « Je crois que tu ferais une mère merveilleuse. » Mais je savais que je ne le disais que parce que j'étais censée le dire, pas parce que je le pensais.

« Oui, dit Cara, avant de se corriger immédiatement : Non. » Elle ramassa un morceau de cake, le plongea dans la crème et le porta à ma bouche, attendant, la main tendue, que je l'accepte. Elle choisit une figue et, à l'aide d'un ongle, pratiqua une incision suffisamment large dans la peau pour y glisser son pouce et l'ouvrir en deux. « Il y a eu un enfant, tu sais, et je l'ai laissé partir. »

J'étais étonnée, sous le choc même. J'avais imaginé une histoire d'amour toute simple, en dehors de la complication apportée par la présence d'une première femme. Mais voilà qu'il y avait aussi un enfant, que Cara avait laissé partir. Je n'étais même pas sûre de ce que cela signifiait : il était question d'adoption, imaginais-je.

« Il m'a fallu du temps pour me remettre, quand nous sommes arrivés en Écosse. » Elle ne m'adressait pas un regard, concentrée sur la figue dont elle avala une moitié. « Peter pense que je ne suis toujours pas sur pied. Il veut que je voie d'autres médecins, d'autres spécialistes. Mais le problème ne vient pas de moi. »

Je me souvins de ce que Victor avait dit, qu'elle avait davantage besoin d'un médecin que d'un prêtre. Et tout en assimilant ces informations, je m'efforçai d'établir la paternité de cet enfant. Avais-je raté cet épisode de l'histoire, ou bien était-elle en train d'y venir ? Si ce n'était pas Paddy, alors c'était forcément Peter. Mais pourquoi abandonner l'enfant puisqu'ils étaient ensemble à présent ? Je revis l'alliance voler au-dessus du lac. Peut-être que, comme nous tous, Cara aussi était attachée aux conventions.

Je fermai la bouche et me composai une expression de compassion plutôt que d'outrage. « Oh, Cara, dis-je. Je suis désolée. » Et je l'étais. C'était une histoire tragique et, précisément à cause de cela, ils me fascinaient d'autant plus.

« Tu y crois, toi ? dit-elle avec un accent irlandais parfait, dissimulant son angoisse sous un ton badin. J'ai été maman quelque temps. »

Elle ramassa un autre morceau de gâteau de la taille de son pouce, le trempa dans la confiture, puis dans la crème, et me donna la becquée une fois encore.

Elle fourragea dans ses cigarettes, en tira une et l'alluma, puis me tendit le paquet. J'en pris une et, quand elle me l'alluma, je vis quelques larmes accrochées à ses cils. Elle avait oublié que je ne fumais pas.

Il faisait chaud sur la jetée. Cara ôta sa chemise et sa jupe, les laissa retomber sur le béton. Dessous, elle portait un bikini, avec moins de tissu encore dans les deux pièces que dans le caleçon de bain de Peter. Elle s'allongea, la tête posée sur ses vêtements en guise d'oreiller, les cheveux étalés dessus.

« Après l'épisode du père Creagh m'expliquant que j'étais une pécheresse pendant que j'imaginais ce Jésus peint se transformer en Peter, je suis allée dans une des dépendances de Killaspy, j'ai enlevé tous mes vêtements et je me suis allongée par terre comme ça. » Elle a étendu les bras sur les côtés. « Et j'ai attendu que les rats viennent.

— Oh non ! » m'écriai-je, choquée encore une fois. Ma cigarette avait un goût de cendre, écœurant.

« Un châtiment. C'était ce que je méritais. » Elle prononçait ces paroles comme si elles lui étaient égales, les yeux fermés.

Plus tard, je lui dis que je pourrais lui laver sa jupe si elle voulait.

« Oh Fran, répondit-elle. Ce serait extraordinaire. »

Tandis que nous ramassions nos affaires, qu'elle se rhabillait, remettait ses cigarettes et son pot de confiture dans sa poche et que je secouais la nappe, elle me remercia de l'avoir écoutée, et je vis combien c'était facile, je vis que c'était tout ce que j'avais à faire pour avoir une amie ; elle ne cherchait pas de réponses. Ce fut cet après-midi-là qu'elle me dit que j'étais belle, et le temps d'un été, le temps d'un mois, je choisis de la croire.

9

En début de soirée, je m'installai avec mon carnet de croquis et ma boîte de peinture sur le muret qui bordait la terrasse. J'avais déniché un pot à confiture en guise de gobelet dans l'une des dépendances, et je m'efforçais de capturer l'image des cèdres dans le parc au-delà du jardin ravagé, et des rameaux qui s'élevaient au loin.

« Joli », dit Peter en me faisant sursauter. Il regardait par-dessus mon épaule. « Mais tu as raté quelque chose, non ? »

Nous observâmes le paysage. Les vaches ponctuaient l'espace, seules ou par deux ou trois, broutant, tête baissée. Sur mon ouvrage, pas de vaches. Je tournai la page, recouvrant la peinture, sachant pourtant qu'ainsi je retrouverais les pages collées entre elles et mon travail fichu.

« Je n'aime pas les vaches, dis-je.

— Manifestement.

— Leur corps rectangulaire, leur tête qui se balance. Et leurs yeux fixes. Une vacuité contredite par leur démarche pesante, presque terrifiante.

— Ne dis pas ça devant Cara. Elle les adore.

— Je sais. »

Il s'assit à côté de moi en faisant cliqueter un grand anneau en métal auquel pendait une douzaine de clés à l'ancienne. « Ça te plairait que je te fasse visiter la maison ? »

La façade côté est, celle qui apparaissait aux invités arrivant par la route en voiture à cheval ou non, était simple, sombre, assise dans son ombre sauf aux premières lueurs, comme si l'architecte avait gardé le meilleur – la lumière, la vue, le portique – pour ceux qui oseraient pénétrer dans le domaine. La porte d'entrée centrale était petite et tachée là où la moisissure avait attaqué les pierres du fronton, par le haut, à cause d'un chéneau qui fuyait. Les pierres semblaient détachées les unes des autres, pareilles à des dents très espacées, et je m'inquiétai en voyant la façon dont Peter secouait la porte pour tourner la clé à l'intérieur. Je le suivis dans le hall d'entrée, qui, une fois la porte grande ouverte, révéla un sol de carreaux noirs et blancs, une cheminée imposante, des murs lambrissés, surmontés, sur trois faces, d'une galerie peinte.

Peter actionna un interrupteur, mais les pièces demeurèrent plongées dans le noir. « Cela fait plusieurs jours maintenant que j'essaie de faire fonctionner l'électricité au rez-de-chaussée. Le boîtier électrique a grillé, quelque part à la cave, impossible de mettre la main dessus. »

Debout au milieu du hall, je tournai sur moi-même parmi les éclats de plâtre qui jonchaient le sol, les yeux levés au plafond.

« Tu as vu ? dit-il, levant les yeux à son tour en agitant les mains, expansif et enthousiaste. La galerie est *en trompe l'œil* sur deux faces seulement. Sur la troisième, c'est la vraie galerie, qu'on a condamnée. »

Tout en haut sur les murs, il y avait des rampes peintes, des piliers, une enfilade de voûtes en plâtre, mais en y regardant de plus près je vis que, sur le mur face à la porte d'entrée, la balustrade était bien réelle, les failles entre les deux avaient été peintes à même le bois pour créer un jeu d'ombres et de perspectives et suggérer un hall au-delà.

« Pourquoi avoir fait cela ? La galerie devait se situer à l'opposé de vos appartements, n'est-ce pas ?

— Oui, mais qui sait ? Peut-être que ce sont les soldats qui l'ont condamnée.

— Je ne les imagine pas s'embarrasser à camoufler leur intervention pour donner l'impression de poursuivre le *trompe-l'œil.*

— Non, répondit-il. Tu dois avoir raison. Alors je ne sais pas. Par ici. » Il me guida jusqu'à une autre pièce sombre. L'écho des gravillons sous mes chaussures suggérait un espace considérable, un plafond haut, des murs lointains. J'entendis un verrou se refermer, et tandis que Peter dépliait une paire de volets intérieurs deux fois plus hauts que moi, le soleil du soir pénétra par les portes-fenêtres qui surplombaient la terrasse et le parterre.

« Le petit salon bleu », annonça-t-il en fanfare. La pièce était vide, à part un énorme miroir, piqué et sale, appuyé contre un des murs. J'aperçus mon reflet un instant avant de lui tourner le dos pour mieux observer la béance où devait se trouver la cheminée. « Arrachée par ces maudits vandales », dit Peter. Il ouvrit la paire de volets et portes-fenêtres suivante, puis la suivante encore. Le crépuscule entra : l'odeur du jour finissant, le chant du merle. « Même la sonnette des domestiques a disparu. » À côté des briques apparentes, un fil sortait d'un trou dans le mur. Nous nous en détournâmes pour nous retrouver face au miroir au même moment, partageant ce reflet piqueté et sépia de nos visages sans sourire. Je me dis que nos regards se croisaient une seconde de trop avant d'arrêter de le fixer.

« C'est un choix assez original par rapport au reste très néoclassique, dit Peter en désignant les tentures. Je me demande si l'une des Mme Lynton ne faisait pas une fixette sur les paons. »

Les murs étaient couverts de chinoiseries, dont il ne demeurait que des lambeaux décolorés, plus sombres derrière la porte du hall d'entrée et autour de la cheminée. Là où le soleil donnait, des pagodes, des fleurs en bourgeons et des oiseaux peints sur la soie. Les paons étaient entourés de guirlandes lumineuses et d'oranges tavelées.

« Mais qui a bien pu leur faire une chose pareille ? dis-je, horrifiée.

— Qu'est-ce que tu veux dire, leur faire quoi ?

— Quelqu'un leur a découpé les yeux.

— Dieu du ciel, dit Peter en regardant autour de lui. Je n'avais jamais remarqué. Ils l'ont fait à tous les oiseaux. » Chaque paon de la tenture avait été mutilé, chaque œil circulaire énucléé à l'aide d'une lame tranchante. Nous passâmes d'un mur à l'autre, effleurant les volatiles défigurés, et nous demandant qui pouvait être vicieux au point d'aller chercher une échelle et crever les yeux des paons situés sous le plafond. « Tu préfères qu'on écourte la visite ? On pourra toujours venir voir le reste un autre jour. »

C'était troublant, mais j'étais quand même contente de poursuivre. Il me conduisit dans une pièce adjacente, vide elle aussi, puis deux autres encore, ouvrant les volets au fur et à mesure de notre progression. « Le salon de musique », déclara-t-il en parcourant le plancher à grandes enjambées. Une petite porte dissimulée dans le mur du fond s'ouvrait sur un couloir bas qui courait sous le palier intermédiaire du grand escalier, sombre et plein de toiles d'araignées, et débouchait, par une porte similaire, sur la salle à manger où demeuraient les vestiges d'un autre plafond voûté. Dans un coin, il ouvrit la porte d'un placard, derrière se trouvait la cage du monte-plats.

« J'ai lu que la table de la salle à manger pouvait accueillir quarante personnes, dis-je. Des rois, des princesses, des stars de cinéma, apparemment. »

Peter alla jusqu'à la cheminée et posa la main sur son manteau de marbre. « Ma tâche aurait été plus facile s'ils avaient davantage pris soin des lieux.

— Tu imagines le travail que cela représente d'assurer l'approvisionnement de la table, l'entretien des chambres, des cheminées ? » dis-je.

Il colla l'oreille au mur. « Je crois qu'il y a une invasion d'horloges de la mort. Tu as entendu les farfadets cliqueter dans les murs le soir ? Parfois j'ai du mal à m'endormir tellement ils font de bruit.

— J'ai trouvé un recensement de Lyntons avant de venir ici. » Je m'approchai de la fenêtre surplombant l'allée et frottai la main sur un des carreaux.

« Vingt-quatre femmes de chambre, majordomes et cuisiniers pour tenir le rythme de la maison avec une famille de cinq personnes. Tu crois qu'ils étaient tous entassés dans les combles ? Martha et Edith se levant aux aurores pour nettoyer les grilles. Jane à la cuisine, réchauffant le lait pour les biberons des bébés, visant un poste de gouvernante après quelques années, rêvant que Stephen Hipps, le second majordome, économise assez d'argent pour la demander en mariage. »

Je regardai Peter, mais il haussa les épaules, il n'avait pas l'air de vouloir participer à mes élucubrations. Il ouvrit une autre porte et je le suivis dans le hall d'entrée, puis dans l'étude, d'où le bureau avait disparu mais où s'alignaient encore contre un mur des rayonnages et une armoire de classement en métal, avec ses étagères démontées et posées contre un autre mur.

« La première fois que tu es venu dans les combles, dis-je, tu as parlé d'une vieille domestique, une nourrice ou un majordome, qui avait vécu là-haut.

— Ah bon ? » dit Peter. Il ramassait des morceaux de papier jauni dans un tiroir, les passait en revue l'un après l'autre puis les laissait retomber, voletant jusqu'au sol, pendant qu'il en prenait un nouveau.

« Le vicaire en a parlé lui aussi. Est-ce que tu sais qui c'était ? »

Il s'interrompit, une main dans le tiroir. « Aucune idée. C'était une simple supposition, dans la mesure où on s'était donné la peine d'installer une salle de bains. Pourquoi cette question ?

— Oh, je suis juste curieuse de la personne qui a habité là avant moi. Ça n'a aucune importance. »

Je voyais bien qu'il essayait de savoir si j'avais trouvé quelque chose d'intéressant. Jamais de la vie je ne lui aurais parlé du trou dans le plancher.

Il abandonna les tiroirs de l'armoire de classement et nous poursuivîmes notre visite, glissant nos têtes dans les placards intégrés, pensés pour les gouvernantes et les domestiques, et dont les étagères ne recelaient rien d'autre que de la poussière et des araignées ; un fumoir, quoique je ne visse pas ce qui le différenciait des autres salons aux yeux de Peter ; et un W.-C. unique pour tout le rez-de-chaussée. Nous nous arrêtâmes dans la salle de billard, où il me montra le graffiti : des bombardiers, des bombes, des croix gammées, des femmes à forte poitrine, imprimés dans le plâtre et les montants de fenêtres. Il s'efforça de me faire passer plus vite devant le pire : *Mort aux salopes* ; *Churchill pue la merde* ; *J'encule les Boches jusqu'à l'os*. La rime pauvre me fit sourire, je m'abstins de lui raconter qu'à l'époque où je vivais avec Mère, j'allais parfois aux toilettes publiques de King's Cross juste pour le frisson de l'outrage, l'étincelle de vie qui me secouait quand je lisais ce qui était écrit sur les murs. Une fois quittée la salle de billard, nous avions tracé un cercle presque entier – ne restait que la bibliothèque.

Là, il ouvrit les volets et les portes-fenêtres qui donnaient sur le portique et la terrasse, et je songeai aux moments que nous avions passés ici, assis à l'ombre ou au soleil, alors que je n'avais aucune idée que la bibliothèque se trouvait juste derrière ces portes.

Dehors, il faisait presque nuit et les coins de la pièce étaient lugubres. Deux des murs étaient recouverts de livres du sol au plafond, il y en avait encore par terre, le dos arraché et les pages déchirées. Une brise entra par les portes ouvertes, souleva le papier qui retomba dans un froissement desséché. Juste un peu trop haut pour être atteint par quelqu'un qui lèverait les bras, un petit balcon en fer forgé embrassait les murs dans son arrondi, au sommet d'un escalier en colimaçon.

« Bienvenue dans la bibliothèque, déclara Peter. La section architecture se trouve là-haut. » Il désigna le balcon de la tête. « Mais ce n'est pas sécurisé. » Il pointa du doigt un endroit où les étagères étaient voilées, les livres bombés, puis tombés vers l'avant. « Je pense que la pluie a dû s'infiltrer avant qu'ils ne réparent le toit. Je suis montée mais une grande partie des boulons qui maintiennent l'ouvrage de métal ont rouillé. Il faudra que j'essaie de consolider l'édifice.

— C'est beau », dis-je.

J'aurais voulu préserver cette pièce telle qu'elle était ce jour-là, pareille à Satis House *, avec la poussière et les araignées, le moisi et le dégât des eaux, la pourriture sèche et les horloges de la mort en sommeil. Et Peter et moi, suspendus dans le temps nous aussi, avant que nous en sachions davantage l'un sur l'autre, avant que quoi que ce soit se fût produit. Plus tard, je deviendrais avide de propreté et d'ordre, mais pas ce soir-là.

---

* Référence à *De grandes espérances* de Charles Dickens.

« C'est aussi ce que Cara pense, dit Peter.

— Quoi ?

— Moi je vois une pièce qui a besoin de réparations, ou bien d'être entièrement déblayée et refaite à neuf. » Il mimait en parlant. « Toi et Cara, vous ne voyez que des antiquités, de la beauté. Plus les choses tombent en décrépitude, plus vous les aimez. Toutes les deux, vous êtes toujours en train de regarder en arrière, alors que vous devriez vous concentrer sur le futur.

— Mais tout ce que nous avons, tout ce que nous sommes est le fruit du passé, protestai-je, surprise par la colère dans sa voix.

— Toutes les deux, vous débordez de foutaises sentimentales. Des fantômes et des vampires ! » Il leva les bras au-dessus de la tête, doigts écartés, sourcils écarquillés. Une apparition fantasque.

Il ramena les mains sur le visage et se le frotta comme s'il se lavait. « Je suis désolé, dit-il. C'était déplacé. J'ai des soucis en tête.

— Ce n'est rien, dis-je.

— Non, je suis navré. Je ne pensais pas que ça allait sortir comme ça. J'ai reçu de mauvaises nouvelles ce matin.

— Il y a quelque chose que je puisse faire ?

— Non, à moins que tu aies quelques dizaines de milliers de livres à la banque. » Son rire se déploya, désespéré.

« Oh, dis-je. Désolée. » Je songeai à l'épouse dont Cara m'avait parlé, à la pension qui dévorait ses finances. Je me demandai s'il regrettait de l'avoir quittée.

Au bout d'un moment, pour rompre le silence, je repris : « Tu crois vraiment que Cara et moi voyons des fantômes ?

— Je crois que ça vous plairait.

— Est-ce que Cara a vu des fantômes dans la maison ?

— Tu plaisantes ? Elle voit des apparitions à tous les coins de rue. Des gens dans les miroirs qui ne sont pas là en vrai, des enfants qui la fixent de derrière les fenêtres, le visage de Jésus dans les nuages. » Il rit. « Elle verrait n'importe quoi, tant que ça l'aide à s'en sortir. »

Nous étions tout côte à côte au pied de l'escalier en colimaçon, dans la pénombre. Je m'efforçai de déchiffrer l'expression sur son visage.

« À se sortir de quoi ? » demandai-je, croyant connaître la réponse mais espérant qu'il s'ouvrirait à moi là où il ne pouvait ou ne voulait pas le faire avec Cara. Peut-être m'avouerait-il à moi, encore une étrangère pour ainsi dire, combien il avait été difficile d'abandonner leur enfant. J'étais prête à écouter et à aider. J'avais presque la main tendue.

« Elle n'est pas tout ce qu'elle paraît être. Tu as dû t'en rendre compte. »

Je ne m'étais rendu compte de rien. Je n'avais personne dans ma chambre le soir avec qui discuter des événements de la journée – comme Mère le faisait autrefois, laissant sortir ses rancœurs à l'égard de mon père tandis que j'étais allongée dans le lit d'à côté, essayant de m'endormir, et comme je savais aussi que Peter et Cara le faisaient à mon sujet.

Je tirai un livre des étagères, l'ouvris et scrutai les mots sans les lire. « Vraiment ? » J'avais envie qu'il me raconte tout sans avoir à le lui demander.

« Elle a grandi dans une maison comme celle-ci », dit-il. Il s'était assis sur les marches de l'escalier en colimaçon et j'entendis le métal grincer contre le métal, un des poteaux qui soutenaient le balcon frissonnait. « Pas avec une bibliothèque et une salle de billard, mais dans un endroit triste et délabré. La moitié de la maison avait brûlé. Elle n'a pas habité au-dessus d'une boutique dans une petite ville marchande du Dorset comme moi et mes parents. Elle était née pour des choses plus nobles. »

J'ai tourné une page du livre. « Une boutique ? » dis-je. Je voulais en apprendre plus sur lui, pas sur Cara.

« Mon père avait une boutique d'antiquités, dit-il. Des buffets, des tables de salle à manger, de l'argenterie, ce genre de choses. Il aimait rencontrer les clients et leur vendre des objets qu'ils n'avaient même pas eu le temps de désirer. Moi j'ai toujours préféré rencontrer les propriétaires, travailler la persuasion, la négociation. Ce qui m'excite vraiment, c'est de dénicher une vieillerie miteuse au fond d'un grenier et qu'elle s'avère valoir une fortune. »

Je me souvins de nos escapades dans la campagne avec mon père avant qu'il nous quitte. Les grandes maisons que nous visitions, les jardins paysagers, les antiquaires et la promesse de dégoter quelques livres anciens. Nous prenions le train tôt le matin à Paddington pour débarquer avec le soleil dans la gare d'un petit bourg. Lorsqu'il cherchait des livres, j'attendais pendant qu'il passait en revue un carton que l'antiquaire avait mis de côté pour lui dans l'arrière-boutique. Parfois il achetait un livre, parfois tout un carton. Je ne me rappelais plus les noms des villes que nous avions visitées, mais je me demandais si mon père et moi avions un jour passé la porte de la boutique des Antiquités Robertson, quel que fût son nom. Peut-être avions-nous franchi ce seuil où tout était rutilant et chaud. Sans doute mon père avait-il discuté de la provenance d'un objet avant de s'accorder sur un prix, après quoi M. Robertson aurait réclamé qu'on préparât du thé pour lui en haut, et son fils, d'un ou deux ans mon cadet, sous ses cheveux blonds et son air concentré, nous l'aurait descendu en veillant à ce que les tasses ne tintent pas sur leurs soucoupes.

« En tout cas, ce que je peux te promettre, c'est qu'il n'y a pas de trésors cachés sous les combles de Lyntons, dis-je à Peter. À moins de considérer comme telles quelques souris mortes.

— Je ne crois pas qu'on puisse en tirer grand-chose aux enchères. Quoique nous ayons une fois vendu à Sotheby's une gravure de Dürer représentant Adam et Ève. Ève avait un chat enroulé autour des pieds, et Adam tirait sur la queue d'une souris. » Peter sortit ses cigarettes et secoua le paquet pour en tirer une.

Je reposai le livre sur l'étagère. « Tu crois que… Je peux ? » Je tendis la main vers le paquet.

Peter haussa les sourcils, se contenta de secouer le paquet une nouvelle fois pour en tirer une autre et me l'allumer.

« Tu étais chez Sotheby's ? dis-je en essayant de ne pas tousser.

— Un moment. J'y suis allé directement en sortant de l'école. J'avais soutiré une lettre de recommandation au doyen. Mon père n'était pas ravi quand il a découvert ça.

— Il n'était pas content pour toi ? Fier ?

— Il voulait que je reprenne sa boutique, mais bon sang, les clients m'auraient rendu chèvre. Toutes ces femmes, avec leurs colliers de perles et leurs dents tachées de rouge à lèvres, et les hommes qui venaient de Londres, dans l'espoir d'embobiner mon père. Enfin, de toute façon, moi, tout ce que je voulais, c'était échapper à cette ville. Abrutissante. » Ses mains mimèrent une prise autour de son cou.

Je baissai la tête. Peut-être avait-il lu dans mes souvenirs et vu mon père. « Un jeune homme impatient, donc ?

— Je suppose. Même si je crois que la plus impatiente des deux, c'était Cara. Assoiffée d'autre chose. »

J'avais envie de lui répondre : *Comme nous tous, non* ? J'avais envie de lui raconter ma vie avec Mère à Londres durant ces années-là, les changements en elle, les pièces irrespirables, l'ennui que seuls les livres et l'apprentissage solitaire soulageaient, ses geignements de reproche d'abord, puis de douleur ; à la place je lui demandai : « Tu t'inquiètes pour elle ?

— Pas exactement. » Sa voix était sérieuse. « Ce que je veux dire, c'est qu'elle est fragile. Ce qu'elle espérait ne s'est pas produit. » Il se leva et fit un pas vers moi. « En fait, je voulais te demander ton aide. Je sais que je peux te faire confiance, Fran. »

J'attendis, un coude posé sur mon autre main, la cigarette en l'air, puis pris la pose, laissant aller un bras sur ma hanche, la cigarette balancée entre les doigts. J'aurais dit oui, quoi qu'il me demandât.

« Cara n'a pas la même vision du monde que toi et moi. Elle pourrait dire des choses… » Il s'interrompit, pesa ses mots. « Sur ce qui s'est passé… Elle aime réécrire l'histoire, altérer la vérité. Elle est ainsi, c'est tout. Tu sais, les Irlandais sont des raconteurs-nés.

— Quelles choses ? » demandai-je.

Il ramassa une feuille volante collée à sa chaussure et souffla la poussière accumulée à sa surface. « Je m'efforce de l'encourager à retourner voir quelqu'un, mais elle résiste.

— Un médecin, tu veux dire ? Et tu voudrais que je la convainque ? Je ne suis pas sûre…

— Non, non… » Il leva la main en marquant une pause, dans la pénombre je ne distinguais plus que ses yeux, fermés à double tour. Il éternua trois fois, entre aboiement et toux. Il renifla, tapota ses poches, tandis que je tirais des miennes un mouchoir propre et plié et le lui tendais.

« Merci, dit-il avant de se moucher et de remettre son mouchoir dans sa poche. Je veux juste que tu m'aides à la surveiller. » Sa voix s'éteignit. « Préviens-moi si elle dit ou fait quoi que ce soit de… fou. Je ne peux pas veiller sur elle en permanence.

— Fou ? dis-je. Fou dans quel sens ?

— Je ne sais pas, répondit-il, alors que je savais que c'était faux. N'importe lequel. »

J'aurais volontiers insisté mais nous entendîmes Cara appeler. Quand je regardai de l'autre côté du seuil, vers le jardin, le soleil s'était couché sur un ciel mauve.

Nous dînâmes de nouveau sur leur table de fortune, à boire le vin de M. Liebermann dans des gobelets en métal et parler jusque tard dans la nuit des maisons où ils avaient séjourné, à Édimbourg, à Glasgow, et des endroits que Peter avait visités. Les cigarettes avaient bon goût.

Je guettais cette fragilité dont parlait Peter chez Cara, celle que j'avais vue dans le judas et à l'église, mais je n'en vis rien ce soir-là. Elle était pleine de vie, elle était heureuse, et la lumière qu'elle dégageait irradiait sur nous tous. Je surveillais Peter aussi, pour voir s'il s'adressait à moi, se teintait d'une intimité nouvelle, s'il me considérait différemment après ce que nous avions partagé dans la bibliothèque, et j'eus l'impression que c'était le cas.

10

Les jours suivants, je pris tous mes repas avec Peter et Cara. Le temps demeurait assez chaud et je fuyais mes combles où la chaleur restait piégée sous la toiture en plomb, même avec la fenêtre ouverte. Je m'adaptai à leurs horaires, m'installai dans une routine de grasse matinée et petit déjeuner – pêches et café, petits pains et figues, œufs et mouillettes – à l'ombre du portique. Souvent, nous ne nous embarrassions même pas de nos chaises ni même d'une table de fortune, et nous asseyions sur les marches, Cara s'appuyait sur les jambes de Peter, nous fumions tous les trois en contemplant les pelouses en friche, les parterres de fleurs envahis par la végétation et les arbres qui encerclaient le lac. Quand nous parlions, c'était pour imaginer, dans la bouche de Cara et la mienne, ce que Lyntons était à l'époque où elle regorgeait de domestiques, où les voitures à cheval s'arrêtaient devant la porte d'entrée et où la vue sur la pièce d'eau était encore dégagée.

Durant les tout premiers jours, il semblait miraculeux qu'ils m'accueillent volontiers et que j'arrive à me détendre en leur présence. Je me demandais pourquoi je ne m'étais jamais sentie ainsi auparavant.

Avais-je changé ? Puis, au bout de quelque temps, je cessai de le remarquer et l'acceptai, heureuse.

« Je me disais que je pourrais aller tailler un peu de la végétation qui envahit le pont », dit Peter après le petit déjeuner du jeudi. Il se leva, obligeant Cara à se pencher.

« Quoi, maintenant ? dit-elle, la main en visière au-dessus des yeux pour le regarder debout au-dessus d'elle.

— Cela me semble une bonne idée. » Je m'étirai. « Un peu d'exercice ne me ferait pas de mal.

— C'est un travail de titan », fit Cara en se rallongeant.

« Pourquoi tu ne viendrais pas avec nous ? » Peter lui donna un petit coup du pied. « Il fera plus frais là-bas. Tu n'auras qu'à nous regarder travailler. »

Elle nous dévisagea comme si elle pensait que nous manigancions quelque chose. Peter lui tendit la main et, avec un soupir, elle se laissa relever.

Nous prîmes quelques-uns des outils que Peter avait trouvés et aiguisés, et nous avions atteint les huttes Nissen quand Cara annonça : « En fait, je crois que je vais prendre ma bicyclette et aller en ville. Nous n'avons plus rien pour le déjeuner. » Elle lança cette phrase à Peter avec insolence, le mettant au défi de la forcer à venir sur le pont.

« Tu en es sûre ? dit-il, tandis que je scrutais l'espace entre eux, cherchant à saisir ce qui ne se disait pas.

— Je suis sûre, dit-elle, passant la toile à sac qu'elle portait autour de mon cou. Ne prends pas cet air horrifié, Fran. » Elle sourit. « Et ne t'inquiète pas, je serai là d'ici une ou deux heures, dit-elle à Peter. Si tu ne me revois pas, tu n'auras qu'à lancer les recherches. » Voyant qu'il ne souriait pas, elle ajouta : « Pour l'amour du ciel, je vais juste en ville à bicyclette. » Et elle repartit vers la maison à grands pas.

Quand nous arrivâmes au pont, Peter était euphorique, peut-être était-ce une œuvre palladienne après tout, dit-il, quelque chose dans l'écart entre les arches, l'élégance italienne des balustres. Je n'étais pas convaincue, et je commençai à arracher le lierre sans grand enthousiasme, taillant quelques branches comme si c'était une entreprise vaine. Mais au bout d'un moment, l'énergie et l'emballement de Peter me gagnèrent, et je me mis à apprécier l'activité physique au point que je me fichais désormais du type de pont que nous étions en train de dégager. Nous travaillâmes trois heures durant, ne parlant que lorsque l'un d'entre nous avait besoin d'aide ou après avoir nettoyé une bonne partie du pont. Une fois nos outils ramassés, en route pour la maison, je regardai derrière moi. La pierre était plus blanche là où nous avions enlevé de la végétation, les arches un peu plus précises et élégantes, et je me dis que peut-être il avait raison : peut-être venions-nous de découvrir un pont palladien.

Cara était déjà rentrée quand nous vînmes nous laver les mains au lavabo de leur salle de bains. En tournant le robinet, je pensai au plafond voûté et à l'œil de verre au-dessus de ma tête. Je me retins de lever les yeux. Posés sur la table de leur salon attendaient une truite, qu'un pêcheur qu'elle avait dépassé à bicyclette lui avait donnée, prétendait-elle, une boîte d'œufs achetée au portail d'une ferme, de même que du fromage et du pain que ses charmes avaient soutirés au mari de la fermière, et des cigarettes pour nous tous.

Avec les provisions, un peu de vin et une couverture sous le bras, nous allâmes nous installer à l'ombre du mûrier, un spécimen déclassé, tortueux qui avait poussé au milieu d'une ancienne pelouse – les vestiges des allées en briquettes et des parterres de fleurs qui la délimitaient autrefois étaient encore visibles par endroits, même si l'herbe drue grimpait aux genoux à présent. Une fois le repas avalé, Peter ouvrit une seconde bouteille puis, étendus là, nous nous endormîmes. Quand je me réveillai, Cara s'était redressée, elle fumait. Peter était rentré dans la maison, il inventoriait le contenu d'une des réserves du sous-sol, m'expliqua-t-elle, pour ma part je pensais plus vraisemblable qu'il fût retourné à la cave poursuivre le catalogage des vins. Je songeai que je ferais mieux de remonter dans ma chambre, relire mes notes ou consigner les données de la grotte, mais la chaleur de l'après-midi, les motifs des ombres des feuilles au-dessus de nos têtes, le vin, tout concourait à me visser au sol. Je laissai Cara poursuivre son histoire sans lui avoir rien demandé.

« Après le départ de Peter pour l'Irlande, la vie a repris son cours, plus ou moins. Dermod faisait la cuisine et un peu de ménage, Isabel s'inquiétait pour l'argent, moi je me disais que je n'arriverais jamais à m'échapper, et quand je craquais, je traversais les champs en courant pour aller voir Paddy. Parfois je le laissais me tenir la main, mais rien de plus. La seule chose qui avait changé, c'est que j'avais trouvé un travail chez Mlle Landers, une femme aveugle qui habitait en ville. J'allais chez elle deux fois par semaine pour ouvrir son courrier, rédiger les réponses, les chèques, les adresses sur les enveloppes, et je lui lisais *Woman's Way* de la première à la dernière page. C'était un magazine féminin qui paraissait en Irlande à l'époque ; je n'en ai jamais vu d'exemplaires ici. Après quoi, elle me dictait des lettres à destination du rédacteur en chef avec ses commentaires sur les articles que je lui avais lus. Elle était vieille et catholique, mais pas comme toutes les autres vieilles femmes que je connaissais. Ses lettres portaient sur le bénéfice que tireraient les jeunes filles à recevoir une éducation sexuelle, la manière dont la contraception pourrait contribuer au développement économique de l'Irlande, ou le fait que les mères célibataires n'étaient pas le mal incarné. Le magazine offrait une guinée pour chaque lettre qu'il publiait, et chaque semaine Mlle Landers espérait qu'ils impriment l'une des siennes, mais ils ne l'ont jamais fait, pas à l'époque en tout cas.

« Cela devait faire un mois que j'allais chez elle quand Peter est revenu. Un jour, je suis rentrée à la maison et sa voiture était dans l'allée. J'ai failli m'enfuir à toutes jambes de nouveau, je me disais que le revoir ferait ressurgir toutes mes émotions. J'avais eu le temps de me résigner à la vie en Irlande. J'avais cessé d'espérer et parfois la vie semble plus facile quand on arrête d'y croire, n'est-ce pas ? Mais bien sûr, je suis entrée, il était assis dans le petit salon comme la dernière fois, et en le voyant assis là, souriant, j'étais encore plus sûre de l'aimer, et je devinais à son visage qu'il m'aimait lui aussi.

« Il m'avait acheté un cadeau de Noël – un livre de recettes italiennes. Isabel était fâchée – il n'avait pas pensé à lui rapporter quelque chose. Il nous raconta qu'il l'avait déniché à une vente aux enchères à laquelle il s'était rendu deux semaines auparavant, c'était la vente des biens d'une grande maison du comté de Kildare, quelque chose dans ce goût-là ; en entendant cela, je n'arrivais pas à croire qu'il était resté en Irlande tout ce temps sans même venir me voir. Son travail consistait à faire le tour des grandes maisons pour persuader les propriétaires de vendre leurs bibliothèques ou leurs toiles. Il allait dans les ventes pour acheter les objets pour lesquels il savait qu'il y avait un marché, ou bien il cherchait des maisons ou des terrains susceptibles d'être repris pour en faire des hôtels ou des parcours de golf. Il ne cherchait pas pour lui-même, ce qu'il se garda bien de préciser à Isabel. Une partie d'elle espérait toujours qu'il se décide à acheter Killaspy ou à l'épouser. »

Sous le mûrier, l'ombre s'était décalée et je l'avais suivie pour mieux distinguer Cara. « Mais il n'en avait jamais eu l'intention, n'est-ce pas ? dis-je.

— Non, mais bon, Peter n'a jamais d'intentions très claires. Il se contente de regarder les choses se produire. Malgré tout, je pense que ce jour-là, dans le petit salon, Isabel a dû voir comme nous nous regardions Peter et moi car la première phrase qu'elle a dite était quelque chose du genre : "Vous vous souvenez de Cara, ma fille, elle vient tout juste de se fiancer avec Paddy Browne. N'est-ce pas merveilleux – un mariage de printemps ?"

« Je me rappelle que le visage de Peter est devenu livide d'un coup, et c'était vrai, j'avais accepté d'épouser Paddy. Sur le moment, j'avais eu l'impression de ne pas avoir d'alternative. Peter s'est levé, il m'a serré la main en disant : “Toutes mes félicitations, mademoiselle Calace”, d'une voix si éteinte que j'aurais pu en pleurer.

« Ce soir-là encore, il y eut du poulet pour le dîner mais je fis dire à Isabel par Dermod que j'avais mal à la tête et ne descendrais pas. Je ne pouvais pas supporter de voir l'expression de Peter. Je me suis assise devant la fenêtre de ma chambre et j'ai attendu d'avoir entendu tout le monde aller se coucher pour descendre à la cuisine en chemise de nuit et arracher une cuisse à la carcasse de poulet que Dermod avait laissée à couvert dans le garde-manger. Je frissonnais, assise sur le comptoir, dans le noir ; quand j'eus fini de manger, Peter est entré. Je savais que c'était lui rien qu'à sa silhouette.

« Il a refermé la porte du garde-manger et dit : “Vous allez épouser Paddy, alors ?” Quelque chose dans ce goût-là. “Un garçon de ferme.” Il parlait avec le cœur brisé. “J'aime bien les vaches”, ai-je dit pour l'embêter. J'ai ajouté que Paddy n'était pas un garçon de ferme, qu'il aurait dix têtes de bétail quand il hériterait, tout en sachant qu'au fond je ne supportais pas l'idée, en l'épousant, de dessiner un avenir tout tracé devant moi comme si on avait gravé les cinquante prochaines années de ma vie dans le marbre. Peter reprit : “Vous allez devenir la femme d'un fermier dans l'Irlande rurale. Qu'est-il arrivé à vos rêves d'Italie ?" Il avait fissuré le marbre, c'était une minuscule faille encore, mais c'était suffisant.

« Je lui ai demandé s'il proposait de m'emmener, il n'a pas répondu ; il s'est rapproché de moi et nous nous sommes embrassés. C'était la première fois, nous étions dans le garde-manger. Il a dit que j'avais un goût de beurre et de poulet. J'avais tellement envie de faire l'amour avec lui, j'ai ouvert les jambes et crocheté mes chevilles à l'arrière de ses genoux pour l'enfoncer contre moi, mais il a protesté : "Pas maintenant. Pas dans le garde-manger." »

Cara surprit mon regard et se mit à rire, d'un rire méchant, et je ris moi aussi, jusqu'à ce que nous fussions pliées en deux, agitées de tremblements, avant de retomber en arrière sur la couverture.

« Nous ne nous sommes rien promis, dit-elle une fois que nous fûmes calmées. Peter n'a pas dit qu'il resterait en Irlande, et je n'ai pas dit que je romprais mes fiançailles avec Paddy. Isabel a continué d'espérer que Peter était intéressé par elle ou par Killaspy. Il était mal à l'aise de la duper, mais je voulais qu'il reste, le plus longtemps possible. Nous nous retrouvions toutes les nuits dans le garde-manger et partions nous promener la journée dans sa voiture. Je racontais à Paddy que j'étais occupée avec Mlle Landers.

« C'est le matin où il était censé partir, le matin de Noël, que j'ai tracé les lettres du mot "femme" sur la buée de la vitre côté passager. C'était une supposition de ma part à ce stade, mais il s'est penché pour effacer le mot de sa manche en disant qu'il ne voulait pas en parler, qu'il ne voulait pas parler d'elle. Peter est capable de disserter sur toutes sortes de choses mais sur certains sujets il se referme comme une huître – les émotions, les relations, et, je ne sais pas, la vraie vie. Sous ses dehors charmants, se cache un homme collet monté, corseté, totalement archaïque. Je lui ai dit qu'il pouvait divorcer, non, ou alors que faisions-nous, tous les après-midi, assis dans sa voiture à nous embrasser et à embuer les vitres ? Il a répondu que c'était quand même incompréhensible que je sois catholique quand ça m'arrangeait et que, le reste du temps, je me permette d'être protestante. À quoi j'ai répliqué que je pouvais bien faire ce qui me chantait, c'était ma religion après tout. Je crois que c'était notre première dispute. On criait tous les deux, et pourtant la seule chose que j'avais envie de faire, c'était le toucher, tu sais, vraiment, et que lui me touche à son tour. Une fois, je suis tombée sur lui en serviette sur le palier – il devait penser que nous étions tous sortis – et j'ai passé le reste de la soirée à me demander ce que ce serait le jour où nous coucherions ensemble. J'étais certaine que cela arriverait.

« Enfin, bref, nous nous disputions tellement fort, c'était si violent, si affreux dans cette si petite voiture, que j'ai fini par ouvrir la portière et partir en courant. Je me suis enfuie. Il pleuvait, à verse. Peter m'a prise en chasse, j'ai continué de courir et je l'ai juste entendu crier : "Où vas-tu ?" mais j'ai continué, et sans m'arrêter j'ai crié à mon tour : "En Italie !" même si je ne crois pas qu'il m'ait entendue.

« Je ne savais pas où nous étions. Quand nous partions en voiture, aux intersections, je décrétais "droite" ou "gauche" au gré de mes humeurs, jusqu'à ce que je nous estime perdus en rase campagne, mais lui savait toujours, et il me ramenait toujours à la maison directement. Quand je suis sortie de la voiture, je n'avais aucune idée de l'endroit où je me trouvais. C'était l'hiver, il gelait, et j'avais beau marcher à grands pas, j'étais trempée et glacée, je tremblais de tout mon corps. Pourtant, j'ai continué. J'avais décidé de marcher jusqu'à m'effondrer dans un ravin, le lendemain, ou la semaine suivante, ou plus tard encore, on aurait retrouvé mon corps et tout le monde se serait senti coupable : Peter, Isabel et Paddy. C'était pour Dermod que je m'inquiétais le plus cependant : il avait besoin de quelqu'un qui s'intéresse à lui. J'ai marché une heure durant, il faisait nuit et il pleuvait toujours, des phares ont fini par surgir en face de moi et j'ai reconnu la petite voiture de sport verte. Peter était furieux que je me sois enfuie, principalement parce qu'il se disait que je pourrais attraper froid et mourir bêtement. Je ne pouvais plus parler, j'étais frigorifiée. Il a sorti la couverture du coffre, m'a installée sur le siège avant et a poussé le chauffage à fond, en vain, je tremblais toujours, gelée jusqu'à l'os, et j'ai vraiment cru que j'allais mourir. J'ai essayé d'enlever mes vêtements mouillés, mais mes doigts étaient tellement engourdis que je n'arrivais à rien, alors Peter a dû le faire à ma place, me soulever les bras, les fesses, puis il m'a enveloppé dans la couverture et m'a tenue contre lui. C'était compliqué avec le frein à main et le levier de vitesse entre nous, dans ces sièges baquets, et j'avais beau être transie encore, j'étais sûre qu'il allait me faire l'amour maintenant qu'il m'avait vue nue, qu'il m'avait déshabillée, et pourtant, dès que j'ai cessé de frissonner, il m'a ramenée à la maison, à Killaspy. »

Elle poussa un long soupir et roula sur le ventre, la tête posée sur ses bras croisés. « Est-ce que c'est trop intime pour toi, Frances ? Je t'en prie, dis-le-moi si tu trouves que c'est trop intime.

— Oh non, dis-je. Vraiment, je m'en fiche, enfin, je veux dire, ça va. » C'était intime. Jamais je n'avais songé à ce dont les gens pouvaient bien avoir l'air sous leurs habits ou à la complexité de leurs vies qui paraissaient si simples et parfaites de l'extérieur.

« C'est juste que j'aime tellement nos conversations », dit-elle.

Durant l'un de ces après-midi sous le mûrier, après avoir mangé, bu et dormi, j'emmenai Peter et Cara au mausolée. Nous grimpâmes à la tour pour admirer la vue, mais ce qui les fascinait le plus, c'étaient les tombes au pied de la tour. Je leur montrai les poitrines enfoncées des épouses de pierre.

« Deux femmes ? » lança Cara, en examinant leurs visages. Nous avions apporté des bougies et leurs lueurs projetaient des ombres sur les murs qui s'étiraient et se cambraient à mesure que nous avancions dans le tombeau.

« L'une après l'autre, j'imagine, dis-je. Pas les deux en même temps.

— Non, dit-elle, sans quitter les statues des yeux. Pas les deux en même temps, évidemment. Celle-ci a l'air triste. Je me demande si c'était la première ou la seconde épouse. » Elle se pencha sur la figure de pierre et déposa un baiser sur ses lèvres, s'attardant un moment dans la pose. Le mouvement était d'une telle intimité, plus encore que tout ce qu'elle avait pu me raconter, que je me détournai, surprenant le regard de Peter de l'autre côté de la pièce. Il eut un haussement d'épaules imperceptible et sa bougie faiblit tandis qu'il glissait la main dans la cavité creusée dans la poitrine de l'autre femme pour regarder à l'intérieur, tel un chirurgien explorant un cœur.

« Qu'est-ce que tu fais ? cria Cara. Tu n'as pas le droit de faire ça. » Elle bondit vers lui et le tira par le bras, mais il lui résista.

« Il n'y a rien là-dedans, dit-il. C'est vide. »

Sur le chemin du retour vers la maison, Cara traîna en arrière, arrachant des touffes d'herbe qu'elle dispersait ensuite, ruminant ses pensées. Peter et moi parlions des gisants dans leurs tombes, nous accordant sur le fait que les épouses avaient dû être enterrées avec leurs bijoux, raison pour laquelle on leur avait évidé la poitrine pour les récupérer. Je lui parlai du cadavre de Thomas Cure dans son sépulcre à Southwark et notre bavardage dériva sur Alice de la Pole, enterrée dans une église de l'Oxfordshire, parée de tous ses plus beaux atours au-dehors, dissimulant son cadavre en dessous.

« Nous devrions lui rendre visite, dit Peter. Prendre la voiture et aller là-bas un de ces jours. Lui rendre hommage.

— Ce serait merveilleux.

— Ce doit être à deux heures d'ici, pas plus.

— J'adorerais.

— Tant qu'on parle de bijoux… commença-t-il.

— Pourquoi pas demain ? dis-je. Ou après-demain ? » J'imaginais déjà une matinée parfaite, Peter et moi explorant les abords d'une église ancienne, déjeunant sur le pouce avant de rentrer, deux heures en voiture assise à côté de lui.

« Cara a perdu son alliance, j'imagine que vous ne l'avez pas vue ?

— Son alliance ? m'écriai-je, en la revoyant effleurer la surface du lac.

— Elle dit qu'elle l'a enlevée pour faire la lessive dans la salle de bains, mais j'ai cherché partout. J'ai même démonté le coude du robinet, sans succès.

— Non, dis-je. Désolée, je ne l'ai pas vue. Est-ce qu'elle avait de la valeur ?

— Une valeur sentimentale, dit-il. Je suppose qu'elle voudra que je lui en rachète une. »

Le lendemain après-midi, Cara et Peter m'invitèrent à les accompagner dans leur promenade, et nous quittâmes le domaine, au-delà des plus grands cèdres où broutaient les vaches. J'étais contente qu'elles ne fussent pas là cette fois-ci, parties dans un autre champ ou à la traite.

Cara prit la main de Peter, nous discutâmes de ce que nous préparerions pour le dîner, de la chaleur qui persisterait peut-être et toutes ces choses inconséquentes dont les amis parlent entre eux. Lorsque Peter lâcha la main de Cara, elle passa son bras sous le mien, puis me libéra en arrivant devant une clôture en fil barbelé que Peter maintint en l'air pour que nous puissions passer. Nous avancions en file indienne sur une piste étroite au milieu d'une prairie qui montait en ondulant vers les rameaux, et quand nous arrivâmes à l'extrémité du terrain, au portail, nos trois silhouettes s'immobilisèrent, la mienne un peu essoufflée sous la pression du corset de Mère. Sans un mot, nous nous retournâmes pour contempler le chemin parcouru. Sur notre droite, le sommet du mausolée dépassait parmi les arbres d'un petit bois, tandis qu'en face de nous le terrain piquait vers le lac et la grotte, doré et vert, entre les massifs d'arbres mûrs, les pousses d'herbe et d'orties hautes effleurant les branches échouées. Les piliers blancs de Lyntons irradiaient au loin d'un éclat tel qu'on aurait cru la pierre vivante, au-delà l'étendue boisée et sombre des rameaux s'élevait, enveloppant le paysage dans un cercle qui venait se refermer derrière nous.

Pendant que nous étions là, reprenant notre souffle, quatre chevreuils émergèrent des bois. Ils avancèrent dans la prairie à quelques mètres seulement et, lorsqu'ils furent face à nous, se figèrent et tournèrent la tête. Ils inclinèrent le museau, nous étions suffisamment proches pour voir leurs naseaux s'ouvrir et se refermer tandis qu'ils humaient l'air, mais je savais que c'était l'odeur de Cara qu'ils sentaient, Cara qu'ils observaient de leurs yeux noirs, Cara vers qui ils tournaient leurs oreilles. Aucun d'entre nous ne cilla et, au bout d'un moment, les chevreuils reprirent leur marche à travers la prairie, disparaissant parmi les herbes à l'autre bout.

« Je voudrais rester à Lyntons pour toujours », dit Cara.

Je pris un paquet de cigarettes dans la poche de mon short et le secouai pour en sortir une. Elle était humide, le tabac s'en échappait. J'en essayai une autre mais elle était identique.

Peter rit et sortit son paquet. « C'est ma dernière, désolé, dit-il en l'allumant. Même sans vraie cuisine, sans chaises ni verres pour boire notre vin ? demanda-t-il à Cara.

— Oui, même sans toutes ces choses, répondit-elle. On n'en a pas besoin, pas quand on a tout ça à la place. Cette journée parfaite. »

Nous restâmes silencieux un moment, les yeux fixés sur l'horizon.

« Vous pensez que M. Liebermann s'en rendrait compte si on ne s'en allait pas ? fis-je.

— On pourrait se cacher sous les lits s'il venait vérifier. » Peter me passa sa cigarette et je songeai à ses lèvres qui s'étaient posées dessus avant les miennes.

« On pourrait s'envelopper dans de grands draps blancs et le chasser en lui faisant peur, suggéra Cara.

— D'ici septembre, il aura oublié qu'il a acheté une maison dans le Hampshire », dit Peter.

Je passai la cigarette à Cara.

« On coupe à travers les bois pour rentrer, qu'est-ce que vous en dites ? » proposa Cara en désignant la direction que les chevreuils avaient prise. La cigarette fit encore un tour avant que nous retraversions la prairie pour redescendre.

Il faisait plus frais sous les arbres, le sol était sec, plein de fougères et de terriers de lapins. Nous avions pénétré dans la forêt depuis quelques mètres lorsque nous sentîmes une odeur musquée, pourrie. Le nez froncé, nous nous interrogeâmes du regard et poursuivîmes notre chemin.

Le renard était pris dans un piège, la patte avant gauche mutilée. En nous voyant, il se recroquevilla sur lui-même, la queue en dedans. Il avait la gueule barbouillée de sang et je n'osais pas penser à ce qu'il avait pu tenter pour essayer de se libérer tout seul. Il devait avoir dégagé l'odeur âcre que nous sentions au moment où il avait été piégé.

« Je croyais que ces pièges étaient devenus illégaux », dis-je.

Cara s'approcha, le renard sursauta et s'entortilla autour du croc métallique qui retenait sa patte prisonnière. Il se mit à glapir, poussa des gémissements aigus et paniqués.

« Ils le sont », dit Peter d'un air sévère.

Cara s'accroupit. « Chut, chuchota-t-elle à l'animal.

— Recule-toi, reprit Peter. Leur morsure est terrible.

— Chuuut », répéta-t-elle, et le renard se rallongea sur le sol, le museau baissé, les oreilles repliées, les yeux fixés sur elle. L'articulation de la patte piégée était recourbée dans un angle atroce.

« Sa blessure est trop grave, dit Peter. Éloigne-toi.

— Aide-moi à ouvrir le piège. » Cara tendit la main vers le renard, il s'était calmé, sa respiration avait ralenti.

« Même si on arrivait à l'ouvrir, il ne survivrait pas. J'ai déjà vu ça auparavant, il n'y a rien que nous puissions faire.

— Ça va aller », susurra Cara en fixant ses yeux d'ambre qui ne la quittaient pas. Elle posa la main à plat sur son museau comme j'avais vu faire sur les chevaux qui tiraient les carrioles de touristes dans Hyde Park.

« On ne peut pas l'abandonner comme ça », dis-je, et Peter me fusilla du regard, les lèvres serrées. Je savais ce qu'il pensait. Je lui tendis le couteau à échantillons botaniques que je gardais toujours dans son étui à la ceinture de mon short militaire.

Peter se plaça devant elle et trancha la gorge du renard. Le tout sans un bruit.

Mais Cara poussa un cri. « Non ! » Elle repoussa Peter, encore accroupi, qui dégringola dans les fougères. J'assistai horrifiée à ses efforts pour arrêter le sang, les mains plaquées sur le cou du renard tandis que le sang dégorgeait une fois, deux fois entre ses doigts avant de ralentir. Quand elle se releva, elle avait les mains rouges, et l'espace d'un instant je crus que Peter l'avait entaillée elle aussi.

« Espèce de salaud », dit-elle.

Peter se redressa sur ses genoux, les yeux levés vers elle. L'expression sur son visage était empreinte de pitié.

« J'aurais pu le sauver », murmura-t-elle. Ils se défiaient du regard, à celui qui baisserait les yeux le premier.

« Non, dit-il. C'était trop tard. »

Elle se tourna et partit à grands pas dans le bois, puis elle se mit à courir, et elle avait disparu avant même que Peter ait eu le temps de se relever.

« Est-ce qu'on ne devrait pas partir à sa poursuite ? dis-je.

— Non. Laissons-la seule un moment. Ça vaut mieux. » Il arracha une poignée de feuilles de fougères et essuya mon couteau avant de me le rendre. « Merci. C'est rare, les femmes qui se promènent avec un couteau sur elles, du moins parmi celles que je connais. »

Je regardai le renard, dont les yeux étaient déjà vitreux, les muscles ramollis. Pas surprise que la mort l'ait si vite métamorphosé. « Est-ce qu'on doit l'enterrer ? dis-je.

— Un animal ne tardera pas à venir le manger.

— Au moins, le piège a sauté maintenant. Pauvre vieux renard. » Je me détournai pour qu'il ne me voie pas m'essuyer les yeux. Je voulais continuer d'être pour lui cette femme au couteau, quelqu'un de plus solide et de plus compétent que Cara.

Nous avançâmes en silence, et en émergeant des arbres, nous étions plus près du potager que je ne l'avais imaginé.

« Est-ce que tu es déjà entré dans la laiterie ? demandai-je.

— Je croyais qu'elle était condamnée, dit Peter.

— J'ai arraché l'un des panneaux. Je te fais visiter si tu veux. Je crois qu'elle a été construite dans l'esprit des autres fabriques, c'est bien trop petit pour être utilisable, mais le luxe de détails à l'intérieur est extraordinaire. La pièce centrale possède un plafond voûté, une version miniature de celui de la salle à manger, et les ailes présentent des bouquets de feuilles de chêne sculptées à leurs extrémités. C'est vraiment magnifique.

— Ça m'en a tout l'air », dit-il, mais je voyais bien qu'il ne m'écoutait que d'une oreille.

Nous nous tenions près d'un des murs en briques du jardin, sur un chemin dessiné par le fermier pour les allées et venues de ses vaches dans le parc. Nous atteignîmes un coin du mur où le chemin se divisait en deux, à gauche l'entrée du potager et la laiterie, devant nous la porte du domaine. Nous marquâmes une pause à la bifurcation, et alors que j'allais tourner à gauche, Peter mit la main en visière et regarda droit devant lui.

« La voilà », dit-il.

Au loin, on distinguait Cara, avec le bétail, que le fermier avait dû raccompagner dans le parc pendant que nous étions dans les bois avec le renard, et sous l'effet d'un élan inconnu de rancœur, je compris tout à coup que Peter n'avait fait que penser à elle tout le temps où nous marchions.

« Ça ne t'embête pas ? dit-il.

— Non, absolument pas. » Je m'efforçai d'avoir l'air enjouée. « Vas-y, va la voir. »

Et sans me répondre ni me saluer, il escalada la porte et partit à petites foulées en l'appelant. Les bras appuyés sur le dernier barreau du portail, je vis Cara pivoter sur elle-même lorsqu'il arriva à son niveau, même de là où j'étais je discernais la colère qui lui déformait encore les traits. Elle leva la main en l'air et je me demandai s'il allait avoir une marque ensanglantée sur la joue mais il attrapa son poignet au vol et l'attira contre lui. Elle se radoucit et il baissa la tête pour l'embrasser, elle lui rendit son baiser. Puis, presque comme s'il regrettait d'avoir initié l'étreinte, ce fut Peter qui recula le premier.

Je rebroussai chemin et bifurquai à droite, dans le mausolée. Sur les poitrines des femmes reposaient deux bouquets de marguerites flétries et de chardons écossais ramassés dans les champs. Impossible de savoir qui, de Peter ou Cara, les avait déposés là.

11

Durant ces soirées à Lyntons, j'appris ce qu'était le vin. Je ne parle pas du raisin et des cépages, quoiqu'un peu de ces connaissances me soient restées également, non, plutôt de la quantité dont j'avais besoin pour sentir ce bourdonnement chaud sous mes joues, le dosage idéal pour faire sauter mes verrous et délier ma langue, le nombre de verres nécessaire pour que je me mette à croire que j'étais charmante et pleine d'esprit. Je finis par savoir aussi quand m'arrêter, quand couvrir mon verre de la main. Cara et Peter buvaient jusqu'à ce que l'un d'entre eux tombe endormi sur la table. Ils s'enivraient sans tapage ni colère. Tous les trois, nous parlions, buvions, riions. Jamais de ma vie je n'ai autant ri qu'au début du mois d'août de cette année-là. Pour la première fois, je n'étais pas celle qui observait les autres de dos, je faisais partie du groupe.

Je demandai à Cara de me racheter des aspirines quand elle allait en ville à bicyclette, et je constatai qu'en dormant suffisamment longtemps le lendemain après-midi, j'arrivais à surmonter ma gueule de bois par le sommeil.

Le deuxième dimanche d'août, je me traînai hors du lit et rampai jusqu'à l'église ; c'était une habitude difficile à abandonner pour moi, même quand je n'avais pas assez dormi. Je découvris qu'aux petites heures du jour, une brume nimbait les percées creusées dans le relief du domaine, planant sur une herbe encore humide de rosée. L'air sentait le bûcher, la terre qui se prépare à l'automne. Il y avait eu tellement de changements pour moi depuis la dernière fois que j'avais parcouru cette route de tilleuls et d'ifs qu'il semblait qu'un mois au moins s'était écoulé, alors qu'en réalité il ne s'était passé que deux semaines. Le matin était clément, et je me sentais plus légère, plus confiante, marchant la tête haute, prête à tout, je m'assis sur le même banc mais cette fois je ne scrutai pas la congrégation ni ne cherchai Cara des yeux. Je crois que le sermon était censé marquer la Transfiguration du Christ, mais Victor baissait la voix à mesure qu'il parlait et je dus m'avancer et tendre l'oreille pour saisir quelques mots, une lumière éblouissante, des halos, et le potentiel que chacun possède en lui de devenir meilleur, même quand la vie nous réserve le pire. Il n'avait l'air ni convaincu ni convaincant. Après cela, il nous invita à la confession silencieuse, et je me demandai s'il faisait cette suggestion parce qu'il pensait que j'en avais besoin. Je m'agenouillai pour prier, comme tout le monde autour de moi, et m'avouai mes péchés, tout en étudiant mes voisins pour vérifier que personne n'écoutait.

Après la messe, je me dirigeai vers la porte de derrière.

« Mademoiselle Jellico ! » appela une voix, et je sus sans avoir à me retourner que c'était Victor. Il était assis sur le rebord de cette même tombe où nous nous étions assis ensemble l'autre fois, à présent avec deux verres d'eau.

« Une personne de moins sur les bancs que dimanche dernier, commenta-t-il.

— Cara n'est pas venue, dis-je. Mais elle ne compte pas. Votre congrégation ne l'aurait jamais laissée entrer de toute façon, n'est-ce pas ? Sinon pour la vider de son sang.

— Ça nous aurait changé du sang du Christ. »

Nous nous sourîmes.

« Je la connais mieux depuis, ainsi que son… son mari, Peter. Ils sont très gentils. Ne vous faites pas de fausses idées. »

Il émit un bruit de gorge, comme une désapprobation sourde et qu'il ne pouvait pas se résoudre à exprimer.

« Ils se sont bien occupés de moi, m'ont fait la cuisine, visiter la maison.

— Est-ce que c'est aussi décrépit qu'il y paraît de l'extérieur ?

— Pire. Des cheminées arrachées, le plâtre déchiqueté ; il y a des trous dans les murs et des livres moisis dans la bibliothèque. C'est assez triste, en fait.

— Cela semble triste en effet, dit-il.

— Et chose étrange : quelqu'un a découpé tous les yeux des paons sur les tentures du petit salon bleu.

— Énucléation. » Il but un peu d'eau.

« Je vous demande pardon ?

— Suppression chirurgicale du globe oculaire. »

Je frissonnai. « Mais qui pourrait bien faire une chose pareille ?

— Les soldats qui ont été en réserve ici. Fous d'ennui et cherchant désespérément une distraction.

— Je suppose que vous n'étiez pas là pendant la guerre ?

— Non, non. Je ne voulais pas dire que j'étais à Lyntons. Non, j'étais étudiant en médecine pendant la majeure partie de la guerre. »

Je bus quelques petites gorgées d'eau, attendis. Une abeille bourdonnait de fleur en fleur. Je me souvenais des bulletins d'informations cinématographiques en noir et blanc où l'on voyait des médecins britanniques sourire et fumer avec des soldats couverts de bandages sous des tentes de secours. Je n'insistai pas.

« Est-ce que je peux vous confier une chose, mademoiselle Jellico ? » dit Victor après un silence assez long. J'ignorais ce qu'il allait dire mais je pressentais que je n'avais pas envie de l'entendre.

« À propos de Cara ? »

Il tourna la tête et me regarda, surpris.

« À propos de moi. »

Je renversai mon verre à la verticale dans ma bouche, il était vide.

« Je ne suis pas certain de tout ceci. » Son bras étendu sur le côté embrassait à la fois le cimetière, l'église et la route derrière. « Mon ministère. J'ai abandonné la médecine avant la fin de ma dernière année. Je ne pouvais tout simplement pas… J'ai cru que j'étais appelé. J'ai cru que rejoindre le clergé aiderait peut-être. J'ai cru que je pourrais aider, moi. Maintenant je n'en suis plus si sûr.

— Mais n'êtes-vous pas un homme d'Église depuis, quoi, vingt ans déjà ?

— Quatorze ans, cinq mois et trois jours. Il faut beaucoup de temps pour être ordonné prêtre. Presque autant qu'il en faut pour devenir médecin.

— Certes. Mais quatorze ans, cela reste une durée assez conséquente pour décider que ce n'est pas pour vous.

— Vous croyez que, quand quelqu'un a été quelque chose pendant aussi longtemps, il ne peut plus devenir quelqu'un d'autre ? Vous n'avez pas écouté mon sermon. » Il laissa échapper un rire sans joie.

« Si, si. Bien sûr que nous pouvons tous changer, je dis juste que vous ne devriez pas vous précipiter.

— Vraiment ? »

Il me mettait mal à l'aise, à me fixer comme s'il me transperçait du regard. Je dissimulai ma gêne sous des cajoleries : « Cela dit, je suis sûre que vous faites beaucoup pour vos paroissiens. Une ville a besoin de son prêtre.

— Vous croyez ? Je continue d'espérer que l'effectif de la congrégation atteigne un chiffre si bas que la décision finisse par ne plus m'appartenir.

— Si c'était le cas, on vous enverrait ailleurs, non ?

— Je ne peux pas les supporter, dit-il. Je ne pouvais pas par la médecine, et je ne peux pas non plus par la foi. Le problème c'est qu'ils en veulent trop, trop d'aide, trop de pardons. Parfois j'ai l'impression que chacun d'entre eux mange un morceau de moi, centimètre par centimètre, cellule par cellule, jusqu'à ce que *pouf* ! » Il leva une main, posa les doigts les uns contre les autres et d'un geste qui mimait un lancer, les écarta au loin. « Et ce qui reste de moi n'a plus qu'à s'envoler. Parfois, mademoiselle Jellico, je les déteste, eux et leur indigence. N'est-ce pas affreux ? Quand le téléphone sonne ou que j'entends le heurtoir frapper la porte du presbytère, mon cœur coule à pic dans ma poitrine et tout ce dont j'ai envie, c'est de me cacher. Comme maintenant – je suis caché, à l'abri de ma congrégation, dans la cour de ma propre église. Ils réclament le pardon, pourtant qui suis-je pour affirmer que tout ira bien ? »

Les cris me réveillèrent. Allongée dans mon lit, je tendis l'oreille : la voix de Cara, puis celle de Peter. Je ne distinguais pas les mots. J'essayai de me rendormir mais j'entendis des objets voler ou se renverser de la table, une porte claqua et des pas résonnèrent dans la maison. Sur la terrasse, Cara beuglait en italien, à l'intention de Peter plus haut. Je sortis du lit, m'enveloppai dans une couverture et m'assis sur le sol, le dos contre le mur à côté de la fenêtre. Puisque je pouvais les entendre, autant les écouter. Je n'étais pas certaine d'avoir suffisamment de volonté pour ne pas soulever la latte de plancher et les espionner par le judas, s'il leur prenait l'envie d'aller dans la salle de bains.

« Je t'en prie, on est vraiment obligés de ressasser toujours les mêmes rengaines ? lança Peter de l'intérieur.

— Tu ne m'as jamais crue, lui cria Cara.

— Reviens te coucher. » Peter semblait épuisé. « Tu crois que c'était Paddy, c'est ça ? Tu as toujours cru que c'était Paddy.

— Ce que je crois n'a aucune importance.

— Non, aucune.

— Mais tu comprends bien que ce n'est pas possible », dit Peter en se penchant vers elle. Je devinai au ton de sa voix qu'il déployait des trésors de patience. « C'est juste quelque chose que ton esprit a inventé sans que tu t'en rendes compte. »

Cela parut décupler sa rage et elle se mit à rugir : « Et Marie, alors ? Comment tu l'expliques ? » Je me demandai qui était Marie.

« Bon sang, c'est une histoire, cria Peter, cédant finalement à la colère. C'est inventé. Rien de tout ça n'est vrai. »

Cara dut sortir en trombe à ce moment-là, car on n'entendit plus que la voix de Peter qui l'appelait, puis la fenêtre qui se refermait et ses pas qui arpentaient la maison. Je retournai au lit, il n'y eut plus aucun bruit.

L'orangerie, positionnée perpendiculairement à la maison, était sa petite cousine de verre. Les six colonnes du portique étaient plus minces et moins ornementées, et les marches qui descendaient à ce qui avait autrefois été un jardin classique – un parterre avec des haies en buis devenues sauvages et des sentiers aux gravillons dispersés – étaient plus étroites et plus courtes. À la bibliothèque du British Museum, j'avais lu que l'orangerie était la première verrière conçue pour recueillir l'eau de pluie tombée du toit et l'acheminer vers l'intérieur, jusqu'aux piliers qui alimentaient les plantes.

Peter l'avait exclue de sa visite et la porte était verrouillée, tout ce que je pus donc faire fut de plisser les yeux pour essayer de distinguer, à travers les vitres verdies, les lattes de plancher brisées, les bancs en fer rouillés, et l'oranger, que j'avais déjà vu. Il dominait l'orangerie ; touffu et jamais entretenu, il avait dépassé les quinze mètres de haut et, telle Alice traversant le miroir, avait brisé les panneaux vitrés. Son tronc faisait quinze centimètres de diamètre et, d'après mes estimations, il devait avoir une trentaine d'années, peut-être même cinquante.

Je m'assis sur le mur de la terrasse et fis des croquis du bâtiment aux huit fenêtres arquées, colonnes doriques et portes vitrées à deux battants. J'aurais dû prendre des mesures et noter le nombre de panneaux brisés, quelles sections étaient rouillées au-delà du réparable et nécessiteraient d'être remplacées, produire un dessin architectural plutôt qu'une tentative de capturer l'essence du bâtiment, la lumière, les ombres, l'histoire. Mais j'avais cessé de travailler véritablement au rapport de M. Liebermann. Je ne m'en souciais plus vraiment. Parfois je croquais un bâtiment ou un autre pour le plaisir, mais l'indolence de Cara et Peter avait déteint sur moi, et la plupart du temps je ne m'attardais même plus sur mon carnet.

« Peter dort, dit Cara en arrivant derrière moi. Tu savais qu'il dormait avec les clés de la maison sous son oreiller ? Je crois qu'il a peur que je m'enfuie. »

Je ne lui fis pas remarquer que nous étions dans le jardin, toutes les portes extérieures déverrouillées, et que rien ne l'empêchait de monter sur sa bicyclette et de prendre la route. Il était trois heures de l'après-midi.

« Mais regarde ! » Elle sortit l'anneau de clés de derrière son dos et les agita devant moi. « J'ai été tellement silencieuse, j'ai réussi à les tirer une par une sans le réveiller. » Elle s'assit à mes côtés, les jambes dans le vide comme moi, et lorgna sur mon dessin par-dessus mon bras.

« C'est magnifique », dit-elle.

J'éloignai le bloc de mes yeux, observai l'orangerie, puis revins au dessin. « Pas mal, je suppose. »

Elle m'offrit une cigarette. Les miennes finissaient toujours écrabouillées, c'était devenu une plaisanterie entre nous.

« Peter envisage d'acheter un appareil photo pour ne pas avoir besoin de dessiner quoi que ce soit. Mais c'est cher. » Elle frotta son index contre son pouce.

« Et ensuite, il faut encore ajouter le prix du tirage », dis-je. Nous nous étendîmes en arrière, le visage basculé vers le soleil, tirant sur nos cigarettes.

« Il passe son temps à s'inquiéter pour l'argent, dit-elle. Combien telle chose ou telle autre coûte. » Sur chaque telle, elle agitait sa cigarette dans les airs. « Il se plaint en permanence de la quantité de travail qu'il abat pour qu'en fin de compte nous n'ayons jamais d'argent. Il prétend que je dépense tout en nourriture. Mais il est bien content quand il se met à table. »

Elle me l'avait déjà dit, sans doute avait-elle oublié.

« Et on se retrouve à squatter à Lyntons plutôt que d'être installés au Harrow en ville, ou d'avoir loué un joli petit cottage. » Elle prit une longue et profonde inspiration, engrangeant du souffle pour la prochaine dispute. Si peu de temps auparavant, alors que nous nous tenions tous les trois debout au sommet de la prairie, elle s'était écriée qu'elle voudrait ne plus jamais s'en aller. « Mais je sais bien où part tout son argent. Chez sa femme ! » Elle prononça le dernier mot avec un rictus tout en frappant les talons contre les briques du mur de soutènement.

« Je suis certaine qu'il te donne autant d'argent qu'il peut. »

Elle ne répondit pas, sans doute ma réflexion ne lui inspirait-elle pas grand-chose, pourtant, au bout d'un moment, elle dit : « Je m'inquiète, Fran, j'ai peur que Peter y retourne.

— Où ?

— Chez sa femme. Chez Mallory. Un jour il se réveillera et il se rendra compte qu'elle peut lui donner des choses que je ne peux pas lui donner.

— Je suis sûre que cela n'arrivera pas.

— Tu crois qu'il m'aime ? Qu'il serait prêt à tout pour moi ? »

Je laissai passer une pulsation, un moment et me forçai à ne pas regarder autour de moi ou vers la fenêtre de leur chambre. « Bien sûr. Et bien sûr qu'il t'aime, dis-je.

— Oui. Je crois. Un jour on se mariera et j'aurai un autre bébé. Deux bébés. Trois ! » Elle rit. Devant nous, le parc scintillait. Les vaches étaient revenues sous le cèdre.

« Cela a dû être terrible pour Peter et toi de devoir donner un enfant à l'adoption, dis-je, allant à la pêche aux informations. C'était une fille ou un garçon ? »

Elle plissa les yeux.

« Je comprends si tu ne veux pas en parler, ajoutai-je, cramponnée au mur, guettant l'explosion.

— Non, je peux te raconter. Si tu veux vraiment savoir. » Elle jeta le reste de sa cigarette dans le jardin sous nos pieds. « Je ne me souviens plus de ce que je t'ai dit la dernière fois. Où est-ce que j'en étais ?

— Tu t'étais violemment disputée avec Peter dans sa petite voiture verte, puis tu t'étais enfuie, il t'avait retrouvée et ramenée à Killaspy. » J'étais encore trop timorée pour mentionner l'épisode du déshabillage.

« Tu as écouté très attentivement, dit-elle en souriant, avant de poursuivre son histoire.

— Un petit moment après le deuxième départ de Peter, j'ai dû garder le lit deux ou trois jours, je ne me sentais pas bien. Noël approchait, puis passa. Isabel n'a jamais aimé s'occuper des malades ; elle avait laissé Dermod prendre soin de moi, comme toujours. J'imagine que, quand elle était enfant, il y avait une femme de chambre dévolue à ses soins ou une nourrice, avant la gouvernante. Je ne la blâme pas : c'est l'éducation qu'elle a reçue. Dermod m'approvisionnait en 7 Up, c'était ce que nous buvions quand nous étions malades. D'abord il le faisait chauffer, pour le dégazéifier, puis il le montait dans ma chambre avec un œuf dur ou une tranche de pain grillé. Mais je ne pouvais rien avaler. Quand il m'a demandé si j'avais eu de la visite, j'ai cru que Peter était en bas, j'ai failli bondir hors de mon lit malgré la nausée qui menaçait. Je devais avoir l'air dans tous mes états. Et puis j'ai compris qu'il parlait de mes règles, j'ai compris en même temps qu'elles n'étaient pas arrivées, et j'étais sûre que ce n'était pas normal. Isabel aussi a deviné, à mon air pâlot à la table du petit déjeuner, mon envie de dormir permanente. Nous n'avons pas eu de conversation. Elle s'est contentée de retrousser les lèvres en sous-entendant que nous ferions mieux d'avancer le mariage de deux mois, et j'ai accepté, je n'avais pas le choix.

« Comme je ne pouvais pas lui en parler, je suis allée voir le père Creagh : il ne m'a pas donné de réponse. Il a dit que ce que je suggérais était blasphématoire, et m'a donné les habituels "Je vous salue Marie" à réciter. Quand je me suis sentie mieux, je suis retournée travailler pour Mlle Landers, écrire ses lettres et lui lire son magazine, après quoi je rentrais à la maison, montais directement dans ma chambre et fondais en larmes. J'ai même envisagé d'y mettre fin toute seule, mais je ne pouvais pas me résoudre à faire ça au bébé. J'ai aussi envisagé de fuguer, bien sûr, mais finalement j'ai décidé que je n'avais pas le choix, il fallait que j'épouse Paddy.

« Un après-midi de janvier, j'ai trouvé Peter devant le cottage de Mlle Landers, il m'attendait dans sa voiture. Il m'a dit qu'il avait demandé le divorce à Mallory. Je lui ai répondu qu'il arrivait trop tard, que j'allais épouser Paddy. Il a insisté pour que je monte et que nous puissions discuter, ou qu'au moins il puisse me raccompagner, mais j'ai refusé, alors il m'a suivie, il a roulé au pas jusqu'à Killaspy, comme si sa voiture était le corbillard et que j'étais le fossoyeur.

« Quand nous avons atteint la maison, il est entré, je ne pouvais pas l'en empêcher. Isabel avait abandonné ses vues sur lui à présent, mais elle était polie – elle lui a proposé un thé et a appelé Dermod. Nous étions debout, tous les trois, dans le petit salon, à faire la conversation poliment. Jamais je n'avais été aussi malheureuse de toute ma vie. Isabel évoqua la date du mariage avancée. Elle marmonnait, ressassait l'étendue des dépenses et toutes les raisons pour lesquelles ce devrait être à la famille du fermier de tout payer. Peter ne comprit pas immédiatement pourquoi le mariage était avancé, et Isabel était trop polie pour le formuler mais ses yeux ne cessaient de se poser sur mon ventre jusqu'au moment où, n'y tenant plus, je me suis lancée et lui ai dit que j'étais enceinte, Isabel était assise sur sa chaise, figée comme si elle n'avait pas encore bien percuté, et Peter était furieux. "Est-ce que tu l'aimes ?" lança-t-il, en parlant de Paddy. Je ne voulais pas avoir cette conversation – je ne croyais pas qu'elle puisse m'emmener où que ce soit. Durant des semaines, j'avais passé mes options en revue et j'en avais conclu qu'il n'en existait plus qu'une. C'était beaucoup plus compliqué que la simple question de savoir si j'aimais ou non Paddy. Mais Peter prit mon absence de réponse pour un non, et il tendit la main vers moi en disant : "Dans ce cas, pars avec moi."»

Brusquement Cara ramassa l'anneau avec les clés qu'elle avait posé à côté d'elle et se leva. « Tu veux voir l'orangerie maintenant ? demanda-t-elle.

— Attends, dis-je. Je ne comprends pas, est-ce que Paddy était le père ? » Je me levai en chancelant mais Cara avait déjà parcouru la moitié de la terrasse.

« Oh, Frances ! » L'agacement dans sa voix ne faisait pas de doutes. « Bien sûr que non ! » lança-t-elle par-dessus son épaule, concluant ainsi le premier acte sur lequel les rideaux se refermèrent, me laissant impatiente d'entendre la suite.

À l'intérieur de l'orangerie, l'air était épais, chargé – de végétation, de terre et de fruits blets. Je fendais une foule de feuilles, la peau et les vêtements couverts d'une sorte de sève visqueuse tandis que je me faufilais sous les branches pour atteindre un espace un peu dégagé au milieu de la pièce où Cara se tenait. Elle se refusait à croiser mon regard, manifestant son exaspération, pareille à un guide touristique irrité par les questions stupides et incessantes des touristes. Des monticules gris reposaient au sol, à divers stades de décomposition : des oranges, je réalisai tout à coup que, durant toutes ces années, l'arbre avait dû donner des fruits, qui venaient s'échouer sur les dalles, tandis que la nature espérait peut-être que certaines d'entre elles ensemencent de nouveaux arbres. J'agitai la main devant mon visage pour chasser les moucherons et les guêpes qui bourdonnaient autour des fruits pourrissants. Il n'y avait pas de jeunes pousses d'orangers dans l'orangerie ; l'arbre central avait absorbé toute l'eau et la lumière. D'autres plantes avaient néanmoins poussé : le liseron serpentait au sol, et tout le mur du fond, qui devait avoir été édifié en briques, chaulé et couvert de treillage, disparaissait derrière les grands troncs velus de lierre collés à sa façade. La plupart des sièges en fer qui entouraient la pièce avaient rouillé, il y avait des creux dans le pavement en pierre, autrefois maintenu au chaud par un système de chauffage au sol.

« Attention, dis-je à Cara. Tes pieds ! » J'écrasais des éclats de verre sous mes chaussures, à l'aplomb des panneaux vitrés qui avaient cédé de l'intérieur. « Tu ne crois pas que tu devrais aller mettre tes chaussures ?

— Pas de problème, dit Cara en avançant droit devant elle comme si rien ne pouvait la blesser.

— Comment cet arbre a-t-il survécu sans personne pour en prendre soin ? » dis-je, espérant lancer une conversation plus banale et la détourner de la querelle que je pressentais en train de couver.

Elle bascula la tête vers l'endroit où la gouttière s'était effondrée et pendait à l'intérieur du bâtiment. « Il s'est débrouillé, dit-elle. Tout ce qui vit trouve un moyen de survivre, tant qu'on ne l'en empêche pas.

— Je suppose que la pluie pénètre à l'intérieur et l'arrose, rebondis-je. Et regarde, il y a encore quelques oranges mûres sur l'arbre. » Je pointai le doigt en l'air et elle suivit la trajectoire de mon doigt jusqu'à trois globes à la peau ridée et presque déformés. « C'est un bigaradier, *Citrus aurantium*, il donne des oranges amères.

— J'en ai goûté une il y a quelque temps, dit-elle, elles ne sont pas très bonnes.

— Vieilles et un peu desséchées, j'imagine. Il aurait fallu les cueillir il y a des mois. Si jamais il en sortait un peu de jus, il faudrait y ajouter des tonnes de sucre. Je crois qu'on les utilise surtout pour faire de la confiture.

— J'ai trouvé autre chose ici hier. Autre chose que des oranges. Tu veux voir ? » Elle avait encore l'air contrariée.

« Oh oui, avec plaisir », répondis-je alors que j'avais plutôt l'air de quelqu'un qui essaie de distraire un enfant menaçant de piquer une colère.

Elle m'emmena vers un coin du mur du fond, à l'autre bout de l'oranger. Le lierre y descendait du toit en volutes et mèches. Cara balaya les branches qui l'entravaient.

« Regarde, dit-elle.

— Quoi ? » Je vis une portion du mur du fond où les troncs se croisaient, pleins de toiles d'araignées et de feuilles mortes rattrapées dans leur chute.

« Regarde mieux », insista-t-elle.

Derrière le lierre, je distinguai le cadre d'une porte en bois. Je cueillis les feuilles vertes et arrachai les branches les plus douces jusqu'à dégager davantage de surface : la structure en métal d'un verrou, une charnière inférieure. En nous y mettant à deux, nous arrachâmes la plante jusqu'à ce qu'au-dessus de la porte on pût lire une inscription peinte à la main : *Le Musée*.

12

Après que Cara et moi eûmes découvert l'inscription et le trou de serrure, elle essaya toutes les clés qu'elle avait prises sous l'oreiller de Peter, aucune ne correspondait. J'étais soulagée, même si je ne savais pas dire exactement pourquoi. Si quelque chose était resté caché derrière cette porte suffisamment d'années pour que le lierre ait eu le temps de le recouvrir en une couche si épaisse, je n'étais pas très à l'aise à l'idée de l'ouvrir maintenant. Mais Cara était survoltée et elle courut réveiller Peter. Quand elle fut partie, je mis l'œil devant le trou de la serrure, et ce geste me rendit aussi fébrile que de l'approcher du judas dans le sol de la salle de bains. J'essayais de me donner du courage pour me préparer à ce que j'allais peut-être voir, mais quoi qu'il y eût de l'autre côté, rien ne se montra. Il n'y avait que du noir.

Peter et Cara revinrent avec une hache et un autre jeu de clés rangé dans la cuisine du sous-sol. Aucune n'ouvrait la porte non plus, alors Peter attaqua les tiges de lierre à la hache, certaines aussi épaisses qu'un poignet, puis ils se déchaînèrent dessus, riant comme des fous tandis que de longs filaments giflaient l'air en se détachant du bois et des briques en dessous.

« Je ne suis pas sûre qu'il faille faire cela », dis-je, mais ni l'un ni l'autre n'arrêtèrent.

Peter tenta un moment de glisser des fils de barbelé dans le trou de serrure sous l'œil impatient de Cara. Bien entendu, rien ne m'empêchait de les laisser, d'aller faire autre chose, mais si jamais ils arrivaient à ouvrir, il fallait que je sois là pour voir ce qu'il y avait derrière et être sûre que la peur que je ressentais, et que j'étais incapable de nommer, était irrationnelle.

Au bout de dix minutes à genoux, Peter se leva et se mit à donner des coups de pied dans la porte et je songeai que peut-être nous y étions. Mais alors il partit sans un mot pour revenir avec une masse.

Il se positionna perpendiculairement à la porte du Musée et se stabilisa, les pieds écartés, les jambes tendues.

Je reportai mon attention sur Cara. Une feuille s'était posée sur son épaule, là où l'encolure de sa robe était échancrée. J'approchai la main pour la balayer quand la feuille ouvrit ses ailes crénelées et déploya un papillon aux taches rouges et noires. J'observai ses pattes jointes, cramponnées à la peau de Cara, ses mouvements imperceptibles pour garder l'équilibre, et je considérai sa nature d'insecte : ses antennes oscillantes, son thorax velu, son abdomen vibrant et son œil à facettes imprimant mille images de moi à la fois. Il déroula sa trompe de ses pièces buccales et goûta la peau de Cara.

Peter balança la masse, et le papillon, saisi par le courant d'air ascendant de son mouvement, quitta l'épaule de Cara dans un spasme de ses pattes, l'abdomen frémissant telle une nymphe qu'il aurait lui-même transportée.

« Je ne suis pas sûre qu'il faille faire cela, répétai-je tandis que Peter se préparait à frapper à nouveau.

— Frances ? interrogea Cara en posant la main sur mon bras.

— Reculez, dit Peter, bien que nous n'ayons pas bougé.

— Nous pourrions écrire à M. Liebermann pour lui demander où est la clé, dis-je.

— Frances ? répéta Cara.

— Ou lui envoyer un télégramme. Cara pourrait prendre sa bicyclette et aller en ville. Hein, Cara ?

— Tu vas m'écouter une seconde ? » Sa main s'agrippa à mon bras à travers mon chemisier, me pinça la peau. Je m'efforçai de me dégager. C'était l'attention de Peter que je voulais attirer.

« Stop ! criai-je.

— Attends, dit Cara. Tu n'as pas compris, mon histoire, ces choses que je t'ai racontées tout à l'heure, sur le mur. » Elle chuchotait. Peter grogna en envoyant la masse dans son dos pour prendre de l'élan et utiliser le poids de son corps pour la renvoyer en avant. Elle heurta la porte juste au-dessous de la serrure. Des écailles de peinture séchée et de feuilles mortes tombèrent autour de nous, il y eut un bruit de verre brisé.

« S'il te plaît ! insistai-je. Nous ne devrions pas faire ça. » J'avançai vers lui, sans toutefois me mettre dans la trajectoire de la masse. Je n'étais pas assez courageuse pour cela.

« Fran », coupa Cara. Je me retournai, remarquai son empressement. « Tu n'as pas entendu ce que je t'ai dit. » Elle comprenait que je ne voyais pas de quoi elle parlait. « À propos du bébé », ajouta-t-elle, murmurant alors que c'était inutile : Peter ne nous prêtait absolument aucune attention.

« Quoi ? répondis-je en m'efforçant d'assimiler ses mots.

— Quand tu m'as demandé si Paddy était le père. »

Il me fallut un moment pour revenir à l'histoire qu'elle me racontait, je louchai alors vers Peter, me remémorant la fois où elle me l'avait décrit la déshabillant dans la voiture après qu'elle se fut enfuie sous la pluie.

« Non, dit-elle. Je n'avais pas couché avec Peter non plus. Le bébé n'avait pas de père.

— Qu'est-ce que tu veux dire ? demandai-je en gardant un œil sur la porte du Musée. Pas de père ?

— Il n'y avait pas de père, dit-elle. J'étais vierge. »

Je ris, gênée, ne sachant plus si c'était une de ces plaisanteries que je ne comprenais pas.

« Il faut que tu me croies. » Elle insistait, me forçait à la regarder, appuyait sur chacun de ses mots. « Nous sommes amies, n'est-ce pas ? Et c'est ce que font les amies, non ? S'écouter et se croire ? »

Je m'apprêtais à répliquer que cela n'avait aucun sens, qu'elle devait se tromper, mais Peter envoya sa masse valser dans la porte une nouvelle fois, et cette dernière céda dans un craquement de métal et de bois.

« Qu'avez-vous fait ? » demande Victor.

Je suis fatiguée. Je veux qu'il s'en aille. J'en ai assez d'eux tous.

« Nous avons ouvert le Musée. » J'espère que cela va le faire taire.

« Mais ensuite, que s'est-il passé ? »

Il est persévérant, je dois bien le lui concéder. Et je sais qu'il cherche ce qu'il croit être juste. Je devrais essayer d'être plus gentille.

« J'ai lu une étude un jour, sur la corrélation entre culpabilité et poids », dis-je, sans poursuivre. Il hausse les sourcils, attend la suite. Je fléchis et descends de mon perchoir de vieille chouette malcommode. « Cette culpabilité est un poids lourd à porter.

— Un fardeau ? dit-il.

— Exactement. »

Un homme bon.

Les participants – des étudiants américains et canadiens – devaient répondre à la question suivante : se sentaient-ils physiquement plus lourds après avoir consacré du temps à ressasser des actions contraires à l'éthique ? Sans surprise, la réponse était oui. Je me sens plus lourde qu'avant de rencontrer Victor, même si sur la balance je suis bien plus légère ; ces derniers temps, j'ai une carrure de moineau, et le visage anguleux qui va avec, il ne me manque que les plumes. Pourtant, je suis une femme différente de cette presque quadragénaire à Lyntons ; elle était charpentée, peut-être, mais elle avait le cœur faible, aisément dupé. Je sais maintenant que nous avons tous la capacité de nous transformer.

Mais je vois bien que Victor ne m'a pas entendue, ou peut-être n'ai-je pas prononcé ces mots à voix haute, car il a pris son livre, et voilà que mes paupières retombent. Mieux vaut laisser les squelettes dans les placards, aurais-je dû dire. Ne pas réveiller le chat qui dort, etc. Si j'avais été à l'époque la femme que je suis maintenant, je me serais interposée en hurlant entre la masse et la porte ce jour-là, quand Peter a ouvert le Musée.

Quand Peter ouvrit le Musée, Cara lâcha mon bras.

« Attends, dis-je. Quoi ? » Je tendis la main vers elle pour la retenir et lui demander ce qu'elle voulait dire, mais elle écarta mon bras et avança, et, pour ne pas rester à la traîne, je la suivis. Au début, seule la lumière verdâtre diffusée par la porte de l'orangerie illuminait la pièce, dessinait les contours de formes coniques grises et ombrées, plus hautes que nos têtes. Nous nous immobilisâmes, fascinés. Un souffle me fouetta le visage : une bouffée d'air chaud provenant de nulle part, semblable à ces brises étranges qui s'engouffrent au pied des escalators et traversent les tunnels du métro londonien sans qu'aucun train vienne pourtant. Des odeurs d'antan : huile de lavande, savon noir, encaustique.

Le parfum qui flotta dans son sillage était renfermé, poussiéreux, avec une pointe de produits chimiques, d'objets conservés dans le formol. Cara la première tira sur un des draps, soulevant un nuage de poussière dans la lumière tamisée, et révéla non pas des montagnes de poussière, de cailloux, ou de quoi que ce soit que la nature aurait engendré là, mais des meubles : tables de salle à manger, guéridons, bureaux et chaises, empilés les uns sur les autres. Ceux qui les avaient déposés l'avaient fait dans la plus grande précipitation. Têtes de lit, tableaux, canapés, lampes, statues et un chiffonnier serrés les uns sur les autres – tous les objets, je commençais à le comprendre, que la famille Lynton aimait et chérissait, et avait décidé de mettre à l'abri quand la maison avait été réquisitionnée. La pièce et son contenu, oubliés, attendaient là depuis près de trente ans d'être découverts.

Les murs de briques n'avaient pas de fenêtres, mais Peter dénicha une perche qui ouvrait une fenêtre à claire-voie dans le toit et laissa entrer davantage de ce vert ténébreux par un puits de lumière.

Cara avançait à tâtons sur un sentier étroit qui serpentait entre les monceaux de meubles et les armoires disposées contre les murs. Je suivais derrière. Dans l'une, se trouvaient des centaines de pièces en ivoire sculptées – des casse-tête, des dragons ; dans une autre, de petits fossiles – ammonites et trilobites ; tandis que, dans une troisième, de minuscules têtes s'alignaient en rangs serrés, paupières scellées, peau ratatinée et brunie, cheveux longs. Cara ouvrit l'armoire et en sortit une tête – pareille à une énorme noix dans sa paume – elle s'extasia sur le réalisme des traits, jusqu'à ce que Peter se faufile en nous bousculant et en lui disant qu'elle était vraie. Elle frissonna en la replaçant.

« Que voulais-tu dire ? murmurai-je. Il est impossible d'avoir un bébé sans avoir… » J'étais prude, à court de mots en la matière.

« Ah oui ? ironisa-t-elle. Je croyais pourtant que même l'Église anglicane croyait en l'Immaculée Conception ?

— Mais c'est tout à fait différent. Toi et Peter… Peut-être que tu t'es trompée, conclus-je sans conviction.

— En quoi est-ce différent ? Je n'avais pas eu de rapports sexuels. »

Elle souleva le couvercle d'une boîte incrustée d'ivoire et de nacre et une valse résonna dans la pièce. À l'intérieur il y avait un anneau, noir avec des symboles en or sur le pourtour et un diamant terni au milieu. Elle le passa au doigt où elle portait encore son alliance peu de temps auparavant, et inclina la tête. « Regarde ça. » Elle leva la main sous mon nez. « N'est-ce pas merveilleux ? » Je ne pouvais pas regarder la bague ; je n'arrivais pas à détacher mes yeux d'elle, quel genre de femme était-elle donc ? Une menteuse ou une sainte ?

« Oh, Fran, je suis désolée », dit-elle en voyant ma tête. Elle referma la boîte et la musique s'arrêta. « J'ai juste besoin que tu me croies. Peter refuse que je lui en parle. Et de ce qui s'est passé ensuite. Comme si le bébé n'avait jamais existé. Tu sais comment il est.

— Qu'est-ce que vous avez trouvé, vous deux ? » Peter était revenu vers nous, tout excité. « N'est-ce pas incroyable ? »

Je les laissai poursuivre ensemble, continuer d'ouvrir armoires et tiroirs.

Je déverrouillai la porte d'un placard et découvris des étagères entières de bocaux médicaux remplis d'un liquide jaunâtre. Des échantillons conservés et étiquetés : *Bos taurus*, *Prionus*, *Bupestris*. Je les pris un à un, les examinai sans imprimer ce que j'observais, trop occupée à essayer de comprendre comment ce que Cara m'avait dit pouvait être possible. Peut-être y avait-il un autre homme dont elle n'avait pas parlé. *Homo*, disait l'étiquette suivante, et j'entrevis un fragment de chair molle, crémeuse, pressé contre le verre, avant de vite le remettre à sa place et de refermer les portes du placard.

Peter et Cara étaient en train de sortir des vases chinois de cantines bourrées de paille, une sculpture représentant un homme, c'était Hercule tenant trois pommes dans son dos, et quantité d'épées courbes. Des dômes de verre surmontaient des vitrines remplies d'animaux empaillés : des centaines d'oiseaux minuscules, immobiles et s'envolant pourtant, terrorisés par un aigle qui planait au-dessus de ses proies pour l'éternité. Il n'en attraperait aucune, et cependant elles étaient déjà toutes mortes. Il y avait des écureuils et des poissons, un couple de lézards exotiques avec leurs collerettes figées en l'air et leurs gueules ouvertes au milieu d'un sifflement. Un grizzly adulte était dressé sur ses pattes arrière, toutes canines dehors. Je le tapotai en passant devant. « Ça va aller, mon gars, murmurai-je. On ne va pas vous déranger trop longtemps. » Et cela continuait, la pièce regorgeait des trophées d'un collectionneur et des richesses matérielles d'une famille. J'ouvris une petite valise en cuir et découvris des pots de crème séchée et une brosse à cheveux en argent avec des mèches de longs cheveux gris encore emmêlées dans ses crins. Aussitôt je refermai la valise.

Peter sifflotait. « Il y en a pour une coquette somme », dit-il. Il tenait la statue d'un chat assis bien droit sur un socle en bois, la queue enroulée autour de ses pattes, les oreilles en arrière. Il la soupesa. « Du bronze. Égyptien, sans doute de la vingt-sixième dynastie.

— M. Liebermann va être ravi », dis-je en m'approchant de lui.

Peter me dévisagea. « Tu ne veux quand même pas que tout ceci parte directement en Amérique ? Je croyais que tu étais farouchement opposée à ce genre de choses. De toute façon, rien de tout cela ne figure sur l'inventaire, Fran. Pas sur le mien en tout cas. Pas plus que sur le tien, j'en suis sûr. » Il posa le chat sur une grande commode, d'où il nous contempla, impérieux.

C'était sans doute le moment où j'aurais pu arguer que rien de tout cela ne nous appartenait, que cela était la propriété de M. Liebermann ou des héritiers de Dorothea Lynton si jamais Victor les retrouvait un jour, mais je ne dis rien.

À mes pieds, il y avait un boîtier plat. Je m'accroupis et l'ouvris pour ne pas avoir à faire face au visage de Peter et consentir à ce qui lui passait par la tête, comme si, en évitant son regard, je pouvais éviter d'être sa complice. L'intérieur était garni de velours violet et compartimenté comme pour accueillir les pièces détachées d'un instrument de musique. Le tout dégageait une odeur de bois et de résine. Je sortis une des pièces – un tube noir. Je ne prêtais pas réellement attention à ce que je faisais, ne saisissais pas ce que c'était. Trop occupé à me demander comment interroger Peter sur ce que Cara m'avait raconté.

Il me prit l'objet des mains. « Un télescope, dit-il tandis que je blêmissais. Quelle merveille. » Il déploya les trois tubes et fit la mise au point sur l'autre bout de la pièce, où Cara était en train d'ouvrir les tiroirs d'une immense garde-robe. « Excellente, dit-il sans que je puisse dire s'il parlait de Cara ou de la qualité de l'outil. Tiens », il le tendit vers moi.

« Non… merci. » Je ne voulais pas mettre mon œil contre la lunette face à Peter, j'avais trop peur que, par quelque prodige, cela pût trahir la manière dont je les observais, lui et Cara.

« Vas-y. C'est une fabrication exceptionnelle.

— Je ne sais pas fermer un seul œil, dis-je. Je ne sais pas cligner des yeux.

— Vraiment ? Voilà qui est très curieux. »

Il bougea dans mon dos et leva la main qu'il posa sur mon œil gauche. Je pris le télescope et le portai à mon œil droit, reconnaissant la sensation familière du métal froid. Nous nous retrouvâmes tous les deux, dans une étreinte maladroite, et je n'eus pas d'autre choix que regarder dans la lunette.

« Maintenant, tourne, pour faire la mise au point.

— Comme ça ? » demandai-je, en le faisant coulisser, sachant parfaitement pourtant comment cela marchait, jusqu'à ce que le magnifique visage de Cara, telle une arche gothique pointant sous les courbes de sa chevelure, apparût plus net dans le cercle. Peter s'agenouilla de nouveau devant la boîte. « Regarde », dit-il, et je me penchai à côté de lui. Je percevais la pulsation du sang dans mes oreilles, sentais la rougeur monter de ma gorge. Nous étions assis derrière un canapé, nos têtes suffisamment proches pour que je sente l'odeur de son après-rasage, que j'entende le crissement de ses doigts qui grattaient la repousse de sa barbe sur sa joue. Il replia le télescope, le remit à sa place et je me baissai pour rabattre le couvercle. « Attends, dit-il. Il en manque un. » Ses doigts se glissèrent dans un creux vide.

« Il y avait quelque chose quand tu l'as ouvert ? » Il tâtonnait sur le sol autour comme si je l'avais fait tomber. « La plus petite pièce.

— Peut-être. Je n'en suis pas sûre. » Je me relevai trop vite et la tête me tourna. Il n'y avait pas assez d'air dans la pièce. Je ne pouvais pas lui dire que je savais très bien où elle se trouvait.

« L'ensemble ne vaut absolument rien s'il manque une pièce. » Il explora de nouveau les alentours. « Mince. » Il releva la tête vers moi qui tanguais. « Fran, est-ce que tout va bien ? » Il se leva et me prit le coude mais je m'éloignai de lui. Cara avait cessé de fouiller les armoires, elle nous observait. Les coins de la pièce sombraient peu à peu dans l'obscurité.

« Fran ? répéta-t-il.

— Je suis désolée, dis-je. J'ai juste besoin de prendre l'air. »

Je trébuchai vers la sortie du Musée avant de traverser l'orangerie en courant sans savoir où j'allais. La structure d'origine du jardin était encore visible depuis les fenêtres les plus hautes de la maison mais, vues du rez-de-chaussée, les haies de buis imposantes et chaotiques, hautes de trois ou quatre mètres, obstruaient le dessin. Je courbai la tête et traçai mon chemin droit devant, creusant entre les tiges et les feuilles des haies jusqu'à ce qu'elles se referment sur moi. Je persistai, avançai à contre-courant, et lorsque enfin elles s'amenuisèrent, je débouchai de l'autre côté, au centre secret du jardin : un étang circulaire. J'entendis Peter m'appeler depuis la terrasse, mais je me blottis sous la haie, inquiète à l'idée qu'il rentre et me cherche à l'étage. Avais-je bien remis la latte du plancher à sa place dans la salle de bains ? Bien sûr. Et cependant je l'imaginais avançant sur le sol, remarquant le plancher mobile. Je le voyais soulever la latte et découvrir la pièce manquante du télescope. Et si j'avais oublié de remettre la latte en place, ne vaudrait-il pas mieux que je monte vérifier ? Est-ce que j'aurais le temps d'arriver avant lui ? Je me levai, indécise. De nouveau, j'entendis Peter m'appeler, et de nouveau je me tapis contre les tiges du buis et demeurai immobile durant plusieurs minutes de silence consécutives, avant de rebrousser chemin à travers la végétation.

Je courus jusqu'à la maison, avalai les marches du grand escalier, franchis la porte de service. Il n'y avait personne dans ma salle de bains, et évidemment la latte était à sa place. Je refermai la porte de la salle de bains, ramassai mon sac à main dans ma chambre. À l'étage inférieur, je me glissai à travers le hall de Cara et Peter, posai l'oreille contre leur porte ; aucun bruit. Je me rendis dans leur salon, trouvai un stylo et un morceau de papier, et laissai un mot sur leur table de fortune :

Partie à Londres. Pas sûre de ma date de retour.

13

Je pris un bus en provenance de Waterloo vers le nord-ouest et descendis à Dollis Hill. J'aurais pu prendre le métro, mais depuis l'époque où nous avions cessé d'avoir les moyens pour le taxi, Mère et moi avions l'habitude de prendre le bus à Londres. S'il y avait un accident, disait-elle, elle voulait pouvoir voir sa tête rouler sur le pavé plutôt que de la chercher dans le noir sous un tunnel.

J'étais partie depuis deux semaines seulement, et pourtant Londres me semblait déjà étrangère, ou bien était-ce moi l'étrangère.

Je me tenais devant le 24 Forrest Road dans le crépuscule rampant, à songer aux deux femmes qui avaient partagé les quelques pièces de l'étage durant près de trente ans. Ma mère avait été élevée dans certaines attentes – deux domestiques, une jolie maison, un mari aimant, un enfant ou deux. Elle avait cru s'assurer tout ceci en se fiançant à Luther Jellico, un cousin lointain, plus riche. Mais Luther avait reporté le mariage deux années durant, puis plus longtemps encore, la faisant attendre jusqu'à son retour de Gallipoli. Quand j'avais dix ans, le mariage prit fin ; les réceptions dans la grande demeure de Notting Hill, les vêtements taillés sur mesure, les dîners raffinés, tout ceci, terminé. Mon père nous fit emménager, ma mère et moi, dans quelques pièces au nord de Londres.

Mère appelait cet endroit où nous vivions « un appartement », cependant le 24 Forrest Road n'avait pas à proprement parler été divisé en appartements. Nous partagions la porte d'entrée avec notre voisine du dessous, Mme Lee, tout comme le chauffe-eau et le réseau de plomberie. Une baignoire avec un couvercle qui se transformait en table trônait dans la cuisine. Pour la remplir il fallait vider un chauffe-eau en entier ainsi que Mme Lee aimait à le rappeler en criant dans l'escalier. Mère et moi partagions la chambre et le lit situés à l'avant de la maison car l'autre chambre était envahie par les meubles et les vêtements qu'elle avait apportés de Notting Hill.

J'avançai dans l'allée et jetai un œil par la fente destinée au courrier, mais je ne vis qu'un morceau de balustrade et la lumière qui perçait par la fenêtre de la cuisine de Mme Lee. J'avais espéré éprouver un sentiment de retour au bercail, de nostalgie, mais j'aurais aussi bien pu observer la maison d'un inconnu, je savais que je n'avais plus rien à faire ici.

Je repris le bus pour retourner en ville, observant les familles derrière les fenêtres illuminées : un homme lisant son journal en pantoufles ; une enfant agenouillée sur un canapé, le nez pressé contre la vitre, guettant le retour du travail de son père ; une jeune femme assise bien droite sur une chaise, la lueur de la télévision clignotant sur son visage. Des vies ordinaires.

En descendant du bus à Fitzrovia, je marchai jusqu'à ce que je tombe sur un hôtel qui me parut convenable : sans doute pas très cher mais avec des rideaux relativement propres, trois marches pour atteindre la porte d'entrée, d'où la poussière de la rue avait été balayée, d'extérieur bien moins triste que la pension où j'avais séjourné à Londres après la mort de Mère.

La logeuse paraissait sympathique. Elle me conduisit jusqu'à une chambre au premier étage, dans un angle, au détour d'un couloir au tapis fleuri éclairé à l'extrémité par une fenêtre arquée. Elle maintint la porte ouverte, me dévoilant le lit simple calé dans un coin, l'armoire trop étroite pour une tringle, et quelques cintres. Lorsqu'elle m'annonça le prix, j'acceptai, elle ajouta qu'il fallait que je reste au moins deux nuits car nous étions au mois d'août, j'acceptai de nouveau, de même que, oui, je prendrais mon dîner dans la salle à manger les deux soirs et le petit déjeuner les deux matins. Elle m'indiqua l'interrupteur du couloir, appuyant sur un bouton qu'une minuterie relâchait peu à peu jusqu'à ce qu'il émette un son mat accompagnant l'extinction de la lumière, et me montra la salle de bains, en revenant vers l'escalier. Le tout ordonné et propre.

Quand je descendis au rez-de-chaussée, la salle à manger à l'avant de la maison était vide, cependant j'avais entendu des gens aller et venir par la porte d'entrée et dans l'escalier. La nourriture n'était pas bonne, j'engloutis néanmoins les trois plats : un pâté de foie qui s'émiettait sur le couteau, une fricassée de poulet insipide, et un bol de crème glacée avec une gaufre ramollie. Je me représentais Cara en train de préparer le dîner à Lyntons, puis eux deux, sans moi, assis sur les marches du portique dans la nuit avec un fond de vin dans leurs gobelets en métal, à parler du Musée et de tout ce qu'ils avaient trouvé. J'avais d'ores et déjà réussi à me convaincre que rien ne me reliait au télescope incomplet, qu'ils n'avaient pas plus de raisons désormais de se douter de la présence de la lunette dans le plancher qu'auparavant. Et j'avais également décidé de l'arracher du sol dès mon retour. Je les imaginais allumant leurs cigarettes et discutant de ce qu'ils devaient faire des objets trouvés dans le Musée. Cara aurait certainement convaincu Peter de télégraphier la nouvelle à M. Liebermann. En revenant à mon environnement sinistre, je fus submergée par la nostalgie et quittai la salle à manger en hâte. Arrivée à l'étage, je me déshabillai et suspendis mes vêtements aux clous plantés dans l'armoire, puis disposai mes chaussures bien alignées dans l'écart entre le lit et le mur. D'autres résidents rentrèrent et je grappillai des bribes de conversation, mais je devais être fatiguée car je dormis sans interruption presque jusqu'à la fin du petit déjeuner, et tout ce que je trouvai en descendant fut les tasses vides et les assiettes sales des résidents qui avaient mangé avant moi.

Je reconnus la femme derrière le bureau d'accueil de la bibliothèque du British Museum. Je souris en lui montrant mon badge, et lançai un « Comment allez-vous aujourd'hui ? » en espérant qu'elle me saluerait par mon prénom. Elle hocha la tête pour m'indiquer d'entrer et je vis qu'elle ne me remettait pas. Je poursuivis mon chemin jusqu'à la salle de lecture circulaire.

Je levai des yeux avides vers le plafond en dôme ainsi que je voyais toujours les touristes faire, m'efforçant de m'enthousiasmer, comme autrefois, à l'idée de tous ces livres autour de moi, toutes ces échines courbées dans l'étude, espérant trouver du réconfort dans les toussotements et reniflements familiers. Les bureaux étaient disposés tels les rayons d'une roue, s'étirant du moyeu central jusqu'aux linéaires qui couvraient la circonférence. Mon rayon à moi pointait à trois heures, j'y prenais place à l'avant-dernière chaise. La lumière était allumée au-dessus de mon buvard, un homme voûté sur ma table. Je dénichai une chaise vide près de l'entrée, exposée aux bruits de l'extérieur et aux courants d'air.

Sur les formulaires familiers, je notai au crayon à papier les livres que j'avais déjà étudiés juste après avoir reçu la lettre de M. Liebermann. Peut-être avais-je manqué quelque chose sur le pont et son architecte. En attendant, je me renseignai sur les anciennes éditions des journaux irlandais. Je me disais que c'était de la curiosité, que je n'étais pas en train de vérifier l'histoire de Cara, non. L'homme au bureau m'expliqua qu'ils étaient rangés ailleurs – Colindale – mais que la section était fermée pour réfection. Grâce à son aide, je pus avoir la confirmation qu'effectivement les Beatles avaient donné un concert à Dublin en novembre 1963, sans toutefois jamais mettre la main sur la photographie d'une jeune Cara aux joues barbouillées de mascara.

Mes livres arrivèrent, je n'avais rien manqué, pas d'architecte mentionné que je n'aurais pas relevé et déjà référencé. Mais dans un des livres, je me penchai plus avant sur deux photographies de Lyntons que j'avais regardées rapidement la première fois. Sur la première, une femme en robe edwardienne était assise à une petite table en fer sous le portique où Cara, Peter et moi prenions nos petits déjeuners. Elle avait un chien sur les genoux et cette expression solennelle typique de ces premières photographies pour lesquelles les gens posaient, longtemps immobiles. Il y avait une tasse, une soucoupe et une théière. C'était une photo en noir et blanc bien sûr, je n'arrivais pas à distinguer clairement le motif sur la porcelaine. Je me demandais si la femme était Dorothea.

J'ouvris un autre livre et fis semblant de lire, tout en posant mon sac à main sur mes genoux pour y glisser le premier dans l'ouverture. Le sac ne fermait plus, le livre dépassait, je le ramassai pourtant et m'éloignai de mon bureau. J'aurais voulu qu'une main se posât sur mon épaule pour me confirmer que j'avais été vue, que j'existais, mais personne ne m'avait remarquée, personne ne m'arrêta.

Ce soir-là j'étais la seule résidente dans la salle à manger quand la soupe fut servie, mais tandis que je commençais à manger autour de ma petite table individuelle, un couple entra, bruyant, s'excusant vivement pour le dérangement, plaisantant avec la patronne, qui leur proposa la table près de la fenêtre bien qu'elle fût dressée pour quatre couverts. La femme était plantureuse, une poitrine énorme, une bague à chaque doigt, tandis que l'homme était frêle, les joues enfoncées et les yeux creusés.

« Vous venez d'arriver ? » lança la femme, et il me fallut un moment, arrêtée dans mon élan, la cuillère de soupe suspendue sur le chemin de ma bouche, pour percuter qu'elle s'adressait à moi.

« Je suis de passage, dis-je en baissant la tête sur mon bol.

— Est-ce que vous allez rester longtemps ? demanda-t-elle. C'est un charmant petit hôtel, n'est-ce pas, George ?

— Tout à fait charmant, confirma-t-il.

— Calme et central pourtant. Il y a des tas de choses à faire autour. Nous pourrions vous en indiquer quelques-unes si vous voulez.

— Je ne reste qu'une seule nuit encore, répondis-je. Mais merci.

— C'est difficile parfois, pour les femmes, reprit-elle. De voyager seules. »

L'homme dévisagea la femme un long moment et je me dis qu'il devait y avoir un sens caché dans ce qu'elle disait que je ne pouvais pas saisir.

« Je ne suis pas malheureuse d'être seule, dis-je.

— La solitude est parfois pesante quand on est livré à soi-même. J'en sais quelque chose. »

L'homme évitait son regard.

La patronne apporta leur soupe sur un plateau et posa les bols devant eux.

« Joanna, dit la femme. Votre autre résidente va se joindre à nous pour le dîner. Une femme ne devrait pas avoir à dîner seule à table.

— Quelle charmante idée, s'exclama Joanna, en s'approchant de moi.

— Non, non, protestai-je en m'accrochant à ma cuillère. Vraiment, tout va bien. »

Joanna posa mon bol sur son plateau et l'apporta à leur table. Je n'eus pas d'autre choix que les suivre, emportant ma cuillère avec moi.

« Lilian, annonça la femme en tendant la main. Et voici George. »

Nous nous serrâmes la main. « Frances, dis-je malgré moi.

— Dans quelle chambre êtes-vous ? demanda Lilian.

— La numéro 10.

— Tu entends cela, George ? » Les seins de Lilian trempaient presque dans sa soupe. « Juste en face de la tienne. »

Alors que j'essayais de comprendre quelle était la nature de leur relation puisqu'ils n'étaient manifestement pas mari et femme comme je l'avais d'abord supposé, George murmura : « Excellent. » Il termina sa soupe, et Joanna, qui devait guetter dans le couloir depuis le début, se rapprocha de la table. George sourit et je vis ses dents déchaussées, si découvertes qu'elles menaçaient à tout instant de se détacher et de dégringoler en cliquetant dans son bol vide. Était-il trop tard pour changer d'hôtel ?

Au milieu des bruits de mastication sur des côtelettes desséchées, Lilian m'entreprit sur Saint-Paul et la National Gallery, il fallait absolument que je vois *Vénus et Mars*.

« L'amour plus fort que la guerre », commenta George d'une voix lasse, sans lever les yeux.

Je ne parvins au bout de cette soirée qu'en laissant mon esprit vagabonder jusqu'à Peter et Cara sur la terrasse, fumant des cigarettes en observant le vol des chauves-souris autour du mûrier.

Je réussis à m'échapper de table avant que le dessert fût servi. Dans le hall, Joanna me précisa que le pudding me serait facturé même si je ne le mangeais pas.

Une fois ma chambre regagnée, je me dis que j'aurais bien fumé une cigarette, mais sans Peter et Cara cela n'avait pas de sens. Je pris la salle de bains avant que Lilian et George ou quiconque dans l'hôtel ne fût monté. Je me frottai les dents du bout du doigt, m'éclaboussai le visage d'eau froide et le séchai avec trois feuilles de papier toilette.

Comparé au lit de camp militaire auquel je m'étais habituée à Lyntons, le lit était mou et les draps propres. Je m'allongeai sous les draps et fixai le plafond. À travers les rideaux fins devant la fenêtre qui donnait sur la rue, le réverbère diffusait une lumière jaunâtre dans la chambre. Je sortis du lit et les ouvris. J'avais oublié comme Londres était éblouissante la nuit, je regrettais la pénombre boisée des rameaux. J'ouvris la fenêtre pour prendre l'air, tirai les rideaux et retournai me coucher. Les bruits de la rue me parvenaient, des talons hauts et des bottes qui heurtaient le sol, un homme qui parlait trop fort, une femme qui gloussait, un claquement contre le pavé dont je n'identifiai pas l'origine et, plus tard, les cris au loin de jeunes éméchés. J'essayais de ne pas y prêter attention. De temps à autre, à l'intérieur de l'hôtel, une porte se fermait, une chasse était tirée, un « bonne nuit » résonnait, bien que je ne reconnusse aucune voix. L'eau gargouillait dans la tuyauterie, affluant dans un sens puis dans l'autre avec un grincement, suivi d'un bruit sourd. J'imaginai un homme avec une jambe de bois, passant devant ma porte.

À deux heures du matin, j'eus besoin d'utiliser les toilettes. J'essayai de dormir malgré tout, d'ignorer les plaintes de ma vessie. À deux heures et demie, je m'habillai et posai l'oreille contre le mur à côté de mon lit, guettant les bruits de ressorts, puis à la porte, guettant les pas, je n'entendis rien, pas une âme. Une fois dans le couloir, j'actionnai l'interrupteur. La lumière m'éblouit, mais le couloir était vide et je me précipitai vers la salle de bains, tandis que le bouton égrenait pour moi le temps imparti jusqu'à ce que je sois en sécurité, le cordon de la lumière à portée de main. Assise sur les toilettes, je fixai le plafond, basculant mon corps de manière à évacuer le plus possible pour tenir jusqu'au lendemain matin. Il n'y avait pas d'ampoule au centre, pas de plafond surmonté d'un trou caché où quelqu'un dans une chambre à l'étage supérieur pourrait regarder et me voir.

À l'extérieur de la salle de bains, j'actionnai l'interrupteur. Je tournais au coin du couloir quand l'ampoule au-dessus de ma tête s'éteignit, juste au moment où j'apercevais une silhouette à l'autre bout positionnée de sorte que ses épaules se découpaient devant la lumière de la fenêtre opposée. C'était George. Sa robe de chambre blanche pendait sur sa carrure squelettique, ouverte sur le devant.

Je voyais bien ce qu'il voulait. Il attendait une invitation, un signe d'entente, et un désir pervers – mon besoin de faire pénitence, de payer pour l'usage que j'avais fait du judas dans mon parquet, et pour tout le reste – monta en moi, pareil à une indigestion, me poussant à lui dire oui, oui, oui, à lui ouvrir ma porte, à l'inviter à entrer. Il sourit et de nouveau je vis ces affreuses dents et m'engouffrai dans ma chambre en fermant à clé derrière moi. Je veillai le reste de la nuit, allongée tout habillée sur les draps, une chaussure à la main, le talon face à la porte. Je partis avant le petit déjeuner pour attraper le train, puis le bus, et rentrer à Lyntons.

« Comment Dieu sait-il qui est responsable d'un crime ? » Je crois bien que c'est ce que je demande à l'homme qui est debout à côté de mon lit. « Si quelqu'un vole de la nourriture par exemple, est-ce que c'est lui le voleur, le coupable ? Ou bien est-ce que ce seraient ses parents pour ne pas lui avoir appris à distinguer le bien du mal ? Ou bien la société, pour ne pas avoir aidé un homme affamé et sans argent ? » L'homme à côté de mon lit est rasé de près, il porte un pantalon et une veste ; le faux col a disparu. « Et si tout désigne une personne mais qu'en fait c'en est une autre ? »

Il a un presse-papiers à la main, et je me dévisse le cou pour essayer de voir ce qui est écrit dessus, car c'est celui qui est accroché au bout de mon lit et je voudrais savoir s'ils y ont inscrit une estimation de l'heure de ma mort. Une EHM, me dis-je, ou bien une estimation de l'heure de départ, je ris.

Je m'attends à ce qu'il dise quelque chose comme *Dieu voit tout*. Une réponse toute faite pour lui.

« Vous avez donc toujours votre sens de l'humour, madame Jellico ? » constate l'homme, et je me rends compte que c'est le médecin et non le vicaire, et à sa voix, j'entends aussi que c'est une femme, pas un homme. Facile de faire des hypothèses. C'est comme cela que je me suis retrouvée ici ? La fenêtre est ouverte, je ferme les yeux, j'écoute le bruit de la circulation sur la grand-route, pareil à des vagues fouettant une falaise.

Lorsque j'émerge hors de la ville, près de Lyntons, le bus pousse un soupir et souffle. Les ombres de fin d'après-midi s'étirent, les moucherons volettent entre les frondaisons.

Je foulai ce même sentier parcouru à la fin du mois de juillet, avec pour seul bagage, cette fois-ci, mon sac à main et le livre dérobé à l'intérieur, je m'arrêtai à l'endroit recommandé par M. Liebermann. J'avais été peu à peu gagnée par un besoin urgent de rentrer à la maison – ainsi, pendant mon séjour à Londres, m'étais-je mise en moi-même à désigner Lyntons comme *la maison* – impatiente durant l'attente entre deux trains, frustrée par les détours qu'avait faits le bus à travers les villages du Hampshire. Pourtant, en regardant la bâtisse à présent, j'éprouvai la même panique qu'en la quittant. Il ne s'agissait plus de l'œil de judas, mais de l'impression que ma vie avait totalement échappé à mon contrôle, il s'agissait de peur, il pouvait se produire n'importe quoi et je serais incapable d'y remédier. J'envisageai un instant de faire demi-tour, remonter le sentier, prendre une chambre au Harrow, puis le bus le lendemain matin. Mais pour aller où ? Tandis que je tergiversais, Cara parut sous le portique, Peter à sa suite. Il se tenait tout près d'elle, dans son dos, et je me remémorai, en les voyant, cette sensation de son corps tout près, si près que je pouvais sentir son souffle sur ma nuque quand nous étions debout dans le Musée. Cara porta le regard là où je m'étais arrêtée et je perçus son exclamation, et mon nom que l'écho transporta à travers champs.

J'aurais préféré un retour plus feutré, j'aurais préféré pouvoir monter dans ma chambre d'abord et me réadapter, mais Peter vint me chercher en voiture, soulevant un nuage de poussière sur la route. Quand il fut arrivé à ma hauteur, il sortit de voiture et prit mes deux mains dans les siennes comme si j'étais partie depuis un mois.

« Je suis vraiment heureux que tu sois revenue, dit-il sans me lâcher, agitant mes mains de bas en haut, l'air tellement content que j'en rougis. Cara était excitée comme une puce quand elle t'a vue. Viens. Monte. » Il continua de parler, du Musée, de Lyntons, et quand nous fûmes installés dans la voiture, il mit le contact, avant de le couper brusquement.

« Tu dois te demander... » Il regardait droit devant lui, les mains sur le volant. Il cherchait ses mots. « Écoute. Si c'est la raison pour laquelle tu es partie, ce n'est rien. Je comprends. »

Ma gorge pulsait. Avaient-ils fini par découvrir le judas ? Se pouvait-il que l'un des deux, allongé dans le bain, ait repéré le minuscule disque creusé dans leur plafond et appelé l'autre ? Auraient-ils alors remonté une échelle de la cave et exploré le trou ?

« Je te demande pardon ? dis-je.

— Cara m'a raconté qu'elle t'avait parlé juste avant que nous ouvrions le Musée.

— Oh oui. » Une vague de soulagement me submergea.

« Comme je te le disais dans la bibliothèque, elle aime inventer des histoires. C'est une fantaisiste. »

Cela ne ressemblait pas à un mot qu'il aurait utilisé pour la décrire, et je songeai que sans doute c'était celui qu'un des médecins dont il avait parlé avait choisi.

« Du genre inoffensif, ajouta-t-il.

— Elle a tout inventé ? À propos du bébé ?

— Oui », répondit-il. Puis : « Non, pas tout. »

Une grive se posa sur le rail de ma vitre baissée. J'attendais qu'elle se mette à chanter mais elle baissa la tête et s'envola avant que Peter se fût remis à parler.

« Il y avait bien un enfant. Finn.

— Elle ne m'avait pas dit son nom. »

Peter agrippa le volant. Chaque mot qu'il prononçait était réfléchi, posé, comme s'il les arrachait un à un du plus profond de lui-même. « Elle t'a dit que je n'étais pas le père ?

— Elle m'a dit qu'il n'y avait pas de père du tout. » Je posai la main sur la manche de sa chemise.

« Je l'aimais comme s'il avait été le mien. Mallory – ma femme, Cara a dû te dire que j'étais marié ? Je suis marié. Mallory et moi n'avons pas… ne pouvions pas… avoir d'enfants, tu vois, c'est une chose que j'ai toujours regrettée. Avoir un petit qui court partout autour de moi, les enfants amènent de la vie, n'est-ce pas ? Mais Mallory s'était habituée à ce que nous ne soyons que tous les deux ; c'était facile, confortable. Peut-être trop confortable ? Nous avions acheté une maison dans le Surrey, elle y vit toujours. Je crois qu'elle avait accepté ce que nous étions devenus – des compagnons, des meilleurs amis, je suppose. Je ne sais pas quel genre de mère elle aurait été de toute façon. Ce n'est pas vraiment son truc, si tu vois ce que je veux dire. »

Je hochai la tête, me figurai une mondaine, une habituée des cocktails et des soirées bridge.

« Je n'avais pas prévu de tomber amoureux de Cara. Elle avait ce quelque chose en plus, là-bas, en Irlande. J'ai essayé de garder mes distances, en fin de compte c'était impossible. Je n'arrivais pas à penser à autre chose qu'à elle. Et je sais que cela n'excuse en rien ce que j'ai fait en quittant ma femme, mais ce qui s'est passé avec Cara n'était pas prémédité. Je ne cherchais pas quelqu'un d'autre, quelqu'un qui ait déjà un enfant. »

Sans doute songea-t-il qu'il en avait dit assez, ou bien avait-il besoin de garder certaines choses pour lui, car il ferma les yeux un moment, et en les rouvrant, reprit : « Cara a parfois des idées étranges. Elle est confuse. Il ne faut pas la brusquer. Il faut la surveiller. » Il se redressa et me regarda.

« Tu veux dire qu'elle pourrait se faire du mal ?

— Elle me rappelle sans cesse cet accord, ce pacte que nous avons conclu il y a longtemps. Mais elle n'aurait pas le cœur à faire du mal à qui que ce soit, quoi qu'elle en dise. Il faut juste que nous soyons prudents.

— Quel pacte ?

— Oh, ça n'a pas d'importance. L'une de ces promesses que les couples se font. Un serment, tu sais. » Non, je ne savais pas, mais ce que je savais c'est qu'il voulait en finir avec cette conversation. « Elle croit qu'elle doit souffrir. Pour expier.

— D'avoir laissé Finn partir, tu veux dire ? » Je pris soin d'employer les mêmes termes que Cara quand nous étions ensemble sur la jetée. Peter hocha la tête de manière imperceptible, à peine consciente.

« Et le père ?

— Un garçon de ferme en Irlande.

— Mais elle… commençai-je. Elle était si convaincante, si catégorique sur le fait qu'ils n'avaient pas… n'avaient pas… » Je ne pouvais pas prononcer les mots *couché ensemble* devant Peter, et *fait l'amour* aurait été trop romantique pour les culbutes dans les ballots de foin que Cara m'avait décrites.

« On sait tous ce que Cara raconte ! » Il leva les mains du volant et les laissa retomber en claquant les paumes sur le cuir. Ma main vola de son bras à mes genoux, le bout des doigts vers le haut, abandonnée telle une coccinelle basculée sur le dos. « Elle le raconte à qui veut bien l'entendre : toi, probablement le dernier prêtre catholique d'Écosse, et ce vicaire plus loin sur la route. Elle est tombée enceinte. Elle avait couché, dans une grange ou un abri de vaches, ou que sais-je ? Et je ne sais pas ce qui l'empêche de l'admettre, pas plus qu'aucun des médecins que je l'ai emmenée consulter. Jamais elle ne se contentera d'être ordinaire. C'est à cause de cette satanée Église et de sa maudite religion. La religion ! N'importe quel être humain sensé sait bien que ça ne tient pas la route !

— Oui, bien sûr, dis-je. Pauvre Cara. » De même que Cara avait presque réussi à me convaincre que son histoire était vraie, c'était le tour de Peter à présent, et je me rendais compte que j'avais été idiote. Bien sûr que le bébé avait un père, et c'était forcément Paddy.

Peter posa le front sur le haut du volant et soupira. « Je suis désolé. » Sa voix était étouffée. « Rien de tout cela ne te concerne, Franny. Je suis désolé qu'on t'ait embarquée là-dedans. »

En moi-même et en secret, je rayonnais, il m'avait appelé Franny. « Ne t'inquiète pas. Ce n'était pas à cause de quelque chose que Cara aurait dit. J'avais juste besoin de prendre le large un moment, pour m'éclaircir les idées. Et je voulais aller à la bibliothèque à Londres pour voir si je trouvais d'autres choses sur le pont. »

Il baissa sa vitre et une brise chargée de moissons nouvelles souffla sur nous. « Tu n'as rien trouvé dans la bibliothèque ici ? Je n'ai jamais réparé le balcon, hein ? J'espère que tu n'as pas pris de risque inconsidéré en grimpant là-haut.

— Aucun risque, dis-je. Mais je n'ai rien trouvé. »

Je m'étais aventurée dans la bibliothèque de Lyntons un après-midi où Cara et lui s'étaient assoupis après un déjeuner arrosé de quelques bouteilles de vin. En ouvrant la porte, j'étais tombée nez à nez avec un lièvre, assis au milieu de la pièce sur les pages d'un livre que personne n'avait pris la peine de ramasser. Les portes menant à la terrasse étaient grandes ouvertes mais le lièvre ne s'était pas précipité pour s'enfuir. Le torse gonflé, de larges pattes, il me toisa d'un regard malveillant, j'étais encore cramponnée à la poignée, j'avais reculé dans le hall et refermé la porte.

Peter me regarda. « Tu nous as manqué. Tu m'as manqué », dit-il, et je pus sentir distinctement en moi mes poumons, et mon foie, et mon cœur. Il vint chercher ma main posée sur mon genou et me pressa les doigts, et j'étais certaine que lui aussi pouvait sentir le sang affluer dans mon corps. « Nous nous étions habitués à ta présence. Quand tu es là, nous sommes apaisés, Cara et moi, tu as une influence réconfortante sur nous. »

Je ris, embarrassée. « Je ne suis partie que deux nuits. »

Il rit avec moi, balayant l'intensité du moment. « Bien sûr. » Il me lâcha la main et fit démarrer la voiture. Il mit le contact et négocia un virage large. « Est-ce que tu as passé un bon séjour à Londres ? demanda-t-il. Tu as revu des vieux amis, je suppose ? Il faut que tu me donnes des bonnes adresses de restaurants si tu en as pour la prochaine fois que je serai en ville, je suis sûr que tu connais des tas d'endroits. »

Nous étions presque arrivés à la maison quand il dit : « Cara et moi sommes tellement impatients. Nous avons des surprises pour toi. »

Tandis que nous approchions des grilles, je basculai la tête en arrière et contemplai Lyntons à travers le pare-brise. La façade était plus austère que jamais. À la fenêtre, dans les combles, dans la chambre en face de la mienne, il y avait quelqu'un qui regardait dehors : l'ovale pâle d'un visage, les yeux, bouche et nez à peine visibles, femme ou homme, ce n'était pas clair.

« Est-ce que c'est Cara dans les combles ? » dis-je, et Peter ralentit pour regarder là-haut lui aussi. Mes doigts se posèrent sur le pendentif de Mère autour de ma gorge, le cœur en métal froid.

« Où ça ? La voilà. » Une des fenêtres à l'étage sous le mien se leva, et on vit apparaître sa tête par l'ouverture.

Peter arrêta la voiture devant la fontaine.

« Frances ! Tu es revenue ! » appela Cara.

Nous sortîmes. « Mais il y avait quelqu'un là-haut, à la fenêtre, dis-je à Peter. Il y a quelqu'un d'autre dans la maison ?

— Ce devait être un jeu de lumière. Il n'y a personne d'autre que nous.

— Dépêchez-vous ! » lança Cara. Peter fit un signe de la main, et, trop tard, puisqu'elle avait déjà replongé à l'intérieur, je lui fis signe également. J'essayai de regarder vers les combles, mais j'étais trop proche désormais de la maison pour voir les fenêtres supérieures.

Nous entrâmes par la grande porte, à l'intérieur il régnait cette fraîcheur humide et familière malgré la chaleur de la soirée, et les habituels débris de plâtre crissaient sous mes pieds. Peter me précéda dans le grand escalier.

« C'est quoi ? dis-je. La surprise ? » Je ne voulais pas vraiment savoir. J'avais envie de continuer mon chemin vers les combles pour vérifier que personne n'avait rien touché, que l'oreiller n'avait pas été remis dans la baignoire, qu'il n'y avait pas une autre souris gisant sur le rebord de la fenêtre, mais arrivés sur le palier, nous poursuivîmes dans le hall qui menait à leurs appartements.

« Il faut que tu fermes les yeux, dit Peter quand nous fûmes devant leur porte.

— Pourquoi ? dis-je. Qu'est-ce que c'est ?

— Allez, Franny, ne joue pas les rabat-joie. »

Je fermai les yeux, une main en avant, les doigts écartés. Le bras de Peter m'entoura la taille, et je pus sentir son corps contracté par l'excitation. Je l'entendis et le sentis ouvrir la porte de leur salon, et il m'attira vers l'avant.

14

Je mets de côté des questions pour Victor, pour quand il reviendra. Il reviendra. Que sait-il du *shinjú* ? Croit-il aux fantômes ? Pense-t-il qu'il peut exister une quelconque justification au meurtre ? N'est-ce pas toujours mal, toujours un péché, qui doit être expié ? À quel point ai-je changé ? Me reconnaîtrait-il s'il me croisait dans la rue – si, bien entendu, j'avais la force de marcher ?

Nos actes trahissent-ils notre nature ?

Je l'avais vue quelque part auparavant mais j'ignorais son nom, je n'arrivais pas à la resituer : lunettes, mâchoire prononcée et légèrement prognathe, du rouge à lèvres qu'elle avait dû acheter dans une pharmacie et choisir exprès pour cette occasion. Son visage me narguait comme une démangeaison au milieu du dos, pile à l'endroit inatteignable.

« Anne Bunting », répliqua la femme à la question de son nom.

L'un des hommes assis derrière les bureaux en bois face à des piles de notes, dossiers et livres, lui demanda sa profession.

« Bibliothécaire. » Elle roula les lèvres l'une sur l'autre, étalant son rouge à lèvres.

« Reconnaissez-vous ce livre ? »

Anne Bunting s'en saisit d'un geste confiant et familier, telle une sculptrice maniant burin et maillet. Elle le tourna devant elle, étudia la couverture et l'ouvrit. « Oui, dit-elle. C'est un de nos livres. »

Je le reconnus moi aussi : *Maisons de campagne anglaises, volume III*, puis je la reconnus, elle. Anne Bunting me toisa de l'autre bout du tribunal et je ne pus m'empêcher de rougir. Je n'avais jamais volé un livre de bibliothèque avant ; je devais voler d'autres choses par la suite, mais jamais un livre de bibliothèque.

« Un de ceux qu'on est censé consulter sur place ? interrogea l'homme.

— Aucun de nos livres n'est censé quitter la bibliothèque. Ils doivent être consultés dans la salle de lecture. » Anne Bunting posa le bout de son doigt au coin de sa bouche, inquiète à l'idée que son rouge à lèvres ait bavé.

Un autre des hommes – ce n'étaient que des hommes et aucun d'entre eux n'avait jamais eu un burin ou un maillet en main – se leva et dit « Votre Honneur » – ou bien était-ce Votre Majesté ? – « je ne parviens pas à percevoir la pertinence de cet interrogatoire. »

Son Honorable Majesté haussa un sourcil en direction de l'interrogateur d'Anne Bunting, qui fit semblant d'être surpris. Quelle comédie, la loi.

« Nous entendons fournir la preuve d'un caractère. » L'homme qui interrogeait Anne Bunting ajouta : « La preuve du peu de moralité de Mlle Jellico. »

Je n'avais jamais eu de fête d'anniversaire, surprise ou non. Jamais joué aux charades, ou marché au milieu d'une pièce les yeux bandés à tenter d'attraper des amis, des membres de ma famille. Mère nous avait emmenées, une amie et moi, au zoo pour mes onze ans, et bien que n'ayant rien à nous dire, quand la date de son anniversaire vint, elle m'invita au sien par convention sociale. La terreur et l'humiliation de cet après-midi demeurèrent gravées en moi durant de nombreuses années : ma robe démodée, le cadeau tendu d'une main paniquée, déballé à la hâte et aussitôt remisé dans un coin, les règles du colin-maillard que je n'avais pas comprises, les filles que je comprenais encore moins. Et en un sens, le pire, la gentillesse de la mère quand j'avais fondu en larmes.

À présent dans le salon, j'entendis Cara rire dans mon dos, sentis ses doigts se poser sur mes yeux, respirai son odeur citronnée, inquiète à l'idée de ne pas comprendre la surprise, la plaisanterie. Elle lâcha son emprise, s'écarta et j'ouvris les yeux.

Les trois grandes fenêtres face au parc étaient ouvertes, comme toujours, Cara se tenait debout devant moi, souriante. Mais tout le reste avait changé, comme si j'étais entrée dans une tout autre maison, comme si je m'étais trompée de pièce, comme si j'avais traversé un miroir et pénétré un reflet alternatif de la pièce.

L'espace, vide auparavant, était désormais plein. Un candélabre en argent posé sur une table ronde en acajou. La table de fortune faite d'une planche de bois avait été poussée sur le côté pour servir de comptoir à la cuisine, les sièges cantines avaient disparu, remplacés par quatre chaises tapissées. Le couvert était mis pour le dîner : assiettes en porcelaine timbrées de trois oranges et cerclées de doré et de bleu, argenterie et service à condiments, verres en cristal, une carafe à décanter remplie de vin et des serviettes en lin soigneusement pliées. D'autres bougies étaient disposées sur un guéridon à côté d'une chaise longue capitonnée de velours bordeaux râpé, effiloché, au milieu de quelques fauteuils bas. Je posai le pied sur un tapis turc.

Cara et Peter demeurèrent silencieux tandis que je regardais autour de moi, assimilais le décor, on aurait dit deux enfants attendant d'être complimentés pour avoir rangé leur chambre.

« D'où vient tout cela ? » dis-je bêtement.

Cara ramassa un pétale échoué sur un guéridon. Je reconnus l'un des vases en porcelaine qu'ils avaient déballés, acceuillant désormais un bouquet d'églantines du jardin. Quelques gouttes d'eau perlaient à la surface du bois verni.

« Du Musée, bien sûr », répondit-elle, et je vis qu'elle portait toujours la bague de la boîte à bijoux musicale.

Peter arriva de la cuisine, les bras chargés d'un plateau en argent portant trois verres à cocktail, une olive au fond de chaque verre rempli, imaginai-je, de Martini.

Un tableau représentant une femme aux lèvres en bouton de rose, sous une grande perruque grise, était accroché au mur derrière la chaise longue. Une robe en soie ondulait tel un nuage autour d'elle, elle était assise dans un paysage semblable à un fond de studio photographique – les couleurs trop éteintes, l'horizon trop parfait.

« Est-ce que c'est un Reynolds ? » demandai-je. Peter était dans mon dos, avec le plateau.

« Je crois, oui », dit-il, se rengorgeant de son propre bon goût.

Cara prit un verre et me le tendit, mais je me décalai vers un bureau positionné contre un mur. C'était un petit meuble, à l'arrière arrondi, des pieds longs et effilés et trois minuscules tiroirs.

« Est-ce que c'est français ?

— Des années 1890 je pense, rebondit Peter. N'est-ce pas magnifique ? Parfait état. Pas le plus petit ver. »

Je pris place sur la chaise d'en face. Un stylo plume en argent reposait là sur un sous-main, à côté d'une pile de cartes de visite gravées du même insigne que celui timbré sur le service de table. La chaise était montée sur des roulettes pivotantes qui couinèrent sous mon poids. Les accoudoirs arrondis avaient été lissés par les centaines, les milliers de mains qui les avaient touchés. J'ouvris l'un des minuscules tiroirs dont les fines poignées avaient été pensées pour des mains de femme plus délicates que les miennes. Rien à l'intérieur. Je pris le stylo, le débouchai et pressai la plume sur l'une des cartes de visite. Pas d'encre. Qu'aurais-je pu écrire si je n'avais pas déjà été partiellement envoûtée par Cara et Peter, si je ne revenais pas tout juste de deux jours à Londres à ressasser mes souvenirs d'eux, et d'une nuit, cachée dans ma chambre d'hôtel pour échapper à l'homme à la robe de chambre blanche ?

Monsieur Liebermann, nous nous sommes introduits dans le Musée, Peter et Cara se servent de vos biens comme s'ils leur appartenaient.

Ou bien *Chère Dorothea Lynton, nous avons trouvé vos biens égarés. Revenez nous sauver de nous-mêmes.*

Aurais-je encore pu tout arrêter et leur dire de tout remettre en place ? Cela aurait-il changé la suite des événements ? Je regardai Cara, et derrière elle Peter, vis leurs visages guettant mon approbation. Quiconque avait-il ainsi réclamé mon approbation auparavant ? Une goutte de condensation glissa le long du verre à cocktail de Cara et tomba sur le tapis.

« Le flacon d'encre était sec, dit Cara. Mais on peut toujours en racheter. » Elle s'approcha, me prit le stylo de la main et le reboucha. « S'il te plaît, dis que tu n'es pas fâchée. »

« Je ne suis pas fâchée », dis-je. Mon regard se porta sur Peter. « C'est magnifique. » Une expression passa alors sur son visage dont je songeai que peut-être il s'agissait d'amour mais qui n'était sans doute que du soulagement.

Cara me tendit mon verre et, comme à l'époque où nos verres étaient des tasses métalliques, nous trinquâmes. Ils se mirent à parler en même temps l'un et l'autre, ils voulaient me montrer tout ce qu'ils avaient découvert : un globe monté sur pied dans un cadre en bois ; un virginal ingénieusement camouflé sous un guéridon ; un buste en marbre de Jules César ; des presse-papiers et coupe-papier ; des échantillonneurs et un panier de couture ; une boîte à cigares et une vitrine chinoise ; un jeu de backgammon syrien garni de bois fruitiers ; des photographies dans des cadres en argent représentant des parties de chasse, des gens attablés à des déjeuners de mariage, des baptisés et des chevaux, tous morts depuis longtemps.

Peter nous resservit en Martini et nous prîmes place sur le rebord de la fenêtre, fumant pendant que Cara cuisinait – un dîner pas trop tardif pour une fois – et nous nous installâmes à table, tenant entre nos mains les couteaux et les fourchettes, lourds, une paire différente pour chaque plat, essuyant nos commissures dans les serviettes aux coins chiffrés des initiales *DML*. Peter nous abreuvait de vin décanté. Il y avait de la sole au citron avec une sauce au beurre et aux câpres, de minuscules côtelettes d'agneau bien roses et de la crème au citron. Ce fut le premier dîner que je pris avec eux sans que Peter fît le moindre commentaire sur l'extravagance et le coût de la nourriture. Nous discutâmes du droit de propriété qui pouvait s'appliquer au contenu du Musée de manière détournée. Je leur racontai que Victor m'avait dit que, lorsque l'armée était partie, la maison était restée inoccupée, en dehors d'un gros mois durant lequel Dorothea Lynton était venue s'y réinstaller. Ils me racontèrent le mal qu'ils avaient eu à monter les plus gros meubles dans l'escalier, les efforts qu'ils avaient déployés deux jours et une nuit durant pour tout préparer. Et la certitude qu'ils avaient que je reviendrais à la maison bientôt. Ce fut l'expression qu'ils employèrent eux aussi : à *la maison*.

« Il y a autre chose », annonça Cara quand nous en fûmes au café, elle me prit la main et m'emmena dans leur chambre. Par-dessus mon épaule, je vis Peter allumer une nouvelle cigarette et s'enfoncer dans un coussin disposé sur le rebord de la fenêtre.

Un jour, peu de temps après avoir découvert le judas dans le plancher de ma salle de bains, j'avais exploré les combles pour vérifier qu'aucune autre latte n'était mobile. Désormais debout dans la chambre que j'avais espéré pouvoir également espionner, le souvenir me fit rougir de honte. Les lits de camp militaires de Peter et Cara, dont ils s'étaient souvent plaints, avaient été remplacés par un lit double haut. Des vêtements traînaient sur les panneaux en bois de part et d'autre, s'empilaient au-dessus des draps et sur le sol.

« Je ne sais pas comment vous avez réussi à faire tout ça en si peu de temps, dis-je.

— J'ai mal partout », Cara s'effondra sur le lit défait, au milieu des vêtements et des draps.

Je m'assis sur le bord, à côté d'elle. C'était la pire pièce de toute la maison. Les moulures en plâtre du plafond étaient presque toutes tombées en morceaux, les poutres étaient à nu, les papiers peints pendaient en lambeaux moisis des murs. Une immense cheminée à carreaux dominait la pièce de son trumeau orné, sculpté et sombre, encore assombri par une flaque noire échappée du foyer et qui s'était étendue au bois et aux carreaux, autrefois verts sans doute, mais essentiellement noirs à présent.

« Je pense qu'il y a eu un feu de cheminée et une fuite dans les combles, dit Cara en suivant mon regard. Je me dis que l'une a dû éteindre l'autre. »

Elle se mit debout sur le lit, attrapa un bâton en bambou posé sur la tête de lit et se pencha, ainsi armée, vers la fenêtre centrale – l'une des trois, comme dans leur salon. Pendue à un clou au sommet du cadre de la fenêtre, une ficelle était accrochée autour du pied d'un verre à vin – le même que ceux dans lesquels nous avions bu pour le dîner. Peter les avait admirés à la lueur des bougies, et avait déclaré qu'ils étaient de style Régence et pourraient bien valoir dix livres chacun.

« Regarde ça », dit Cara. Elle agita le verre du bout de son bâton. Il se mit à tourner et ses facettes de diamant capturèrent les ultimes rayons du couchant : de minuscules points de lumière tournoyaient sur les murs élimés et le visage de Cara.

Elle s'assit, dos à la tête de lit, croisa les jambes et prit quelque chose sur la pile de vêtements. Elle le fit claquer devant elle, une robe se déplia – un long jupon bleu surmonté d'un corset haut et de petites manches bouffantes.

« Qu'est-ce que tu en penses ? » Elle la fit claquer une fois de plus pour la redresser. « Tiens, dit-elle en me la lançant. Tu devrais l'essayer.

— C'est à toi ? » Je la tins devant moi. « Je suis sûre que ça ne m'ira pas.

— Je les ai trouvés dans le musée, idiote. Dans la grande armoire du fond. Regarde tout ce qu'il y avait. » Elle tira de nouveaux vêtements de la pile : gants, collants, soie et dentelle dégringolant du lit. « Et des éventails aussi. » Elle en déploya un d'un geste du poignet et l'agita devant elle, puis elle sauta du lit, jetant l'éventail en arrière et me reprenant la robe des mains. Elle me fit lever et plaqua le tissu sur moi, contre ma jupe et mon chemisier, les sous-vêtements de Mère me maintenaient fermement. Elle pencha la tête d'un côté. « Je vais mettre celle-là, on t'en trouvera une autre. »

Elle fouilla dans la pile tandis que je restais figée, à me demander comment échapper à l'embarras de devoir me déshabiller devant elle. Elle en tira une toge lourde, rebrodée d'oiseaux et de plantes exotiques sur fond crème. Les ouvertures de manche étaient grandes, le revers large. « Là, dit-elle. Ce sera parfait. » Elle cessa de sauter dans tous les sens et se planta devant moi. Nos regards ne se quittaient pas tandis qu'elle défaisait le premier bouton puis les suivants de mon chemisier. J'évitai de regarder ses doigts tandis qu'elle me déshabillait, sans quoi je l'aurais arrêtée. Elle sortit le chemisier de ma jupe et passa la toge sur mes épaules. Elle abaissa la fermeture Éclair de ma jupe et la fit glisser le long de mes cuisses pour que je puisse en sortir. Elle plia et déposa sur le lit chacun de mes vêtements. Je ne portais plus que la brassière de Mère, sa gaine et les bas attachés aux jarretelles. Mes bas pendaicnt en festons des crochets, distendus d'avoir été trop portés. Derrière moi, elle détacha ma brassière et fit glisser les bretelles de mes épaules, puis elle se replaça devant moi et je la laissai me l'ôter complètement. Sans résister ni protester. Il n'y avait rien d'érotique, ni dans les gestes, ni dans le regard de Cara, simplement curieux, dénué de jugement. Elle regarda mes seins, qui pendaient au-dessus de l'armature de la gaine, mes tétons pointés vers le sol. Elle descendit les fermetures Éclair de part et d'autre de la gaine, précautionneusement, d'un côté puis de l'autre, l'intérieur satiné adhérait à ma peau, les collants vinrent avec. Ma taille était marquée d'une ligne horizontale rouge là où j'avais été retenue si longtemps. Je relâchai tout, toute l'opulence débordante de mon corps, les ondulations, les bourrelets, la graisse et les vergetures, ces parties de moi que Mère déplorait ou pinçait. Je m'en libérai et les envoyai valser.

« On est en 1969, dit Cara. Tu devrais être libre. »

Je tremblais tandis qu'elle se penchait vers moi. Si elle m'avait embrassée, je lui aurais rendu son baiser, même si la pensée ne m'avait jamais effleurée. Je sentais son haleine de vin rouge et café, son visage à quelques centimètres à peine du mien. Elle souleva le pendentif que je gardais autour du cou. « C'est joli.

— C'était à ma mère. »

Elle l'ouvrit. À l'intérieur il y avait une minuscule photo d'une petite fille riant aux éclats sous une cascade de boucles et de fossettes. « Tu étais une enfant magnifique, et tu es une femme magnifique.

— Oui », dis-je, enroulant mes doigts dans mes paumes. Je ne lui avouai pas que la photo avait été vendue avec le pendentif à Mère. La photo d'une petite fille modèle qu'elle n'avait jamais pris la peine de remplacer par une photo de moi.

Cara referma le pendentif, ramassa la robe de chambre et la passa autour de moi, elle trouva une ceinture large qu'elle noua autour de ma taille. Elle tourna le dos et ôta ses vêtements à son tour avant d'enfiler la robe bleue. Elle était déchirée autour des fesses, le tissu était foncé aux pliures et légèrement déchiré autour de la taille, haute, juste sous les seins de Cara.

Pendant qu'elle me relevait les cheveux et les fixait avec une épingle à l'arrière de ma tête, je lui demandai si elle était montée dans ma chambre sous les combles.

« Oh Fran ! Comment tu as su ? » Elle ôta une épingle d'entre ses lèvres. « C'était une surprise. Nous t'avons dégoté un nouveau lit à toi aussi et un tapis. Il va falloir que tu fasses semblant de ne rien savoir devant Peter, sans quoi il sera terriblement déçu. » Elle enfonça l'épingle dans mes cheveux, puis me fit pivoter pour me regarder de face. « Magnifique.

— Je t'ai vue là-haut quand j'étais dans la voiture avec Peter.

— Quand tu étais dans la voiture ? Je n'étais pas là-haut à ce moment-là. On a préparé ta chambre hier soir au cas où tu reviendrais.

— Mais je t'ai vue à la fenêtre.

— À la fenêtre ? Je sais, je t'ai appelée et je t'ai fait signe, tu te souviens ? De l'une des chambres de cet étage. » Elle désigna la porte de la chambre d'en face qui donnait sur le hall. « J'ai dû me faufiler au milieu de tout ce fatras militaire pour arriver jusqu'à la fenêtre. Il faut qu'on débarrasse tout ça et qu'on mette des vieux meubles du Musée, qu'on restaure toute la maison. » Elle parlait trop. « Nous pourrions inviter des amis, donner une grande fête. Peter choisirait le vin, moi je cuisinerais, et toi, tu n'aurais qu'à divertir nos invités. » Elle s'interrompit et me fixa, mon pouls martelait. « Qu'as-tu vu ? demanda-t-elle.

— C'était juste un visage, une silhouette. J'ai cru que c'était toi.

— Mais ce n'était pas moi. Est-ce que c'était un visage d'adulte ?

— Oui, un visage d'adulte. »

Je me souvins que Peter m'avait raconté qu'elle voyait des visages d'enfants derrière les fenêtres. Pensait-elle à l'enfant ? Elle fouilla dans sa trousse de maquillage, je fixai le sommet de sa tête, j'avais envie qu'elle relève la tête et me dise si c'était le cas, mais lorsqu'elle le fit, elle sourit, un large sourire, un sourire normal. « Un peu de rouge à lèvres, je crois. Ouvre la bouche.

— Peter m'a dit que ton enfant s'appelait Finn.

— Ouvre la bouche », répéta-t-elle, avant de me mettre du rouge à lèvres.

15

« J'ai dit à Peter que ce n'était pas le bébé de Paddy, qu'il n'y avait pas de père », dit Cara en rebouchant son rouge à lèvres. Nous étions installées sur le siège de la fenêtre centrale de sa chambre, sous les lueurs tournoyantes du verre suspendu. Dans les derniers rayons du soleil, les confettis de lumière ne portaient plus leurs cercles jusqu'aux murs. « Il savait que ça ne pouvait pas être le sien : à part quelques baisers, il ne s'était rien passé, ni sur le siège avant de sa voiture ni dans le garde-manger. » À l'écouter, alors, elle semblait si crédible, son histoire si convaincante malgré tout ce qu'elle avait de farfelu.

« Nous étions dans le petit salon de Killaspy avec Isabel. Il fallait que je lui dise qu'il n'y avait pas de père : ça n'aurait pas été juste d'accepter sa proposition, de partir avec lui, sans qu'il sache. Il était debout, là – sous le choc, je suppose. C'est Isabel qui a brisé le silence en me giflant, elle s'est mise à pleurer, non seulement sa fille était une traînée mais en plus c'était une menteuse. Elle a crié : qu'est-ce que ça m'aurait coûté de garder les cuisses serrées quelques mois supplémentaires, jusqu'à ce que je sois mariée à Paddy, ça ne faisait pas si long à attendre, si ? Mais non, j'en avais été incapable, et maintenant j'avais jeté l'opprobre sur le nom de ma famille et la honte sur elle. Je me souviens que Peter a frémi au son de la gifle, et au reste du discours, mais j'ai comprimé la brûlure contre ma joue et mis un point d'honneur à sourire pour la rendre plus folle encore. Dermod avait fait son entrée avec le thé, et j'ai vu à son expression qu'il avait tout entendu. Il a lâché le plateau qui a claqué sur la table et s'est enfui en courant, je n'arrivais pas à croire qu'il réagisse ainsi, avec toutes les histoires de mystères et de miracles qu'il me racontait quand je venais m'asseoir auprès de lui dans la cuisine. Personne ne me croyait. C'est la raison pour laquelle, Fran, il est si important que toi, tu me croies. »

Elle se pencha et passa les bras autour de moi, mon menton buta sur son épaule et mes bras se coincèrent maladroitement, de sorte que je ne pus que lever les mains pour lui tapoter la taille. Geste qu'elle dut prendre comme un encouragement puisque, après s'être reculée, elle poursuivit : « J'ignorais où Dermod s'était enfui. J'ai fouillé toutes ses caches habituelles – le tracteur cassé, le poulailler, sous son lit – mais je n'ai jamais pu lui dire au revoir. Je lui ai écrit un mot et j'en ai laissé un autre pour qu'il le porte à Paddy, m'excusant et tentant d'expliquer.

« Peter était beaucoup plus calme qu'Isabel. J'ai fait une valise, nous sommes montés dans sa voiture et nous avons démarré. Je n'arrivais pas à croire que j'étais vraiment en train de partir. Nous nous sommes arrêtés pour dîner à Cork, et il m'a pris la main au-dessus d'un demi-pamplemousse en disant qu'il se fichait de savoir qui était le père, que nous allions être ensemble désormais, et que c'était tout ce qui comptait. J'ai voulu lui répéter que ce n'était pas Paddy, que ce n'était personne, mais il a posé un doigt sur mes lèvres.

« Il m'a emmenée jusqu'à une petite maison qu'il avait louée sur la côte ouest. Ça n'avait rien à voir avec Killaspy, deux chambres et des toilettes à l'extérieur, mais ça n'avait aucune importance. Il m'a acheté cette alliance de pacotille – celle que j'ai jetée dans le lac – pour que j'aie l'air d'une femme respectable. Nous avons eu deux semaines – une sorte de lune de miel, si l'on veut – avant qu'il doive retourner travailler. Il avait emprunté deux bicyclettes et nous dévalions les routes de campagne en roue libre jusqu'à la mer. Nous nous tenions la main, assis, glacés, sur le banc devant l'épicerie O'Dowd. Il achetait des huîtres sauvages et je lui montrais comment les ouvrir et les avaler entières. On ne parlait plus du bébé. La seule fois où il en a été question, en dehors du dîner à Cork, c'était durant notre première nuit dans la petite maison, quand il a déclaré avoir entendu dire que ce n'était pas bon pour une future mère de faire l'amour, que cela pouvait endommager des choses et qu'il ne voulait pas me blesser ou blesser le bébé.

« Au bout de deux semaines, il est parti dans sa petite voiture de sport verte pour participer à des enchères et étudier d'autres grandes demeures. J'avais peur qu'il rencontre une autre fille de maison, une petite Irlandaise qui ne serait pas enceinte, elle. Il m'a donné de l'argent pour tenir la maison et j'ai emprunté d'autres livres de cuisine italienne à la bibliothèque ambulante. J'ai écrit à un magasin à Dublin pour qu'ils m'envoient du parmesan, des pâtes, du salami et des bocaux d'antipasti, en leur joignant un mandat postal. Et puis j'ai rêvé au voyage que nous ferions en Italie avec Peter, assis sur une terrasse, tous les deux sous le soleil, arpentant jardins et autres orangeraies, cueillant les fruits sur la branche. Puis je me suis souvenue du bébé que je portais.

« J'ai fouillé dans les affaires de Peter pendant qu'il était parti. Il n'y avait pas grand-chose – il avait presque tout laissé en Angleterre. Un autre sujet que nous n'avions pas évoqué – l'Angleterre, ou Mallory. »

Cara referma la fenêtre et poursuivit son récit tandis que nous étions assises face à face et que j'essayais de me la représenter dans un petit cottage irlandais blanchi à la chaux, à un ou deux champs de la mer.

« Mais j'ai trouvé une photo d'elle. Je suis tombée sur une demi-douzaine de photos dans la poche intérieure de sa veste d'été. Je me souviens d'une maison splendide quoique en ruine, un homme d'autrefois, en casquette plate, debout sur le seuil. J'ai cru que c'était son père, mais non. Il y en avait une autre, un gros plan sur une souris sculptée dans le bois d'une balustrade, et une autre d'une pièce avec un piano à queue. J'ai eu l'impression que la surface de celle-là était en train de se désintégrer, alors j'ai voulu l'essuyer avec un torchon et puis j'ai compris que c'était à l'intérieur de la pièce, sur la photo, que le plâtre s'effondrait en poussière sur les meubles et le sol, déposant une sorte de glaçage. Exactement comme ici, comme Lyntons. Magnifique en surface, et pourtant, à y regarder de plus près, tout y est rongé, moisi, déchu.

« La dernière était une photo de Mallory – il avait écrit son nom au dos, ainsi que l'année, 1961. J'étais furieuse qu'il l'ait emportée avec lui. Mais elle ne ressemblait en rien à ce que j'avais imaginé. Je m'étais attendue à une grande femme élégante, tu vois, une femme qui fume sa cigarette dans un porte-cigarettes, sophistiquée, lasse. Elle était boulotte, petite et presque circulaire. Je n'arrivais pas à y croire. J'allais la déchirer mais au dernier moment je me suis ravisée, j'ai vidé le pot à farine, je l'ai plaquée au fond du pot et j'ai remis la farine par-dessus. J'ignore pourquoi ; sans doute pour pouvoir la regarder aussi souvent que je le voudrais, je suppose.

« La nourriture italienne que j'avais commandée n'est pas arrivée cette première fois. Quand Peter est revenu, au bout d'une semaine environ, j'avais dépensé tout l'argent et il ne restait qu'un œuf dur dans toute la maison. Il était très, très en colère. Puis l'œuf, la seule nourriture qui nous restait, m'a échappé des mains et il a marché dessus alors que nous nous disputions. "Tu es incapable de gérer de l'argent ou de tenir une maison", quelque chose dans ce goût-là. Je dois reconnaître que j'avais bel et bien caché le linge sale sous le lit en voyant sa voiture arriver. Nous nous sommes toujours disputés au sujet de l'argent. Il prétend que je dépense trop, il passe son temps à s'inquiéter. Il refuse de l'admettre mais je sais que c'est lui qui paie l'emprunt de leur maison, où Mallory vit toujours. Il se sent coupable de l'avoir quittée, il dit qu'elle ne voudra jamais divorcer, mais je ne suis pas sûre qu'il lui ait même demandé. » Elle étira les bras, se dénoua le cou. « Enfin, tu n'as pas envie d'écouter toutes ces histoires, dit-elle.

— Si. Je t'en prie.

— Tu es tellement gentille, ma chère Fran. » Elle sourit, puis se renfrogna dans son souvenir. « C'était une terrible dispute. Je l'ai accusé de toutes sortes de choses, de ne pas me croire quand je lui disais qu'il n'y avait pas de père, de ne pas vouloir du bébé, de ne pas vouloir de moi. Je lui ai crié dessus : "Tu vas rentrer chez bobonne, hein ? Ton petit pot à tabac, je suis sûre qu'à elle tu lui ferais bien l'amour, n'est-ce pas ?" Ça l'a arrêté net, et juste avant de marcher sur l'œuf, il a dit de sa voix sérieuse : "Il ne s'agit pas de cela." Et il est parti dîner chez O'Dowd. Refusant d'aborder le sujet. Peter est tellement réservé, tellement anglais, ça me rend folle.

« Il est revenu plus tard, avec une miche de pain, un peu de beurre et de confiture. Il m'a servi un thé au lit – je passais ma vie au lit dans cette maison, il faisait si froid et si humide – et m'a donné des petits morceaux de pain beurré à la main. Puis il s'est glissé à côté de moi en disant qu'il était fatigué et qu'il avait besoin de dormir. Plus tard dans la matinée, il m'a annoncé qu'il était allé voir une femme italienne dont on lui avait parlé et qu'il était convenu avec elle qu'elle me donne des cours d'italien.

« Plus je grossissais, plus il était enthousiasmé par la venue du bébé – *notre* bébé, disait-il, comme si nous l'avions fait ensemble. La plupart du temps, je ne m'attardais pas sur le fait que ce bébé n'avait pas de père. Il est impossible de vivre dans un état de stupeur et d'incrédulité très longtemps. Parfois, quand Peter était parti, j'allais à la messe et me confesser à l'église de la petite ville. Je n'arrivais jamais à avouer au prêtre que j'étais vierge. Je savais qu'il regarderait à travers la grille et verrait que j'étais enceinte. En revanche je l'ai dit à Mme Sheehy – la femme qui m'apprenait l'italien. Elle était la seule à déclarer que c'était forcément un miracle. Je me souviens d'elle touchant mon ventre du bout des doigts avant de les retirer vivement comme si elle s'y était brûlée. Je savais ce qu'elle pensait car c'était ce que je pensais moi aussi. Pourtant, elle ne l'a jamais dit à haute voix : que je pouvais bien être porteuse du fils de Dieu, ou qu'il était, tu sais, le Second Sauveur. »

Cara rit, et je ris avec elle car c'était la seule chose à faire, même si j'étais gênée, choquée que quiconque puisse penser une chose pareille, sans parler de le dire.

« Mme Sheehy était une dame très gentille. Elle s'est débrouillée pour que je récupère les vieux vêtements de bébé et le berceau de son neveu Jonathan. Il avait vingt-trois ans, il allait partir pour l'Angleterre.

« Comme j'approchais de la date prévue pour l'accouchement, je me suis mise à guetter un colis d'Isabel, une brassière ou un béguin tricoté, quelque chose, ou même une carte de Dermod avec juste son nom dessus, cela m'aurait suffi. Enfin, rien n'est venu. »

Cara déporta le regard au-delà de la fenêtre de sa chambre tandis que j'observais son reflet dans la vitre, flou et lumineux à la fois. La lune brillait au-dessus de sa tête et ses yeux ombragés me renvoyaient mon regard. J'étais ensorcelée.

Dans le salon, les coins sombres et la douce lueur des bougies dissimulaient les endroits élimés de la chaise longue, de même que les trous dans le tapis et l'éraflure sur le côté d'un des guéridons.

« Dieu du ciel, s'écria Peter, regardez-vous toutes les deux. »

Il prit la main de Cara et leva le bras pour la faire tourner. Elle souleva les pans de sa jupe et fit une révérence.

« Et Franny », dit-il. Il lâcha la main de Cara qui resta à m'observer, souriant comme si j'étais sa création, sa débutante qu'elle faisait parader pour la première fois. « Charmant, charmant. » Il me prit la main et s'inclina au-dessus.

Il ouvrit la bouteille de champagne et nous portâmes un toast à nous trois, à nos vêtements ; plus tard, nous portâmes un toast à Mme Reynolds, au service du dîner, au bureau, et à nous de nouveau. Cara était allongée sur la chaise longue, la tête posée sur un coussin brodé, les yeux fermés. Peter lui prit son verre des mains et apporta un autre café là où j'étais installée sur le rebord de la fenêtre.

« Je ferais mieux de monter, dis-je. De vous laisser aller vous coucher.

— Finis ton café d'abord. » Il me bouscula gentiment et s'assit à côté de moi. Nous contemplions Cara, endormie.

« Elle est belle dans cette robe, dis-je.

— Tout comme toi dans la tienne.

— Oh, je ne sais pas, c'est une robe de chambre en fait.

— Elle te va très bien.

— Il y a tellement de belles choses dans le Musée. Tu ne crois pas que c'est embêtant, qu'on les emprunte ?

— Bien sûr que non. Autant qu'elles soient utilisées, portées, admirées, plutôt que de pourrir dans une pièce verrouillée à double tour.

— On pourra toujours les remettre à leur place quand on aura fini, je suppose », dis-je en effleurant les broderies sur le tissu.

Une bougie vacilla avant de s'éteindre. Il était tard.

« Continue de la porter. C'est merveilleux de te voir heureuse. Cela te fait le plus grand bien, n'importe qui pourrait s'en rendre compte. Et il y a encore des tas de vêtements à essayer dans le Musée, des pantalons originaux, des chapeaux, des fourrures, toutes sortes de choses.

— Ma tante – la sœur de ma mère – avait une étole de fourrure, dis-je en prenant une lampée de café.

— Une sorte d'écharpe ? »

Nous murmurions, pour ne pas réveiller Cara endormie à quelques centimètres de nous.

« Oui, en fourrure de renard, répondis-je. Un jour, quand j'avais dix ans, je suis rentrée de l'école tôt, l'étole était enroulée autour de la balustrade. J'avais la main tendue devant moi pour la toucher quand ma tante est descendue dans l'escalier. Mon père suivait derrière elle. »

Peter haussa les sourcils, sans faire de commentaires.

« Ma tante a dit que j'avais le droit de caresser la fourrure, et de toucher la gueule pointue et les griffes du renard, à condition que je ne dise rien à ma mère. »

Je me tournai, m'assis sur le côté du siège devant la fenêtre, ramenai mes pieds vers moi et repliai la robe de chambre dessous.

« Et tu l'as fait ? demanda Peter. Tu l'as touchée ?

— Non. » J'inclinai ma tasse, bus un peu de café. « Mais j'aurais dû, ou du moins n'aurais-je pas dû dire à Mère ce que j'avais vu. Le lendemain, on m'a envoyée chez mes grands-parents dans le Dorset. La guerre avait éclaté et tout le monde pensait que Londres serait une des premières cibles des bombardements, tu te souviens ? J'ai cru que j'étais évacuée comme toutes mes autres camarades d'école. Pourtant, quelques mois plus tard, ma mère est revenue me chercher et m'a ramenée à Londres. Mon père nous fit emménager, ma mère et moi, dans un quatre pièces d'une maison de Dollis Hill, il avait vendu notre maison de famille, et s'était installé avec ma tante. Je n'ai jamais reparlé à l'un ni à l'autre, et ma mère ne s'en est jamais vraiment remise. Je crois qu'elle avait toujours su qu'ils avaient une liaison, mais elle aimait énormément sa petite sœur, et quand j'y repense maintenant, je me dis qu'il devait y avoir beaucoup plus de choses en jeu, beaucoup plus de passif entre eux que tout ce que je ne découvrirais jamais. Quoi qu'il en soit, c'est à moi qu'elle en a voulu, d'avoir révélé leur relation au grand jour, d'avoir forcé mon père à prendre une décision, et il a fallu que je vive avec cela.

— Oh, Franny », soupira Peter.

Mais je n'avais pas fini. Maintenant que j'étais lancée, je ne pouvais plus m'arrêter. Il savait écouter les gens, tout comme moi.

« Il y a deux ans, ma tante est morte dans un accident de la circulation, poursuivis-je. Dans son testament, elle m'avait légué l'étole. J'ai dit au notaire que je n'en voulais pas, elle a néanmoins été expédiée. Je ne sais pas bien ce qu'elle essayait de dire en me la léguant – c'était sans doute une façon de me remercier pour lui avoir permis d'être avec mon père, l'amour de sa vie, durant vingt-sept ans ? Je n'en sais rien. La peau était devenue friable et la fourrure s'était largement clairsemée. C'était assez dégoûtant. Une nuit, je l'ai emportée au fond du jardin alloué à l'appartement du dessous et je l'ai enterrée. Parfois, il vaut mieux ne rien dire. Tu ne crois pas ?

— Qu'il vaut mieux mentir ?

— Ou juste ne rien dire et tenter de s'arranger avec soi-même.

— Je ne sais pas. » Il posa la main sur mon genou. « Certaines choses sont peut-être trop lourdes à porter seul.

— Problème partagé diminue de moitié, c'est ça ? Ce bon vieux cliché ? » dis-je.

Nous regardâmes par la fenêtre. Le ciel était d'un violet sombre, pas tout à fait noir, et la lune se reflétait dans la verrière de l'orangerie, où les feuilles tentaient de forcer leur chemin contre la vitre. L'expression de Peter était un brouillard, indéchiffrable.

« Il faut que j'aille me coucher », dis-je, pleinement consciente du poids de sa main à travers le tissu de ma robe de chambre. Je me demandai s'il l'avait oubliée là et, sinon, quelle était son intention en l'y laissant. Je me levai.

Il se leva à son tour. « Je t'accompagne. » Il ramassa un candélabre dont quelques bougies étaient encore allumées. « Il reste une surprise que Cara voulait te montrer, dit-il. Mais je crois que nous devrions la laisser dormir.

— Une autre surprise ? » Je m'efforçai d'avoir l'air enthousiaste, ainsi que Cara l'attendait de moi.

Nous traversâmes le hall d'entrée sans allumer les lumières, Peter en tête, franchissant la porte du palier puis grimpant l'escalier en colimaçon. À cet instant seulement je me souvins du visage que j'avais vu à la fenêtre, du fait que je n'étais pas encore remontée depuis mon retour de Londres, et songeai que je n'étais plus si certaine à présent de ne pas avoir laissé les lattes de travers après tout.

La porte d'en haut était entrebâillée. Tandis que Peter la poussait, j'hésitai, anxieuse, nerveuse face à nos ombres dansant autour de nous.

« Dis-moi que tu ne crois plus avoir vu quelqu'un là-haut ? demanda Peter.

— Non, fis-je en hochant la tête. Non, probablement pas. » Cependant, il y avait une odeur, semblable à celle que j'avais respirée le jour de mon arrivée, quand j'avais arraché la moquette de la salle de bains. La même odeur que celle du matelas que je partageais avec Mère, avant que les hommes viennent le chercher, en même temps que les autres objets sans valeur.

Dans ma chambre, Peter leva le candélabre à bout de bras. Mon vieux lit de camp avait disparu, à la place il y avait un lit simple, en bois, haut, assorti à une commode sur laquelle était posée une lampe. Il traversa la pièce, alluma la lumière et je vis le tapis dont Cara m'avait parlé.

Il posa une main sur l'un des pieds sculptés du lit. « Edwardien, à mon avis.

— Oh Peter, dis-je. C'est incroyable. Merci.

— Je crains que le matelas ne soit pas à la hauteur, mais avec un peu de chance, il est quand même meilleur que celui que tu avais avant. »

Je m'assis. « Quel plaisir cela va être de dormir ici, dans un vrai lit. » Je cherchais quelque chose à dire qui le ferait s'attarder encore, des mots qui lui prouveraient que je le comprenais.

« Et regarde. » Il pivota de manière outrée. « Il n'y a personne d'autre ici. Rien que nous deux.

— Bien sûr. Je suis convaincue que c'était juste Cara, à l'étage du dessous, que j'ai vue.

— Tu veux que je vérifie les autres pièces ? »

Est-ce qu'il faisait durer le moment ? me demandai-je. Cherchait des excuses pour rester avec moi plus longtemps ? Peut-être, songeai-je, était-il monté avec autre chose en tête. Après tout, rien ne l'obligeait à m'escorter, encore moins à la bougie.

Je pensai à la chasse d'eau résonnant au milieu de la nuit, à l'oreiller dans la baignoire, j'avais peur qu'il me prenne pour une bonne femme terrifiée, qui a peur de son ombre. « Non, non, dis-je. Je vais bien. » Tandis qu'en moi-même je répondais : *Oui oui, reste*.

« Je devrais peut-être me résigner à verrouiller les portes d'en bas le soir. On ne voudrait pas que quelqu'un s'introduise dans la maison, pas maintenant. » Il pensait à toutes ces choses de valeur que nous avions trouvées dans le Musée.

« Oui, dis-je. Je crois que tu as raison. » Dans mon esprit, je me représentais l'homme que Cara avait décrit, tout excité à l'idée de devenir père, allant à la mer à bicyclette avec elle, la nourrissant de morceaux de pain beurré. Un romantique. J'avais envie qu'il se confie à moi.

« Eh bien, dit-il. Je suis content que la chambre te plaise. Si tu as besoin de quoi que ce soit d'autre, surtout n'hésite pas.

— C'est parfait.

— Je ferais mieux de te laisser essayer ton nouveau lit. » Je le suivis le long du couloir obscur jusqu'à l'escalier en colimaçon, interprétant comme un signe le fait qu'il n'allume pas les lumières. J'étais juste derrière lui lorsqu'il s'arrêta net, et manquai lui tomber dessus tandis qu'il me rattrapait par le bras. J'étais prête, je relevai la tête.

« Mince, dit-il. J'ai oublié de te prendre un bureau. »

Il alluma le plafonnier.

« Oh, dis-je. Un bureau. Oui. Un bureau, ce serait magnifique. »

Il ne m'embrassa pas. Bien sûr qu'il ne m'embrassa pas.

16

Dans la pièce vide sous les combles, juste à côté de ma chambre, quelqu'un secouait du linge humide : des nappes, des serviettes monogrammées ; des articles suffisamment petits pour qu'une seule personne puisse les agiter par les coins. Le son s'insinua dans mon rêve, je m'éveillai dans un sursaut de terreur, j'étais allongée dans mon nouveau lit, dans le noir, à guetter le retour du bruit. Je pensai au visage à la fenêtre, et j'étais alors persuadée de l'avoir vu, qui que ce fût, il était dans la pièce d'à côté désormais. Je tâtonnai à la recherche de ma montre et la tins devant mes yeux : il faisait trop sombre pour y voir.

Juste après mon arrivée, j'avais exploré toutes les pièces des combles, arpenté l'écho de leur vide, écarté les filets de toiles d'araignées et m'étais accroupie pour regarder par les fenêtres minuscules. Celles orientées vers l'ouest avaient la même vue que la mienne : une vue tout en hauteur du parc, les rameaux émergeant au loin.

Sous le plafond, l'air de la nuit stagnait, lourd, comme si le plomb sur le toit emmagasinait chaque journée de soleil pour la décharger sur moi à la nuit tombée. J'essayais de me distraire en me remémorant la conversation que Peter et moi avions eue tandis qu'il me raccompagnait en haut – en haut, dans cette chambre ! – avait-il réellement prononcé les mots *Il n'y a personne ici. Rien que nous deux* ? J'avais presque réussi à me rendormir quand le bruit revint, me saisit, raide de frousse, imaginant ce visage sans yeux ni bouche ni nez. À présent, la personne dans la pièce d'à côté était une femme, âgée, les articulations noueuses, le cheveu fin, une folle faisant la lessive au beau milieu de la nuit. Je l'entendis grimper sur l'appui de fenêtre, secouer le châssis et la vitre branlante, je la vis s'agripper aux montants de la fenêtre de ses ongles crochus et jaunâtres comme la croûte d'un vieux fromage.

Je ne pouvais pas rester au lit à écouter et imaginer ; avec une volonté que j'ignorais posséder, je rabattis donc mes draps et sortis du lit. Le bruit cessa. Dans le couloir, j'appuyai l'oreille contre la porte de la pièce adjacente. Silence. J'envisageai un instant d'aller chercher Peter, mais quelques heures à peine auparavant je lui avais assuré ne pas avoir peur. Je songeai à retourner me coucher, mais je savais que, si le bruit devait recommencer, je n'aurais jamais le courage de me relever. Le pendentif de Mère reposait sur ma poitrine, je le touchai sans y penser, avant d'ouvrir la porte.

Devant la fenêtre brisée, il y avait ce corbeau étendu au sol, la tête tordue, l'œil du haut déjà vitreux mais les anneaux autour et le bec demeuraient d'un jaune éclatant. Lorsque je pris l'oiseau dans mes mains en coupe, il était encore chaud.

« Je lui ai dit que j'étais désolée », me semble-t-il avoir confié à Victor.

L'infirmière assistante noire appuie ses doigts chauds sur le sang froid et lent de mes veines et compte.

« Ne restez pas trop longtemps, aumônier. Mme Jellico a besoin de repos.

— Aumônier ! » m'écrié-je. C'est le mot qu'ils utilisent pour parler de lui ici, pas vicaire.

« Qu'y a-t-il, mademoiselle Jellico ? » Victor me souffle une haleine de pastille à la menthe au visage. Qu'a-t-il pensé ce matin, qu'il allait rendre visite à des mourants et qu'il faudrait qu'il leur parle de très près ? Est-ce qu'il a toujours un paquet de pastilles à la menthe dans la poche de sa soutane ? Est-ce que les soutanes ont des poches ? Je l'observe et je remarque que son faux col est de travers, comme s'il l'avait enfilé à la hâte.

« Mademoiselle Jellico ? se rappelle-t-il à moi.

— Désolée, répété-je. Je lui ai dit que j'étais désolée.

— Dit à qui ? »

J'avance au milieu des vaches qu'elle ouvre devant moi, tel Moïse pour les Juifs. Je n'ai jamais aimé les vaches et elles ne m'ont jamais aimée non plus. Je n'ai pas peur de mourir. L'aumônier est à mes côtés. « Cara Calace ? » interroge-t-il.

Je n'ai jamais aimé les vaches.

« Elle avait l'air endormie, dis-je. Si paisible.

— Qu'avez-vous fait, mademoiselle Jellico ? Nous étions amis autrefois, vous vous souvenez ? Vous pouvez me le dire.

— Je l'ai fait. »

Le matin, je me levai avant Cara et Peter et enfilai la robe de chambre, sans m'embarrasser des sous-vêtements de Mère, pour la première fois. Dans la dépendance où j'avais déniché des pots de confiture, je trouvai également une pelle et enterrai le corbeau entre les racines du mûrier. Je fouillai les écuries et autres bâtiments à la recherche d'un morceau de bois suffisamment solide et grand pour le clouer à la place de la fenêtre cassée, en vain, je descendis donc à la cave. La porte au pied de l'escalier en colimaçon s'était coincée dans la dalle et il me fallut pousser fort pour l'ouvrir. Elle céda avec un geignement rouillé. Je tâtonnai autour jusqu'à ce que mes doigts tombent sur un interrupteur, et quand je le tournai, une série d'ampoules se mit à clignoter, une à une, le long d'un grand couloir comme une colonne vertébrale courant sur toute la longueur du sous-sol, du nord au sud, le même couloir, répondant en écho à ceux des deux étages supérieurs. Peter ne m'avait pas emmenée au sous-sol lors de notre visite ; sans doute avait-il jugé que cela n'en valait pas la peine, ou bien voulait-il garder secrète la quantité de vin qu'il avait découverte. Il m'avait expliqué que la surface au sol était la même que pour le reste de la maison, à la différence qu'il y avait quelque chose comme trente pièces : placards et réserves, garde-manger et alcôves, ainsi que l'ancienne cuisine. Et je lui avais appris qu'à l'origine de la construction de Lyntons, le sous-sol était un rez-de-chaussée avec des fenêtres donnant sur le jardin, mais qu'au début des années 1800 la maison avait été repensée et la terre amoncelée tout autour de manière à créer la terrasse côté ouest et le portique, enterrant vivants les domestiques au passage.

Je pressai le pas le long du couloir qui empestait l'humidité, plus ou moins autant que dans le reste de la maison, et dans certaines pièces où je passai la tête, un effluve terreux de champignons refluait.

Alors que les pièces aux niveaux émergés étaient presque vides, cet étage avait servi de tombeau aux choses cassées, chaises à trois pieds, brosses sans poils, seaux troués. Tout ce fatras crasseux et mutilé, ainsi que l'absence de lumière naturelle me perturbèrent. Je m'activai, ouvris les portes, allumai les lumières, les souris et les araignées se carapataient sur mon passage. Tout au bout, je découvris une réserve contenant de vieux pots de peinture et des chutes de bois empilées contre un mur parmi lesquelles je fouillai jusqu'à ce que je trouve un morceau qui me sembla faire l'affaire.

Les outils de Peter étaient rangés dans ce qui avait dû être la chambre du majordome ou de la gouvernante, avec une petite grille sur un poêle et une bouilloire noire posée dessus. Il y avait là un lit également, escamotable, il avait été tiré de son caisson en bois où l'on pouvait le replier quand on ne l'utilisait pas. En entrant dans la chambre, je vis que le lit avait été refait récemment, avec un oreiller, des draps frais sous une couverture en laine, les coins bien au carré. Les outils de Peter étaient étalés sur une commode et juste à côté il y avait la masse avec laquelle il avait enfoncé la porte du Musée. Je pris un petit marteau et une poignée de clous. J'étais contente d'avoir tout trouvé sans déranger Peter.

J'entendis la porte de l'escalier s'ouvrir tout au bout du couloir, c'était le même bruit que lorsque j'avais poussé pour la faire céder : le raclement sur le sol, le bruit des charnières, mais j'étais incapable de me rappeler l'avoir refermée ou non.

« Peter ? appelai-je. C'est Frances. J'espère que tu ne m'en veux pas, je t'ai emprunté un marteau. » Je serrai le cordon qui ceignait la taille de ma robe de chambre.

Pas de réponse, pourtant j'entendais ses pas approcher sur la pierre.

« Cara ? » appelai-je, anxieuse à présent.

Je sortis dans le couloir, regardai de part et d'autre, personne. Je rappelai leurs deux noms, pas de réponse. L'ombre dans mon dos reparut, de l'air gris, lourd sur mes épaules, je pivotai vivement pour m'en saisir. *Faute* – le mot me vint à l'esprit comme si quelqu'un l'avait prononcé à voix haute. « Il y a quelqu'un ? » dis-je, mais ma voix sonnait creux et je me mis à courir dans le couloir – autour de mon cou, le pendentif rebondissait contre ma poitrine – pour jaillir de la porte de l'escalier vers le grand jour.

Nous prîmes le déjeuner : figues, fromage et pain. Cara portait la même robe bleue qu'elle s'était choisie la veille. Peter alla faire du café. De là où nous nous étions affalés sur les marches de l'orangerie, j'apercevais sa silhouette passant d'une fenêtre à l'autre, ramassant des verres de vin et des tasses usagés, abandonnés sur nos nouveaux meubles, autant d'anneaux blancs rongeant le bois ciré.

« Peter m'a dit qu'il était monté dans les combles avec toi hier soir », fit Cara en se léchant les doigts. Elle se rallongea et ferma les yeux. La remarque paraissait innocente, mais je n'en étais pas certaine.

« Pour me montrer votre surprise, précisai-je. Mon nouveau lit et le tapis.

— Tu aimes ?

— Oh oui. Merci.

— Je pensais que nous te ferions la surprise ensemble. Je pensais que nous étions d'accord là-dessus.

— Tu t'es endormie d'un coup sur la chaise longue.

— Et ça ne vous est pas venu à l'esprit de me réveiller ? » Elle repoussa ses cheveux de son visage.

« Tu avais l'air épuisée, après tout le mal que tu t'étais donné pour moi.

— Alors vous êtes montés tous les deux ? »

Je m'efforçais d'anticiper ce que Peter avait pu lui raconter.

« Oui, répondis-je. Pour que Peter me montre le lit et le tapis, et la table de chevet. J'ai fait semblant d'être surprise – il me semblait que c'était là-dessus que nous nous étions mises d'accord. »

Elle se redressa, marqua une pause, le temps d'évaluer mon minuscule acte de rébellion. « Je suis contente que ça t'ait plu, dit-elle. J'étais juste déçue de ne pas avoir pu voir ton visage quand tu es entrée dans la pièce. »

Nous restâmes silencieuses un moment après cela, le temps que l'atmosphère s'aplanisse entre nous.

J'apercevais Peter dans leur salle de bains à présent, sans doute en train de remplir la bouilloire.

« Quand est né le bébé ? » demandai-je, nous jugeant plus en sécurité dans son passé que dans notre présent. Je commençais à comprendre que Cara et moi avions chacune un rôle à jouer dans le récit de ses chroniques. Avant tout, j'étais son auditoire, son public. Et elle avait besoin d'un public, même si ce n'était que moi, assise sur les gradins, la bouche ouverte durant la majeure partie de son numéro. Son histoire n'aurait été que souvenir et imagination si je n'avais pas été là pour l'entendre ; inconnue et inédite, pareille à un livre sans lecteur. Mon second rôle s'opérait depuis les coulisses : souffleur.

« À l'été 1964, dit-elle. Avec un peu de retard, d'après mes calculs.

— Tes calculs ?

— Oui, répondit-elle. Le décompte à partir du moment où j'avais eu cette conversation avec le père Creagh dans le salon du fond et vu le Christ descendre du tableau. Tu te souviens ?

— Jésus, dans le tableau ? interrogeai-je, sous le choc.

— Oui, Frances. Suis un peu. » Elle semblait agacée, alors je me tus, la laissant poursuivre.

« Peter m'a conduite à l'hôpital, à Cork. J'ai refusé qu'il m'accompagne à l'intérieur, de peur qu'il doive monter un escalier, trébucher et mourir.

— Comme ton père ?

— Je crois qu'il est resté assis dans la voiture ou qu'il a arpenté le couloir de long en large. J'avais peur de l'accouchement – peur de la douleur, de l'inconnu, en somme – mais plus encore de ce que j'allais mettre au jour. Puisque l'enfant n'avait pas de père humain, quel genre de créature allait-il être ? Je n'en avais aucune idée. Je me souviens de ces dernières nuits, avant que les contractions commencent, je faisais des rêves de bergers, de halos, de vaches. Le tout embrouillé dans une confusion insensée. Quoi qu'il en soit, c'était un garçon normal, avec le bon nombre de bras, de jambes et de doigts. Il ne ressemblait à personne que je connaisse, pas même à moi. La peau pâle avec le duvet, les sourcils et les cils les plus clairs que j'aie jamais vus, presque blancs. Mais les cheveux sur sa tête étaient d'un jaune orangé, abricot, et quand il a ouvert les yeux, ses pupilles étaient immenses, on aurait dit un chat qu'on réveille de sa sieste.

« Je l'aimais, pourtant je n'avais pas l'impression qu'il était à moi. Je ne comprenais pas comment il était venu au monde, Peter en revanche l'appela son fils dès le début, je le nourrissais, je le changeais, certes, mais il était l'enfant de Peter. Parfois j'oubliais son existence, il était si silencieux, il ne pleurait presque jamais, et quand je le prenais, que je le tenais contre moi, il avait une expression sur le visage que je ne parvenais pas à déchiffrer, comme si des pensées circulaient sous ce crâne qu'un bébé n'aurait jamais pu élaborer. Peut-être que toutes les mères ont les mêmes impressions vis-à-vis de leurs enfants. Je ne sais pas. L'impression que leur enfant est spécial. Mais Finn l'était, il était différent. Peter le prenait dans le lit avec nous au milieu de la nuit, même quand il ne pleurait pas, et je le trouvais à mon réveil, étendu entre nous, endormi.

« J'avais toujours le projet d'aller en Italie, vers le soleil. J'en avais assez de l'Irlande et de la pluie. Quand j'allais chez O'Dowd faire les courses, les gens du village étaient sympathiques mais chacun s'occupait de ses affaires. Il fallait être de la famille, même lointaine, pour s'intégrer. Et puis tout a déraillé. Il y a eu un moment où… »

Elle s'interrompit. Elle regardait par-dessus mon épaule, et quand je regardai derrière moi, je vis Peter revenir avec le café, franchir les portes-fenêtres et poser le pied sur la terrasse.

« … un moment où j'ai abandonné Finn. J'aurais dû me cramponner à lui. J'aurais dû. » Elle murmurait, parlait vite. Elle se redressa. « Du café ? Quelle bonne idée ! » lança-t-elle à Peter. J'imaginais quelqu'un, une nonne irlandaise peut-être, la mine grave sous sa guimpe, prenant l'enfant des bras de Cara. Et les larmes sur le visage de Cara tandis qu'elle luttait avec sa conscience.

Peter avait descendu une assiette de biscuits Garibaldi faits maison par Cara avec le café. Je ne lui avais pas dit que, malgré leur nom, ces biscuits n'avaient rien d'italien. C'étaient les préférés de Mère, et rien qu'à l'idée d'en manger un seul, j'avais des haut-le-cœur. Cara et moi avalâmes notre café et elle me montra la bague du Musée qu'elle portait encore. C'était une bague de deuil. Serti de minuscules crânes sur l'extérieur, le diamant central dissimulait une charnière ; lorsqu'elle l'ouvrit, une boucle de cheveux apparut en transparence. Elle l'ôta et me fit lire l'inscription : *Eliza Sutton, 6 juin 1830, âgée de 17 ans.*

« Sa nouvelle alliance », dit Peter sans sourire.

Le ciel s'était assombri et plusieurs grosses gouttes de pluie chaude nous firent ramasser toutes nos affaires et les rassembler dans la nappe étalée pour le déjeuner, mais la pluie cessa avant même que nous eûmes atteint l'intérieur de la maison. Nous restâmes tous les trois dehors, assis sous le portique, le dos appuyé aux portes closes.

« Je suis descendue au sous-sol pour la première fois ce matin, déclarai-je.

— Je n'aime pas aller en bas, dit Cara. Je ne peux pas m'empêcher d'imaginer tous ces domestiques privés de lumière du jour en permanence.

— J'ai cru entendre l'un d'entre vous venir. L'un de vous deux était là ?

— Au sous-sol ? demanda Cara en fronçant les sourcils. Pas moi. » Elle regarda Peter.

« Cara, soupira Peter. J'ai passé toute la matinée en haut avec toi. Qu'est-ce que tu fabriquais au sous-sol ? me demanda-t-il.

— Aucun d'entre vous n'était là ?

— Non, dit Cara. Et tu as entendu quelqu'un ?

— J'avais besoin d'un morceau de planche pour la fenêtre. Un corbeau est entré dans la pièce voisine de ma chambre hier soir. »

Cara se redressa. « Un corbeau ? Et il va bien ?

— Il a volé et foncé dans les murs. J'ai eu une peur bleue.

— Est-ce qu'il a chanté ? » Elle posa sa tasse sur la pierre à côté d'elle.

« Chanté ? Non, il n'a pas chanté. Il battait des ailes – la pauvre bête devait essayer de s'échapper désespérément. La vitre de la fenêtre était brisée.

— Peter, dit-elle d'un ton d'entente entre eux, dont j'étais exclue.

— Ça ne veut rien dire. » Peter avait les yeux fermés, et l'air fatigué.

« Qu'est-ce que ça ne veut pas dire ? dis-je en allant de l'un à l'autre.

— Peter ! répéta-t-elle. L'oiseau était à l'intérieur de la maison.

— L'oiseau était à l'intérieur de la maison ? » dis-je, songeant de nouveau, inquiète, au visage derrière la fenêtre, aux pas dans le sous-sol, à l'oreiller dans la baignoire. Mes doigts cherchèrent le pendentif et je tirai la chaîne pour la mordre contre ma lèvre inférieure.

Cara se leva, renversa sa tasse, une du service bleu et doré avec le timbre aux trois oranges. Elle vacilla et Peter se pencha pour la rattraper, mais la tasse bascula et se brisa contre la pierre.

« Bon sang, Cara. C'était un service complet. Maintenant qu'il manque une tasse, ça ne vaut quasiment plus rien.

— Mais l'oiseau ! » Elle était courbée vers lui et parlait entre ses dents serrées.

Il se leva à son tour, passa les bras autour de sa taille en essayant de l'attirer à lui, elle le repoussa. Peter avait les mains écartées comme s'il voulait l'attraper, oiseau à son tour, trop rapide pour lui.

« Chut », dit Peter, mais elle riait d'un rire dément en enfourchant ses mains dans ses cheveux défaits, puis, les bras ballants, elle partit en courant vers la maison, se ravisa, revint vers nous. Je me demandais s'il ne faudrait pas que je la gifle, ou si je devais prendre la bicyclette et aller chercher un médecin ; elle était hystérique, et cependant cela paraissait théâtral, surjoué, exagéré.

« Rentrons. » Peter la prit par les épaules. « Viens t'allonger à l'intérieur. C'était juste un oiseau.

— Désolée, dis-je sans savoir de quoi je m'excusais.

— Ce n'est rien. Elle va s'en remettre.

— Ce n'est pas rien, hurla Cara.

— Je l'ai enterré, dis-je. Sous le mûrier. C'était ce qu'il fallait faire ?

— Il est mort ? dit-elle avant de s'effondrer, tandis que Peter la soutenait sous les aisselles.

— Viens t'allonger à l'intérieur, répéta-t-il.

— Est-ce que je peux faire quelque chose ? » demandai-je, mais ils avaient déjà disparu, de l'autre côté des portes-fenêtres, les pieds de Cara traînant presque sur les pavés.

Je ramassai les brisures de la tasse et, ne sachant plus que faire, attendis sous le portique. À travers la fenêtre ouverte de leur chambre, je distinguai seulement le moment où Cara s'assit sur son lit, la tête entre les mains, et Peter s'agenouilla devant elle. Elle le laissa lui ôter sa robe et posa les mains autour de sa nuque, bras tendus. Je l'observai tandis qu'il s'extirpait de son étreinte, remontait les couvertures sur elle et la bordait.

17

Plus tard, Peter sortit et me trouva dans l'ancienne roseraie. J'évitais d'avoir à retourner dans la maison. Elle me semblait menaçante à présent, toutes ces pièces vides, ces espaces sinistres et poussiéreux, qu'à peine quelque temps auparavant je jugeais magnifiques. Je ne pouvais m'empêcher d'avoir l'impression que cet endroit se jouait de moi, tentait de me rendre folle ou de me faire fuir.

« Sortons dîner, déclara Peter. Cara dort. » Je coulai un regard vers leur chambre à l'étage. « Je suis sûr que tout ira bien pour elle. »

Je montai le grand escalier et, juste avant de franchir la porte de service vers les quartiers des domestiques, je remarquai dans une niche, un peu plus bas dans le hall, une statue en marbre qui n'était pas là auparavant, d'un blanc éclatant dans l'obscurité alentour : un jeune homme nu sans même une feuille de vigne pour cacher son intimité. Je m'approchai et vis la surface polie là où des milliers de doigts l'avaient effleuré en passant devant lui. Dans une main, il tenait quelques grappes de raisin, tandis que de l'autre, il portait un toast à lui-même, et un calice : Bacchus. C'est alors que je réalisai qu'il n'était pas en marbre, mais en plâtre, je tapai l'os d'une phalange contre sa cuisse, qui sonna creux.

En haut, dans les combles, j'ouvris toutes les portes, vérifiai que personne ne se cachait derrière, puis je me dépêchai d'enlever mon peignoir brodé pour enfiler une longue robe de chambre d'homme en soie à rayures lavande et grises. Dessous, je glissai trois jupons plissés et une ceinture au milieu pour tenir le tout ensemble. J'entortillai mes cheveux en l'air derrière ma tête et glissai l'un des éventails dans une pochette de soirée noire que je passai à mon poignet. Je ne m'arrêtai même pas pour m'observer dans le miroir qui s'était matérialisé dans ma salle de bains.

Peter nous conduisit en ville et se gara devant le Harrow. Cela n'aurait pas été mon premier choix après ce qui s'était passé la fois où j'avais voulu y prendre le thé, mais je n'avais aucune autre suggestion à lui faire. On salua Peter par son nom et le patron me gratifia d'un signe de la tête. J'aurais sans doute pris le temps de sortir mon éventail et de l'agiter devant mon visage s'il ne nous avait pas si vite menés jusqu'à la salle à manger et ses tapis épais aux motifs chargés, où tout était feutré et scintillant. Les sets de table représentaient des scènes de chasse et les rideaux étaient en damas rouge. De mornes comptables et notaires en costume étaient assis à des tables de bois sombre face à leurs épouses endormies et adolescentes éteintes. Je m'imaginais renversant leurs assiettes sur leurs genoux, ruant dans ce calme. N'avaient-ils donc aucune idée de ce qui se passait – Peter m'avait invité à dîner, Peter ! J'essayai de me calmer.

« Que dirais-tu d'un steak ? » demanda Peter une fois que nous fûmes assis face à face, tandis que je détaillais mon menu, relisant la première ligne à l'infini. Il passa en revue la carte des vins. « Une bouteille du volnay », dit-il au serveur qui s'inclina à son tour devant lui. Avant qu'il ne parte, Peter ajouta deux doubles gins tonic à notre commande, pour patienter. Je ne pouvais pas voir les prix des vins mais Peter précisa : « J'attends une petite rentrée d'argent. Ce soir, on se fait plaisir. »

Lorsque le serveur revint avec la bouteille et la déboucha, Peter déclara : « Je crois que Madame devrait le goûter. » Le serveur haussa les sourcils mais versa néanmoins un peu de vin dans le fond de mon verre, je le fis tourner, le humai et l'enroulai autour de ma langue ainsi que Peter me l'avait appris. J'étais trop distraite pour consigner son odeur ou son goût, j'opinai cependant et le vin fut versé.

Nous commençâmes par du pâté et des toasts Melba, un minuscule cornichon émincé et étalé sur le côté de chacune de nos assiettes. Ma nervosité m'avait donné faim. Peter se pencha plus près de moi pour m'entretenir du contenu du Musée, s'étonner que les soldats n'aient jamais découvert les lieux alors que c'était sous leur nez durant toutes ces années. Il me resservit en vin et alluma nos cigarettes. Un coin de mon toast Melba tomba sur le côté de mon assiette et glissa sous la table, je bus pour dissimuler mon embarras. Je lui racontai que j'avais entendu parler d'une maison dans le sud de la France laissée à l'abandon pendant un siècle, les propriétaires morts sans héritiers connus, ses trésors n'avaient été découverts que récemment.

« C'est l'histoire que tu as étudiée à Oxford ? demanda Peter.

— À St Hugh, oui.

— Tu n'as pas pu croiser Mallory, alors. Elle était à St Hilda.

— Qu'a-t-elle étudié ?

— Les lettres classiques. Nous nous sommes rencontrés chez Sotheby's. C'était tellement ridicule qu'avec son diplôme elle occupe un poste de secrétaire, alors que j'ai quitté l'école avec un simple certificat et directement décroché un travail intéressant. »

Je faillis lui dire que je n'étais allée à Oxford qu'une année à peine, qu'à la fin de mon premier semestre Mère était tombée malade et que j'avais dû rentrer pour m'occuper d'elle. Cette fois-là, elle avait guéri, mais je n'étais jamais retournée à l'université. « Le nom ne me dit rien, dis-je.

— Elle était un peu une bas-bleu. C'est le terme non ? L'exact opposé de Cara. J'étais attiré par l'esprit de Mallory, alors qu'avec Cara il s'agissait surtout de... je ne sais pas. » Il donnait l'impression de regretter d'avoir commencé cette phrase. « Elle me plaisait, disons.

« Enfin, quoi qu'il en soit, je regrette de ne pas être allé à l'université, poursuivit-il. Apprendre pour le plaisir d'apprendre, j'étais tellement pressé – de gagner de l'argent, d'aller à Londres, de me débrouiller tout seul. Ç'aurait peut-être été bien d'avoir un peu de temps pour étudier, pour m'amuser. Mallory me raconte toujours – me racontait – un tas d'histoires sur les choses qu'elle faisait. » Il semblait mélancolique.

« Tu es toujours en contact avec elle ?

— Non, pas vraiment. Pendant un moment, j'ai espéré que nous pourrions rester amis, mais c'était trop difficile. Ça me manque pourtant, notre amitié. C'est entièrement ma faute, bien sûr. Enfin, et toi ? Comment c'était, tes études à Oxford ? Un sacré barnum, j'imagine ? »

Nos steaks arrivèrent, interrompant la conversation. Une serveuse en uniforme noir et blanc nous servit des cuillerées de carottes, haricots d'Espagne et chou-fleur tendre présentés dans des plats en aluminium. Tandis que nous découpions notre viande, répandant le sang sous les légumes, Peter reprit : « Quel dommage que Cara soit végétarienne.

— Végétarienne ? m'étonnai-je. Mais elle passe son temps à nous cuisiner du poulet et du poisson. » Je sciai la viande de mon couteau dentelé.

« Végétarienne du bœuf. » Il mordit dans un morceau de viande. Ses dents étaient parfaitement alignées. « Et du veau. Il n'en entre jamais dans la maison, tu l'as sûrement remarqué. »

Je n'arrivais pas à savoir s'il avait envie que je me moque d'elle ou que je l'approuve. « Notre gouvernante préparait un délicieux ragoût de poitrine de bœuf à l'époque où nous vivions encore avec mon père, dis-je en buvant un peu de vin pour faire glisser la viande, cette chaleur familière et rassurante se faufilant dans mes veines.

— Je suis sûr que même de cela, Cara n'aurait pas voulu.

— Est-ce qu'elle croit que les vaches sont sacrées ?

— Elle les adore, ça, c'est une certitude. »

Il sourit et nous échangeâmes un regard plus long que nécessaire, jusqu'à ce que je sois forcée de détourner les yeux. J'écrasai une pomme de terre dans le jus sanguinolent au fond de mon assiette.

« Ne t'inquiète pas, dit-il en tendant une main vers une des miennes, celle qui tenait mon couteau.

— Oh, je ne suis pas si inquiète », dis-je au moment même où il ajoutait : « Cara se débrouillera très bien toute seule dans la maison. » Je ne m'étais pas demandé si Cara allait bien ou non. Je posai mon couteau, prête à lui offrir ma main, mais il reprit son couteau et sa fourchette et revint à son repas.

Je finis mon vin et remplis nos deux verres. Nous mangeâmes sans un mot jusqu'à ce que je dise : « Je suis désolée pour le corbeau. Je n'aurais pas dû en parler.

— Tu as fait ce qu'il fallait en l'enterrant. De toute façon, je ne vois pas comment tu aurais pu savoir.

— Quel était le problème exactement ?

— Une des superstitions irlandaises de Cara. Quand elle trébuche dans une chaise, elle fait un signe de croix, si le premier agneau du printemps est noir, c'est de mauvais augure, et si ses paumes la grattent, cela veut dire qu'elle va gagner de l'argent. » Peter se frotta la main avec la poignée de son couteau, et nous rîmes. Une femme à la table d'à côté se retourna pour nous dévisager, et je voyais bien ce qu'elle pensait, que nous formions un couple magnifique et que ce devait être tellement merveilleux de rencontrer l'amour sur le tard.

« Et le corbeau ?

— Je ne suis pas sûr d'avoir moi-même tout à fait compris. Elle jacassait des choses incompréhensibles quand je l'ai mise au lit. Un oiseau dans une pièce est censé être une prémonition de mort imminente dans l'entourage, dit-il. Tout est embrouillé dans la tête de Cara : catholicisme, protestantisme, et superstitions irlandaises, tout mélangé. Si l'oiseau chante, cela veut dire quelque chose, s'il crie, c'est autre chose encore.

— Et s'il ne fait aucun bruit ? Qu'il bat des ailes juste, et meurt ?

— Dans ce cas, tu te transformes en femme pleine de ressources, tu déniches une pelle toute seule et vas enterrer la satanée bestiole. »

Nous nous penchâmes l'un vers l'autre et rîmes de nouveau.

« Et un morceau de bois, un marteau et quelques clous, dis-je. J'espère que tu ne m'en veux pas de les avoir pris.

— Pas du tout.

— J'ai vu le lit au sous-sol », et bien que sa tête fût baissée, concentrée sur sa nourriture, ses mâchoires cessèrent de mastiquer l'espace d'un instant. « Si tu as besoin de parler à quelqu'un, tu sais que je…

— Oui, merci. » Il me coupa et héla le serveur d'un geste.

« Pardon », dis-je, croyant qu'il allait demander l'addition et me ramener à la maison, mais il commanda une autre bouteille de volnay, et lorsqu'elle arriva, nous ne prîmes même pas la peine de le goûter.

« Et tu n'étais pas en bas ce matin ?

— En bas ?

— Au sous-sol.

— Qu'as-tu dit avoir entendu ? Des pas ?

— Oui, qui avançaient dans ma direction le long du couloir central.

— C'est la maison qui tangue un peu, c'est tout, dit-il en m'offrant une cigarette.

— Qui tangue ?

— Tu vois ce que je veux dire, elle s'ajuste, l'extérieur s'adapte aux changements de température, l'intérieur s'adapte à nous qui l'habitons. De toute façon, ce n'était ni Cara ni moi et il n'y a personne d'autre dans la maison.

— Comment peux-tu en être certain ?

— Parce que ce serait ridicule. On les aurait vus depuis le temps, tu ne crois pas ? Il y aurait eu davantage que des silhouettes aux fenêtres et des pas dans le couloir. »

Je tirai sur ma cigarette.

« Écoute, continua-t-il. Selon toute logique, ce n'est rien d'autre que des craquements et des grondements, ou alors… » Il sembla se raviser et chercha des yeux la serveuse et le chariot à desserts tout à coup.

« Ou quoi ? demandai-je.

— Ou alors c'est dans ta tête. »

Je plongeai dans mon verre, digérant ce que je sentis comme une réprimande. Et qui me décida à avoir moins peur. Il avait raison : la logique permettait de contrecarrer les démons.

Nous changeâmes de sujet, échangeant sur les dîneurs autour de nous, leur inventant des histoires, nous amusant de tout. La serveuse arriva derrière son chariot à desserts.

« Que nous recommandez-vous ? » Peter lui souriait.

« Moi ? dit-elle. Je n'en sais rien. » On aurait cru qu'on ne lui avait jamais posé la question auparavant, comme si parler aux clients ne faisait pas partie de ses prérogatives.

« Ne me dites pas que vous n'avez jamais été tentée de faucher une lichette de ce cheese-cake quand personne ne regarde ? »

Le rouge lui monta aux joues et je m'efforçai de garder en tête ce que Cara avait décrit de Peter, qu'il flirtait sans s'en rendre compte.

Nous prîmes chacun une part de diplomate aux cerises. Peter vida le fond de la seconde bouteille de vin et régla l'addition. La pièce était plongée dans l'obscurité, seul son beau visage irradiait à la lueur de la bougie entre nous.

En me levant, je vacillai contre lui et il me rattrapa par le coude, trébucha dans la table et buta dans l'un de nos verres vides, qui tomba sans se briser. Une épouse de notaire contint à peine sa réprobation, ce qui nous permit d'échanger un regard complice et de glousser ensemble. Nous quittâmes le Harrow d'un pas instable, qui nous mena jusqu'à la voiture. L'essentiel du trajet retour passa dans un brouillard sur la grand-rue, entre les haies sombres, à part le moment où la voiture fit une embardée avant de revenir sur la route. « Oups », dit Peter, tandis que je m'affalais sur lui et qu'il me remettait droite. Tout était hilarant.

En arrivant à la maison, j'étais persuadée que nous allions foncer droit dans la fontaine.

« Attention au Canova ! criai-je dans un éclat de rire, tout en rebondissant contre la portière tandis qu'il virait de bord.

— Tu ne savais pas ? C'est un faux ! lâcha-t-il en écrasant la pédale de frein. Du Canova en bois.

— Du Canovon bidon. »

Nous nous pensions tellement spirituels.

Nous entrâmes par la grande porte d'entrée – qui n'était pas verrouillée – et montâmes l'escalier en nous appuyant l'un sur l'autre, je trébuchais sur les bords de ma robe de chambre, nous montions, le doigt sur les lèvres. Je songeai à l'inviter en haut pour un café jusqu'à ce que je me souvienne que je n'avais ni café ni bouilloire.

Lorsque nous arrivâmes au palier d'en haut, devant la porte de l'escalier en colimaçon, debout face à face, je levai le menton vers lui, prête.

« Franny, commença-t-il. Je crois… » Il croisa mon regard et laissa sa main posée sur le haut de mon bras le temps qu'il me fallut pour cligner des yeux une fois, puis deux. J'étais persuadée qu'il allait me dire qu'il aurait beaucoup aimé, mais qu'il ne pouvait pas, ne devrait pas.

« Je crois que je ferais mieux d'aller voir comment va Cara, acheva-t-il.

— Bien sûr, dis-je en reculant d'un pas, tendant la main derrière moi vers la porte de service. Bien sûr. » J'appréciais que nous tenions à nous comporter d'une manière honorable, contraire à nos désirs.

Il traversa le hall vers leurs appartements. Je souhaitais ardemment qu'il regarde derrière lui, une seule fois, et mon sang afflua lorsque je le vis s'arrêter et se retourner. Je n'avais pas le moindre doute : c'était l'expression du désir, et du déni, que je lisais sur son visage.

« Tu devrais porter cette robe plus souvent, déclara-t-il. Elle te va très bien. Peu importe que tout le monde t'ait dévisagée. Qu'est-ce qu'on en a à faire de ce que les gens pensent ? »

J'avais l'impression d'avoir pris une gifle. Je n'avais absolument pas remarqué les regards des gens, pas sur mes vêtements en tout cas.

« Enfin, soupira-t-il. Bonne nuit, Franny. »

Il continua dans le hall, je l'observai. Une fois rentré, la porte refermée derrière lui, je me retournai et vacillai dans l'escalier en colimaçon, les poings serrés tout du long contre le mur brut, sans me soucier de la douleur.

Dans la nuit, je fus réveillée par ce même bruit dans la pièce contiguë à ma chambre : quelqu'un qui secouait du linge humide et s'agrippait aux montants de la fenêtre. Je pensai à la planche que j'avais clouée devant la fenêtre brisée, en me demandant si elle avait lâché tout en étant certaine que c'était impossible. J'étais allongée là, à me souvenir de Mère, de la façon dont ses chairs s'étaient rétrécies dans la mort, donnant l'impression que ses ongles et ses cheveux avaient poussé. J'ôtai l'oreiller de sous ma tête et le pressai contre mes oreilles et mon visage, respirant l'odeur du linge sale. Il est impossible de s'étouffer soi-même.

Le lendemain matin, je fis la grasse matinée, me levai à midi pour avaler trois verres d'eau et deux aspirines avant de me remettre au lit. Le bruit que j'avais entendu dans la pièce d'à côté semblait improbable. Plus tard, réveillée pour de bon, tandis qu'au-dehors l'après-midi irradiait, je restai au lit, reconstituant le puzzle de la soirée, songeant avec déception à cette phrase qu'avait prononcée Peter sur le Canova qui n'en était pas un. Songeant aussi que j'avais mal interprété ses commentaires sur ma robe de chambre ; les vêtements que je portais lui plaisaient – c'était tout ce qui comptait. Songeant encore à la manière dont il m'avait regardée, au toucher de ses doigts sur le haut de mon bras quand nous étions sur le palier face à face, au baiser qu'il m'aurait donné s'il avait été libre.

Cependant, une fois levée, j'enfilai mon vieux peignoir plutôt que les vêtements de la veille. Dans le petit salon bleu, j'effleurai les paons mutilés du bout des doigts puis sursautai en croisant une silhouette voûtée dans le miroir : le visage anguleux, les mains griffues, m'évoquant Mère sur son lit de mort. Mais la silhouette se dénoua et se redressa ; c'était Peter. Il avait un mètre ruban dans une main et un presse-papiers dans l'autre ; un bout de crayon coincé derrière l'oreille. Il était à l'ouvrage en fait.

« Salut toi », dit-il en souriant.

Je regardai mes mains et vis qu'elles tremblaient.

« Tu vas bien ? Pardon pour hier soir, c'était un peu trop arrosé pour moi. » Peter avait les yeux baissés également. « Qu'est-ce que tu t'es fait ? » Il me prit la main et passa les doigts sur mes articulations écorchées là où elles avaient frotté contre le mur. Je récupérai ma main. Il n'avait qu'à deviner sans que j'aie besoin de le lui dire.

La porte s'ouvrit et Cara entra, dans une nouvelle robe, en soie verte, flottant sur ses hanches, touchant le sol. Elle était décolletée dans le dos jusqu'à la taille, ses omoplates saillaient telles les souches d'ailes coupées. Des plumes d'autruche teintes en vert avaient été cousues autour du col. « Qu'en pensez-vous ? » lança-t-elle en tournant sur elle-même au milieu de la pièce. Le miroir renvoyait des éclats d'émeraude duveteuse qui flottaient et retombaient autour d'elle. « J'ai trouvé une nouvelle armoire remplie de vêtements.

— C'est magnifique », dis-je. Elle était magnifique, mais à présent je me rendais compte qu'elle le savait. Peter et moi l'observions tandis qu'elle ondoyait, fredonnant et souriant pour elle-même.

« Je crois que les oiseaux continuent d'entrer, murmurai-je à Peter, suffisamment bas pour que Cara n'entende pas.

— Dans les combles ? » Ses yeux étaient rivés sur elle. Sans que je puisse décider s'il y entrait plus d'amour que de haine.

« Tu pourrais aller jeter un œil ?

— Bien sûr », dit-il en enroulant son mètre ruban.

Cara cessa de tourner. « Vous avez entendu le corbeau au milieu de la nuit ? » demanda-t-elle en soulevant puis relâchant la soie verte. Le bas avait été mangé par les mites jusqu'à la dentelle. « Il chantait dans le mûrier. »

« Êtes-vous superstitieux ? demandé-je à Victor.

— Comment allez-vous, mademoiselle Jellico ? » Il se penche vers moi.

« Êtes-vous superstitieux ? » Cette fois-ci j'ai dû le dire à voix haute car il me répond.

« Les chats noirs et les pattes de lapin ?

— Ce genre de choses », dis-je et il se penche un peu plus pour m'écouter. « Les vaches blanches, les papillons, mulots et lièvres. J'ai vu un lièvre une fois dans la bibliothèque de Lyntons. » Victor se tend, espérant saisir un filet qu'il pourrait utiliser pour me sauver. Rien qu'un petit filet sur un bâton qu'il pourrait plonger dans les eaux où je tourbillonne, ballottée par les courants. S'il pouvait, il me repêcherait. Mais rien à présent n'arrêtera le courant qui m'emporte. Bientôt j'atteindrai la cascade et basculerai au bord du gouffre, et c'en sera fini de moi. « Des créatures métamorphes, poursuis-je. Des femmes déguisées. Cara gardait toujours un morceau de fourrure de lièvre sous son lit. Elle m'avait raconté qu'il était censé la rendre, elle, plus désirable aux yeux de Peter, et lui, plus puissant.

— Et ça a marché ? demande-t-il.

— Non.

— Elle était jalouse de vous, n'est-ce pas ? » interroge-t-il après un court silence. Il ne veut pas rompre le fil de la conversation.

« Croyez-vous en la naissance virginale ? demandé-je à mon tour.

— Oui », répond-il, presque vexé. C'est un bon acteur. « Le nier signifierait que le Christ était juste humain, alors que nous savons que c'est faux. Il est le Fils de Dieu. L'incarnation est l'une des pierres angulaires de ma foi. »

Je me rends compte qu'il y a un membre du personnel soignant dans la chambre. Il est toujours plus zélé quand il se sait à portée d'oreille.

« Cara vous a parlé de cela aussi ? » Cette question-là est murmurée, énième tentative d'extraction de la vérité.

« Saviez-vous, reprends-je, que jusqu'au XIXe siècle les Irlandais pensaient que la hase n'avait pas besoin de mâle pour se reproduire ? »

Victor hausse les sourcils.

« Parthénogenèse », me semble-t-il dire.

Mais Victor s'efface doucement et le lièvre est revenu dans la bibliothèque. Il pleure, c'est une sorte de gémissement étranglé, le son qu'ils émettent lorsqu'ils sont en détresse.

« Chuuut, madame Jellico », dit l'infirmière.

Je tiens une bouteille de champagne par le goulot ; le bas est cassé, un tesson. Le lièvre s'étire sur ses pattes arrière pour se défendre, mais il grandit encore, ses yeux d'ambre s'enfoncent dans sa tête, sa fourrure devient peau, ses pattes avant se transforment en bras, jusqu'au moment où Cara se tient devant moi, une blessure à la tête, sur le côté, profonde et sanglante. Ma bouteille atterrit sur les pages des livres au sol.

Cara prenait sa bicyclette pour aller faire des courses en ville tous les jours. Peter la laissait partir sans commentaires, mais quand elle restait absente trop longtemps, plus de deux heures, il s'appuyait contre un des poteaux de la clôture, fumait, guettait la poussière soulevée par les roues de sa bicyclette sur l'avenue. Je ne sais pas ce qu'il aurait fait si elle n'était pas revenue. Nous mangions bien, buvions jusqu'à frôler l'excès, pillions le Musée de tout ce dont nous pouvions avoir besoin ou envie, tout ce qui nous tentait. Nous cuisinions dans des casseroles en cuivre, mangions dans de la vaisselle en porcelaine à la cendre d'os, buvions dans des verres en cristal, et quand ils étaient sales, nous allions simplement en chercher d'autres et nous contentions d'empiler le reste, contre les murs et sous la table, sans les laver.

Une semaine environ après mon dîner avec Peter, je saisis une bouteille de champagne ouverte ; malgré mon pouce qui la bouchait, quelques bulles s'en échappèrent tandis que je courais à travers bois jusqu'au lac, à la suite de Cara et Peter, dans les rires et les cris. Tout ce dont je n'avais pas profité entre vingt et trente ans. La lune, haute dans le ciel, projetait ses reflets d'argent sur l'eau.

Sur la jetée, nous ôtâmes nos vêtements – robes et peignoirs, pantalon et chapeau haut de forme, sautillant, gloussant, j'entrevis des morceaux de chairs pâles, de membres blancs, les petits seins de Cara, le pénis brinquebalant de Peter qui courait jusqu'au bord et plongeait, la tête la première, suivi de près par nos cris dans l'eau froide. Pas une seconde je ne cessai de penser à ces fois où Cara avait refusé de nager, prétendu qu'elle en était incapable.

Nous refîmes surface, braillant dans les éclaboussures et les rires. L'eau était noire et les contours de nos corps se mêlaient aux ombres des herbes et des joncs qui se massaient depuis les rives telle une foule de spectateurs élancés. En s'agitant, mes pieds effleurèrent la vase molle et se retirèrent aussitôt, tandis qu'à la surface il était difficile de distinguer les têtes, les mains et les épaules des ondulations de l'eau. Plusieurs minutes durent passer avant que nous nous apercevions de son absence. Comment est-il possible que trois pût si facilement devenir deux ?

« Cara ! hurlions-nous, Peter et moi. Ce n'est pas drôle. »

Est-ce que Peter a plongé et trouvé une branche qui aurait pu être un poignet pâle, s'est-il accroché à une poignée d'herbes feuillues qui auraient pu être des cheveux, pensant la remonter des profondeurs, ou bien flottait-elle à la surface ? Je n'en ai jamais été certaine. Juste que l'instant d'après, Cara se retrouvait étendue sur le rivage, entre nous deux, dans une odeur de vase, des herbes d'eau collées aux jambes, ses pieds et chevilles couverts de boue comme si nous l'avions déracinée, un lys blanc étal sous la lune. Peter pressa les deux mains au milieu de sa poitrine, une fois, deux fois, je l'entendis compter, à quatre pattes au-dessus d'elle. Chaque fois qu'il appuyait, son ventre et le triangle poilu entre ses jambes se soulevaient, et juste avant que Cara ne revienne à la vie en toussant, je vis les zébrures argentées qui lui barraient l'abdomen, tel un feu d'artifice lancé depuis son aine. Je n'avais jamais eu d'enfant, n'en avais jamais porté, mais je savais ce qu'étaient ces marques. J'avais suffisamment lavé Mère.

Mère prétendait que c'était à moi qu'elle devait ses vergetures, que j'avais saccagé son corps, et que si je n'avais pas été là, elle aurait encore un corps lisse et ferme comme sa sœur sans enfants, et que Père ne l'aurait pas trompée. Après que Mère fut retombée malade, chaque dimanche soir il fallait que je débarrasse la vaisselle rangée dans la baignoire de la cuisine. Je l'empilais au sol, sous la fenêtre, les assiettes, tasses et bols posés sur deux torchons pour être sûr que rien ne soit en contact avec le sol. J'ôtais les gants de toilette colorés remisés dans la baignoire, tournais les robinets, vérifiais la température avec le coude et allais dans la chambre déshabiller Mère. Une fois que je l'avais installée dans la baignoire, je la lavais avec les gants de toilette tandis qu'allongée sur le dos elle me dispensait ses ordres. Je me montrais tendre avec elle, mais chaque fois elle énonçait des ordres précis, associant une couleur à chaque partie de son corps – ses aisselles, ses seins, ses parties intimes – que je ne réussis jamais à mémoriser : ils changeaient à chaque fois.

« Peter remonta Cara à la maison, son corps inerte mais vivant. Il avait enfilé son pantalon pendant que je passais mon peignoir sur mes bras mouillés ; apparemment, même dans l'urgence, nous nous imposions l'un à l'autre une certaine décence, alors que Cara était nue. Je lui fis couler un bain et il la déposa, étourdie, l'œil fixe, dans l'eau et s'agenouilla auprès d'elle. Je m'assis sur la lunette rabattue des toilettes, me demandant ce qui avait pu passer par la tête de Cara. Il me vint à l'esprit qu'elle n'aurait pas tenté de se noyer en notre présence si elle n'avait pas voulu que nous la sauvions, et j'essayais d'évaluer la possibilité que tout cet épisode eût été mis en scène pour en retirer le maximum d'effet dramatique. Comme un moyen de détourner notre attention l'un de l'autre pour la reporter sur elle. Pouvait-elle avoir retenu sa respiration dans le lac et fait semblant de recracher de l'eau quand Peter lui massait la poitrine ? Je l'ignorais. Mais j'avais envie de réconforter Peter tout autant que lui désirait réconforter Cara, de lui dire que tout irait bien s'il me laissait l'aider.

« Qu'est-ce que je peux faire ? dis-je.

— Ça va aller pour nous », répliqua Peter.

Nous restâmes plongés dans le silence quelques minutes, le temps que je prenne conscience avec embarras de la nudité de Cara et de leur immobilité. Ni l'un ni l'autre ne m'avaient accordé un regard. Je me curais les ongles, ôtant des coquilles de boue. « Que diriez-vous d'un verre de brandy ?

— Tu devrais aller te coucher, dit Peter. On va se débrouiller. »

Je me levai. Je n'avais pas envie de les laisser, d'être mise à l'écart. « Je vais chercher un peu de brandy. » J'avais envie de me rendre utile.

« S'il te plaît, dit-il. Va te coucher. »

Une fois en haut, je fus incapable de résister et regardai dans la lunette, oubliant aussitôt la promesse que je m'étais faite à Londres. Je n'avais jamais désossé le télescope du plancher. Je soulevai la latte et observai Cara dans le bain, le visage encore tourné vers le mur, puis Peter, penché sur le rebord, ramassant tendrement les brins d'herbe pris dans ses cheveux.

18

Le lendemain matin, Peter me réveilla en frappant à ma porte, quand j'ouvris, il esquiva mon regard, s'excusa en me demandant de surveiller Cara pendant qu'il sortait. Il ne dit pas ce qu'il aurait fallu que je fasse si de nouveau elle tentait quelque chose, il ne mentionna même pas les événements de la veille, mais bien sûr j'acceptai. C'était une responsabilité, certes, mais j'avais toujours envie de l'aider.

J'étais debout devant la fenêtre de ma salle de bains, à me brosser les dents, penchée pour regarder Cara traîner un escabeau à travers la terrasse. Je me dépêchai, pensant que je ferais mieux de descendre pour l'arrêter. Le temps que j'aille cracher et me rincer au lavabo, l'escabeau était sous l'oranger et elle était déjà sur la dernière marche. Je me penchai davantage pour regarder ce qu'elle fabriquait. Le soleil projetait des éclairs de lumière à travers les vitres voilées de l'orangerie, tandis qu'elle oscillait entre les feuilles. Elle vacilla, tout mon corps frémit, mes bras se jetèrent en avant, anticipant sa chute comme si j'avais pu la rattraper depuis ma fenêtre. Je m'apprêtai à l'appeler mais me ravisai, songeant que mon cri pourrait la faire sursauter, et je savais que si je descendais, je n'arriverais pas à temps. Son bras s'agitait au-dessus de ses cheveux ; je ne voulais pas regarder mais j'étais incapable de détacher mes yeux d'elle. Elle dut s'agripper à une feuille et tirer sur une branche, elle s'était sans doute mis en tête de faire une vinaigrette à l'orange, ou bien un sirop à l'orange amère pour accompagner un pudding sucré, même si je savais pour ma part que le fruit ne serait certainement pas comestible. Les oranges tombèrent et elle regagna le sol en un seul morceau.

Je descendis, réfléchissant à ce que j'aurais bien pu dire à Peter si elle était tombée, quel genre d'excuse j'aurais pu trouver pour ne pas avoir été capable de la garder en sécurité. Quand je parus sur la terrasse, Cara était assise sur les marches de l'orangerie, elle mangeait une pomme. Il n'y avait pas la moindre orange autour d'elle.

« On est juste toutes les deux aujourd'hui, annonça-t-elle, la bouche pleine. Peter a dû partir pour Londres.

— Quand rentre-t-il ? » demandai-je.

Elle haussa les épaules. « Il doit voir un homme, c'est à propos d'un chien. » Elle croqua dans sa pomme et se tapota le côté du nez. Je m'assis près d'elle, étendis les jambes. Elle jeta son trognon de pomme qui rebondit sur les marches et atterrit sous la haie.

« J'imagine que tu ne serais pas contre un petit déjeuner, dit-elle. Il reste des pâtisseries d'hier là-haut. »

Lorsque je remontai dans leurs appartements pour chercher du café et le sachet en papier posé sur le frigo, selon ce que m'avait indiqué Cara, je vis que trois oranges amères étaient disposées dans un bol en porcelaine au milieu de la table, et je remarquai que le tableau de Reynolds – si c'en était bien un – avait disparu du mur au-dessus de la chaise longue, à la place il y avait une épée dans un fourreau en argent sculpté.

« Je pensais aller voir l'obélisque aujourd'hui, fis-je. Je me disais que je pourrais peindre là-bas. » J'avais mangé trois pâtisseries, il y avait comme un film de graisse à l'intérieur de ma bouche. Nous buvions du café et fumions des cigarettes. « Tu veux venir ? » J'avais besoin de distraction, d'une activité à laquelle consacrer le temps qui nous séparait du retour de Peter et du moment où je pourrais lui confier Cara.

Elle jeta son mégot. « D'accord. »

Nous allâmes jusqu'au lac, traversâmes le pont – notre entreprise de débroussaillage s'était essoufflée dès la première journée – et longeâmes la rive opposée. L'obélisque était perché sur la colline au-dessus de la grotte. Autrefois il avait dû être visible de partout dans le parc, même de la maison, mais un bosquet de hêtres, un sapin ici et là, avaient poussé autour de lui et en dépassaient le pinacle à présent. J'avais lu qu'une statue à deux têtes de Janus en avait autrefois surmonté le sommet, mais elle n'était plus là. Nous entrâmes par l'une des trois ouvertures et débouchâmes sur une petite plate-forme avec une assise incurvée le long du mur du fond. Derrière il y avait une inscription :

Ci-gît un cheval, propriété d'Alexander Lynton, qui au cours du mois de septembre 1804 fit une chute de près de huit mètres dans une fosse à chaux en pleine chasse au renard, avec son maître sur le dos. En octobre 1805, il se vit octroyer la Coupe des Chasseurs décernée à la monture tombée pour la gloire sous les éperons de son maître, et demeura dans les annales sous le nom de Gare à la Fosse à Chaux.

Je me rendis compte que j'avais oublié mon matériel de peinture, mais de toute façon les arbres encombraient l'entrée et il n'y avait aucune vue. Cara lut l'inscription et nous prîmes place sur l'assise en pierre, contemplant les troncs devant nous.

« Peter t'a dit de ne pas me laisser toute seule pendant son absence, c'est ça ? »

Je la regardai puis détournai les yeux.

« Ce n'est rien, je sais qu'il a peur que je fasse une bêtise, comme il dit. Mais je ne ferais jamais rien, pas sans lui. »

L'entendre parler de se tuer ainsi, même de cette manière indirecte, me mit mal à l'aise. Naïvement, je pensais que le fait d'en parler l'inciterait à passer à l'acte. Même quand je ne pensais pas à manger, il suffisait que quelqu'un se mette à parler de dîner pour d'un coup me donner faim. N'en allait-il pas de même pour le suicide ?

« Cela dit, il m'arrive de penser, poursuivit-elle, que ce serait la pénitence ultime. La mort. Quelques "Je vous salue Marie" ne suffisent pas toujours. » Elle laissa échapper un rire amer.

« Mais tu as tellement de choses à…

— Vivre encore ? dit-elle, terminant ma phrase, qui sonnait comme une platitude avant même de m'être sortie de la bouche. C'est le passé qui m'inquiète davantage. Les choses qui se sont produites quand nous avons quitté l'Irlande.

— Le passé ? fis-je, espérant une fois encore réussir à changer de sujet et la ramener à l'histoire irlandaise.

— Tu veux la suite de l'histoire ? »

Elle n'attendit pas de réponse. « Finn avait trois mois quand nous avons remballé nos affaires et pris la route de la côte ouest, après avoir rendu les bicyclettes et donné presque tout le reste. Nous avons rempli au maximum nos quatre valises. J'ai également donné le berceau ; j'étais triste de m'en séparer. Jusqu'au moment de charger les valises dans la voiture, je pensais encore que nous allions rouler jusqu'à l'aéroport de Cork et prendre un vol pour l'Italie. Peter ne m'avait rien dit de nos projets de voyage et il ne m'était pas venu à l'esprit de lui demander. Cela semble idiot vu d'ici, mais nous… je veux dire, j'y pensais depuis tellement longtemps qu'il était devenu évident pour moi que c'était là que nous allions. Finn et moi avons dormi dans la voiture – nous étions partis très tôt le matin, il faisait nuit encore, et ce n'est qu'une fois l'horizon totalement dégagé derrière la vitre de Peter que j'ai compris que nous roulions vers le nord. Nous avons eu une dispute atroce, Finn pleurait, je criais à Peter d'arrêter la voiture et de me déposer au bord de la route, mais il refusait. Ce salaud a continué de rouler vers le nord.

« Il a vendu la voiture à un garage un peu au sud de Galway. Je suis entrée dans une épicerie pendant qu'il discutait le prix, j'ai acheté un paquet de couches jetables, un numéro de *Woman's Way* et un sac d'oranges, même si je me doutais qu'elles devaient être toutes desséchées à l'intérieur et que nous n'avions pas les moyens de nous offrir ce genre de petit luxe. Une partie de son arrangement avec le propriétaire du garage était qu'il nous conduise jusqu'au port dans son van. Une fois encore j'ai cru que nous partions en Italie, même si désormais je comprenais bien que ce ne serait pas en avion.

« Le temps était très brumeux quand nous avons atteint le port. J'attendais impatiemment que l'horizon se dégage pour distinguer le bateau de croisière, mais lorsque je l'aperçus, dans la brume, il n'avait rien d'un bateau de croisière, c'était un vieux rafiot rouillé. On embarquait des vaches, hissées par une sangle et balancées jusqu'à une ouverture dans la coque. La brume était si épaisse qu'une fois soulevées, elles disparaissaient dans la nappe et nous n'apercevions plus que leurs sabots volant au-dessus de nos têtes.

« On nous a attribué une minuscule cabine avec des couchettes superposées, je me suis assise là, pliée en deux sur la couchette du bas, j'ai essayé de nourrir Finn, et c'est le moment que Peter a choisi pour me dire que le bateau n'allait pas en Italie. Nous allions en Écosse car c'était là-bas qu'on lui avait offert du travail. Il s'est dit désolé de m'avoir bernée mais il savait que, s'il m'avait dit ce qu'il en était, je ne serais pas venue avec lui. Et il avait tellement raison. Tout ce temps, il n'avait eu que le travail, l'argent et Mallory à l'esprit, je le savais bien. Au point où j'en étais, tout m'était égal, j'étais épuisée, je voulais juste quitter l'Irlande. »

Assise là, à écouter Cara, je songeais à ma tante, qui s'était trouvée dans une position similaire – vivant avec un homme marié qui continuait d'entretenir sa femme. Ma tante avait-elle en horreur l'argent que mon père versait à ma mère, le loyer de l'appartement de Dollis Hill ? Je ne l'avais jamais envisagé sous cet angle auparavant. Cara continuait de parler tandis que mon esprit vagabondait, jusqu'à ce que je l'entende dire :

« Nous étions partis depuis environ cinq heures quand le bateau a coulé. »

J'en eus le souffle coupé.

« Je me reposais avec Finn, poursuivit-elle sans un regard pour moi. Je lisais mon *Woman's Way.* Une des lettres de Mlle Landers avait enfin été publiée. Je me souviens d'avoir pensé qu'il faudrait absolument que je la félicite la prochaine fois que je lui rendrais visite, puis de m'être rappelée soudain que je n'habitais plus dans cette ville et que je n'avais aucune idée de ce qu'elle était en train de faire – peut-être avait-elle embauché une autre fille pour lui lire le magazine, et étaient-elles en train de célébrer l'événement ensemble.

« La première chose que j'ai remarquée, c'était le bruit des vaches : les sons qu'elles émettaient avaient changé, s'étaient faits plus aigus, chargés de panique. Peut-être avaient-elles fait quelque chose qui avait causé le naufrage du bateau ou cela venait-il du moteur – nous n'avons jamais su. Peter n'était pas dans la cabine – il était monté parler au capitaine, observer les commandes, quelque chose dans ce goût-là. J'étais contente qu'il me laisse toute seule avec Finn – je n'avais aucune envie ni de le voir ni de lui parler. Le bateau s'est mis à gîter et tout a glissé autour de nous, le hublot de la cabine est passé sous le niveau de l'eau. Finn continuait de dormir, les bras en l'air, sur la couchette. C'était un bon dormeur. Puis le bateau a gîté de l'autre côté, mais j'ai réussi à le rattraper avant qu'il glisse du lit, je l'ai pris fermement dans un bras et j'ai ouvert la porte de la cabine de l'autre main. J'ai appelé Peter mais il y avait tellement de bruit. J'avais commencé à avancer dans le couloir quand le bateau a basculé, toutes les lumières se sont éteintes et les voyants d'urgence se sont allumés.

« Les gens hurlaient et les vaches mugissaient atrocement. Finn pleurait sans doute, je ne m'en souviens pas. J'étais relativement calme – je savais qu'il fallait que je sorte de là et trouve Peter. J'avançais pas à pas le long du mur du couloir, tête et épaules courbées, c'était si étroit, mais la porte de la cabine voisine était ouverte, ballant dans le vide, de sorte que la cabine n'était plus qu'un trou béant, une sorte de puits où clapotait une eau noire et au fond un mélange de tous les objets qui n'étaient pas accrochés et s'étaient entassés dans le trou. Si je tombais là-dedans, nous n'en sortirions jamais. Il y avait un rebord sous l'embrasure de la porte – un pourtour à peu près aussi large que mes talons –, il fallait que je me glisse dessus, tout en me cramponnant à Finn, qui gigotait et se tortillait.

« J'ignore comment mais je suis arrivée jusqu'à l'escalier. Sur le pont suivant, il y avait encore plus de cris, de chaos, deux marins avaient libéré un des canots de sauvetage d'un côté, mais l'autre était coincé. Un homme m'a braillé quelque chose dans une langue que je ne comprenais pas, j'avançais à tâtons, m'accrochant aux portes, aux poignées, appelant Peter. Il faisait presque nuit noire, tout était trempé, les vagues déferlaient sur la coque, le moteur hurlait. J'avais l'impression d'être au beau milieu d'une tempête, les gens criaient des ordres que je n'avais pas le temps de suivre puis ils étaient emportés, quelqu'un m'a frôlée dans sa chute, j'entendais des vitres se briser. Le bruit des vaches était épouvantable. Des années durant, la scène est revenue hanter mes rêves, me tirer du sommeil, je me levais et me précipitais à la fenêtre pour vérifier qu'elle n'était pas immergée, que je n'étais plus dans le bateau. On aurait dit des cris d'enfants, d'enfants humains.

« J'ai trouvé Peter à la poupe, agrippé à une rampe, cramponné. Quand il m'a vue, il était désespéré. Il a lâché la rampe et m'a attrapée. On a du mal à le croire maintenant, alors qu'il est si à l'aise dans l'eau, mais il était terrifié. Je m'efforçais de garder ma prise sur lui d'un côté et sur Finn de l'autre, et puis nous avons été projetés dans la mer – le bateau a pris l'eau, ou bien c'est une vague qui nous a submergés et je me suis retrouvée à l'envers. Je ne savais pas où était passé Peter mais j'avais le bébé. Ses cheveux flottaient et je le voyais très clairement, chacun de ses ongles couleur perle, chaque poil de son petit duvet sur ses joues rondes, les éclats gris de ses yeux bleus.

« Tout avait coulé avec nous : tous les morceaux du bateau qui n'étaient pas fixes. Et durant un moment interminable, je ne voyais Peter nulle part. Nous nous étions lâchés en tombant. Finn et moi étions sous l'eau, j'apercevais des ombres au-dessus de moi – des tonneaux, des morceaux de bateau, des vaches même. Jusqu'à ce que Peter me saisisse la cheville pour ne plus la lâcher – il se retenait à nous, nous entraînait vers le fond. Alors j'ai lâché Finn. J'ai ouvert les bras et je l'ai libéré. J'ai essayé de l'envoyer vers la surface. Je me disais que quelqu'un, un marin, le trouverait et le sauverait. Mais à la fin, quand Peter et moi avons émergé, Finn avait disparu. Je ne l'ai jamais revu.

— Tu veux dire qu'il s'est noyé ? » dis-je, choquée. Je guettais la partie où ils étaient tous sauvés, et l'épilogue malheureux où Finn était confié à l'adoption.

« Oui, répondit-elle. Il est mort. Après cela, quand nous sommes arrivés en Écosse, et que nous n'étions plus que deux, nous avons conclu un pacte, Peter et moi. Nous nous sommes juré que, quoi qu'il arrive, nous resterions ensemble, toujours ; qu'aucun de nous ne serait jamais abandonné par l'autre. »

Je ne lui demandai pas plus d'explications. Je ne voulais pas savoir. Nous restâmes silencieuses, à regarder les arbres. Elle s'allongea de côté sur le banc en pierre, les jambes repliées sous elle et posa la tête sur mes genoux. Un rouge-gorge chantait, quelque part dans les arbres, le chant le plus doux qui soit, et je posai la main sur sa tête.

Lorsqu'elle reprit la parole, ce fut pour m'interroger : « Est-ce que tu crois à l'Enfer et au Paradis ? » Comme je ne répondais pas, elle tourna la tête pour la lever vers moi : « Je sais que tu crois en Dieu, Fran, je t'ai vue à l'église, la fois où j'ai recraché tout mon vin. » Elle sourit d'un sourire forcé.

« Avant, oui, je crois.

— Et plus maintenant ?

— Je ne suis pas sûre.

— Peter ne croit à rien de tout cela. Il refuse même toute conversation à ce sujet, il dit que je lui ai suffisamment rabâché ce charabia catholique. Le père Creagh m'avait dit que j'irais en Enfer pour avoir cru que mon fils était le Second Christ, et que le bébé irait lui aussi. Mais dans la lettre de Mlle Landers, celle que le magazine avait publiée et pour laquelle elle avait gagné une guinée, elle disait que l'Enfer était une invention cruelle destinée à nous effrayer, à nous contrôler, et que rien de tel n'existait.

— Peut-être qu'elle avait raison.

— Mais où est la preuve ? cria Cara en se redressant.

— Où est la preuve de quoi que ce soit ? repris-je. Il s'agit de croyance.

— Mais il faut que je sache. » Elle prit mon bras. « Il faut que je sache maintenant.

— Tu sauras un jour, nous saurons tous.

— Non, Fran, je ne peux plus attendre. Il faut que je sache. »

Elle me fixa du regard jusqu'à ce que j'aie la chair de poule, et je songeai que Peter avait raison, il fallait vraiment la surveiller, elle ne devait pas rester seule.

Nous partîmes à travers bois, foulant un sol dense et spongieux recouvert de feuilles et d'épines pourrissant là sans personne pour les piétiner depuis des lustres. Le sentier avait complètement disparu et la colline était raide. J'ouvrais la marche, enfonçais les talons dans la terre en tenant les pans de mon peignoir pour être sûre de ne pas me prendre les pieds dedans. Je pensais à Peter terrifié sous l'eau, cramponné à Cara, perdant son enfant, ou du moins celui qu'il considérait comme tel.

« Je sais que tu ne me crois pas vraiment, dit Cara, juste derrière moi. Au sujet de Finn, qui n'avait pas de père. »

Je m'immobilisai, et tandis qu'elle me fonçait dedans, je pivotai pour l'affronter, nous faisant perdre l'équilibre à toutes les deux. Nous nous rattrapâmes l'une à l'autre et restâmes enlacées comme de vieilles amies. Ses mains serrées autour de mes coudes me redressèrent, et sous ma boîte crânienne, à l'intérieur de mes oreilles, la chambre d'écho résonna du danger : si elle me lâchait, mon corps dégringolerait au bas de la colline, rebondissant entre les arbres jusqu'au lac. « Je te crois, Cara, dis-je. Je te crois. » Son intensité m'effraya.

« Peter et moi ne faisons pas l'amour, murmura-t-elle à mon oreille.

— Oh… peut-être…

— Non, dit-elle, en me coupant. Nous n'avons jamais fait l'amour. » Elle me stabilisa dans la pente avant de me relâcher. Nous reculâmes d'un pas chacune. Je n'avais pas envie d'en entendre davantage. « Il ne peut pas… tu sais… il n'a pas d'érection. Nous avons essayé, ou plutôt j'ai essayé, à de nombreuses reprises, mais il prétend toujours qu'il est trop fatigué ou trop occupé. Je sais que ce ne sont que des excuses pour s'épargner l'embarras, la déception. » Elle s'assit lourdement. « J'ai toujours pensé qu'il n'avait jamais réussi à le faire avec Mallory non plus, avec personne d'ailleurs. »

L'idée d'associer Peter à ce genre de choses était choquante.

« Pourtant je ne le quitterai pas, ajouta Cara. Pas après tout ce qui s'est passé. Il prend soin de moi. Qui d'autre veillerait sur moi, me pardonnerait, comme Peter le fait ? De toute façon, où est-ce que je pourrais bien aller ?

— Tu pourrais rentrer en Irlande. » Les mots m'avaient échappé avec plus de méchanceté qu'escompté, mais elle ne sembla pas le remarquer. Elle était perdue dans ses pensées.

« En Irlande ? Plutôt mourir que retourner en Irlande.

— Allez, dis-je. Rentrons à la maison. »

Mais elle resta assise. « Cependant, j'ai bien réfléchi, poursuivit-elle, peut-être que Peter *réussissait* à le faire avec Mallory et qu'il y a quelque chose qui cloche avec moi, quelque chose qui ne lui plaît pas. Au début, j'ai cru que c'était parce qu'elle était instruite, qu'elle était allée à l'université, contrairement à moi, mais Peter méprise l'université.

— Non, c'est faux, dis-je. Il aurait voulu y aller s'il avait pu.

— Comment le sais-tu ?

— Parce qu'il me l'a dit. »

Elle émit un *pfff*... mais elle était déconcertée, je le voyais bien. « Et puis je me suis souvenue de ce dont Mallory avait l'air sur cette photo que j'avais trouvée, continua Cara. Elle était aussi grosse que toi, et je me suis demandé si j'arriverais à faire ta taille. Quelle quantité de nourriture faudrait-il que j'ingurgite chaque jour ? »

Je faillis tomber pour la seconde fois, sidérée par ses paroles. Son visage était neutre et je n'arrivais pas à savoir si elle essayait de me blesser ou si elle était simplement ingénue, innocente. Je me remémorai le soir où elle m'avait déshabillée, combien elle m'avait semblé sincère lorsqu'elle m'avait dit que j'étais belle alors que pendant tout ce temps elle me détaillait, m'évaluait. Croyait-elle que j'en serais flattée ? Cara poursuivit.

« Voluptueuse, c'est le mot que Peter utilisait. Peut-être serait-il capable de me faire l'amour si j'étais voluptueuse. Pourtant, ce n'était pas différent quand j'étais enceinte. » Elle marqua une pause, réfléchit, pendant que la surprise le cédait à la colère de mon côté. « C'est une chose que nous avons en commun, toi et moi – nous sommes toutes les deux vierges. » Elle rit, et je reculai d'un pas, un de mes pieds glissa. Je n'avais jamais giflé personne auparavant, en serais-je capable à présent ? « Tu crois que c'est une chose à laquelle je pourrais finir par m'habituer, ne jamais faire l'amour ? Tu as presque quarante ans, non ? Est-ce que c'est une chose avec laquelle j'arriverais à vivre, que Peter ne me désire pas de cette manière ? »

Je fixais mon regard sur elle.

« Parce que, bon, tu ne l'as jamais fait, hein ? Tu n'as jamais couché avec personne ?

— Quoi ? dis-je, le cerveau décalé par rapport à mes mots.

— Ne fais pas l'enfant, Fran. Je veux juste savoir. »

C'est alors que je la poussai, juste un petit coup sur l'épaule, mais qui la prit par surprise, et la fit basculer en arrière. S'il y en avait eu dans le bois, j'aurais peut-être ramassé une pierre pour la frapper avec, tant la fureur qui montait en moi était féroce, au lieu de quoi je me retournai et descendis la colline à toute vitesse, trébuchant et glissant jusqu'à ce que le sol se stabilise et que j'atteigne le lac. Je ne l'entendis pas m'appeler, ce qu'elle faisait ne m'intéressait plus. Je franchis le barrage et suivis le chemin, après le Mausolée, piétinant le sol du petit bois où nous avions trouvé le renard, empruntant un autre chemin.

Je marchais de tout mon soûl, toute ma rage, songeais combien il était étrange que tous les trois nous retrouvions sous le même toit à Lyntons, sans doute tous vierges. Parce que Cara avait raison à mon sujet. Peut-être ma virginité flottait-elle au vent tel un étendard planté sur ma tête, hors de mon champ de vision mais visible de tous les autres. Ce n'était pas un sujet sur lequel on m'avait ennuyée par le passé. J'avais été une adolescente studieuse, soucieuse d'intégrer Oxford. Je m'étais fait deux ou trois amies bonnes élèves à l'université et j'avais passé quelques heures agréables avec Hamish, un jeune garçon qui n'avait qu'un seul bras, nous étudiions ensemble, nous promenions le long du fleuve, et je prenais grand soin de toujours marcher à sa droite au cas où il aurait voulu me prendre la main. Mais je n'avais jamais poussé mes réflexions plus loin que cela. Je n'étais restée en contact ni avec lui ni avec mes amies, après avoir quitté Oxford.

Ce que Cara avait dit à propos des problèmes physiques de Peter ne m'inquiétait pas. Jusque-là, de la même façon qu'avec Hamish, j'avais toujours envisagé notre lien – à Peter et moi – sur la base d'un respect intellectuel mutuel. Et cependant, en évoquant le fait que Peter et elle n'avaient jamais consommé leur relation, Cara avait semé en moi le germe d'un désir physique et émotionnel. L'idée qu'il pourrait peut-être advenir quelque chose de nous deux au-delà de cet été. Et le fait que les choses aillent mal entre Peter et Cara me donnait encore plus de raisons de croire qu'il en irait tout autrement pour nous deux.

De l'autre côté du portail où Cara, Peter et moi nous étions arrêtés au sommet de la prairie, je rejoignis une piste enfouie, à près de deux mètres sous le niveau du sol. Les arbres se rencontraient dans le ciel et formaient une sorte de tunnel sombre qui remontait vers les bois suspendus à la verticale des rameaux étroits. Des morceaux de roche se détachaient des bords terreux où les inondations de printemps devaient déferler des champs, le long du sentier, jusqu'à mon point de départ.

Aussi large qu'une charrette, c'était un chemin tracé par et pour les humains, la terre lissée par leurs pieds et, plus tard, par leurs roues. Je marchais péniblement sur la piste tournant et se raidissant. Au sommet, le chemin s'incurvait autour d'un escarpement qui dessinait une travée, comme l'ongle du potier en creuse dans l'argile qui tourne sur la roue. Je m'arrêtai pour laisser mon cœur revenir à lui et scruter le vide entre les arbres. Sous mes pieds, la terre dévalait sur un rivage verdoyant jusqu'à la lisière de Lyntons, dont les toits gris-blanc rayonnaient. La lumière se réfractait également dans la verrière de l'orangerie minuscule vue d'en haut. Je ne pouvais pas le voir de là mais je savais que juste sous la verrière, fondu dans le jardin, se nichait le Musée.

Au bout d'une ou deux minutes, je fis demi-tour pour reprendre le chemin à travers les arbres. Il semblait fréquemment emprunté, la végétation s'arrêtait sur ses rebords, les cailloux repoussés sur les côtés.

Au bout de presque cinq cents mètres, le chemin s'interrompait, tombant dans une impasse abrupte de fougères et de ronces, sans qu'un véhicule pût y manœuvrer, et sans traces de pneus qui témoigneraient qu'aucun ait jamais essayé. Tandis que j'étais plantée là au milieu des bois, mes propres mouvements réduits au silence et ma respiration en suspens, je me rendis compte que je n'entendais plus un bruit. Ni vent dans la canopée, ni petites bêtes dans la végétation, pas le moindre chant d'oiseau. Je me retournai : le chemin serpentait d'une façon qui ne me rappelait rien, je m'efforçais de me rassurer en me disant qu'un chemin a toujours l'air différent quand on le reprend à l'envers.

Je dus passer trois ou quatre minutes là, figée au sol par la peur, comme si les arbres avaient déployé leurs racines plongées dans la terre autour de moi. J'écoutai, comme si je devais entendre ces racines fourmiller sous terre jusqu'à moi. Nerveuse, je fis glisser le pendentif sur sa chaîne autour de mon cou. Puis je sentis un pincement sur le côté, une morsure intense dans la chair de ma taille, suivie de deux autres au même endroit, comme si on me pinçait la chair et la tournait entre les doigts. Une douleur familière, et la panique me fit partir en courant à travers les arbres, le peignoir s'accrochant aux branches tombées au sol, tandis que les branches basses me griffaient le visage. Mon pied s'entortilla dans un entrelacs de ronces et je plongeai en avant, les mains tendues, épargnant à ma tête de heurter le sol de plein fouet, mais je me relevai immédiatement et courus droit devant sans me retourner, tombant, glissant, tandis que la pente s'accentuait, à travers les fougères et les buissons qui m'éraflaient et s'agrippaient à mes cheveux. Ce fut un orme blanc qui me sauva ; j'atterris sur son tronc moussu suspendu au bord du gouffre, projetant du bout des pieds de petits éclats de craie dans le vide. Ils rebondirent et dévalèrent dans le grand vert obscur.

Je marquai une pause à la grille du parc. Si les vaches avaient été en train de brouter, j'aurais fait le détour plutôt que de prendre à travers champ, mais l'étendue était vide, alors j'escaladai la clôture. En atteignant le grand cèdre au milieu, je levai la tête vers l'enchevêtrement de branches, sombre sur le bleu du ciel. Le contraste éblouissant me fit fermer les yeux. Je repensai à ce que Cara m'avait raconté. Peut-être que tout était inventé, peut-être avait-elle réellement besoin d'un médecin ainsi que Victor et Peter l'avaient suggéré. Et puis je me demandais si Victor croyait ou non la naissance virginale possible, ce que Cara lui avait dit de la conception de Finn, du bateau, et de la noyade de l'enfant. Mon explosion de colère s'était dissipée, et la terreur que j'avais ressentie sous les rameaux s'était envolée, essorée. Quand je rouvris les yeux, le bétail avançait d'un pas pesant vers moi.

J'eus un mouvement de recul et mis les pieds dans une bouse de vache, ma semelle craquela la surface séchée et la pâte molle engloutit ma chaussure, après quoi je me retrouvai encerclée. Elles me scrutaient en silence de leurs yeux fixes, un plan machiavélique semblait s'élaborer sous leurs énormes têtes osseuses. J'agitai les bras. « Yah ! » criai-je et les deux premières reculèrent avant de se rapprocher davantage. L'une d'entre elles me bouscula derrière la cuisse, je poussai un cri et titubai vers les autres vaches. Peut-être même gémis-je. Je portai la main à mon cou mais la chaîne et le pendentif avaient disparu, probablement arrachés par une branche durant ma cavalcade sous les rameaux. La première vache qui me faisait face souffla par les naseaux, et lorsque j'osai enfin détourner le regard, je vis Cara qui nous observait depuis la terrasse. Je tendis les mains devant moi, certaine que les vaches n'attendaient qu'une chose : que je tombe sous leurs sabots, et je criai de nouveau, des mots inintelligibles que les animaux ignorèrent. Depuis la terrasse, de l'autre côté du champ et du parterre, j'entendis Cara lancer : « Continuez les filles. Continuez maintenant. » Et les vaches se dispersèrent et me libérèrent.

Continue, ma fille. Continue, me dis-je intérieurement, en m'encourageant. Je suis prête.

J'entends qu'on ouvre le verrou de ma porte. Deux soignants auxiliaires, enfin peu importe leur titre, entrent dans ma chambre, un homme et une femme.

« Comment vous sentez-vous, madame Jellico ? » demande la femme. Elle est blanche, squelettique. Je les ai déjà vus des tas de fois. L'homme parle rarement ; il ne vient que quand il y a une tâche précise à effectuer.

« Nous allons devoir changer vos draps, annonce-t-elle. Vous connaissez la routine, n'est-ce pas, ma jolie ? Alors pas d'histoire, aujourd'hui. »

Il y a des procédures pour déplacer les gens ici, même quand ils sont à l'article de la mort et trop mal en point pour se nourrir par eux-mêmes ou tenir assis. Un protocole. Je comprends, peu m'importe, je m'épanouis dans la routine. Je connais l'exercice. Les auxiliaires doivent toujours être à deux.

Ils se tiennent de part et d'autre du lit, me font basculer sur la droite. L'homme saucissonne le drap sale sous mon dos aussi loin que possible tandis qu'il installe la moitié de la nouvelle housse propre sur la protection en plastique du matelas. Je fais face à la femme mais elle ne me regarde pas, elle se contente de poser son regard à mi-distance, comme si elle pouvait voir à travers les murs.

« Un, deux, trois, dit-elle, et ils me font rouler de l'autre côté.

— Des histoires ? dis-je. Est-ce que j'ai jamais fait la moindre histoire ? »

L'homme rit. La femme tire le drap sale d'un coup sec et rabat le propre sur les coins. Dans cet endroit, tous les draps ont des coins élastiques. Oh, si seulement j'avais eu des draps aux coins élastiques quand je devais changer les draps souillés de Mère. *C'est froissé, Frances. Je vois bien que tu ne t'es pas donné la peine de les repasser. C'est froissé, je le sens. Frances ? Est-ce que tu essaierais de me donner des escarres ?* Grâce soit rendue à Bertha Berman qui a breveté les draps-housses à la fin des années 1950, même si je n'en avais jamais vu un seul avant d'arriver ici.

« Bien, voilà, dit la femme. C'est tout bon. » Elle tire sur ma chemise de nuit sous les genoux, à l'endroit où se sont formés des plis, et rabat la fine couette et un drap propre sur moi. Un jour, bientôt, ils remonteront les draps jusqu'à mes cheveux. L'homme me maintient inclinée pendant qu'ils enfilent une nouvelle taie sur l'oreiller.

Ils font semblant que le changement de mes draps soit une opération très difficile pour laquelle il faut être deux, mais c'est une série de manœuvres plutôt faciles, dont ils ont une assez longue pratique. Je sais qu'ils ne travaillent en binômes que pour respecter les procédures de la prison, qui spécifient qu'ils ne doivent jamais être seuls quand ils manipulent des détenus.

19

J'ai souvent songé à l'ironie terrible qui a voulu que je passe ces vingt dernières années espionnée par le judas de ma porte de prison. J'ai fini par reconnaître le pas de chaque surveillant, leurs mouvements devant ma porte, le disque métallique qui glisse et l'œil qui se profile. L'œil qui voit tout. Qu'a-t-il vu ? Rien d'aussi intéressant que les choses que j'ai vues dans le judas de Lyntons. Bien entendu, la différence c'est l'intimité. Les autres femmes se plaignent, se rebellent contre le fait d'être observées à tout moment sans en être averties. Pour ma part, je crois qu'il vaut mieux savoir qu'on vous observe plutôt que vivre sa vie sous un œil invisible.

Je vérifie la gorge de la personne assise à côté de mon lit. Le faux-col est à sa place. Victor a posé sur ses genoux un livre dans lequel est glissée une feuille pliée. Il s'en sert comme d'un marque-page. Je croyais que c'était une bible, je suis sûre que c'en était une il y a quelques jours, mais je constate maintenant que c'est un livret de poésie.

« Aimeriez-vous que je vous lise un poème, mademoiselle Jellico ?

— Non. » Je n'ai pas besoin de poésie. « Lisez-moi plutôt ce papier, là.

— Ça, ce n'est rien, dit-il. C'est une vieille facture dont je me sers comme marque-page, un reçu. »

Les papiers, ce n'est jamais rien. « Faites-moi ce plaisir », dis-je, et il s'exécute.

« Eastbourne, le 25 juin, lit-il. À l'attention de Mme Squilbin. De la part de MM. J. Weston & Fils, Artistes et Photographes, 81 Terminus Road. » Il s'interrompt, me lance un regard interrogateur, mais je l'encourage à continuer. « Huit planches sépia, six et demi par trois et demi. Cadeau de mariage. Deux livres, quinze shillings. Une livre d'acompte. Restant dû, une livre et quinze shillings. »

Si nous en avions envie, nous pourrions voir toutes sortes de choses dans cette note. Que Mme Squilbin – quel nom ! – n'a jamais réglé la livre et les quinze shillings restant dus, qu'elle n'est jamais allée chercher ses photos de mariage car, le temps que la facture arrive, son nouveau mari l'avait déjà quittée. Ou bien Mme Squilbin était-elle la mère de la mariée, qui se serait brouillée avec son nouveau gendre à la réception et aurait refusé de payer la différence. Les notes peuvent être interprétées de bien des manières.

Je me souviens de l'homme à la perruque – je le vois encore, comment s'appelait-il déjà ? – l'homme qui a lu ma note au tribunal. Une voix caverneuse, se gargarisant de son importance, une voix de mauvais acteur.

Chère Frances,

Peter te présente ses excuses, il espère que tu ne lui tiendras pas rigueur de la soirée d'hier. Je t'en prie, pour l'amour du ciel, ne prends pas de décision hâtive. J'imagine comme tu dois te sentir mal – contente-toi de rester au lit un peu plus longtemps.

Bien à toi,

Cara

Elle avait été découverte dans ma valise.

« Êtes-vous la Frances à qui s'adresse cette lettre ? » avait demandé l'homme à la perruque.

Mais il y avait des tas d'hommes perruqués, certains de mon côté, d'autres non. Mon homme à perruque m'avait avertie de ne pas aller à la barre, que l'accusation me taillerait en pièces, mais j'avais insisté. J'avais d'autres choses en tête.

« C'est moi, dis-je.

— Pouvez-vous nous dire par qui la lettre a été écrite ?

— Je peux. »

Le premier homme perruqué soupira. « Je vous prie de nous dire par qui la lettre a été écrite, s'il vous plaît.

— Cara Calace.

— Cara Calace, répéta-t-il pour les douze personnes, dont une partie paraissait intéressée tandis que l'autre somnolait vaguement. Cara Calace, votre amie ?

— Oui, répondis-je.

— Et qui est le Peter également mentionné ?

— Peter Robertson.

— Peter Robertson, répéta-t-il avec une emphase théâtrale.

— Oui, dis-je.

— Le Peter Robertson dont vous étiez tombée amoureuse ?

— Oui. » Le mot sort de ma bouche dans un sanglot, un authentique sanglot.

« Peter a apparemment des raisons de s'excuser par rapport à un événement survenu la veille, dit l'homme perruqué. Quelque chose qu'il a fait, ou peut-être qu'il n'a pas fait, et qui vous a fait de la peine. Cara s'inquiète que vous fassiez quelque chose de précipité et vous encourage à rester au lit. Aviez-vous déclaré votre amour à Peter Robertson ce soir-là, mademoiselle Jellico ? Aviez-vous été rejetée ? Rejetée par Peter Robertson et si blessée que vous auriez été capable de tout ? » C'étaient des questions rhétoriques ; il n'attendait pas de réponse.

Peter rentra de Londres alors que Cara et moi venions de terminer de dîner assez tôt. Peut-être était-ce Peter qui nous incitait à l'excès d'ordinaire, car à nous deux nous avions bu moins d'une demi-bouteille. Elle et moi avions conclu une sorte de trêve, étant entendu que certaines choses demeureraient tues. La porte d'entrée claqua et Peter déboula en courant de l'escalier, des sacs serrés dans les mains et une petite boîte carrée calée sous le bras.

« Ça s'est bien passé ? demanda Cara en se redressant d'un bond. Ça s'est bien passé, n'est-ce pas ? »

Je me levai à mon tour, tandis qu'il lâchait tous ses paquets pour la prendre dans ses bras, la faire basculer en arrière et l'embrasser. Il fallut du temps pour que j'y songe après coup, mais souvent quand je les voyais ensemble, j'avais l'impression que tout ce qu'ils faisaient était une scène répétée d'avance, non pas parce qu'ils m'avaient comme public mais pour eux-mêmes, pour qu'ils puissent croire à une version plus parfaite d'eux-mêmes.

« Mieux que ce que j'aurais pu imaginer. Mais je suis tellement fatigué. » Il s'affala dans la chaise longue.

« Je te sers un verre ? proposa Cara. Est-ce que tu as pu manger quelque chose dans le train ?

— J'ai juste besoin d'un bain et d'aller me coucher. J'avais oublié comme Londres est crasseuse.

— Je ferais mieux de monter, dis-je.

— Les cadeaux d'abord. » Peter se redressa.

Il avait acheté des boucles d'oreilles à Cara : de minuscules saphirs en gouttes d'eau, ainsi que le collier assorti – nous n'avions toujours pas trouvé de bijoux dans le Musée, à part la bague de deuil –, elle courut dans la salle de bains pour les essayer. Il y avait aussi un sac contenant des pâtes, du fromage dans son emballage papier et un salami entier. Pour la communauté, il avait acheté un tourne-disque et des 33 tours afin que nous puissions écouter de la musique le soir : *Bookends*, de Simon and Garfunkel, *Astral Weeks*, de Van Morrison, *Five Leaves Left*, de Nick Drake. Nous avions mis au jour un vieux gramophone, mais Cara trouvait les titres disponibles ennuyeux. Elle voulait de la musique moderne. Quant à moi, même si je ne m'étais attendue à rien du tout, il me tendit un petit cadeau emballé dans du papier de soie.

« Qu'est-ce que c'est ? demandai-je.

— Ouvre, tu vas voir », dit Peter.

Cara s'approcha. C'était un petit étui à cigarettes doré, à l'intérieur duquel il avait fait graver :

Franny,
Pour que tu restes bien droite
À toi,
P

« Qu'est-ce que ça veut dire ? » demanda Cara, par-dessus mon épaule.

Je ris, pour une fois j'avais compris la blague.

« C'est une plaisanterie idiote, dit-il.

— Je ne comprends pas », dit Cara en se renfrognant.

Il la prit par l'épaule. « Tu sais bien, comme les cigarettes de Franny sont toujours tordues ou cassées.

— C'est fabuleux, dis-je. Mais comment as-tu réussi à le faire graver aussi vite ?

— C'est une petite boutique de Maida Vale qui a bien voulu me faire une faveur. »

Une fois tous les paquets déballés, je leur souhaitai bonne nuit, et je n'avais pas fini de fermer la porte derrière moi que déjà j'entendais leurs voix s'élever. Cette fois-ci la dispute ne dura pas longtemps. Une porte claqua, puis une autre. L'eau afflua dans les tuyaux tandis que la baignoire se remplissait sous mes pieds pendant que je me brossais les dents. Après avoir craché et m'être rincé la bouche, sans même prendre un moment de réflexion, je me baissai et levai la latte du plancher.

Sous mes yeux, Peter posait les mains sur les rebords du lavabo, en fixant une ou deux minutes durant son reflet dans le miroir qu'il avait récupéré au Musée. Je relevai l'œil de la lunette tandis qu'il déboutonnait sa chemise, puis retournai à mon poste d'observation et le vis se diriger vers la porte, poser la main sur la poignée comme s'il essayait de se calmer et tourner précautionneusement la clé dans la serrure. Il se retourna vers le miroir et se regarda de profil, mains sur le ventre rentré, puis les leva en V de la victoire, souriant. Il ôta le reste de ses vêtements et j'aurais dû détourner le regard mais je continuai de regarder tandis qu'il s'enfonçait dans l'eau.

Je distinguais les poils sur son torse, son pénis qui flottait et ses genoux qui dépassaient en surface. Il jeta un œil à la porte par-dessus son épaule, comme pour vérifier qu'elle était verrouillée, ferma les yeux et descendis la main vers le bas. Là encore, j'aurais dû détourner le regard, mais je n'en fis rien, j'en étais incapable. Je songeai à tout ce que Cara m'avait raconté dans les bois, près de l'obélisque, que Peter n'arrivait pas à avoir d'érection avec elle. Sa main bougeait tandis que j'étudiais son visage lisse, sa bouche entrouverte, ses lèvres charnues. Il prit tout son temps et cependant je restai à l'observer, le vis accélérer, plisser le front, repousser le fond de la baignoire avec ses pieds. À ce moment-là, alors qu'il était sur le point de jouir, que je voyais bien qu'il était sur le point de jouir, à cet instant précis, tandis que j'observais son visage, ses yeux s'ouvrirent d'un coup, écarquillés et fixés droit sur le point central du plafond, droit sur moi, qui le fixais d'en haut. J'étais convaincue que c'était sa manière à lui de me dire qu'en fait il savait que j'étais là et qu'il me signifiait, de la seule manière possible, qu'avec moi ce serait différent. Alors je compris qu'il m'aimait et qu'il savait que je l'aimais moi aussi.

Cette nuit-là, allongée dans mon lit, j'imaginai Peter, Cara et Finn sous l'eau. Je les vis flottant doucement dans le courant. Les oranges que Cara avait achetées à l'épicerie jonglaient tranquillement autour d'eux, les pages du magazine voletaient paresseusement, le couvercle d'une boîte de farine se soulevait, dévoilant une photo en noir et blanc de la rondelette épouse de Peter basculant vers le fond tandis que son visage disparaissait dans la pénombre. Et au milieu de tout cela, une vache : énorme, blanche, ruant, donnant des coups de sabot avec ses pattes arrière dans le vide au ralenti. Sa gueule ouverte en un long meuglement, la queue haute comme si elle venait d'être lâchée dans les pâturages après un long hiver enfermée. Je les fis danser, Peter, Cara et Finn, les nouai dans une chaîne verticale, Finn en haut, proche de la surface, Peter en bas. Finn agita son bras potelé, tandis que ma main enserrait sa cheville. Mes jambes pédalaient, Peter rétrécissait sous moi, pendant que les vaches et les oranges étaient avalées par l'obscurité. Je lâchai l'enfant, et au-dessus de moi, à travers les strates successives de bleu, je le vis remonter vers la lumière.

Le week-end passa sans que nous remarquions que c'était le week-end. À manger, boire et fumer. Le reste du temps, nous étions occupés à manipuler les objets que nous dénichions dans le Musée, comme si vingt ans auparavant nous les avions remisés dans le grenier et ne nous souvenions de leur présence que maintenant. Je découvris un jeu de papier à lettres en vélin et enveloppes frappés du timbre des Lynton – les trois oranges sur le bouclier – et l'emportai dans ma chambre. De même qu'un service à thé et une commode.

Dans une boîte, sous l'étiquette *Images d'Épinal*, Cara trouva cinquante planches de carton : des maquettes, intactes, qu'aucun enfant n'avait jamais approchées. Elle traîna la boîte à l'extérieur, jusque sous le portique de l'orangerie. Les images représentaient des bâtiments italiens célèbres : Saint-Pierre, la tour de Pise, le Colisée, le palais Pitti. Le papier était jauni et les couleurs délavées par le temps, mais cela ne l'empêcha pas de découper le long des contours, de plier les rebords et d'assembler les morceaux avec de la colle. Son ouvrage était brouillon, les rebords déchiquetés. Les personnages en deux dimensions inclus dans le jeu et prévus pour déambuler devant les bâtiments – un prêtre bedonnant regardant vers le ciel, les mains jointes dans le dos, une mère et deux enfants, une femme seule en robe longue, tous souriants – se retrouvèrent parfois amputés d'un morceau de pied ou de tête par les coups de ciseaux approximatifs de Cara. Elle consacra néanmoins deux bonnes journées à la tâche, et bientôt les marches de l'orangerie, du sommet au parterre, se transformèrent en petite Italie, peuplée de monuments en carton en trois dimensions.

Un soir où nous avions bu plus que notre quantité habituelle de vin, nous décidâmes que ce serait une bonne idée de rapporter le grizzly empaillé dans la maison, il n'alla pas plus loin que la bibliothèque. Nous dansâmes avec lui entre les étagères, trouvant la scène absolument hilarante. Le lendemain matin, je trouvai l'ours face contre terre au milieu des pages déchirées, les deux bras arrachés au torse. Une profanation dont j'eus du mal à nous imaginer capables, la vision grotesque de cet ours démembré me fit monter les larmes aux yeux. Je m'assis sur les marches sous le grand portique et écrivis une lettre à M. Liebermann, l'informant que nous avions découvert la présence d'objets lui appartenant, dans une pièce secrète. Puis je pensai au vin que j'avais bu qui venait de la cave de Lyntons, à la nourriture que j'avais mangée sachant très bien qu'elle avait été achetée avec l'argent que Peter avait gagné en vendant ces objets. Je pensais au steak qu'il m'avait offert, et au papier sur lequel j'étais en train d'écrire cette lettre. Je pris l'étui à cigarettes doré dans la poche de mon peignoir et lus l'inscription, ainsi que je le faisais chaque fois que je l'ouvrais. J'allumai une cigarette, portai l'allumette sous le papier et l'embrasai.

20

« Il y a quelqu'un ? » J'entendis une voix appeler depuis l'allée des calèches, et quand j'arrivai, Victor était là, poussant sa bicyclette dans les gravillons semés d'herbes. « Eh bien, il y en a des nids-de-poule et des côtes pour arriver ici. » Il transpirait et je distinguai une éruption virulente jaillissante de sous son faux col.

« Bonjour, dis-je, surprise de le voir.

— Je me suis dit que j'allais vous prendre au mot, comme vous ne venez plus me voir depuis un moment, j'ai pris les devants.

— Ça fait si longtemps ? Quel jour sommes-nous ?

— Lundi.

— J'ai raté deux dimanches ?

— Vous devriez voir la courbe de ma congrégation, elle dégringole chaque semaine un peu plus. »

Je n'écoutais pas. Je réfléchissais à un moyen d'éviter de le faire monter à l'étage où il verrait tous les meubles et les objets que nous avions pillés dans le Musée, de l'empêcher d'accéder à la bibliothèque où l'ours gisait toujours. Par chance, j'avais fermé les portes-fenêtres et les volets pour m'épargner la vision de la pauvre créature. Comme je ne lui rendais pas son sourire, Victor ajouta : « Si votre invitation tient toujours bien sûr ?

— Bien sûr, répondis-je, retrouvant ma bonne éducation. Je vais nous préparer du thé.

— Un verre d'eau, ce serait tout aussi bien. » Il coinça un doigt sous son faux col pour se gratter, puis il ôta ses pinces de bicyclette.

Je le guidai jusqu'au portique. « Installez-vous donc là pour reprendre votre souffle, je vais mettre l'eau à chauffer. »

À mon retour, nous échangeâmes des politesses sur le temps clément et la vue agréable, il me complimenta sur mon peignoir. Je versai le thé, Victor prit une gorgée et demanda : « Est-ce que votre amie ou son mari sont là ce matin ?

— Non, j'imagine qu'ils sont allés en ville, du moins la voiture n'est plus là. »

Victor termina sa tasse et annonça : « J'ai quelque chose pour vous. » Il sortit une enveloppe de la poche de sa veste. « Je me suis laissé entraîner dans le tri des affaires de Dorothea Lynton. La femme que nous avons enterrée le mois dernier ? Les bénévoles n'arrivaient pas à se mettre d'accord sur ce qui devait aller à la vente de charité et ce qu'il fallait jeter. Ils m'ont demandé d'arbitrer et j'ai trouvé ceci. »

Je lui pris l'enveloppe des mains et tâtai un renflement sous le papier jauni. La lettre était destinée à Dorothea et portait l'adresse d'une maison en ville, elle avait été ouverte. À l'intérieur il y avait une feuille pliée en deux, et agglomérés au fond de l'enveloppe, de minuscules écailles bleues et blanches, toutes plus petites que le plus petit de mes ongles. J'ouvris la feuille. Un seul mot, d'une écriture ronde : *Pardon*.

Je pris quelques petites écailles et les retournai dans ma paume. « Qu'est-ce que c'est ?

— Vous ne devinez pas ? » Il en sortit une de ma main. « Je dois admettre que cela m'a pris un moment.

— Je n'en ai aucune idée.

— Les yeux de paon.

— Des tentures !

— Quiconque les a découpés a dû se sentir coupable après coup et les a renvoyés. Je me disais que nous pourrions essayer de les remettre en place. Et si jamais vous n'avez pas de colle… » De son autre poche, il sortit un petit pot au couvercle en caoutchouc rose.

« Vous avez pensé à tout », dis-je.

Je le fis entrer par la grande porte. J'escomptais l'effet sur lequel Peter avait tablé lui aussi la première fois qu'il m'avait fait visiter la maison. Le regard de Victor fut happé vers le haut.

« Vous voyez ? Un côté de la galerie est réel.

— Je crois que je me souviens d'une anecdote à ce sujet. Quelqu'un a fait une chute. Encore une des histoires de mon oncle. » Il secoua la tête, fouillant dans ses souvenirs. « Un chien ou un enfant, c'est la raison pour laquelle ils l'ont condamnée. »

Nous pénétrâmes dans le petit salon bleu. Les volets étaient toujours ouverts désormais, de même que les portes. Il fut saisi par la beauté de la pièce, tout comme je l'avais été. Il se tenait, dos au miroir, tandis que j'allais chercher l'escabeau dans l'orangerie, où Cara l'avait laissé.

Je pris la colle et Victor l'enveloppe avec les yeux, et nous progressâmes de volatile en volatile.

« Est-ce qu'il y a un terme pour le fait d'insérer un nouvel œil ? demandai-je. Le contraire d'énucléation ?

— Pas que je sache. C'est le genre de choses qu'on a du mal à remettre en place. Je ne crois pas que l'opération ait jamais été réalisée, du moins pas avec succès. Le nerf optique fait partie du système nerveux central.

— Vous étiez médecin pendant la guerre, c'est ce que vous avez dit, non ?

— Oh non, je n'ai jamais atteint ce stade. Étudiant en médecine, seulement.

— Où avez-vous étudié ? À Londres ? » Mes doigts étaient soudés par la colle : les travaux manuels n'ont jamais été mon fort.

« À Londres, oui. » Il s'interrompit, un œil de paon posé en l'air au bout de son index. « Quelques années juste, je n'ai jamais été diplômé.

— Oh vraiment ? dis-je, sans prêter attention au ton de sa voix. Vous n'avez pourtant pas été mobilisé ? La médecine n'était-elle pas une cause d'exemption ?

— En fait, j'ai renoncé – j'ai laissé tomber, comme on dit aujourd'hui. Un échec. » Il prononça ces mots avec une telle haine de lui que je cessai de coller pour le dévisager.

« J'étais un imposteur. Pathétique. Inutile.

— Oh, je suis convaincue que c'est faux. Non. Sûrement pas… inutile. »

Il se laissa glisser dos au mur jusqu'aux lattes poussiéreuses du plancher, je m'assis à côté de lui. « J'ai su que je n'étais pas taillé pour la médecine à l'instant où j'ai commencé ma formation, mais l'idée de partir au combat était encore plus terrifiante. »

Je grattais la colle sur mes doigts, je voyais bien qu'il avait envie de parler. Il s'exprimait de manière très différente de Cara quand elle racontait ses histoires. Victor hésitait, butait sur ses mots mais ne s'interrompait jamais, comme si c'était la première fois qu'il les verbalisait et que, maintenant qu'il avait commencé, il lui fallait se purger entièrement.

« J'étais sur le quai de la Central Line à la station Bank quand une bombe a percuté le hall des réservations, quoique je n'aie appris tout cela qu'après, bien entendu. Je me souviens d'une femme qui attendait son train, une valise à la main. Je l'ai dévisagée, je suppose, en me demandant où elle allait, en espérant qu'elle quittait Londres. Nous nous sommes souri un instant, vous savez, ce genre de connexion qu'on a parfois avec de parfaits inconnus, ensuite les phares du train qui entrait en gare ont éclairé son visage, son sourire. Et puis il y a eu l'explosion – la puissance du souffle au moment de l'impact nous a tous soulevés pour nous plaquer contre les murs. Les lumières se sont éteintes, et j'ai dû rester inconscient durant une minute environ mais je n'avais rien de cassé. J'ai trouvé ma lampe torche et l'ai allumée. Les gens étaient étendus au pied des escalators et sur les quais. L'essentiel des carreaux s'était détaché des murs et il y avait quelques débris, mais bizarrement le quai n'était pas très endommagé. En revanche les gens autour de moi si, je le voyais, je l'entendais, je les entendais supplier et pleurer. J'ai braqué ma lampe vers le bas, sur les rails, là où le train s'était arrêté à mi-chemin le long du quai, la femme était là, en bas, sous le train, j'ai reconnu sa valise et… enfin. Un gardien de la paix a pointé sa torche sur elle également et réclamé un médecin ou une infirmière, il criait encore et encore, faisait de son mieux pendant ce temps. Et j'ai… j'ai éteint ma lampe et je me suis accroupi contre le mur, muet. »

Je tendis la main vers Victor mais ne le touchai pas.

« Je me demande encore : si j'y étais arrivé, si j'avais été assez fort pour me signaler, est-ce que plus de gens auraient survécu ?

— Pas beaucoup, d'après ce que vous racontez.

— Mais une seule vie aurait suffi. N'est-ce pas ? »

Je l'observai qui m'interrogeait du regard et je compris qu'il avait besoin d'entendre la vérité. « Oui », dis-je.

Nous restâmes silencieux un moment, contemplant par les portes ouvertes la course des ombres projetées par les nuages sur le jardin.

« Merci », dit-il.

Je lui offris une cigarette de l'étui et en allumai une également. « C'est après cela que vous avez rejoint le clergé ? » demandai-je.

Il soupira. « Après la guerre. En guise de pénitence. Je ne suis pas sûr que ça ait vraiment fonctionné, cela dit.

— Est-ce que vous avez décidé ce que vous allez faire ? »

Cigarette en bouche et yeux plissés dans la fumée, Victor secoua la tête. Il me prit l'étui et l'ouvrit pour lire l'inscription. « Un cadeau d'un prétendant ? » Sa voix était triste mais il me donna un coup de coude taquin et me le rendit.

En le remettant dans ma poche, je dis timidement : « Oui, quelque chose comme ça. »

Victor et moi étions debout dans le hall d'entrée. Nous nous étions fait nos adieux, je lui avais promis de venir à l'église, promesse que je ne tiendrais pas, il avait dit qu'il reviendrait me rendre visite. Je lui tenais la porte. Il jeta un dernier regard au trompe-l'œil. « Je viens de me rappeler cette histoire, fit-il en secouant la tête d'un geste tranchant, comme s'il en avait trop dit déjà. Merci pour le thé. C'était un après-midi délicieux.

— Il faut me raconter maintenant. » Je refermai à moitié la porte et retournai dans le hall, les yeux attirés vers le plafond.

« Non, ce n'est pas la peine. » Son visage était livide et je compris que son refus visait à m'épargner, qu'il se disait que je préférerais ne pas entendre cette histoire.

« Continuez. Je veux savoir. »

Il releva les yeux, il me tournait le dos. « C'était un jeune homme, dit-il. Un fils unique. Peut-être le neveu de Dorothea – Charlie ? Charles ? Je ne suis pas sûr. Il a sauté. Il venait de rentrer du front – de la Grande Guerre – et sa famille se félicitait qu'il soit rentré alors qu'ils étaient des milliers à n'être pas revenus. Il était rentré depuis une semaine ou deux. Il est monté sur la balustrade et il a sauté. » La voix de Victor s'était brisée.

Nous étions plongés dans le silence, les yeux rivés vers le plafond, quand nous avons entendu la voiture prendre le dernier virage à vive allure et se garer devant la porte d'entrée. Le moteur était coupé et, avant même que les portières soient ouvertes, les cris de Peter et Cara nous parvinrent. Victor et moi échangeâmes un regard puis détournâmes les yeux.

« Mais le bureau ! » lança Cara. Ils venaient de sortir. « Je pensais que tu voulais l'emporter à Londres.

— C'était juste une idée, dit Peter de sa voix apaisante. Pour que nous ayons un meuble sur lequel écrire dans l'intervalle.

— Et l'étui à cigarettes ? Je suppose que tu avais prévu de le récupérer au bout d'une semaine, lui aussi ? »

Je tournai le dos à Victor et basculai la tête en arrière vers le trompe-l'œil, le visage brûlant.

« Pour l'amour du ciel, Cara. C'était un cadeau. Quel est le problème ?

— Oh Franny, susurra Cara d'une voix profonde. C'est juste une plaisanterie idiote, j'ai pensé que ça te plairait. »

Dans le hall d'entrée, Victor et moi ne savions plus où poser les yeux pour ne pas croiser nos regards.

« Oh Peter, continua Cara, imitant ma voix avec un voile affreux. C'est fabuleux. Oh Peter, merci. »

J'étais mortifiée, je me demandais si j'arriverais à précipiter Victor dans le petit salon bleu, à lui faire contourner le portique, mais la porte s'ouvrit, et Peter et Cara tombèrent nez à nez avec nous. Peter rougit là où Cara au contraire nous décochait un regard furieux, comme si c'était notre faute, comme si nous les avions épiés.

« Nous n'étions pas en train de parler de *toi*, Frances, dit-elle. Tu n'es pas si intéressante. »

L'espace d'un souffle, personne ne pipa mot, puis Victor attaqua en même temps que moi.

« Mlle Jellico me montrait les paons dans le petit salon bleu.

— Le révérend Wylde était venu prendre le thé.

— Cara », dit Victor pour la saluer, politesse oblige, et avec un hochement de tête en direction de Peter, il alla à la porte.

« Franny, commença Peter en tendant la main vers moi, mais je suivis Victor à l'extérieur, jusqu'aux grilles, en haut de l'avenue, là où il avait laissé sa bicyclette.

— Je suis désolée que vous ayez dû assister à cela, lui dis-je tandis qu'il replaçait ses pinces sur ses chevilles.

— Et n'étiez-vous pas désolée d'y assister vous aussi ? » Il paraissait en colère. Tout à coup, j'avais envie de prendre leur défense devant Victor, même si je savais que l'imitation de Cara était cruelle et ses mots méchants. « C'était pour rire. Cara est joueuse, et Peter... Ils aiment plaisanter, c'est tout.

— Peter qui vous a donné l'étui à cigarettes ? »

Je détestais le ton moralisateur que je crus déceler dans les mots de Victor. Plus encore de la part d'un homme qui portait son propre lot d'erreurs et envisageait à présent de quitter l'Église.

« Un cadeau, ainsi qu'il l'a dit lui-même.

— Je ne pense pas que Lyntons vous fasse du bien, mademoiselle Jellico. » Il avait mieux choisi ses mots cette fois-ci.

« Ça va, dis-je, sachant très bien qu'il parlait de Cara et Peter et pas de Lyntons.

— Ça va ?

— Cara ne pensait pas à mal. Elle a des accès de jalousie. Des réactions de gamine.

— Est-ce qu'elle a des raisons d'être jalouse ?

— Non, bien sûr que non. » Je sentais mon visage cramoisi.

« Ils sont mariés. » Question ou affirmation, ce n'était pas clair.

« Eh bien… commençai-je.

— Je crois juste que vous ne devriez pas entrer dans quelque chose dont vous ne sauriez pas comment ressortir. » Il monta sur sa bicyclette. Il aurait voulu que je lui demande ce qu'il entendait par « quelque chose » mais j'étais déterminée à n'en rien faire.

« Ce sont mes amis », déclarai-je.

Victor haussa les sourcils. « Merci encore pour le thé », conclut-il en appuyant sur les pédales. Je l'observai qui négociait les nids-de-poule, sa silhouette rapetissant au loin tandis qu'il redescendait la route.

Quand je revins à l'intérieur, Cara et Peter m'attendaient, assis côte à côte sur le grand escalier, l'air morose. Cara bondit sur ses jambes au moment où je passai le coin.

« Je suis désolée, dit-elle. C'était une dispute idiote entre Peter et moi. J'étais en colère contre lui, pas contre toi. » Elle s'avança pour me prendre les mains mais je croisai les bras sur ma poitrine. Je me tournai vers Peter qui hocha la tête. « Bien entendu qu'il te faut un bureau », poursuivit-elle avec un débit de mitraillette. Derrière eux, sur le palier intermédiaire, se trouvait la table d'écriture d'une dame française, auparavant installée dans leurs appartements. « Peter va te le monter tout de suite, n'est-ce pas, Peter ? » Il se leva, guettant mes instructions, et elle le poussa de la hanche. « C'est un magnifique bureau. Tu le mérites. Je t'en prie, Fran, dis que tu me pardonnes. » Elle tira sur mes poignets jusqu'à ce que je les lui abandonne, et me prit dans ses bras. « Je ne me supporterais pas sinon », dit-elle.

Elle semblait tellement sincère. Par-dessus son épaule, entre les mèches de ses cheveux, Peter me gratifia d'un sourire de travers. Mes yeux glissèrent, se détournant de lui, incapables encore de se détacher de ce qu'ils avaient vu la veille par le judas, je levai les mains vers les omoplates de Cara et lui rendis son étreinte. Elle rit de soulagement.

Je suivis Peter, qui transportait le bureau, jusqu'à ma chambre, où il l'installa en face de la fenêtre.

« Je suis désolée pour cette scène, tout à l'heure, fit-il. Cara ne le pensait pas.

— Ce n'est rien, dis-je. Je sais qu'elle traverse une mauvaise passe.

— Je t'apporterai une chaise plus tard. » Il se dirigea vers la porte.

« Elle m'a raconté pour Finn, dis-je, et Peter se figea. Qu'il est mort.

— Elle t'a raconté ça, hein ? » Il ne s'était pas encore retourné.

« Je suis désolée. Et je suis désolée de n'avoir pas compris d'abord, d'avoir cru qu'il avait été abandonné, et donné à l'adoption. Cela a dû être terrible pour toi quand il s'est noyé. » J'espérais qu'il se confie à moi.

« Oui, certes, dit-il. Je vais aller voir si je te trouve une chaise. »

Après le repas ce soir-là, moins arrosé que les précédents, j'étais montée me coucher, et ce ne fut qu'à ce moment que j'examinai le bureau, ouvrant les tiroirs, observant les pieds, et percutai que ce n'était pas celui de leur chambre – qui avait disparu de l'endroit où il était posé derrière la porte – mais le second de ce qui avait autrefois dû être une paire assortie. Au détail près que celui-ci était rongé par les vers, les pieds piquetés de trous poussiéreux, le bois lardé à l'arrière d'une longue balafre et le cuir du sous-main éraflé. Ils devaient bien savoir que, même si je découvrais leur duplicité, jamais je ne les confronterais.

J'enfilai ma chemise de nuit et, tandis que je me lavais le visage, je sentis cette odeur de nouveau, celle qui planait dans la salle de bains à mon arrivée et m'avait poussée à arracher la moquette : urine rance, vieux relents de cuisine, et cette fois quelque chose de trop sucré, comme du parfum vaporisé dans la pièce pour couvrir une odeur de moisi. D'instinct mes doigts se portèrent à ma gorge, cherchant le pendentif de Mère, jusqu'à ce que je me souvienne que je l'avais perdu dans les bois. Je reniflai l'air de la salle de bains, je me mis à quatre pattes, tout en me sentant stupide. L'odeur était plus forte autour des rebords de la baignoire. Peut-être un animal – un écureuil ou un rat – s'était-il retrouvé pris au piège et était mort là-dessous. Une vision du renard mort s'imposa devant mes yeux, le cou béant comme s'il avait une seconde bouche en dessous de la première. Le plateau de la baignoire tenait par trois vis en haut et trois vis en bas. J'allai chercher un couteau dans ma chambre – orné du blason des Lynton sur la poignée –, insérai le bout dans la rainure d'une des vis et essayai de tourner. Le couteau glissa de la rainure, puis de ma main et alla atterrir sur le plateau en bois. De l'autre côté, en dessous de la baignoire encastrée, me parvint un cri étouffé, pas un cri d'animal : un son humain. Je détalai à quatre pattes, me cognant au passage au lavabo, tiraillée par l'envie d'écouter aussi forte que le refus d'entendre. Voyant que rien ne se produisait, je plongeai et attrapai le couteau, le brandis d'une main tremblante, comme s'il allait me sauver de ce qui se trouvait sous la baignoire, quoi que ce fût. De la plomberie, marmonnai-je, de l'eau qui circule dans les tuyaux. Que le bruit fût survenu à ce moment précis n'était qu'une coïncidence.

Je m'étirai vers l'avant, le couteau toujours brandi. Par deux fois, je fis tomber la lame sur le plateau de la baignoire. Tap, tap. Le son me revenait en écho d'en dessous, quelqu'un de faible, gémissant dans l'effort.

Alors je courus, claquant la porte de la salle de bains derrière moi. Je tirai ma couverture du lit et quittai les combles, me précipitai dans l'escalier en colimaçon jusqu'au rez-de-chaussée. J'allai dans le petit salon bleu, où l'enveloppe avec le reste des yeux de paon à l'intérieur – ceux que nous n'avions pas pu atteindre, même avec l'escabeau – avait été abandonnée près du miroir. Je tirai les portes-fenêtres et les volets, et me réfugiai dans un coin, le dos appuyé contre deux murs, les yeux rivés sur la porte du hall.

J'essayai de rester éveillée, de ne rien manquer de tous les craquements et grondements que produisait la maison, mais au bout d'une heure ou deux, ma tête tomba sur mes genoux. Au matin, la lumière perça autour des volets, la maison respirait encore. Quoi qui ait été là la veille s'en était allé.

Je marchai pieds nus jusqu'au pont, et tandis que j'approchais, un oiseau de proie décolla de la balustrade, planant au-dessus de moi de son envergure brune, striée de larges rayures en épi sur la queue et les ailes. Lorsqu'il piqua et vira vers les rives du lac, j'eus le temps d'apercevoir la bande blanche qui lui barrait la queue avant qu'il disparaisse à l'autre bout, et en conclus que ce devait être un busard cendré. Je me penchai au-dessus du rebord du pont, là où l'oiseau s'était perché, et je songeai au mal que Peter s'était donné pour me convaincre que c'était un pont palladien, combien j'aurais voulu le croire. Quand le soleil levant m'eut chauffé le dos, j'utilisai le couteau de table que j'avais emporté pour graver mon nom,

Franny, dans la pierre. Après quoi, je laissai tomber le couteau dans le lac.

À mon retour à la maison, malgré l'heure matinale, Peter était assis sur les marches du portique et Cara appuyée contre une colonne. Ils se raidirent en me voyant surgir des rhododendrons, ils avaient manifestement eu une nouvelle dispute.

« Frances, appela Cara. Qu'est-ce que tu fais dehors si tôt ? » Elle posa la tasse qu'elle avait à la main, se préparant à me donner une accolade.

« En chemise de nuit en plus ? » dit Peter en me voyant approcher des marches. Il ramassa la tasse.

Je devais être pâle, secouée encore. « Que s'est-il passé ? demanda-t-elle.

— Il y avait quelqu'un, commençai-je. Dans ma salle de bains, hier soir. »

Elle descendit une marche. « Est-ce que tu es blessée ? Qu'est-ce qui s'est passé ?

— Comme la personne que tu as cru voir à la fenêtre ? » Au son de sa voix, je savais que Peter ne me croyait pas.

Je resserrai la couverture sur mes épaules. « Ils étaient sous la baignoire.

— Quoi ? demanda Cara, et Peter tourna la tête pour la regarder.

— Je les ai entendus, dis-je, ils gémissaient derrière le plateau de la baignoire.

— Ils gémissaient ?

— Ce devait être des bruits de tuyauterie. Il y en a tout le temps, décréta Peter.

— Ils pleuraient, ajoutai-je.

— Tu sais que ce n'était pas la tuyauterie, dit Cara à Peter.

— Ne sois pas ridicule.

— Je ne suis pas ridicule. Ce qui est ridicule, c'est de vivre comme si les seules choses qui existaient étaient celles qu'on pouvait voir. Tu veux des preuves de tout, des faits.

— C'est vrai, fit-il en élevant la voix. Je ne crois ni aux fantômes, ni aux démons, ni aux naissances virginales.

— À quoi tu crois alors, bon sang ? À rien ! Tu n'as pas d'âme. » Cara serra les lèvres et regarda de l'autre côté des champs, tandis que Peter descendait les dernières marches, passait le bras autour de mes épaules et me serrait contre lui.

« Tu es épuisée – et ébranlée, j'imagine. »

J'aurais voulu me reposer contre lui, que Cara et son visage mécontent s'évanouissent d'un coup.

« Je les ai entendus pourtant, protestai-je.

— Tu vois, reprit Cara, incapable de résister à un nouvel assaut.

— Je suis sûr que c'était le bruit de l'eau dans les tuyaux, répéta Peter.

— Il y a quelque chose derrière le plateau de la baignoire.

— Mais tu te souviens, il n'y avait rien dans la pièce adjacente à ta chambre la dernière fois que tu m'as demandé de vérifier, n'est-ce pas ? » Il me serra plus fermement, comme s'il rassurait un enfant.

« Quelque chose gémissait sous la baignoire.

— D'accord. Eh bien, peut-être qu'un animal s'est coincé là-dessous. Je n'ai qu'à monter et ôter le plateau, qu'est-ce que tu en dis ? De quoi j'ai besoin ? Une dévisseuse ?

— J'ai déjà essayé.

— Tu ne trouveras rien, déclara Cara, hargneuse. Ce n'est pas comme ça que ça marche. » Elle lui reprit sa tasse des mains.

« On va jeter un œil, ça ne mange pas de pain », dit-il d'une voix calme, mais le corps tendu.

Cara cria quelque chose en italien, chaque mot piquant comme une épine.

« Ce n'est pas vrai », lui dit-il. Mais il laissa son bras retomber de mon épaule. Je me demandai s'ils s'étaient de nouveau disputés au sujet de l'étui à cigarettes ou du bureau.

Elle agita les mains, poussa quelques cris encore, et le marc de son café éclaboussa le sol, fonçant la pierre où elle atterrit. Le spectacle de sa colère ne cessa que lorsque Peter sortit son portefeuille de la poche arrière de son pantalon, je vis alors qu'il était gonflé de billets. Il compta quatre billets d'une livre et les lui tendit de telle sorte qu'elle dut descendre les marches pour les prendre. Elle les lui arracha et s'éloigna à grandes enjambées. Je voulais être seule avec Peter mais je voulais aussi que Cara reste, pour me rassurer, me dire que je n'étais pas en train de devenir folle. Sans doute Peter se rendit-il compte que je m'inquiétais car il dit : « Ne t'inquiète pas. Elle va aller en ville acheter à manger. Le temps de rentrer, elle se sera calmée.

— Tu crois que c'est embêtant qu'elle parte toute seule ?

— Pour être honnête, je m'en fiche. »

Je sortis l'étui à cigarettes, et Peter en alluma deux.

21

Durant ces vingt dernières années, j'ai appris à me montrer plus circonspecte envers les gens et leurs histoires. C'est un talent avantageux quand on est incarcéré. « Je n'ai rien fait » est une phrase qu'on entend souvent entre ces murs. Mais quand j'étais plus jeune, je croyais tout ce qu'on me racontait. « Tu es trop crédule, trop facile à duper, m'admonestait Mère. Exactement comme ton père. » Elle entendait me blesser, m'insulter. Mais ses mots me ramenaient toujours en arrière, à l'été de mes huit ou neuf ans, du moins à un été où nous vivions encore dans la maison de Lansdowne Road à Notting Hill. Peut-être Mère était-elle présente ce jour-là, je ne me souviens pas d'elle ; je ne me rappelle que mon père, dans le jardin communal à côté duquel notre maison s'élevait. J'avais emporté ma dînette et disposé les minuscules assiettes, tasses et soucoupes, et nous – mon père, mes poupées et moi – avions pique-niqué. Il était en train de déguster une tranche imaginaire de gâteau Victoria lorsque nous avions entendu un homme s'écrier : « Qu'est-ce que vous faites ? J'ai dit : qu'est-ce que vous faites ? » encore et encore.

L'espace d'un moment, nous avions cru que quelqu'un nous jouait un tour, caché dans les buissons qui encerclaient la pelouse du jardin, changeant d'endroit. Nous avions ensuite entendu une femme rire d'une voix voilée : « Mon Dieu ! Mon Dieu ! » Mon père m'avait pressée de ramasser ma dînette, évitant mes questions, marmonnant qu'il allait les signaler à un policier, lorsqu'il était tombé tout à coup sur un oiseau dans un arbre, noir avec un bec jaune et un éclat de blanc derrière l'œil. Finalement nous avions réussi à attraper le martin triste dans une boîte en carton et l'avions ramené à une vieille dame qui habitait au coin de la rue. Elle m'avait donné une demi-couronne tandis qu'elle offrait un verre de sherry à mon père.

Mère poursuivait sa tirade : « Personne ne dit jamais ce qu'il pense vraiment. Tu ferais mieux d'apprendre à lire entre les lignes ou bien tout le monde dira que tu es une idiote. Tu as envie d'être prise pour une idiote, Frances ? » Cependant, le monde est un endroit plus agréable pour celui qui croit que tout le monde dit la vérité. Sans manœuvres, sans raisons cachées ; personne ne ment pour ménager ses effets.

Je n'avais pas compris, à l'époque. Il a fallu que je me retrouve au tribunal pour saisir le sens de ce qu'elle essayait de me dire, que seule la duplicité me permettrait d'obtenir ce que je désirais, même si ce que je désirais n'était pas ce qu'on aurait pu croire. J'ai appris des hommes perruqués que la loi ne cherche pas la vérité, il s'agit de raconter l'histoire la plus convaincante. Mieux vaut percuter très vite si vous voulez gagner à ce jeu-là, même si aux yeux de tous les autres vous avez l'air d'avoir perdu.

« Pouvez-vous dire à la cour de quoi il s'agit ? » demanda un homme perruqué. Un huissier me passa l'étui à cigarettes, je le tournai et le retournai dans mes mains de la même façon qu'Anne Bunting avait manipulé le livre. Tellement familier, un objet d'amour. J'aurais bien aimé le glisser dans ma poche, mais la cour me regardait.

Plus tard, lorsque je transmis une requête en bonne et due forme au directeur de la prison afin que l'étui à cigarettes me soit restitué et qu'elle fut acceptée, je fondis en larmes. Je pensais ne plus jamais le revoir.

Cara avait raison : il n'y avait absolument rien là-dessous, sous la baignoire. Ni empreintes dans la poussière, ni animaux morts ; même l'odeur avait disparu. Je me sentais bête mais je ne voulais plus rester seule dans les combles. Je suivis Peter en bas, puis il alla dans le Musée dérouler des toiles qu'il avait repérées dans un coin. Je déclarai que j'allais me promener alors qu'en fait je remontais dans leurs appartements pour dégoter quelque chose à manger. Je dénichai le croûton d'une miche de pain et les vestiges d'une motte de beurre. Cela me rappela les menus que je mangeais à mon arrivée ici. Le beurre était en train de tourner rance, mais j'avais faim et avant même que Cara ou Peter eussent remis les pieds à la maison, je l'avais englouti. J'étais tellement reconnaissante la première fois que Cara m'avait invitée à manger avec eux, à présent que je me retrouvais à marauder dans leur cuisine en quête de nourriture, cela m'apparut comme une forme de contrôle : Cara savait se montrer généreuse quand cela l'arrangeait, et s'abstenir tout autant dans le cas contraire.

Je mis *Bookends* sur le tourne-disque. Chaque fois que nous étions dans le salon, nous écoutions en boucle les trois albums, de sorte que tout ce que nous faisions, manger, parler, rire, se faisait sur un fond de musique, jusqu'au point où les paroles avaient fini par infiltrer mes rêves, je me réveillais en fredonnant. C'était étrange de me retrouver dans cette pièce avec la musique mais sans Cara ou Peter ; la honte de la voyeuse était encore plus intense que lorsque je les épiais à travers le plafond de leur salle de bains. Je m'assis, puis m'allongeai sur la chaise longue.

Je fus réveillée par Cara qui rentrait avec des provisions. Elle redéposa le diamant au début du disque, et je restai immobile à la regarder se déhancher tandis qu'elle déballait les courses, chantant sur les paroles de Mrs Wagner's Pies. Elle ne me demanda pas si Peter avait trouvé quelque chose sous la baignoire. Elle avait acheté un saumon entier, deux livres de petites pommes de terre roses, un paquet de sucre et une demi-douzaine d'œufs. Elle leva chaque paquet en l'air pour me les montrer. Elle était heureuse de nouveau, elle préparait de la mayonnaise tout en m'expliquant que c'était bien meilleur que la crème fraîche.

Je considérai l'idée de me lever, trouver une excuse pour me retirer et finalement n'en fis rien, craignant trop de rompre son humeur joyeuse. Mais j'étais en colère contre moi-même. Je ne voulais pas me retrouver dans la situation de peser chaque mot avant d'oser le prononcer, ainsi que je le faisais à mon arrivée à Lyntons, inquiète des réactions que je pourrais susciter chaque fois que je m'exprimais. Depuis quelques semaines, j'avais réussi à chasser la petite voix frileuse qui m'entravait, je ne voulais pas la voir remonter sur mon épaule.

« Est-ce que je peux participer aux courses ? » demandai-je.

Le fouet dans une main, le bol dans l'autre, Cara me regarda et je vis qu'elle estimait que j'aurais dû proposer de participer depuis longtemps. « Pas besoin, dit-elle, mais sa réponse fut trop longue à venir. C'est Peter qui paye. Je me disais qu'on pourrait refaire un pique-nique sur le toit, qu'est-ce que tu en dis ? »

Je progressai à tâtons, sortant par la fenêtre des combles, un pied posé sur le rebord du chéneau rempli de feuilles mortes et de petites branches ; un peu plus de neuf mètres en dessous de moi, Cupidon et la femme en pierre s'embrassaient dans la fontaine. Je passai le panier de pique-nique à Peter, puis les couvertures, m'efforçant de ne pas regarder en bas. Derrière lui, Cara escaladait le toit.

« Je ne sais pas si j'y arriverai », dis-je. Je fermai les yeux pour que la tête cessât de me tourner. Je portais mon peignoir.

« Allez », dit Peter. Quand je rouvris les yeux, il était penché loin en avant depuis le toit, le bras tendu vers moi. Je me hissai vers lui et plaçai ma main dans la sienne. « Je te tiens », dit-il.

Le dessin du toit reproduisait les espaces du bâti, recréant des travées entre les sections de tuiles et une allée centrale hérissée d'une douzaine de cheminées. Notre ascension nous mena tout près des vitres de la coupole, pareille à une immense serre de potager, d'où nous contemplâmes le grand escalier tout en bas par les panneaux brisés. L'air était immobile et les nuages accrochés aux rameaux jaillissaient de nappes violettes pour éclater en chou-fleur lumineux. Le toit irradiait de chaleur à travers les semelles de mes chaussures. De cette hauteur, j'apercevais l'autre côté du pont, la tour du mausolée et la cime de l'obélisque.

Nous trouvâmes un endroit derrière une large cheminée et Peter ouvrit une bouteille de champagne. Je déployai la nappe et les couvertures que nous avions emportées. Cara prit trois assiettes bleu et or et trois serviettes dans le panier. Nous disposâmes le saumon, les minuscules pommes de terre, la salade et un bol de mayonnaise. Cara avait apporté deux ombrelles en papier et nous les tenions au-dessus de nos têtes, assises jambes croisées dans nos habits chics.

Nous mangeâmes, bûmes, Peter ouvrit une nouvelle bouteille. Cara et moi avions réussi à coincer les ombrelles dans des trous entre les briques, nous nous étions allongées dessous, le visage à l'ombre. Peter lisait. Cara commença à fredonner la chanson qui tournait plus tôt sur le tourne-disque et il se joignit à elle.

« Passe-moi les cigarettes », dit Cara, et ils rirent ensemble. Je savais qu'ils avaient mal compris les paroles mais je me tus. Mon étui à cigarettes était dans la poche de mon peignoir, comme toujours, mais je ne voulais pas rappeler à Cara son existence. Peter alluma trois de ses cigarettes et aucun mot ne fut prononcé durant un long moment tandis que nous fumions en somnolant. Tout était figé et lourd.

Je m'étais presque endormie lorsque Cara déclara : « Je suis allée à la poste ce matin pour voir si on avait du courrier. »

Au bout d'un moment assez long, comme si l'effort de conversation lui coûtait, Peter rebondit : « Et alors ? »

Cara roula sur le côté, posa la tête sur sa main. « Oui, dit-elle. Il y avait une lettre du père Creagh, réexpédiée depuis l'Écosse. Il écrivait pour m'annoncer la mort de Dermod. »

Peter leva la tête de son livre. « Dermod ? Oh Cara, je suis désolé.

— Oh non, m'écriai-je en m'asseyant.

— Je n'arrive pas à y croire, reprit Peter. Pourquoi ne nous l'as-tu pas annoncé plus tôt ? Nous avons passé tout l'après-midi vautrés, à manger et à boire, et pendant tout ce temps Dermod était mort.

— Il était mort avant cet après-midi, dit-elle.

— Bien sûr, bien sûr, reprit Peter. Que dit le père Creagh ? Comment est-ce arrivé ? »

Je reportai mon attention sur Peter, faillis tendre la main vers lui pour qu'il se calme. Parler de la mort et de ses circonstances devant Cara ne me paraissait pas une bonne idée.

« Ça ne me dérange pas d'en parler, Frances. Il s'est noyé. »

Silence général, tandis que tous trois nous appréciions l'épouvantable coïncidence du destin qui avait fait périr à la fois Finn et Dermod sous l'eau.

« Il était parti à la pêche, expliqua Cara. Quand la marée s'est retirée, ils ont retrouvé le bateau. Il avait coulé avec Dermod à bord. Ils pensent qu'il a dû se cogner la tête ou quelque chose dans ce genre et se retrouver prisonnier. » Sa voix semblait plus douce, son accent irlandais s'insinuait dans ses phrases.

« Pauvre homme, dit Peter.

— Est-ce que tu vas rentrer chez toi pour l'enterrement ? demandai-je.

— Chez moi ? En Irlande ? L'Irlande n'est pas chez moi. De toute façon, l'enterrement avait lieu aujourd'hui. La lettre était à la poste depuis une semaine.

— Satané facteur, dit Peter. Je ne vois pas ce qui l'empêche de pédaler jusqu'ici.

— C'est trop loin, fis-je.

— Cara arrive bien à faire l'aller-retour au village à bicyclette.

— On parle d'un vieil homme et de huit kilomètres le long de la route. Ce ne serait pas correct de s'attendre à ce qu'il fasse tout ce chemin.

— Bon sang, s'écria Cara en se redressant. Je me fiche du facteur, d'accord ? »

Peter et moi échangeâmes un regard. « Prends un autre verre », dit-il, car c'était notre réponse à tout. Il versa la fin de la deuxième bouteille de champagne dans son verre et en ouvrit une troisième. Dire qu'elle avait préparé le pique-nique gaiement, alors qu'elle savait depuis tout ce temps que Dermod était mort. Cela paraissait impossible.

« C'est le père Creagh qui t'a écrit ? demanda Peter. Pas ta mère ?

— Toujours pas un mot de la part d'Isabel. » Elle termina son verre et le tendit pour en redemander. Elle semblait détachée, déconnectée, mais le champagne avait eu le temps déjà de tout détacher, de tout déconnecter. Je n'avais qu'une envie, dormir.

« Est-ce que ta mère te manque, Fran ? » Cara alluma une autre cigarette et recracha deux colonnes de fumée par le nez. Le seul bruit autour de nous était le craquement du toit qui bâillait sous le soleil de l'après-midi ; même les oiseaux étaient silencieux.

« La mère que j'avais enfant me manque, répondis-je. Mais la mère que j'ai eue par la suite, non. » Je me surpris moi-même, me demandant si je serais punie plus tard pour avoir admis cette vérité à voix haute, si je découvrirais un autre corbeau mort, de nouveaux bruits sous la baignoire, ou l'odeur de la chambre que nous partagions, Mère et moi. « C'est bien qu'elle soit morte. »

Mère était restée étendue sur notre lit durant une semaine après sa mort. J'avais cessé de dormir à côté d'elle, je me contentais de m'installer chaque soir sous une couverture, dans le fauteuil face au bow-window. Il paraît que la personne – l'âme – quitte le corps à la mort et qu'il ne reste plus qu'un bateau sans capitaine. Ce n'est pas du tout l'impression que j'ai eue avec Mère. Elle habitait toujours son navire ; elle était toujours occupée. Son corps avait beau s'être raidi, elle continuait de me dire quoi faire. Ses orbites avaient beau s'être assombries, elle continuait de me surveiller. Le dimanche soir, je disposai les torchons sous le rebord de la fenêtre de la cuisine, ôtai la vaisselle du couvercle de la baignoire et fis couler l'eau, mais son corps était plus lourd que ce à quoi je m'étais attendue, un poids mort littéralement. Alors j'apportai une bassine d'eau dans sa chambre, les gants de toilette posés sur une serviette, et frottai les taches violacées qui avaient éclos sur sa peau, inquiète à l'idée de m'emmêler dans les couleurs de gants. Je lui brossai les cheveux, comme je le faisais depuis dix ans, lui coupai les ongles de pied – en suivant la courbe des orteils, selon ses instructions – et récoltai les taillures d'ongles dans une feuille de papier journal avant de les jeter au feu. Je m'acquittais de ces tâches depuis si longtemps que je ne pouvais m'arrêter. Puis je laissai tomber les gants de toilette dans l'eau tiède et descendis demander à Mme Lee si je pouvais utiliser son téléphone. Elle me fit payer quatre pence, même si nous savions toutes les deux que c'était bien trop cher, et resta debout sur le seuil de sa cuisine, n'éprouvant absolument aucune honte à écouter ma conversation.

« Ma mère est morte », annonçai-je au docteur. Mme Lee croisa les bras.

« Êtes-vous certaine qu'elle est décédée ? » demanda-t-il, comme si je passais ce genre de coup de fil tous les quatre matins. Je ris. Je n'avais pas le moindre doute sur le sujet, sa peau collait à ses joues, tendue sur les os, les mouches avaient réussi à se frayer un chemin jusqu'à elle bien que j'eusse pris soin de garder les fenêtres fermées, et l'odeur qu'elle dégageait avait obstinément résisté à d'innombrables passages de gants de toilette. Le docteur vint, lui jeta un coup d'œil et appela le croque-mort. Il me dit que j'aurais dû lui téléphoner plus tôt, mais il y avait de la compassion dans son expression, il devait avoir compris qu'à présent j'étais seule. Il me prescrivit des pilules pour m'aider à dormir, que je ne pris pas : je n'avais aucun problème pour dormir.

Sur le toit, Peter déclara : « Parfois c'est mieux ainsi. Quand ils sont malades depuis longtemps, et qu'ils souffrent.

— Je ne crois pas que c'est ce que Fran voulait dire, intervint Cara, en me fixant jusqu'à ce que j'aie l'impression d'être transpercée par son regard, en un millier de minuscules orifices laissant passer la lumière, totalement exposée.

— Elle était alitée, dis-je en détachant mon regard de celui de Cara. Elle n'avait pas quitté la maison depuis dix ans.

— Est-ce que tu t'occupais d'elle toute seule ? » demanda Cara tranquillement. Elle écarta les doigts et scruta sa main comme si elle examinait le vernis sur ses ongles. Il y avait une minuscule trace noire sur une de ses articulations. Elle la tourna vers moi. « Mouche d'orage », dit-elle. L'insecte recourba sa queue tel un scorpion, puis s'envola. La lumière avait viré à un jaune troublant pareil au film collé sur les vitrines pour éviter que les couleurs à l'intérieur ne se délavent.

« Oui, répondis-je. Je faisais tout. Je cuisinais pour elle, l'aidais à aller aux cabinets, faisais sa toilette. » Je pris une gorgée de champagne, tout en envisageant de leur raconter ce qu'avait été ce huis clos dans l'appartement claustrophobique de Dollis Hill.

« Elle n'avait pas d'amis, pas d'autre famille ? demanda Peter.

— Deux ou trois vieux amis, mais personne d'utile. Il n'y avait que moi. » Je me rallongeai sur la couverture, aucun d'entre nous ne prononça un seul mot durant un moment. Je fermai les yeux. Je l'aimais pourtant ; j'avais oublié de leur dire que je l'aimais.

La voix de Cara me tira de mon sommeil, mais cette fois-ci elle ne chantait plus du Simon and Garfunkel, elle criait. « Je n'ai pas le droit de te quitter, tu te souviens ? Nous nous sommes fait une promesse.

— Mais c'était il y a des années, dit Peter de sa voix calme.

— Et quoi ? Ça ne compte pas du coup ? » Cara criait.

« Non, bien sûr que non. Mais nous sommes ensemble là, non ? »

Elle se redressa en chancelant et shoota dans la bouteille de champagne à moitié pleine. Je luttai pour m'extraire du brouillard épais et chaud de ma tête tandis que le liquide répandait son écume sur la nappe et les restes de saumon. « Bon sang de merde, s'écria Peter. Tu sais combien vaut cette bouteille ? » Il se pencha pour la ramasser tandis que je m'efforçais d'écarter la nourriture et d'éponger le vin, mes mains n'obéissant pas encore tout à fait à mon cerveau.

« Cara ! » Cela venait d'une petite voix lointaine. « Cara ! Non. »

Peter et moi, tous deux à quatre pattes, cessâmes de nettoyer pour regarder derrière nous. Cara se tenait tout au bord du toit, les orteils dans le vide, le corps oscillant. La voix résonna de nouveau tandis que je me relevais laborieusement, écrasant au passage une ombrelle en papier sous mon genou, glissant dans le saumon et la mayonnaise, tombant en avant pour rattraper Cara au moment même où Peter s'élançait lui aussi. Un homme, en bas, sauta de sa bicyclette en arrivant aux grilles, l'envoya valser pour courir vers la maison. Il me fallut un instant pour reconnaître Victor avec ses cheveux lâchés, son jean et son tee-shirt.

Nous étions tous au bord de l'abîme ce jour-là, à deux doigts de basculer dans le précipice, les yeux fixés sur le vide. Quelque chose en nous avait envie de savoir ce que cela ferait de sauter, ce qui se passerait, une embardée physique, à portée de main, sauf que nous savions tous qu'après avoir sauté il n'y aurait plus de retour possible.

J'avais cru que cette vie d'excès me plairait, j'avais cru que j'aimerais le risque, l'aventure sans limites, mais j'appris combien il est terrifiant de tutoyer l'abysse.

Cara ne tomba pas. Nous réussîmes à la rattraper, Peter et moi, et à l'écarter du bord. Pour mieux nous effondrer en arrière tous les trois, dans un amas de bras et de jambes, la robe de Cara déchirée, une marque rouge en travers de la gorge de Peter, ma main gauche éraflée, désormais assortie à la droite. Je ne me souviens pas de nous redescendant par la fenêtre des combles, même si nous l'avons forcément fait – abandonnant sur le toit les reliefs écrasés de notre pique-nique et la vaisselle bleu et or.

Nous trouvâmes Victor dans le hall d'entrée, trop poli pour entrer plus avant dans la maison sans y avoir été invité. « Est-ce que ça va ? demanda-t-il à Cara. J'ai eu peur que vous… » Il interrogea Peter du regard. « … tombiez, acheva-t-il.

— Elle va bien, dit Peter d'une voix glaciale.

— Qu'est-ce que vous fabriquiez tous là-haut ? demanda Victor. Ça ne paraissait pas très sécurisé.

— Nous étions en train de pique-niquer. » Je m'avançai, en bonne déléguée de classe avouant les méfaits devant le proviseur. J'étais fâchée contre Victor à cause des choses qu'il avait dites la veille et je ne comprenais pas pourquoi il était revenu.

« N'est-ce pas la journée idéale pour un pique-nique ? » lança Cara en souriant. Elle tripotait les boucles d'oreilles que Peter lui avait rapportées et je m'inquiétai soudain que Victor lui demande où elle les avait eues, et comment Peter pouvait se permettre une telle dépense.

Peter avait installé une table de ferronnerie et trois chaises sous le portique, et je me rendis compte que c'étaient celles de la photographie du livre que j'avais pris dans la bibliothèque. Il alla chercher une des vieilles cantines au sous-sol en guise de quatrième siège pendant que Cara partait faire du thé. La lumière était toujours d'un jaune maladif, comme si c'était la fin des temps.

Une fois seule avec Victor, je le vis baisser la tête, ses cheveux de Jésus tombant en avant, et me murmurer : « Vous ne lui avez pas dit, n'est-ce pas ? À propos du jeune homme ? » Je fronçai les sourcils.

« Le jeune homme qui a sauté de la galerie dans le hall d'entrée, ajouta-t-il.

— Bien sûr que non.

— Je me disais juste que c'était peut-être la raison pour laquelle Cara avait semblé sur le point de sauter.

— Elle n'était pas sur le point de sauter, dis-je. Peter et elle étaient en train de se disputer. Ce n'était rien. Elle prenait l'air, voilà tout. Nous étions dans un recoin très exigu là-haut, sur le toit. »

À ce moment-là, Peter arriva avec une cantine et Cara revint demander à Victor s'il prendrait du lait et du sucre avec son thé, s'excusant de n'avoir aucun biscuit à lui offrir, ajoutant que si elle avait su qu'il viendrait, elle aurait préparé quelques madeleines à l'orange et au chocolat, avec les trois oranges qu'elle avait cueillies sur l'oranger amer. Elle entra dans un luxe de détails sur les œufs qu'elle aurait pu monter en neige si elle ne les avait pas utilisés pour la mayonnaise, la pâte qu'elle aurait parfumée avec le jus des oranges, à laquelle elle aurait ajouté de la farine si elle avait pensé à en racheter, le temps qu'il fallait accorder à la pâte pour qu'elle repose une heure ou deux au frigidaire avant de la verser dans le moule. Elle s'excusa encore de ne pas avoir de chocolat noir qu'elle aurait fait fondre pour tremper les madeleines dedans. Je n'eus pas le cœur de lui dire que ses oranges étaient presque à coup sûr desséchées et inutilisables à l'intérieur.

Victor s'assit à la table, il avait l'air de regretter d'être passé. De mauvaise grâce, chacun se plia à un effort de conversation sur la température et la probabilité d'un orage. Peter était assis les bras croisés : fâché, supposai-je, que la religion se fût invitée à sa table. Cara revint de la cuisine une fois de plus, s'excusant de ne pas avoir de lait, le vicaire souhaiterait-il une rondelle de citron à la place ? Lorsqu'elle disparut de nouveau dans la maison, Victor posa la main sur le sommet de sa tête : « Dieu du ciel ! J'ai complètement oublié la raison pour laquelle j'étais venu !

— D'autres yeux de paon ? » demanda Peter. Je n'avais pas réalisé qu'il avait remarqué le travail que nous avions fait dans le salon bleu.

Victor se leva et sortit une enveloppe de la poche de son jean. « Un télégramme ! Je me suis retrouvé par hasard à la poste quand il est arrivé et il y a eu une dispute entre le livreur et le facteur afin de déterminer qui ferait tout le chemin à bicyclette pour venir le donner, alors je me suis proposé. Je me suis dit que je referais avec plaisir le chemin pour venir vous voir, mademoiselle Jellico. » Je savais qu'il voulait juste prendre de mes nouvelles, mais je ne lui étais en rien reconnaissante. Je n'avais besoin de personne pour s'occuper de moi.

Avant qu'il ait eu le temps de passer le télégramme, Cara était de retour avec un plateau en argent, le blason des Lynton gravé dessus, partiellement dissimulé par la théière. « Nous n'avons pas de citrons, j'espère que ça va aller. J'avais oublié que je les avais emportés avec la mayonnaise, et tout est resté sur le toit avec le saumon et les pommes de terre, même si je doute que vous souhaitiez de la mayonnaise dans votre thé. » Elle fut la seule à rire.

« C'est parfait. Merci. » Victor tendit l'enveloppe, dans l'espace entre Peter et moi, et alors que je songeais qu'il serait quand même étrange que le télégramme nous fût adressé à tous les deux, Peter le prit et l'ouvrit.

Il afficha une mine nauséeuse, le teint terreux. « Dieu du ciel, dit-il.

— Oh, s'écria Victor, ce sont de mauvaises nouvelles ?

— Quoi ? dis-je. De quoi s'agit-il ? »

Cara ignorait Peter et le télégramme, et servait le thé. Elle souriait mais ses mains tremblaient.

« C'est Liebermann. Il est en route.

— Il vient ici ? D'Amérique ? » dis-je sans réfléchir, Peter fixait la théière. Je lui pris le télégramme des mains et le lut.

« Quel jour sommes-nous ?

— Mardi, dit Victor.

— Non, la date.

— Le 26.

— Août ?

— Oui, août. Est-ce que c'est un problème ? » Le regard de Victor passait de l'un à l'autre.

« Il sera là demain matin. »

Peter continuait de regarder droit devant lui sans un mot.

« N'avez-vous pas terminé de rédiger vos rapports ? demanda Victor. Il vous accordera certainement un délai de quelques jours. »

Je pensai aux meubles dans les étages – l'écritoire, les lits, les miroirs, les verres et les couverts, la table de salle à manger en acajou, le tapis, la chaise longue –, aux Reynolds manquants, et au chat égyptien que je n'avais plus revu depuis le jour où nous avions découvert le Musée. Je me souvins tout à coup que nous n'avions pas fait le ménage depuis une bonne semaine et que les bouteilles vides de vin et de champagne que nous avions pris l'habitude de garder en souvenir, alignées contre le mur, faisaient désormais tout le tour du salon de Peter et Cara. Je songeai aux vêtements, aux maquettes de bâtiments italiens, à l'ours. Impossible de remettre tout cela en place avant demain matin. M. Liebermann saisirait-il ce qui s'était passé ici ? Je pensais à mes quelques croquis, aux mesures préliminaires que j'avais prises du pont et des fabriques de jardin, à mes aquarelles de l'orangerie, aux quelques notes que j'avais griffonnées pour mon rapport.

Aucun d'entre nous ne dit rien, Cara souriait. Victor se leva et déclara : « Eh bien, merci pour le thé. Je ferais mieux de rentrer. »

Cara et Peter ne levèrent pas les yeux, ne donnèrent pas le moindre signe qu'ils l'avaient même entendu.

« Je vous raccompagne », dis-je.

Arrivé à la grille, Victor fixa ses pinces de bicyclette sans me regarder.

« Merci d'être venu nous apporter le télégramme, dis-je.

— En réalité, c'était surtout un prétexte. » Victor ramassa sa bicyclette, elle était lourde et vieille, noire, avec une petite poche suspendue au siège arrière, un vélo pour femme, la chaîne couverte et pas de barre au milieu. Il était propre, pas la moindre trace de rouille, je me le représentai, les roues en l'air, dans le presbytère le samedi matin, pendant que Victor en prenait soin. « La vraie raison pour laquelle je suis venu, c'était pour vous annoncer que j'ai décidé de quitter l'Église. »

J'avais honte de n'avoir pas été plus gentille, plus disponible pour l'écouter, je me demandais s'il était trop tard pour réparer mes torts. « Oh Victor, je suis désolée. Je pourrai venir vous voir plus tard… ou demain… ou quand M. Liebermann sera reparti.

— Dès que vous aurez un peu de temps devant vous. »

Il poussa la bicyclette hors des gravillons, vers la route. « Victor », dis-je en tendant la main vers lui mais il était déjà trop loin pour moi. Les jambes de part et d'autre des roues, il s'apprêtait à pousser sur les pédales au moment où il fit volte-face.

« Je vous l'ai dit hier : je crois que vous ne devriez pas rester ici, cet endroit n'est pas bon pour vous. Rentrez à Londres ou ailleurs. »

Ma compassion et ma culpabilité cédèrent de nouveau à une position défensive. « Je ne comprends pas ce qui vous fait croire que vous avez le droit de me dire des choses pareilles. » J'aurais poursuivi sur ma lancée si les mots m'étaient venus assez vite mais Victor me coupa l'herbe sous le pied.

« Je croyais que nous étions amis, vous et moi, mademoiselle Jellico. Et c'est ce que les amis font, ils veillent l'un sur l'autre. » Il appuya sur les pédales et je le regardai partir, slalomer entre les trous, accélérant de temps à autre pour avancer le long de la route.

22

Quand j'eus regagné le portique, Cara avait disparu, laissant la théière et les tasses derrière elle. Peter était camouflé par les rhododendrons. Je l'appelai, il s'arrêta pour m'attendre et nous nous faufilâmes ensemble sous les feuilles jaunissantes. Aucun de nous deux ne mentionna le fait que nous abandonnions Cara à son sort.

Plus rien ne bougeait, l'air était oppressant. J'aurais aimé que l'orage qui menaçait éclate.

« Peut-être qu'on a assez de temps pour tout remettre en place, dis-je sans conviction. Ou bien on s'excuse, on dit qu'on a juste utilisé certaines choses quelque temps, que c'était un emprunt.

— Et les rapports qu'on devrait presque avoir terminés ? ajouta Peter en se passant la main dans les cheveux. Et les objets que j'ai refourgués ? » C'était la première fois qu'il avouait l'avoir fait. « Il ne s'agit pas que de ça. Même en revendant ces objets, j'ai à peine épongé la dette dans laquelle je suis embourbé. Deux femmes, ça coûte un fric fou. » Je ne lui fis pas remarquer qu'il n'était pas marié avec Cara : cela n'aurait fait aucune différence.

Nous marchâmes sans nous arrêter, le long du lac, de l'autre côté du pont, en file indienne sur l'autre rive, dans l'herbe encore aplatie par nos promenades de l'été.

« Cara est montée pour presser les oranges qu'elle avait cueillies, dit Peter. C'est toute la nourriture qui reste dans la maison, jusqu'à ce qu'elle retourne faire les courses.

— Si tant est qu'elle en tire le moindre jus, elle ferait mieux d'y ajouter beaucoup de sucre », dis-je, en me demandant ce que nous allions avoir pour le dîner. J'avais faim.

« Il va falloir que je la remmène à Londres pour voir un médecin, dit Peter.

— À cause de Dermod ?

— À cause de tout.

— C'est un sacré coup du sort quand même – une terrible coïncidence que ce soit encore un accident de bateau.

— Quoi ? interrogea Peter.

— Elle m'a raconté ce qui s'est passé. Votre bateau qui a coulé, la noyade de Finn et tout ce que vous avez perdu. Ça a dû être horrible pour toi. Depuis, je n'arrive pas à penser à autre chose qu'aux cris des vaches – pareils à des cris d'enfants.

— Quoi ? Attends. » Il s'arrêta sur le chemin, se retourna. « Elle t'a raconté qu'il y avait un bateau et qu'il avait coulé ?

— Eh bien, oui, elle a dit que vous étiez en route pour l'Écosse, même si apparemment elle avait d'abord pensé que vous embarquiez pour l'Italie.

— Non, Franny. Non. Il n'y a jamais eu de bateau. Nous avons pris l'avion et nous sommes bien allés en Italie.

— En Italie, répétai-je.

— En Italie, confirma-t-il.

— Je ne comprends pas, et les vaches alors ? dis-je faiblement, incapable d'assimiler cette nouvelle version.

— Les vaches qui criaient comme des enfants ?

— Oui ! Elle a dit qu'elle en avait rêvé des années durant après.

— C'était l'histoire de sa mère, dit Peter. Quand leur maison, en Irlande – Killaspy –, a été incendiée, sa mère a entendu les chevaux hurler dans les écuries. On l'a envoyée se réfugier au bout du chemin en attendant que le feu soit maîtrisé. Mais elle a entendu les chevaux. Leurs cris ressemblaient à des cris d'enfants. Ces cris l'ont réveillée des années durant, elle se levait et allait vérifier à la fenêtre de sa chambre qu'il n'y avait pas de flammes. C'est elle-même qui m'a raconté cette histoire.

— Il n'y a jamais eu de bateau ? Vous n'êtes pas allés en Écosse ?

— Plus tard. Nous sommes allés en Écosse plus tard.

— Je ne comprends pas. »

Peter fixa la surface du lac et se remit en route.

« Pourquoi me mentir à ce propos ?

— Parce que… parce qu'elle t'a cernée, Fran. Elle sait que tu vas la croire, que tu gobes tout. C'est une très bonne conteuse, tout ce dont elle a besoin, c'est d'un public. Si elle arrive à bien raconter, elle peut projeter d'elle une image différente de ce qu'elle a en elle. Qui ne voudrait pas pouvoir réécrire son passé, si cela signifie changer l'avenir ? » Le chemin s'élargit, nous permettant de marcher côte à côte. Il parlait sans me regarder ; je songeai qu'il devait être en train de se remémorer ce qui s'était réellement passé. « Quand j'ai fini par économiser assez d'argent, j'ai acheté des billets d'avion pour Rome – nous sommes partis tous les trois : moi, Cara et Finn. » Il marchait vite, j'étais obligée de trottiner un pas sur deux pour tenir le rythme. « Finn avait trois mois, je nous avais réservé un hôtel, Cara était tellement excitée, tellement ravie d'être enfin en Italie. Nous sommes sortis pour fêter cela, nous avons pris quelques verres, un repas. Elle voulait tout voir, tout goûter. Et Finn était comme elle – ses yeux immenses absorbaient tout autour de lui. Il était tard quand nous sommes rentrés à l'hôtel. Ça aussi, c'était magnifique à ses yeux – je ne crois pas qu'elle avait jamais dormi dans un hôtel auparavant. J'adorais la voir heureuse pour une fois, mais j'étais épuisé et nous nous sommes disputés. Je ne me souviens plus à quel sujet maintenant. Elle a fait couler un bain, j'en avais plus qu'assez, alors je suis sorti prendre un verre dans un bar. Nous n'avions pas de vraie baignoire dans la maison que nous louions en Irlande, juste un baquet devant le feu. Quand je suis revenu, elle s'était endormie dans le bain. Elle avait pris le bébé dans ses bras et elle s'était endormie, il avait glissé dans l'eau et s'était noyé.

— Oh, Peter. » Je m'immobilisai tandis qu'il continuait d'avancer à grandes enjambées. Il ramassa un bâton et frappa les joncs qui remontaient le long de la rive, les fleurs de chardon pliant, oscillant, et dispersant leurs nuages tourbillonnants de pollen jaune dans l'air immobile de l'après-midi.

« Elle ne cesse de parler de l'Enfer et du Paradis, en se demandant où est Finn. Ce sont des inepties. Le petit est mort. » Il s'étrangla sur les mots, puis se reprit. « Et elle n'arrête pas de ressasser ce truc sur la naissance virginale. »

Je le rattrapai enfin et lui dis : « Tu es sûr que ce n'en était pas une ? »

Il me dévisagea comme si j'étais devenue folle. Pourtant, pour la première fois, au milieu de tous ces mensonges et demi-vérités, je voulais me faire mon opinion et cesser d'être ballottée d'un point à un autre. Que Finn n'ait pas de père, l'histoire la plus insensée de toutes ces histoires, semblait receler une pépite de vérité, un éclat, qui, suffisamment poli, révélerait sa nature.

« Il ne s'agit que d'accumuler de la culpabilité et de souhaiter une pénitence suffisamment extrême pour en être débarrassé, dit Peter. Elle n'en sera jamais débarrassée, elle refuse de s'en rendre compte. Et moi, tout ce que je souhaite, c'est l'aider à s'en sortir, mais c'est épuisant. Je devrais être là-bas en ce moment, dans la maison, à la surveiller, m'assurer qu'elle est en sécurité. »

Je ne suggérai pas que nous devrions rentrer.

À côté de nous, le lac rétrécissait, traversé par le barrage. Nous arrivions au niveau où l'eau était détournée et ralentie vers la grotte pour former une pièce d'eau à l'intérieur de cette caverne artificielle.

Une étagère avait été moulée dans la pierre sur laquelle on pouvait tenir debout ou assis, les jambes dans le vide, ou, si on était suffisamment courageux, dans l'eau. Quand le soleil était haut dans le ciel, la lumière qui se reflétait à la surface dansait sur les parois, pareille aux éclats de soleil qui tournoyaient dans le verre que Peter avait suspendu à la fenêtre de leur chambre, elle scintillait sur le plafond bas, mortier écorché de silex, incrusté de nacre.

Sous d'autres cieux, je nous avais imaginés assis dans la grotte, les jambes plongées dans l'eau, nos doigts s'effleurant. C'était un endroit romantique, un lieu parfait pour avouer à Peter que je l'aimais, pour lui dire que je savais que je pourrais le rendre heureux, pour qu'il me réponde qu'il m'aimait lui aussi. J'avais souvent repensé à la fois où Peter m'avait expliqué qu'il n'avait pas voulu faire de mal à Mallory en tombant amoureux de Cara, et j'avais supposé que mon père non plus n'avait pas eu l'intention de faire du mal à Mère en tombant amoureux de sa sœur. C'était une manière aisée de justifier mes propres sentiments.

Mais en réalité, la grotte était glaciale, nous restâmes plantés devant, épaules voûtées, tête penchée en avant pour éviter le plafond bas, et en regardant dans l'eau, il n'y avait que du noir et aucun reflet.

« Et le manteau de fourrure de George Harrison alors ?

— Quoi ?

— Rien. Ça n'a aucune importance. » J'étais gênée d'en avoir parlé. C'était tellement trivial comparé à la perte d'un enfant.

« George Harrison ?

— Elle m'a dit qu'elle l'avait rencontré en Irlande, avant votre rencontre à tous les deux. Elle m'a dit que son manteau de fourrure était là-haut dans votre chambre.

— Comment ce serait possible ? Un manteau sauvé alors que nous aurions perdu tout le reste dans le naufrage d'un bateau imaginaire, y compris notre fils ? »

Je n'avais rien à lui répondre. J'essayais de comprendre quel genre de personne inventait des choses pareilles. Je me représentai Cara, assise dans le salon, tranchant une des oranges amères qu'elle avait cueillies sous la lame émoussée d'un des couteaux du service trouvé dans le Musée. Peter avait promis de les aiguiser mais il n'en avait pas eu le temps, et chaque fois que l'heure du repas arrivait et que Cara se mettait à l'ouvrage, elle pestait qu'il avait bien réussi à trouver le temps d'aiguiser les outils de jardin, alors qu'est-ce qui l'empêchait d'aiguiser un couteau de cuisine, et chaque fois Peter promettait qu'il allait le faire bientôt. Je la voyais, pressant les deux moitiés de l'orange contre le verre de jade de notre presse-agrume, en tirant une goutte ou deux peut-être.

Peter et moi grimpâmes au sommet de la grotte où l'herbe était rase, tondue par les lapins. Le toit s'était légèrement affaissé et il y avait un petit renfoncement dans le sol, de la longueur de deux corps étendus côte à côte. Nous nous y assîmes, l'air immobile autour de nous, le bruit de la cascade tout près, l'eau qui déferlait vers le lac. Peter appuya son dos sur ses bras pliés et ferma les yeux, je le dévisageai, si beau et si fatigué, il méritait quelqu'un d'autre que Cara.

J'avais envie de le rendre heureux. J'avais envie de lui dire que je l'aimais, j'étais persuadée qu'il ressentait la même chose, mais je n'avais pas poussé mes ruminations au-delà de ce baiser que nous échangerions après nous être déclarés l'un à l'autre. Que se passerait-il ensuite ? Le dirait-il à Cara immédiatement ? Où irions-nous, tous les deux ?

Au sommet de la grotte, je me retournai vers lui, consciente, dans tout mon corps, des battements de mon cœur. Il se redressa, posa les coudes sur les genoux et son menton dessus. Je m'agenouillai à côté de lui, m'efforçant en vain de prononcer les mots, saisie de mutisme. Au lieu de cela, je défis la ceinture de ma robe – le peignoir – et la laissai glisser autour de moi.

« Franny… » dit-il sans bouger.

L'air effleura ma peau.

« Franny… » répéta-t-il, et il recula comme pour mieux me contempler. Je me souviens d'avoir souri.

« Fran », dit-il, tandis que j'attendais qu'il me prenne dans ses bras. Il s'assit franchement, sans toutefois se rapprocher de moi, alors je pris son bras et posai sa main sur mon sein. Son poignet dans ma main, je sentis le froid de sa peau comparé à la mienne tandis que je poussais sa main vers mon téton et que ses doigts s'écartaient puis se retiraient comme s'ils reculaient d'effroi. « Oh non, dit-il. Non. » Il battit en retraite, s'emmêlant les genoux tout en récupérant son poignet. « Je t'en prie, Frances, je suis désolé. Je crois qu'il y a eu un malentendu. » Il s'agrippa à un pan de mon peignoir tombé le long de mes cuisses et de mes fesses et le rabattit sur mes épaules pour m'envelopper dedans. « Je suis vraiment navré », dit-il. Il dut bien voir la terrible déception dans mes yeux, les larmes qui s'y amoncelaient, car il ajouta : « Mais nous pouvons toujours être amis. Nous serons toujours les meilleurs amis du monde, Franny ? » Puis, par pitié je suppose, ou bien pour ne plus avoir à affronter mon visage, il m'attira contre lui et me prit dans ses bras, et je sentis son corps ferme contre mon corps mou.

J'avais envie de lui dire que ce serait différent avec moi, que nous le savions tous les dcux, mais son corps se raidit avant de me repousser. Je suivis son regard et vis Cara, qui nous observait depuis la jetée en béton sur le lac.

« Que dit la Bible sur l'impuissance ? demandé-je à Victor, le soi-disant aumônier. Les dysfonctionnements sexuels ? »

Il rougit, remue, se gratte une croûte sur le coude à travers sa chemise.

« C'est pour un ami », dis-je en souriant, et pour la première fois il bascule la tête en arrière et éclate de rire. Son rire me prend par surprise : profond, riche, il m'enveloppe de bonheur. J'aimerais l'interroger encore à propos de la bombe dans la station de métro – ce qu'il m'a raconté est souvent revenu me hanter – mais sans doute qu'une des conditions de son apaisement est l'oubli.

« J'ai lu quelque part, dis-je, que des scientifiques travaillent à une pilule, qui, prise dans les six heures suivant un événement dramatique, pourrait en atténuer la mémoire. L'accident, la catastrophe, ou quoi que ce soit, serait alors moins douloureux, comme le souvenir de quelqu'un d'autre, un film. Vous la prendriez, cette pilule, Victor ? Vous l'auriez prise en quittant cette station de métro ? »

Il me caresse les cheveux sans me répondre, ou bien n'ai-je rien dit. Peut-être croit-il que la douleur, autant que la joie, fait de nous ceux que nous sommes.

Je restai là, assise au sommet de la grotte, le peignoir tombant de mes épaules, tandis que Peter se levait sans m'accorder un regard ou un mot de plus, fonçait vers le barrage pour rattraper Cara qui s'engouffrait dans les arbres. Je ne pus que supposer qu'ils se retrouveraient sous les rhododendrons et remonteraient vers la maison ensemble. Je ne savais pas ce qu'elle avait vu exactement.

Je n'avais aucune envie de retourner à Lyntons tout de suite. Je pris la direction du Mausolée, en me disant que j'allais passer du temps avec les deux épouses, mais l'endroit était lugubre, les fleurs desséchées et décolorées sur leurs poitrines, et je remarquai une odeur d'urine aux quatre coins du tombeau. Ce fut la faim qui me ramena à la maison, l'espoir de dénicher quelque chose à manger. L'orage qui menaçait ne s'était jamais matérialisé et le soleil était bas sur les rameaux, étirés en rubans abricot et rouges. Les vaches étaient descendues vers le champ, mais l'odeur fétide et sucrée qu'elles laissaient derrière elles planait encore sous le cèdre. J'aurais dû emprunter un autre chemin et contourner le portique parce que je ne pus m'empêcher de regarder vers les fenêtres de la chambre de Cara et Peter. Déjà le glas semblait avoir sonné la fin d'une époque, la plupart des fenêtres avaient été fermées et le soleil couchant se reflétait dans les vitres irrégulières de sorte que derrière chaque pan semblait couver un incendie, consumant la maison en secret. Seules les fenêtres du salon de Cara et Peter étaient ouvertes, et je vis Peter appuyé sur le rebord, regardant au loin. Il avait un verre à la main, un gobelet. Je percevais l'écho de l'album que nous écoutions en boucle sur le tourne-disque – *Bookends* de Simon and Garfunkel. Debout à côté du cèdre, dans la pénombre, sans doute disparaissais-je dans le décor de l'arbre, mais je crus que Peter m'avait vue car il leva son verre comme pour porter un toast, dans un élan de clémence ou de pardon. Je levai la main en guise de salut, mais malgré mes espoirs, je savais que plus rien ne serait jamais pareil, c'était impossible.

Si j'étais allée dans leurs appartements à ce moment-là, la fin de l'histoire aurait-elle été différente ? J'avais trop honte, l'embarras d'avoir été rejetée était trop frais et j'ignorais ce que Peter avait pu raconter à Cara. Il avait pu dire que je m'étais déshabillée et que j'avais posé sa main contre mon corps ; peut-être même qu'ils avaient ri. Mais alors je me souvins de ce que Cara avait dit : que je n'étais pas si intéressante que cela, pas de quoi disserter. J'entrai par la porte de service, puis montai l'escalier en colimaçon, jusqu'aux combles.

Tout était calme sous mes pieds. Je me penchai par la fenêtre et guettai, rien. Dans la salle de bains, tandis que je rangeais mes affaires de toilette, j'entendis l'eau dans les tuyaux de nouveau, l'eau qui éclaboussait les parois de leur baignoire. J'ôtai la robe de chambre et remis les sous-vêtements de Mère à la place, ma jupe et ma chemise. Plus serrés que jamais. Tout ce que je possédais tenait toujours dans mes deux valises. Rassembler mes affaires ne prit pas beaucoup de temps ; les seuls objets que j'emportais avec lesquels je n'étais pas arrivée étaient l'étui à cigarettes que Peter m'avait offert et le mot de Cara. Je m'assis sur mon lit et pesai le pour et le contre, partir sans un mot ou dire au revoir, mais si l'un des deux était dans son bain, il me faudrait attendre un moment encore. Assise sur mon lit, je regardai les ombres s'allonger dans le jardin.

Puis je fus prise d'un besoin soudain de me dépêcher, d'un désir urgent de quitter Lyntons. Je consultai ma montre – si je faisais vite, il y avait encore un bus que je pouvais attraper sur la grand-route qui me conduirait à la gare, autrement il faudrait que je me paye un taxi ou une nuit au Harrow Inn. Je n'avais pas réellement de plan pour la suite, à part retourner à Londres.

Je passai mon sac à main et mon imperméable sur mon épaule, ramassai mes deux valises et descendis l'escalier en colimaçon. J'aurais pu les porter jusqu'en bas, sortir par la grande porte, contourner la fontaine et longer la route. Mais au seuil de la porte palière, j'hésitai, descendis une marche puis la remontai, avant de pousser du coude la porte de service vers le couloir de Peter et Cara. Devant leur porte, je déposai mes valises, pliai mon imperméable par-dessus afin qu'il ne touchât pas le sol. Je collai l'oreille au bois mais n'entendis rien.

Je toquai, embarrassée, espérant qu'ils ne seraient pas là, que je pourrais me contenter de laisser un mot sous la porte et me retirer discrètement. Pas de réponse ; aucun bruit. Je tournai la poignée et entrai dans la pièce. Les casseroles et bols sales que Cara avait utilisés pour préparer le saumon et les pommes de terre étaient toujours sur la table et, dans un panier en osier, reposait encore un quignon de pain sec. Un de nos verres à vin était couché, renversé dans une flaque imbibant l'acajou. Le disque continuait de tourner sur le tourne-disque, le haut-parleur bégayant le même grincement rayé à l'infini. Côté cuisine, Cara avait bel et bien pressé les oranges : quatre moitiés pulpeuses, creusées, les bords nets, gisaient sur une planche. Un quartier, grêlé et grumeleux, attendait dans une coupe en treillage. Bleu et or, pour aller avec le service de table.

« Il y a quelqu'un ? appelai-je. Cara ? Peter ? » La porte de leur chambre était close ; c'était trop calme, trop silencieux. Je me plantai au milieu de la pièce, écoutai, puis fouillai dans mon sac à main, cherchant un stylo et un morceau de papier. J'entendis un bruit venant de la salle de bains, un bruit d'éclaboussure dans la baignoire. « Peter ? » appelai-je une nouvelle fois, et Cara sortit, se posta dans le salon, laissant la porte entrebâillée derrière elle. Sa robe du soir – elle s'était changée et portait la robe en soie avec les fines attaches et les plumes – était d'un vert plus foncé sur le devant, comme si elle s'était renversé quelque chose dessus.

« Cara, dis-je. Je n'avais pas conscience que tu étais là. » Je sortis la main de mon sac et m'avançai vers elle. Ses bras étaient mouillés, l'eau dégouttait de ses mains sur le plancher, le tissu vert et ample formait une flaque autour de ses pieds. Elle me dévisagea. « Est-ce que Peter est dans le coin ? interrogeai-je. Je suis venue… dire au revoir. » Je n'eus pas le courage de lui demander ce qu'elle avait pu voir depuis la jetée. Elle ne cessa pas de me dévisager. Et bien que Peter fût sans doute nu dans la baignoire, j'obéis à une impulsion et la contournai pour voir à l'intérieur. Soudain Cara sortit de son état de transe et, d'un mouvement vif, ôta la clé de l'autre côté de la porte, ferma et verrouilla. Mais pas avant que j'aie eu le temps d'apercevoir quelque chose, quelqu'un dans la baignoire, sous l'eau, flottant dans un brouillard de cheveux blonds. « Est-ce que c'est Peter ? lui demandai-je en secouant la poignée, tandis qu'elle s'éloignait de la porte. Est-ce que c'est Peter dans la baignoire ? »

Elle recula, faillit trébucher dans sa robe, se redressa in extremis mais laissa tomber la clé. Nous nous précipitâmes dessus en même temps, luttant au sol, nous cognant la tête. Mon doigt en toucha le bout métallique, avant que Cara ne réussît à me l'arracher, et pendant que j'étais encore à terre, sciée de partout par les sous-vêtements de Mère, elle se releva et lança la clé par la fenêtre la plus proche de nous. « Non ! » criai-je, mais le temps que j'arrive à me hisser à genoux sur le siège de la fenêtre, la clé avait disparu – elle n'était pas sur la terrasse, et vu la force avec laquelle elle l'avait lancée, elle devait s'être perdue dans les haies.

« Tu ne peux pas entrer, déclara Cara en faisant barrage devant la porte de la salle de bains. Ça n'a rien à voir avec toi, Frances.

— Qu'est-ce que tu as fait ? criai-je, en la poussant pour m'échiner sur la poignée et hurlant le nom de Peter à travers le bois. Ouvre-moi ! » Pas de réponse. « Qu'est-ce que tu as fait ? répétai-je. Peter est à l'intérieur, n'est-ce pas ? »

Je labourai la porte de coups de poing, tandis qu'elle demeurait debout, impassible, à m'observer. « Est-ce qu'il y a une autre clé ? » demandai-je en sachant très bien qu'il n'y en avait pas. Je regardai par la fenêtre une nouvelle fois, comme si la clé pouvait réapparaître. Je martelai la porte de nouveau, regardai Cara, puis tentai d'enfoncer la porte de tout mon poids, mais, ainsi que toutes les portes à Lyntons, elle était massive, solide. Tout ce que je récoltai fut une ecchymose ; la porte ne bougea pas.

Elle s'assit de côté sur le rebord de la fenêtre, dans sa position habituelle : les pieds appuyés contre les montants, le regard fixe. « Tu ne vas nulle part », dis-je, elle tourna la tête vers moi, mais ne répondit pas. Je sortis de leur salon, parcourus le hall en courant, passant devant mes valises, virant dans l'escalier en colimaçon vers le sous-sol. Je tournai l'interrupteur, une ampoule après l'autre, le couloir s'illumina. Je marquai une pause, m'efforçant de reprendre mon souffle et de retrouver le chemin de la chambre du majordome, où Peter rangeait ses outils. La masse était appuyée contre la commode. Elle était plus lourde que ce que j'avais cru, il me fallut la porter devant moi, et les muscles de mes épaules tiraient avant même que j'atteigne le bas de l'escalier.

Quand je déboulai à nouveau dans leur salon, Cara était debout devant la fenêtre, un pied sur le siège, comme si elle se faisait les ongles de pied. Elle frémit quand j'entrai, sans doute s'attendait-elle à ce que je sois partie plus longtemps, peut-être chercher la police. Je traînai la masse derrière moi, plissant les tapis sur mon passage, et lorsqu'elle la vit, elle fit un pas de côté pour se replacer devant la porte de la salle de bains.

« Écarte-toi, dis-je une fois face à elle.

— Tu ne peux pas entrer, dit-elle. Rentre chez toi, Frances. » Je ne savais pas de quel endroit elle voulait parler.

Je la poussai tout en essayant de faire basculer la masse, mais nous nous emmêlâmes dans la robe verte, et quand je réussis à ramener la masse vers l'avant, elle tenait le manche avec moi. « Laisse-moi entrer ! hurlai-je. Il s'agit de ce pacte stupide, c'est ça ? Qu'est-ce que tu as fait ? Qu'est-ce que tu as fait ?

— Non ! Laisse tomber », cria-t-elle. Elle tira violemment sur la partie lourde de la masse ; je ne m'attendais pas à une telle force et la hampe m'échappa des mains. Le poids de la masse faillit l'emporter à travers la fenêtre ouverte dans son dos. Mais au dernier moment, elle pivota et la masse bascula seule. Nous l'entendîmes s'écraser tandis que je criais son nom ou autre chose. Elle avait le corps à moitié dans le vide, incliné, les jambes encore à l'intérieur. Retenue seulement par le bout de ses doigts sur les montants de la fenêtre et mon talon pris dans le tissu de sa robe. Le soleil orange dessinait un halo parfait autour de son visage et ses cheveux sublimes, une corolle ambrée déployée en éventail autour d'elle, et l'espace d'une seconde, me revint en mémoire le sermon de Victor sur la lumière et la transformation. Un instant nos yeux se croisèrent, et je vis qu'elle était calme, toute sa colère et son angoisse avaient disparu. Puis elle relâcha les doigts, la robe se déchira sous mon pied et elle tomba en arrière, sans rien pour l'arrêter. J'entendis le bruit sourd, lourd, le craquement du crâne et un cri qui n'était rien d'autre qu'un dernier souffle qui s'échappait. Je plaquai la main sur mon visage, vissée sur place je ne sais combien de temps, jusqu'à ce que j'aie le courage de regarder en bas.

Le silence dans la maison était absolu. Pour la première fois, j'étais seule. Je savais ce que j'allais trouver, cependant je montai dans ma salle de bains, soulevai la latte de plancher et, pour la dernière fois, regardai, à travers l'œil du judas, Peter. Mon amour. L'eau du bain était rose, et mon couteau à échantillons reposait au sol, même si je savais qu'il ne s'était pas fait cela tout seul. Il n'y avait plus aucune raison de se dépêcher maintenant. Je le contemplai, allongé sur le dos, les bras le long du corps. Ses yeux ouverts semblaient regarder au-delà du point au plafond d'où je l'observais, vers un sommet au-dessus des toits de Lyntons, vers le ciel du soir. Il était immobile, comme si lui aussi était devenu un gisant sculpté surmontant son propre tombeau, dans un corps d'albâtre. Je priai qu'il se relève, qu'il se hisse, les deux mains sur les rebords de la baignoire, et sorte, ruisselant. Étendue à côté de la latte déplacée, je pleurais sur lui.

Au bout d'un moment, je descendis sur la terrasse, non pour m'assurer que Cara était morte – je l'avais su dès que j'avais regardé par la fenêtre – mais pour récupérer la masse. Tous mes muscles frissonnaient, mon corps tremblait, je réussis néanmoins à la tirer de sous sa tête. À la lueur des fenêtres éclairées, je vis, sur l'un des angles de la masse, des cheveux et de la peau collés ; après l'avoir traînée dans la terre sous les rhododendrons, il n'en restait plus rien cependant. Le manche en revanche était poisseux de sang.

La masse rebondit derrière moi sur les marches, se chargea d'herbe en traversant les abris des poules et creusa un sillon de terre fraîche le long du lac. En arrivant au pont, je la levai, les deux mains serrées au bout du manche, et l'envoyai heurter la pierre. Je ne sais pas quels dégâts j'ai causé exactement, pas assez pour faire tomber l'édifice dans le lac comme je l'aurais voulu. Quand je fus incapable de relever la masse une dernière fois, je l'abandonnai là, remontai à la maison, passai sous le portique, traversai la route et marchai jusqu'à l'église. Je ne m'en souviens pas mais on m'a dit que c'était là que Victor m'avait trouvée, dans le vestibule, les mains couvertes de sang.

23

Mon père est venu au procès, il est apparu soudain dans la tribune réservée au public, au milieu des journalistes et des badauds. J'ai dû m'y reprendre à deux fois pour le reconnaître, un vieil homme, un étranger. Luther Jellico. J'avais souvent pensé à lui, même si je ne l'avais pas vu depuis plus de trente ans. Quand j'étais jeune et idéaliste, j'élaborais des scénarios, où il passait la porte de l'appartement de Dollis Hill et comprenait tout sans que j'aie à prononcer le moindre mot. Il m'emmenait vivre avec lui – ma tante évincée du tableau – dans la grande maison de Notting Hill, alors que je savais bien qu'en réalité elle avait été vendue. Plus tard, je l'avais cherché chez les antiquaires, dans les foires aux livres d'occasion, dans les bibliothèques, répétant d'avance mes répliques.

Certes je portais en moi la culpabilité de la séparation de mes parents tel un repas trop lourd sur mon estomac, mais la vraie méchante de l'histoire était ma tante, à mes yeux. C'était elle qui m'avait forcée à choisir entre l'étole en renard et la vérité. C'était d'elle, autant que de Mère, que j'avais appris que la vérité n'est pas toujours le bon chemin. Lorsque, après deux ans passés dans l'appartement, les cartes de Noël et cadeaux d'anniversaire avaient cessé d'arriver, c'était à ma tante que je reprochais l'abandon de mon père. Elle était la marâtre invisible. Et après sa mort, bien que je fusse une adulte désormais, j'attendis que mon père nous revienne, à Mère et moi. J'attendis, mais il n'écrivit pas, ne téléphona pas non plus au numéro de Mme Lee en bas, ne sonna pas à la porte. Jusqu'à ce jour au tribunal, jamais je ne le revis.

Ses cheveux et sa moustache étaient devenus blancs, son cou ridé, pourtant en un seul regard, tout l'amour et toute la colère remontèrent en moi. J'étais incapable de le quitter des yeux. Alors que j'aurais dû me concentrer sur ce que les hommes en perruque racontaient, m'assurer que mon histoire était correctement restituée, je fixais la tribune du public d'où il s'employait à m'éviter du regard. *Tu es venu !* avais-je envie de hurler. *Trop tard ! Trop tard !* Je n'en pouvais plus d'attendre la fin de cette première journée et le moment où on me remettrait un mot de sa part, une demande de parloir. Je m'efforçais de rassembler les forces dont j'aurais besoin pour le déchirer sous ses yeux ou refuser sa demande. Je me concentrai là-dessus une bonne partie de la journée. Quand l'officier qui me ramenait à ma cellule me passa les menottes, je lui demandai de vérifier, mais il n'y avait ni mot, ni demande de parloir.

Mon père est venu tous les jours, assis à la même place, les yeux baissés ou clos. Peut-être lui aussi portait-il une certaine culpabilité pour ce que j'étais devenue. Ou bien, tout comme les autres autour de lui, et tout comme moi à la fin, c'était un voyeur.

« Est-ce que ce sont vos pilules pour dormir, mademoiselle Jellico ? Benzodiazépines, plus connues sous le nom de Valium ? Qui vous ont été prescrites par un certain Dr Hunter à la clinique de Dollis Hill en juin 1969, a demandé l'homme à la perruque.

— Pour m'aider à dormir après la mort de ma mère. »

Les yeux de mon père s'ouvrirent d'un coup. De mon côté, je n'étais pas surprise que les hommes en perruque veuillent m'interroger sur les pilules de Valium qui m'avaient été prescrites. Le ministère public avait été tenu de porter au dossier toutes les pièces à conviction avant le début du procès. J'avais eu le temps de gérer seule le choc et la consternation dans lesquels les actes de Cara m'avaient plongée.

« Et vous les avez emportées à Lyntons ? »

Quand avais-je vu pour la dernière fois le flacon en verre avec le tampon de coton autour du couvercle ? En emballant ma trousse de toilette avant de quitter Dollis Hill pour de bon ? Je ne me souvenais pas d'avoir sorti le flacon en même temps que mon dentifrice et mon talc en arrivant à Lyntons.

« Je suppose.

— Vous supposez. Oui ou non ?

— Je ne me souviens pas.

— Avez-vous pris des benzodiazépines pendant votre séjour à Lyntons ?

— Non.

— Où conserviez-vous les pilules pendant votre séjour dans les combles ?

— Je ne m'en souviens pas. Je ne me souviens pas de les avoir eues avec moi.

— Pouvez-vous nous expliquer comment elles se sont retrouvées dans la cuisine de Mlle Calace et M. Robertson ?

— Non.

— Et pouvez-vous nous expliquer comment on a retrouvé des traces de benzodiazépine et de jus d'orange dans un verre dans leur cuisine ?

— Non. » Je songeai au visage à la fenêtre des combles à mon retour de Londres, et Cara, toujours à raconter des histoires, niant qu'elle était montée.

« De même que dans l'estomac de Peter Robertson ?

— Non. » Je ressentis une douleur sous le sternum, une piqûre sur l'arête du nez en repensant au corps de Peter dans la baignoire, puis sur la table du médecin légiste, ouvert en deux par le scalpel.

Le septième jour – le dernier –, mon père était en retard, il y eut un peu de remue-ménage dans la tribune avant qu'il ne trouve sa place. J'avais cessé de prier pour qu'il me regarde. Je me demandais s'il espérait se réconcilier avec moi sur les marches du tribunal après que j'aurais été déclarée non coupable. De mon côté, je n'avais pas prévu d'être déclarée non coupable.

J'avais essayé de me composer une expression dans ma cellule, sous le tribunal, mais il n'y avait pas de miroir. Alors j'avais opté pour une grimace d'arrogance durant la plaidoirie finale du ministère public. Mais à quoi peut bien ressembler une expression coupable ?

L'homme à la perruque était doué, il rappelait au jury que j'avais avoué être amoureuse de Peter, qu'il m'avait rejetée, qu'il m'avait offert des cadeaux, menée en bateau, que la drogue utilisée pour l'endormir m'avait été prescrite, et que le couteau qui l'avait entaillé était à moi. Cela avait sans doute été ma seule surprise lors des réunions préparatoires avec mon avocat. Quoi que Cara nous ait vus faire ce jour-là de l'autre côté du lac, elle n'avait pas agi sur une impulsion, poussée à bout, comme je le pensais ; elle avait dû commencer à préparer son acte des jours et des jours auparavant. En un sens, l'homme à la perruque était proche de la vérité. Il prétendit que j'avais voulu faire passer mon double meurtre pour un double suicide. Puisque je ne pouvais pas avoir Peter, alors personne ne l'aurait. Il dit au jury que j'avais drogué Peter avant de lui taillader les poignets avec mon couteau à échantillons – le seul couteau aiguisé de toute la maison. Après m'être battue avec Cara qui essayait de récupérer la clé de la salle de bains, je l'avais poussée par la fenêtre, puis j'étais descendue terminer le travail à la masse.

Je n'ai jamais été aussi nerveuse que lorsque le jury est revenu de ses délibérations.

« Pour le meurtre de Peter Robertson, déclarez-vous l'accusée coupable ou non coupable ? »

J'étais contente que Peter soit cité en premier.

« Coupable. »

Mon père étouffa un hoquet.

« Pour le meurtre de Cara Calace, déclarez-vous l'accusée coupable ou non coupable ?

— Coupable. »

Un « non ! » retentit dans la tribune, et je ne pus m'empêcher de lever la tête pour voir le visage de mon père couvert de larmes.

Je souris durant le verdict, non pas parce que mon père était là, c'était secondaire, mais parce que j'espérais, en souriant, écoper d'une sentence plus lourde. Une vie pour une vie. La pénitence, voilà à quoi j'aspirais. Je me demandais si mon père se souvenait des règles qu'il m'avait enseignées avant de nous quitter, du moins l'une d'entre elles : toute mauvaise action se paye. Le temps que les jugements soient prononcés, je savais que je serais assez forte pour m'opposer à toute demande de nouveau procès et refuser toute proposition de visite que mon père pourrait vouloir me rendre en prison.

J'ai reçu une lettre d'avocat il y a cinq ans m'annonçant la mort de mon père, il m'avait légué tout son patrimoine : sa maison à Londres, ses biens matériels, une somme rondelette en banque. Sans doute pensait-il que cela me serait utile à ma sortie de prison, je n'en sais rien ; il n'a pas laissé d'autres instructions, pas même un mot. En ce qui me concerne, j'ai tout donné à une association confidentielle qui œuvre à la restauration des ponts historiques. Je suis allongée ici et je songe aux pères. Le mien, celui de Cara et celui de Finn bien sûr. L'identité de son père biologique n'a plus aucune importance, qu'il en ait eu un ou non. Peter avait été le père dont il avait besoin le peu de temps que sa vie avait duré. Les enfants ont besoin d'un visage aimant et familier, d'un repère.

Peut-être suis-je une enfant : une créature routinière qui aime ses habitudes. Pas de conséquences alternatives, une action contre une autre action, pas de *Et si ?* Les repas en prison sont servis à midi pile.

Avant qu'on me transfère dans l'unité de fin de vie pour y mourir, je faisais la queue pour manger derrière Ali Shaw et devant Joan Robyns. La purée était servie en même temps qu'une boule de glace vanille dans le compartiment en haut à gauche de mon plateau, haricots à la tomate dans celui du milieu, deux saucisses roses en bas à droite. Pas de ketchup, non merci. J'ai toujours été polie. J'aurais bien pris de la moutarde pour faire passer le goût, mais ce n'est pas autorisé ici, pas plus que le poivre. Il y a cinq ans, une association de défense des prisonniers a décidé qu'il était avilissant de servir les détenus directement à même les plateaux et que nous devrions avoir des assiettes en plastique. J'ai cassé deux chaises et le nez de Joan et refusé de manger pendant trois jours. En prison, je me suis transformée.

Cet endroit a coûté beaucoup d'argent, pas comme d'autres prisons dont certaines femmes transférées parlent parfois : les rats, la drogue, les bagarres. Hors de tout contrôle. Non, ça ne me plairait pas. J'aime savoir où je mets les pieds. Ils m'ont envoyée voir une psychiatre une fois par mois, après que j'ai recommencé à manger. Je lui ai raconté le jour où je me tenais sur un pont au-dessus d'un lac et où je m'étais dit qu'une fois morte, je serais très vite oubliée. Je n'ai pas recherché la notoriété ; je n'ai pas eu le choix – elle est venue avec la décision du tribunal. La psychiatre m'a posé des questions sur Mère et sur mon père. Je lui ai raconté quelques bribes, pas tout, bien sûr, je ne raconte jamais l'histoire en entier. Je lui ai raconté quelle enfance heureuse j'avais eue ; je lui ai raconté la maladie de Mère, les soins au quotidien :

la nourrir, la porter jusqu'au bassin, laver ses parties intimes avec les gants de toilette. Durant les trente-neuf premières années de ma vie, j'avais toujours su ce qui allait arriver et quand. Au bout d'un an, les fonds pour la psychiatre se sont taris, mais en douze séances, je n'ai jamais tout raconté. Je ne raconte jamais l'histoire en entier.

« Qu'auriez-vous raconté, mademoiselle Jellico ? » Victor se penche vers moi. Aujourd'hui, son haleine me fait penser à la cueillette des mûres dans le potager avec Cara. Elle avait arraché une feuille de menthe, l'avait déchirée en deux et en avait mis une moitié dans sa bouche, avant de me tendre l'autre avec un sourire. C'était l'odeur parfaite de l'été. J'ouvris la bouche et elle me la déposa sur la langue. La feuille était rugueuse, velue, coriace et dégoûtante une fois passée la première vague d'arôme. J'attendis qu'elle ne regarde plus pour recracher la petite boule prémâchée dans les ronces.

« Vous auriez fait un merveilleux médecin, dis-je à Victor en espérant l'avoir dit à voix haute.

— Mademoiselle Jellico ? »

J'aime ma routine. Cet été-là, j'avais perdu le contrôle, comme nous tous. J'étais impatiente de retrouver un endroit où je saurais ce qui allait m'arriver ensuite. Un rythme, c'est tout ce dont j'ai besoin. Mère a toujours dit que j'étais une fille qui aimait l'ordre, savoir ce qui allait lui arriver. C'est la raison pour laquelle j'étais ravie qu'ils me déclarent « coupable ». Et de la pénitence bien sûr. Je méritais d'être enfermée : toute mauvaise action se paye.

« Mademoiselle Jellico ? murmure Victor. Qu'avez-vous fait ? Nous étions amis autrefois, vous vous souvenez ? »

À présent je vois que Victor m'aimait, mais c'est trop tard. Tout est trop tard.

« Si vous n'avouez pas, poursuit-il, ce serait un déni de justice, et ce serait mal, vous savez que ce serait mal. »

Je serre sa main dans la mienne. Une main dans la mienne. Est-ce là tout ce dont nous avons tous besoin ?

« Ce ne sera plus très long, madame Jellico », dit la sœur infirmière.

À quatre heures, j'avais apporté le thé sur un plateau en bois. La théière en porcelaine chauffée, des biscuits Garibaldi du magasin disposés sur une assiette, deux serviettes dans leurs ronds en argent. *Tout ce qui se mange mérite qu'on dresse une table.* Je posai le plateau sur le couvre-lit, pris l'oreiller supplémentaire, à sa place, au-dessus de l'armoire. Je l'installai derrière Mère et l'aidai à se redresser. Nous prîmes le thé, elle mangea un biscuit. « Tu n'as pas faim, Frances ? Ça ne te ressemble pas.

— Pas aujourd'hui, Mère. » Je lui racontai la journée écoulée de l'autre côté de la fenêtre, dans la rue. Qui j'avais vu passer, qui je n'avais pas vu.

Une fois son thé terminé, elle me tendit l'assiette de biscuits d'une main tremblante. « Tu as pris du poids, déclara-t-elle. Autour de la mâchoire et de la taille. Tu ferais mieux de te surveiller. » Tout en m'offrant les biscuits, tendus comme un piège, des hameçons pour me prendre dans ses filets. Je m'efforçai de débarrasser son assiette et sa soucoupe en vitesse, mais malgré sa fragilité, elle était plus rapide que moi. Elle me pinça à travers mon cardigan et ma chemise, à la taille, là où personne ne verrait jamais ses empreintes de doigts violacées. Elle avait encore de la poigne. Mère reprit son livre et j'emportai le plateau à la cuisine pour faire la vaisselle. J'avalai les quatre biscuits sur l'assiette, ainsi que le reste du paquet, en pleurant au-dessus de l'évier. *C'est une vieille femme malade*, me dis-je. *Et je l'aime.*

J'essaie de fredonner un air, celui de Mrs Wagner's Pies. Comment c'était déjà ?

« Je crois qu'elle chante.

— Chuuut, madame Jellico. Tout va bien. Si vous êtes prête, vous pouvez partir maintenant. »

À cinq heures, j'y étais retournée. J'avais placé un marque-page dans le livre de Mère, l'avais refermé et reposé sur la table de chevet. Elle s'était assoupie. J'allumai la lampe de chevet, allai à la fenêtre et jetai un œil dehors. Personne dans la rue. Je tirai les rideaux. Mère soupira. Les choses autour de nous obéissaient à un ordre particulier ; nous aimions notre routine. Je fis le tour pour aller m'allonger de l'autre côté du lit, soulevai ses épaules pour reprendre l'oreiller supplémentaire derrière sa tête. Je ne le remis pas à sa place au-dessus de l'armoire. Pas tout de suite. Elle lutta et gémit : elle était plus forte que je me l'étais imaginé.

Après, elle semblait endormie. Si paisible. « Je suis désolée, Mère », dis-je.

De l'eau monte sous la porte de ma chambre d'hôpital pénitentiaire. Elle monte autour des pieds de la chaise de Victor, les rebords de la couette sont mouillés. Dans un coin la vache blanche mugit. Je n'ai jamais aimé les vaches. Le corbeau s'est posé sur la tringle à rideaux, ses fientes barbouillent la fenêtre. Il regarde le renard sauter sur le lit et courir en cercles autour de mes pieds sous la couverture. Le lièvre en revanche est assis sur ma poitrine en silence. L'eau arrive, elle se déverse par la fenêtre à présent, jusqu'à ce que nous soyons tous submergés par les vagues. Allongée dans mon lit, je regarde le lièvre, le corbeau, le renard et la vache nager autour de ma chambre d'hôpital pénitentiaire, où aucun d'entre eux n'a rien à faire.

24

Victor est assis sur le rebord de la tombe en pierre, légèrement à gauche pour laisser de la place à côté de lui, il observe Christopher King, le fossoyeur, à l'ouvrage. C'est un homme jeune, extraordinairement jeune, songe Victor, pour un fossoyeur. Le soleil est haut dans le ciel et le jardin du cimetière est encore plus envahi par la végétation que la dernière fois qu'il l'a vu, il y a vingt ans. L'intérieur de l'église a fait refluer une foule de souvenirs en lui, un sentiment d'incongruité aussi et d'indécision. Il est allé dans le presbytère en arrivant, le vicaire avait dit qu'il serait ouvert et que Victor pouvait emprunter tout ce dont il aurait besoin. Il s'est arrêté devant la Bible et le Livre de la prière commune, s'est imprégné de l'odeur ancienne de cire d'abeille, d'habits moisis et de fleurs flétries, puis il s'est servi un verre d'eau et l'a emporté dehors, à la lumière.

Christopher dépose les planches sur les rebords du trou, puis les couches de gazon dont il sait qu'elles ne trompent personne mais donnent quand même l'impression d'une tombe nette et bien entretenue. Il a creusé le trou la veille, normalement il ne revient qu'une fois le cercueil à l'intérieur et tout le monde parti. Cette fois-ci, pourtant, on lui a demandé de rester pour toute la durée du fichu service. Enfin, au moins il est payé.

« Monsieur King ? » appelle une voix. Christopher sursaute. Un vieil homme se tient debout derrière lui, une main tendue. Christopher essuie la sienne sur sa salopette avant de la lui serrer. « Victor Wylde, annonce l'homme à la peau tachée et rouge. J'ai été le vicaire de cette paroisse autrefois. J'ai été vicaire autrefois, en fait. J'espère que vous ne voyez pas d'inconvénient à rester – je sais que c'est une drôle de requête. C'est entendu avec le révérend. » Christopher hoche la tête bien que ce soit la première fois qu'il entende parler d'un enterrement célébré par un vicaire qui n'est plus vicaire.

Ils se tiennent debout côte à côte, fixant le vide du tombeau, jusqu'à ce que l'homme dise : « Elle a demandé à être emmenée ici par l'ancienne porte arrière, le long de la route », et lorsque Christopher le regarde, il voit les yeux de l'homme inondés de larmes et détourne les siens, embarrassé.

Au bout d'une autre minute, Christopher reprend : « Les ifs et les citronniers ont été abattus il y a deux ans après qu'ils ont fait sauter la maison.

— Sauter ? » s'écrie Victor, pourtant il en a entendu parler, par quelqu'un ou bien dans un journal local avant de quitter la région. Il sort un mouchoir de la poche de son pantalon et se mouche. Il ne va pas pleurer devant le fossoyeur. Il prendrait bien un peu d'eau mais il se souvient alors que le verre est resté sur la tombe, là où il l'a posé.

« Lyntons était une ruine, et personne n'en voulait, après vous savez quoi, dit Christopher.

— Certes, oui », répond Victor, pour couper Christopher dans son élan. Ils restent silencieux. Victor songe que creuser des tombes est peut-être un bon travail finalement : de l'air frais, de l'exercice physique, pas besoin de parler à beaucoup de gens.

« Les porteurs seront bientôt là, déclare Christopher. Mieux vaut que je me change. » Il remonte le chemin, passe sous le porche du cimetière et regagne son van.

Tandis que Christopher ôte sa salopette de travail à côté du siège passager et enfile son costume de mariage – le seul costume qu'il possède –, il se rappelle cet épisode, enfant, quand il avait escaladé la clôture en barbelés de Lyntons avec les jumeaux Savidge, et regardé la maison exploser.

Les jumeaux connaissaient déjà la maison et le parc. En été, ils l'avaient emmené plonger dans le lac depuis les piliers qui restaient d'un vieux pont en pierre démoli. Tous les trois, ils avaient allumé un petit feu dans une pièce aux tentures décorées d'oiseaux et l'avaient alimenté avec des pages des livres qu'ils avaient ramassés dans la pièce d'à côté.

Deux semaines plus tard, Christopher traînait encore avec eux, caché derrière le vieux cèdre dans le champ. Quatre ou cinq explosions retentirent comme des coups de fusil ricochant dans les rameaux, et la bâtisse explosa dans un déluge de briques et de gravats, sous une colonne de fumée deux fois plus haute que la maison elle-même. Ils crièrent et gloussèrent en sentant le sol trembler, tandis qu'un nuage de poussière se répandait, chargé de fragments de pierre, bois et plâtre et que le souffle les repoussait. Même les jumeaux Savidge avaient eu peur, ils étaient partis en courant vers la clôture, mais le nuage les avait rattrapés avant qu'ils aient le temps de commencer à escalader.

Ils s'étaient accroupis ensemble, se couvrant la tête. Quand la poussière était retombée, leurs vêtements et leur peau étaient gris, le blanc de leurs dents et de leurs pupilles brillait. Ils étaient rentrés en riant, se bousculant les uns les autres, se disputant pour savoir qui avait vu quoi.

Les gravats furent utilisés pour servir de fondations à un lotissement voisin.

Victor voit Christopher fumer sous le porche du cimetière, dans un costume luisant et trop serré pour lui. Lorsque le corbillard se gare, il jette sa cigarette et l'écrase. Victor attend sur le chemin, les yeux levés vers l'église, cherchant où regarder pour éviter le cercueil. À tout instant il risque d'être submergé par le sentiment de vanité, d'inanité et de gâchis qui l'étreint. Il prend place au bord de la tombe et attend, en se répétant que ce n'est pas Frances dans la boîte, Frances, cette femme qu'il aimait, qui l'aurait peut-être aimé en retour si les choses avaient été différentes. Elle est morte.

Une fois le cercueil descendu dans le trou et les porteurs partis, Victor se retrouve à côté du fossoyeur et essaie de se rappeler les choses qu'il a pensé dire. Rien ne vient.

Christopher incline la tête et joint les mains ainsi qu'il a vu des gens endeuillés faire, il attend que Victor prenne la parole. Pendant ce temps, il se souvient de la fois où il est retourné à Lyntons tout seul, le jour suivant l'explosion. Il avait escaladé l'amas de gravats, fouillant dans le tas à l'aide d'un bâton, cherchant quelque chose d'intéressant qu'il pourrait rapporter chez lui. Il avait ramassé un objet plat et lisse, en avait dégagé la surface et l'avait frotté contre son bras pour le dépoussiérer. Un morceau de porcelaine : le rebord d'une assiette cerclée de bleu et d'or, un timbre formé par trois choses rondes – des oranges sans doute. Il s'était dit que cela avait peut-être de la valeur. Il l'avait gardé sur l'étagère de sa chambre des années durant.

Christopher se rend compte que Victor s'est mis à parler, il dit quelque chose à propos des vieilles chouettes malcommodes, de l'une ou l'autre qui avait raison, car c'est un endroit paradisiaque pour être enterré, même s'il n'y avait pas prêté attention. Quand Victor cesse de parler, le silence est étrange et Christopher finit par tirer sur le revers de son costume avant de retourner à son van remettre sa salopette.

Victor regagne la tombe et boit son verre d'eau, qui a eu le temps de tiédir à présent. Il se rassied sur le rebord et observe le fossoyeur à l'ouvrage, remettant la terre, pelletée après pelletée, dans le trou.

REMERCIEMENTS

Il y a beaucoup de gens que je voudrais remercier : India Fuller Ayling, Henry Ayling et Tim Chapman pour leur patience, leur soutien et leur temps. Louise Taylor, autre première lectrice de *L'Été des oranges amères*. Tous les Taverner présents et à venir, en particulier Judy Heneghan, Amanda Oosthuizen, Sarah Wells, Isabel Rogers, Rebecca Lyon, Richard Stillman et Paul Davies. Tous les Prime Writers pour leur soutien moral. Tous les Friday Fictioneers du monde. Tout le monde chez Fig Tree et Penguin UK, en particulier Juliet Anaan, Assallah Tahir et Poppy North. Tout le monde chez Tin House, en particulier Masie Cochran, Nanci McCloskey, Diane Chonette, Sabrina Wise, Anne Horowitz, Allison Dubinsky et Priscilla Wu. Toute l'équipe Lutyens & Rubinstein, en particulier Jane Finigan, Sarah Lutyens et Juliet Mahony. L'adorable David Forrer. Et l'incroyable Caroline Pretty. Ma famille – Ursula Pitcher, Stephen Fuller et Heidi Fuller. Et pour leur aide dans mes recherches pour *L'Été des oranges amères* : Malcolm Gibney, Patricia Oliver, Marion Kenyon Jones English Heritage, The Grange Estate (en particulier Richard Loader), David Brock, Tim Knox, Christian House et John Harris (et son livre *No Voice from the Hall*). Et enfin, Leonard Cohen, pour la bande originale de mon écriture.

De la même autrice
aux éditions Stock :

Les Jours infinis, 2015
Un mariage anglais, 2018

PAPIER À BASE DE FIBRES CERTIFIÉES

Le Livre de Poche s'engage pour l'environnement en réduisant l'empreinte carbone de ses livres. Celle de cet exemplaire est de :
350 g éq. CO_2
Rendez-vous sur www.livredepoche-durable.fr

Composition réalisée par PCA

Achevé d'imprimer en mai 2022 en Espagne par
BLACKPRINT
Dépôt légal 1re publication : juin 2022
LIBRAIRIE GÉNÉRALE FRANÇAISE
21, rue du Montparnasse – 75298 Paris Cedex 06

23/5044/2